曹聚仁作品集

文壇五十年

曹聚仁　著

見證文壇萬里行

—— 曹聚仁作品集導讀

曾卓然

為什麼我們現在還要閱讀曹聚仁？

曹聚仁是香港文學史上的重要作家，是五十年代香港散文的重要代表，他「一生的著作有五分之四是在香港完成[1]」，大部分作品都在香港成書。對有興趣於人文學科的普通讀者而言，有一個重要的問題：畢竟五十年代也已經是七十多年前的事了，為什麼我們現在還要閱讀曹聚仁？

我們可以先了解他的人生經歷，曹聚仁出生於一九〇〇年清光緒年間，出生於浙江浦江一小山村蔣畈。父親曹夢岐是名秀才，曾參加清末科舉考試，落第回鄉後興辦新式學堂，不收報酬，自力籌備學校經費。父親既是校長又是老師，對曹聚仁在教學上甚為嚴格，七歲時，讀〈大學〉、〈中庸〉、《論語》、《孟子》，還能背默《詩經》[2]，他有良好的古文根底，六歲左右便能寫出四五百字的文言長文。青年曹聚仁進浙江省立第一師範讀預科，接觸新學，學弟施存統把

---

1 參羅孚：〈曹聚仁在香港的日子〉，鄧珂雲、曹雷編：《曹聚仁卷》（香港：三聯書店〔香港〕有限公司，1998 年），頁 283。

2 曹聚仁童年事可參見李偉：《曹聚仁傳》（鄭州：河南人民出版社，2004年），頁 1-22。

《新青年》介紹給曹閱讀，曹亦成了新思想的支持者。後經歷五四運動衝擊，「一師」的學生亦響應活動，曹聚仁為當時學生運動領袖。曹聚仁在成長時期受來自不同方向的思想所影響，既有舊學又有新知，「通古今中外」也是那一代處於變革期的知識分子的常態。

一九二五年，曹聚仁受暨南大學校長邀請，擔任中學部國文教師，後來又改到大學部，正式展開他往後十多年的大學教授生涯。一九二七年四一二清黨後，曹聚仁的老師單不庵[3] 請他到浙江省立圖書館西湖分館文瀾閣參與《四庫全書》的編修工作，他便答應下來，在文瀾閣居住了大約半年[4]。一九二八年春，他再次回到暨南大學[5]。曹聚仁晚年於香港撰寫的《我與我的世界》中，便說到自己從一九二七年到一九三一年期間，差不多沉默了五個年頭[6]。

三十年代是他的第一個爆發期，一九三一年，曹聚仁在上海創辦了《濤聲》週刊，以敢言著稱，並以烏鴉作為標記，明言「報憂不報喜」。一九三四年至一九三七年間，他在《申報·自由談》、《太白》等多份刊物上發表文章，也曾擔任《太白》編輯[7]。一九三五年三月，與徐懋庸合辦《芒種》

3　單不庵是曹聚仁在浙江省立第一師範學校就讀時的國文教師，曹聚仁對他十分敬佩。參李偉：《曹聚仁傳》，頁 196-198。

4　李偉：《曹聚仁傳》，頁 56-57。

5　同上，頁 57。

6　曹聚仁：《我與我的世界 浮過了生命海（上）》（北京：生活·讀書·新知三聯書店，2011 年），頁 396。

7　盧敦基、周靜：《自由報人：曹聚仁傳》（杭州：浙江人民出版社，2009 年），頁 97-101。

半月刊⁸，這年起《筆端》、《國故零簡》、《文筆散策》、《元人論曲》和《文思》等多部文集陸續出版⁹。

　　一九三五年十二月二十九日，曹聚仁加入了上海文化界救國會¹⁰。一九三七年夏，九一八事變後，他毅然放下教學事業，投身戰場任隨軍記者，不久後受聘為中央通訊社戰地記者¹¹，自此走遍戰地，在多份報刊發表通訊，廣為人所尊敬。曹聚仁與香港的因緣，即從抗戰這段時期開始，他作為隨軍記者在香港的《立報》和《星島日報》發表戰地通訊和軍情分析¹²。四十年代，他受蔣經國之邀主持《正氣日報》，後轉到《前線日報》任總主筆，一直至抗戰勝利¹³。曹聚仁的報導廣受歡迎，因他曾參與八一三事變及台兒莊戰役，出版了《中國抗戰畫史》及《大江南線》等書，取得很高的評價，在國人心目中有一定地位。據曹聚仁本人所記，他在《前線日報》任職同時，也持續為香港的《星島日報》撰寫通訊，而且是他發表新聞報導的重心¹⁴，只在香港淪陷時一度

8　同上，頁105。

9　同上，頁346-347。

10　同上，頁148。

11　陳振平：〈曹聚仁兄的自由主義思想及其報業活動〉，《曹聚仁先生紀念集》（上海：上海市政協文史資料編輯部，2000年），頁141。

12　參曹聚仁：《採訪外記　採訪二記》（北京：生活·讀書·新知三聯書店，2007年），頁72。另見曹聚仁的〈千頭夢緒從何說起〉一文，他說：「我和星字系報紙發生關係，最早還是星粵日報（一切籌備就緒，已經準備出版，並已試發三天，牽於戰局變動，不曾出版）」，曹聚仁：《採訪外記　採訪二記》，頁294。

13　盧敦基、周靜：《自由報人：曹聚仁傳》，頁214-225。

14　曹聚仁：〈國共之間〉，曹聚仁：《採訪外記　採訪二記》，頁295。

中斷[15]。一九四五年八月抗戰結束，九月曹聚仁便從杭州回到上海。在上海逗留三個月後，曹聚仁到了南京、九江、蕪湖作短期旅行，為他五十年代的一系列行記作了充足的準備[16]，寫下了他的「採訪」系列文集。戰後他藉「戰地記者」的身份，更猶如明星，在出版界擔任重要的角色，他的社會影響力更大。因為身為記者，他與公眾接觸的機會多，知名度亦較高，戰地通訊作為戰爭時期重要的娛樂與全國人關注的重點，使他在四十年代有更高的知名度。

　　一九四六年初，國共談判臨近破裂之時，台灣當局邀請南京與上海新聞界人士到台採訪，曹聚仁作為《前線日報》代表前往當地，由當局安排下參與十天環島遊的訪問[17]。國共內戰爆發後，他繼續觀察着國共兩方面的情勢，把通訊發表在福州的《星閩日報》及香港的《星島日報》上[18]，同時於上海法學院報學系和蘇州國立社會教育學院新聞系任教職[19]。

15　曹聚仁在〈南來〉一文說：「我個人和香港的一家報社，從創辦那天起，也有了十多年的歷史，中間也經過了很多變動，除了太平洋事變以後那個淪陷時期，一直寫着通訊的。」這家報社即「星島」。引文見曹聚仁：〈南來〉，曹聚仁：《採訪三記 採訪新記》（北京：生活‧讀書‧新知三聯書店，2007 年），頁 204。

16　曹聚仁：〈上海三月記〉，曹聚仁：《採訪外記 採訪二記》，頁 284。

17　曹聚仁：〈台灣行〉，曹聚仁：《採訪外記 採訪二記》，頁 355。

18　趙家欣：〈記曹聚仁先生〉，《曹聚仁先生紀念集》，頁 31。

19　袁義勤發表的〈曹聚仁在虹口〉，簡述了曹聚仁在抗戰結束至解放初期的情況：「居住在虹口時期，由於在外地兼職，曹聚仁經常要風塵僕僕於滬寧（即南京）線上。他是上海法學院報學系教授，也是蘇州國立社會教育學院新聞系教授，所以要跑蘇州；他是《前線日報》主筆，也是香港《星島日報》駐京滬特約記者，要寫『南京通訊』，所以要跑南京。（此外他還有一個兼職，是『前進中學』校長，該校為《前線口報》同人所辦，校址就在報社大樓內。）見袁義勤：〈曹聚仁在虹口〉，《曹聚仁先生紀念集》，頁 110。

一九四九年《前線日報》社長馬樹禮給曹聚仁一家送來船票，請他們共赴台灣，但曹聚仁拒絕了[20]。一九五〇年八月，曹聚仁選擇南下香港，從此執筆為生，在港出版著作近四十部[21]。

曹聚仁是被遺忘的寶庫

對我來說，曹聚仁是被互聯網一代遺忘的寶庫，在二〇二三年的網上世界，我驚訝於在「維基百科」竟沒有他基本的傳記描述。如果你嘗試了解曹聚仁，便會發現他創造了一個廣博的知識世界。他的一生可以用勤奮兩字來形容，著作種類繁多，有文學史、學術思想史、人物傳記、年譜、歷史著作、採訪報導、政論、雜論、遊記、小說、散文、回憶錄等。綜觀其一生，更會發現其閱歷之豐富。這位活躍於五六十年代的文化人，在不同報刊上發表文章，結集出版著作，直到一九七二年去世為止，總共出版超過五十本作品，一生寫作超過四千萬字。

閱讀曹聚仁的作品，可說是體驗了他在五十年代香港不斷寫作，波瀾壯闊的著述旅程。若聚焦於香港文學與文化，必能發現曹聚仁其實是一位「文化多面手」，種類計有文學史、學術思想史、人物傳記、年譜、歷史著作、採訪報導、政論、雜論、遊記、小說、散文和回憶錄等等。在五十年代以前，曹聚仁擔任學者、大學教授，研究文學史、學術思想，整理人物傳記及年譜。

20　李偉：《曹聚仁傳》，頁 267。

21　參鄧珂雲、曹雷編：《曹聚仁卷》，頁 304-310。

曹聚仁的散文特色

在《香港文學大系（一九五〇——一九六九）：散文卷一》的序中，編者樊善標提出一個有趣現象，就是一九五〇年時重要的香港散文作者當中，年齡最大的分別是左舜生、陳君葆、易君左、曹聚仁等，都是五十至六十歲左右。[22] 這也可能是五十年代的雜感隨筆帶有一種中年味道的原因，更可說是曹聚仁寫作的基調。

曹聚仁總能在不同類型著述上保持閒談式隨筆風格，就算是討論國學或其他深刻內容的書，亦會向讀者訴說個人經驗。顯然他有意避開一種高蹈的論調，而用和讀者「談談」的方法，站在與讀者同樣的高度，以免沉悶呆滯之感。在行文方面，曹聚仁自言行文受桐城派古文所影響，自言別人「洋洋灑灑，下筆萬言，我們則短短六七百字，所謂『以少許勝人多許』也」。[23] 可見他自覺習得桐城派散文的簡約；這也是曹聚仁在報刊專欄寫作如魚得水的原因，既能配合各種文藝園地，又不為其所限。

曹聚仁又擅於反映各地人文特色，遊遍大江南北的他，寫下了不少地方書寫，別具理趣。他也精於月旦人物，寫作很多評人論物的文章，也寫下了如《魯迅評傳》這種反映個人見解的人物傳記，不單有史學及文學研究方面的價值，在寫人敘事的方法上也值得關注。陳平原亦曾稱許曹的自傳

22　樊善標：〈導言〉，樊善標主編：《香港文學大系（一九五〇－一九六九）：散文卷一》（香港：商務印書館〔香港〕有限公司，2021 年），頁 53。

23　參見曹聚仁：《魚龍集》（香港：香港激流書店，1954 年），頁 2。

《我與我的世界》：「將《朝花夕拾》與《師友雜憶》合而為一，兼具史學價值與文章趣味，最值得稱道。」[24] 也許可作為對曹聚仁記傳文字的一個中肯評價。

「知識人」在今天的價值

在《小說新語》後記中作家曾說：「年紀一年年增加了，勇氣一年年減退了，也慢慢明白我所能寫的，也只是劄記一類的東西而已。」[25] 不過劄記寫下的讀書心得，往往是一位知識人的精華所在。一位好的作者，必須是一位好的讀者。曹聚仁的「通才」特性，也使他閱讀的角度比一些「專家」更為廣闊。對今天新一代的普通讀者而言，各門各類的知識在網上世界都有答案，但曹聚仁這類知識人的好處，就是融會貫通，把所知與我們的生活及面對的困難結合，並且用易懂的、有趣味的方式寫下來。閱讀曹聚仁，總比與人工智能對話，更有所得。

---

24 參陳平原：《中國現代學術之建立：以章太炎、胡適之為中心》（台北：麥田出版有限公司，2000 年），頁 441。

25 參曹聚仁：〈後記〉，曹聚仁：《小說新語》（香港：南苑書屋，1964 年），頁 164。

目錄

正集

前詞

莫將戲事擾真情，且可隨緣道我贏。

戰罷兩奩收黑白，一枰何處有虧成。

—— 王荊公〈棋〉

《文壇五十年》，也是一部回憶錄性質的書，和梅蘭芳的《舞台生活四十年》相彷彿，也可說是由於他那部回憶錄所觸發的。所不同的，梅氏之書，以他個人生活為敍述的中心；我則以四圍師友生活為中心。我非文人，只是以史人的地位，在文壇一角上作一孤立的看客而已。

我到上海之初（那是一九二二年），就在三益里陳望道先生的家中歇了腳。這位老師，後來成為修辭學的權威，上海文學界的宗匠；那時，他還只住在比亭子間稍大的後樓中編《婦女週報》，他的修辭學還不曾動手。上海的文壇，還是周瘦鵑、陳栩園、包天笑、嚴獨鶴的世界，徐枕亞的《玉梨魂》，那部哀艷的小說，也正在時行，連張恨水的《啼笑姻緣》都沒上場呢！我還記得從上海《民國日報》社的破舊樓梯下來，走過《神州日報》的黑牆頭，總把那份張貼着的《晶報》細細看了一遍，那是張丹斧、馬二先生（馮叔鸞）、袁寒雲的天地，中國早期的小報。他們於才子佳人以外，

夾點詼諧諷刺的情調，會心微笑，讓我懂得一點理學氣氛中所沒有的風趣。和陳望道先生時常往來的，如沈定一（玄廬）、劉大白、夏丏尊諸先生，這都是新文學的主將，大家都在邵力子先生的《覺悟》副刊，以及《星期評論》、《文學週刊》，展開文藝的戰鬥陣容，這是代表五四運動以後南方新文學運動的主潮，和隔鄰《時事新報》的《學燈》副刊相呼應。那時，《時事新報》代表研究系，《民國日報》代表國民黨，正是政治上的冤家，而《學燈》和《覺悟》兩副刊，對於新文藝的推進，卻是同路人；因此後來，代表新文學運動的文學研究會，一部分是《覺悟》的朋友，一部分是《學燈》的朋友，和政治上的歧見並不相關的。

上海《民國日報》的另外一群人，如葉楚傖、柳亞子、胡樸庵、胡懷琛諸先生，他們都是清末民初南社詩文舊友，他們的詩文風格，屬於清末的新詩派，而其氣氛則屬於民族革命的，因此，和《覺悟》這一群朋友，還是臭味相投的。那一時期，《新聞報》的《新園林》和《申報》的《自由談》，隱然成一壁壘，屬於禮拜六派的作風，雖說不一定和新文學派相敵對，但敵對的意味，依然存在的。可是，長江後浪推前浪，周瘦鵑的《自由談》，變成了黎烈文的《自由談》，嚴獨鶴的《新園林》以外，添上了小記者（嚴諤聲）的《茶話》，這就不是一場平常的變動了。新文學運動，畢竟奠定了基礎，無論詩歌、小說、戲曲都轉了方向，這是中國文化史上最重要的一頁；我們即不說，看了民初的報紙，覺得幼稚可笑，連一份抗戰前的上海報紙，看起來也不夠分量呢！

有一天，鄭洪年先生請客，席上主客是陳石遺（衍）先

生，陪座的有葉公綽、張天放、龍榆生諸先生；在這位詩壇祭酒面前，我這個毛頭小夥子真算不得什麼了。席上，他們所談的，都是陳古千年的故事，連榆生都插不得嘴了；在我總像是和羲黃上人相見，格格不相入的了。我是有機會見到沈寐叟、林琴南這幾位宋詩派的詩人的，但，我畢竟是劉大白、朱自清的學生，對於清末的宋詩派，起不了什麼興趣的。有一回，一位小姐唸了許多《玉梨魂》中的詩篇給我聽，這些詩也曾闖進我的心坎，反覆環誦，不能自己的，但再重聽這位小姐的吟誦，卻也索然無味了。

清末，有一位新派詩人蔣觀雲，他是我的鄉先輩。曾有一首〈詠盧騷〉詩：「世人皆欲殺，法國一盧騷。民約倡新義，君威掃舊驕。力爭平等路，血灌自由苗。文字收功日，全球革命潮。」從文壇這一角，正可以看到時代的趨向呢！

一　年輕時代的上海

　　一九二二年，我這個毛頭小夥子，從武昌回到了上海，就那麼定居下來了。那時候，我很年輕，上海也很年輕。年輕的人，不知道天之高，地之厚，不考慮上海居不易的問題，也想不到一腳踹進去便是一個文壇。茫茫人海中，我這樣一個鄉下人，當然渺不足道的了！

　　當時，上海有三個半大好佬（上海土語，便是滑頭碼子）。一個是中法藥房大老板黃楚九。他那家藥房，出了一種無鐵質良藥——「艾羅補腦汁」。因為用腦來「思惟」是外來的新道理，上海人已經知道補腦的重要了。外來的自來血這一類補品，都是掛着鐵質招牌，和東方文化是不十分合脾胃的；他特地標出了無鐵質的特徵。這張藥方是黃楚九的一位老朋友、留德的醫生開的，含有一般性安神健胃的作用，而且加點糖漿，頗為可口。「艾羅」便是「黃」字的英譯，看起來像個洋人，瓶上印的是一位猶太人的照片；這樣補腦汁就銷行一時，黃老板的財就這麼發起來的。他的最後傑作，便是有意想不到之妙的「百齡機」，他自己卻等不及造百歲坊便死去了！

　　第二位大好佬便是冼冠牛。他的母親，當時只是替中法藥房的職員縫洗衣服，兼做點小生意。那時，中法藥房已

經開始製造牛肉汁了，他就包下了那大量的牛肉渣，加點醬油、「味之素」重煮一回，用花花綠綠的方紙包起來，這就開始「結汁牛肉」的大買賣了。（有人看着他們發了大財，也仿着用牛肉來做結汁牛肉，成本重，味兒輕，反而虧了本了。）從結汁牛肉走到大規大模的冠生園，雄視南京路，先後不過十多年的事，也真不容易。

第三位大好老，是一個猶太人哈同。他只是替人看門起家，娶了一個「鹹水妹」（國際性的阻街女郎）。到了清末，已經是地皮大王，靜安寺西的哈同花園，豪華奢侈與皇宮埒。他辦了一所倉聖明智大學，叫學生們見他下跪。養了許多遺老，印了許多古文字的專冊，附庸風雅，名聲大得很。那位鹹水妹，也在西湖上造了一所私家花園，叫做羅苑（今國立藝術院）。哈同花園養了許多清室的太監，關起大門來，他倆是過着帝王的生活的。算起來，他該有八九千萬財產，坐上那時富翁的首席。（那時孔祥熙、宋子文都還沒露面呢！）

還有半個大好佬，就是住在南京路虹廟對面的吳鑒光，一個瞎子。他老先生閉着眼睛替人談財氣，每天總有論百做投機的朋友向他問財交。他是逢單叫他們買進，逢雙就叫他們賣出的（所謂「多頭」、「空頭」），百人之中，每天總有一半靈驗的。輸了財錢的，自認晦氣；贏了錢的，便替他做宣傳，因此，他的瞎運一直亨通，有如對面的虹廟。

這些大好佬，都是跟着上海這一座年輕的城市慢慢成長的。一個葡萄牙的小癟三，到了上海，在四馬路張塊布幔，敲敲小鑼，引人看活動影片，一轉眼變成了九家大影戲院老板，賺了論千萬財富回國享福，也不是稀罕的事。說起來，

上海真是好地方，所謂「冒險家的樂園」，遍地都是黃金，就看看你的手法和運氣了！也正是英雄不怕出身低，等到你有了手面，住在租界裏，閉門成一統，誰敢不向你低頭？那位替杜月笙辦筆墨的楊度，原是洪憲皇帝的宰相；後來做杜府門客的章士釗，也正是段執政的首席幕僚，而今也還是毛氏的門客。上海這一個世界，真是吃野獸奶汁長大的萊謨斯，一腳就跨過那可笑的羅馬城呢。

說起來，中國的文壇和報壇是表姊妹，血緣是很密切的。我們在杭州，看看上海《民國日報》，每天三大張，葉楚傖先生的社論，和邵力子先生的《覺悟》（副刊），成為我們青年人的燈塔，真是了不得的。哪知到上海一看，這家窮得要命的領導革命的報紙，局處在河南路南頭三茅閣橋邊的一座又黑又髒的房子裏，簡直可憐得很。那個冬天，他們更是拮据萬狀，排好了新聞，報紙還沒着落，只好抖索索地脫下了皮袍當了買紙再說。年輕人的心裏，覺得革命思想家窮苦一點不要緊，他們的文字，自是光芒萬丈的！過了不久，《民國日報》也移到望平街上另外一所又黑又髒的房子裏去。說起來，物以類聚，那時的報紙，自該移到望平街上去的。

那年（一九二一年），望平街上發生了一件大事：《時報》主人狄葆賢（楚青）先生死了，《時報》也換了新的主人，由黃伯惠先生來接辦了。《時報》創辦於清光緒三十年，這家和《申報》、《新聞報》並稱為三大報的報紙，乃是中國新聞界的異軍。狄氏創辦之初，他就說：「我來辦這份報紙，並非來革新輿論，乃是來革新代表輿論的報界的！」《時報》既出，報紙才採取新聞專電及長篇通訊，中國最著名的新聞

記者黃遠庸（遠生）便是《時報》的北京通訊記者。他聘了陳景寒（冷血）任主筆，首立「時評」一欄，分版論斷，這才有了代表輿論的言論，他注重圖畫，增設教育、實業、婦女、兒童、英文、圖畫、文藝等週刊，後來成為新聞界的共同典型。在五四運動以前，《時報》總是站在時代的前驅，領導中國的文化，拖着望平街的老爺車向前進步的。

　　有一回，胡適博士追敘他和《時報》之間的小因緣。他也是光緒三十年到上海，進梅溪學堂，不到兩個月，《時報》便出版了。「那時正當日俄戰爭初起的時候，全國人心大為震動，但是當時幾家老報紙，仍舊做那古文的長篇論說，仍舊保守那遺傳下來的老格式與老辦法，故不能供給當時的需要。就是那比較稍新的《中外日報》，也不能滿足許多人的期望。《時報》應此時勢而產生，他的內容與辦法，也確然能打破上海報界的許多老習慣，能夠開闢許多新法門，能夠引起許多新興趣。因此《時報》出世之後，不久就成了中國知識階級的一個寵兒。幾年之後《時報》與學校就成了不可分離的伴侶了。」胡先生自己當時就把《時報》上的許多小說、詩話、筆記、長篇專著，都剪下來分訂成若干小冊子的。胡先生除了說到《時報》短評的好處，說做短評的人，能夠聚精會神地大膽說話，故能引起許多人的注意，故能在讀者腦筋裏發生有力的影響。他又說到《時報》在當日確能引起一般少年的文學興趣。「每天登載『冷』或『笑』譯著的小說，有時每日有兩種。冷血先生的白話小說，在當時譯界中確要算很好的譯筆；他有時自己也做一兩篇短篇小說，也是中國人做新體短篇小說最早的一段歷史。《時報》當日還有「平

等閒詩話」一欄，對於現代詩人的介紹，選擇很精。詩話雖不如小說之風行，也很能引起許多人的文學興趣。我關於現代中國詩的知識，差不多都是先從這部詩話裏引起的。」

狄先生原是清末新詩運動中的一位健將，平等閣主人、慈石、楚卿都是他的筆名。他的庚子俚句中有「太平歌舞尋常事，幾處風颸幾色旗」、「處處壺漿低首拜，原來十國盡王師」等悲憤之辭。他抱革命思想，庚子事變時，曾組織救國會於上海，想輸送軍火到漢口去起義的。事機不密，功敗垂成，才一心一意來辦報紙，做文字上的宣傳工作的！

我到上海那年，恰好是王揖唐的《上海新志》出版的一年。這位代表北方政府的和平總代表，和南方代表談不攏來，住在哈同花園，閒來無事，忽發雅興，要來編一部上海志書，用連史紙中裝精印。可惜，取材雜而不精，體制有似隨筆剳記，沒給我們什麼有意義的材料。倒是那位長毛狀元王韜的《漫遊隨錄》，說到清末上海的社會文化，頗有意緒。那時，西人麥都思主持「墨海書館」，以活字版機器印書。西人「導觀印書車牀，以牛曳之，車軸旋轉如飛，云一日可印數千番，誠巧而捷矣。書樓俱以玻璃作窗牖，光明無纖翳，字架東西排列，位置悉依字典。」這是當年平版機印書的情形。

有一回，魯迅曾在上海社會科學研究會講演初期上海文藝界的情形。他說：

上海過去的文藝，開始的是《申報》。要講《申報》，是必須追溯到六十年以前的，但這些事我不知道。我所能記得的，是三十年以前，那時的《申

報》，還是用中國竹紙的，單面印，而在那裏做文章的，則多是從別處跑來的「才子」。那時的讀書人，大概可以分他為兩種，就是君子和才子。君子是只讀四書五經，做八股，非常規矩的。而才子卻此外還看小說，例如《紅樓夢》，還要做考試上用不著的古今體詩之類。這是說，才子是公開的看《紅樓夢》的，但君子是否在背地裏也看《紅樓夢》，則我無從知道。有了上海的租界──那時叫作「洋場」，也叫「夷場」……有些才子們便跑到上海來，因為才子是曠達的，那裏都去；君子則對外國人的東西總有點厭惡，而且正在想求正路的功名，所以決不輕易的亂跑。孔子曰：「道不行，乘桴浮於海」，從才子們看來，就是有點才子氣的，所以君子們的行徑，在才子就謂之迂。

才子原是多愁多病，要聞雞生氣，見月傷心的。一到上海，又遇見了婊子，去嫖的時候，可以叫十個二十個的年青姑娘聚集在一處，樣子很有些像《紅樓夢》，於是就覺得自己好像賈寶玉；自己是才子，那麼婊子當然是佳人，於是才子佳人的書就產生了。內容多半是，唯才子能憐這些風塵淪落的佳人，唯佳人能識坎軻不遇的才子，受盡千辛萬苦之後，終於成了佳偶，或者是都成了神仙。
……

佳人才子的書盛行了好幾年，後一輩的才子的心思就漸漸改變了。他們發見了佳人並非因為「愛

才若渴」而做婊子的，佳人只為的是錢。然而佳人要才子的錢。是不應該的，才子於是想了種種制伏婊子的妙法，不但不上當，還佔了她們的便宜，敍述這各種手段的小說就出現了，社會上也很風行，因為可以當嫖學教科書去讀。這些書裏面的主人公，不再是才子與佳人，而是在婊子那裏得了勝利的英雄豪傑，是才子加流氓。

周先生的講演，乃是有所根據的，即是指韓子雲（松江人）所寫的《海上花列傳》型的小說。據說其人善奕棋，嗜鴉片，旅居上海甚久，曾充報館編輯，所得筆墨之資，悉揮霍於花叢中，閱歷既深，洞悉此中伎倆。他自己說過欲使閱者「按跡尋蹤，心通其意，見當前之媚於西子，即可知背後之潑於夜叉；見今日之密於糟糠，即可知他年之毒於蛇蠍。」（第一回開宗明義，這部小說，以趙樸齋為全書線索，說他十七歲時，以訪母舅洪善卿到了上海，遂遊青樓，年輕不懂事，沉溺以至於大困頓。後來，他的舅父，把他送回家去，他又偷偷回到了上海，愈來愈淪落，以至於拉洋車過活終局。他的妹妹，後來也做了妓女。）清光緒末年以迄宣統年間，這一類小說，非常流行，也正是魯迅所說的才子與佳人或流氓的小說。我到上海那一時期，舊的才子佳人小說，尚未完全過去，新的才子佳人小說，還沒上場。至於蘇曼殊的《斷鴻零雁記》、《絳紗記》、《焚劍記》、《碎簪記》那幾種小說，屬於言情的自敍傳，多少也受了《茶花女》、《迦茵小傳》一類翻譯小說的影響，已經轉向新小說的路上去了。

二　一個劉姥姥的話

　　中國文壇掌故，一部十七史，千頭萬緒，也不知從何說起。恰好有一個自稱劉姥姥的吳稚暉先生，那時候尚未進入大觀園，愛和朋友們在瓜棚豆架下瞎嚼咀，也就借他的口吻，開起場面來。

　　吳先生照例是把我們拖到一家小茶館，擠在一群泥腳的朋友堆裏，上天下地，無所不談的。他是江蘇常州人。常州在滿清這一代，產生了三種特殊人才，一種是法理名家，和浙江紹興齊名的師爺；又一種是理財專家，或為現代中國銀行界的重鎮；又一種則是陽湖古文家，陶鎔經史，局面比桐城派開展的古文異軍。吳先生乃是陽湖派的異軍，他兼有刑名家之長，而氣勢過之。他自己曾說：「三十歲以前，也曾從經生想到文人，也想將來過了六十，到孔老二刪詩書、定禮樂之年，在詞林文人裏頭有一席位置。乃三十歲的六月，住在北京官菜園上街鎮江會館，有位丹陽朋友乘我出門，在我桌上放一條紙規我曰：『學劍不成，學書不成，勇而無剛，朝史暮經。三十之年，胡亂混混。』我看了很懊喪。晚上讀曹植與楊修書，他說：『昔楊子雲先朝執戟之臣耳，猶稱壯夫不為也。吾雖德薄，位為蕃侯，庶幾戮力上國，流惠下民，建永世之業，留金石之功。豈徒以翰墨為勳績，辭

賦為君子哉！』就想扔了那牢什子的文史，還是學劍。到明年，還到家鄉，在小書攤上得到一部《豈有此理》（即《何典》），他開頭便說『放屁放屁，真正豈有此理』，忽然大徹大悟，決計薄文人而不為。偶涉筆，即以『放屁放屁，真正豈有此理』之精神行之。再過一年，在南洋公學，有位陳先生，復相約投中國書於毛廁，從此不看中國書。到如今，幾乎成了沒字碑，然身上不帶鳥氣，不致誤認我為文人，這是很自負的。」

吳光生薄文人而不為，他心目中的文人，都是中了八股的餘毒，抹消了自己的頭腦，專替別人做應聲蟲，所請代聖人立言的。他老先生眼見土八股完了，洋八股便來了；革命八股之後，便是黨八股；所以，他要和姓陳的朋友相約不讀中國書。他看見章太炎先生在上海講國學，對我大大地嘆氣。他說：「國故這東西，和小腳、鴉片、八股文一樣，都是害人不淺的。非再把它丟在毛廁裏三十年不可。現今鼓吹成一個乾燥無味的物質文明，人家用機關槍打來，我也用機關槍對打，把中國站住了，再整理什麼國故毫不嫌遲。」我們和他說陽湖派的古文，他就根本否認自己是文人，他寫給我一封長信，一開頭就說：「文學不死，大亂不止。」他說他的文體，乃是以「放屁放屁，真正豈有此理」之精神行之的。這部坊間小說——《何典》，乃是一部敢於在孔老二的神位前翻筋斗的奇書。作者的見解，能否跳出儒者思想的掌心，又作別論。他的筆法，乃是揉合俗語與經典、村言與辭賦為一爐的創格。其中有一節寫雌鬼與雄鬼睡在　枕，上一句是「肉面貼着肉面」，十分村俗，下一句是「風光搖曳，

別有不同」，卻又非常典雅。吳先生自己所謂放屁文學，也就是敢於運用最村俗的粗話，如「口寬債緊」一類的名句，而六經皆要註腳，「下體雞腳之辭，比諸黃絹幼婦之妙」，替白話文學開出最寬闊的門庭。他畢竟還是陽湖派古文的嫡傳宗派，其得力於子史以及說部，而敢於對孔老二翻筋斗的，真有了《何典》的「放屁」精神。

吳老先生，從清末以來，一直是國語運動的領導者；一九一三年，主持讀音統一會，審訂了注音符號，到後來提倡拼音文字；他說國語文學，那還是士大夫所穿的皮鞋，為了一般種田人着想，用國音符號拼方音，那才是走泥路的草鞋。他是一個最了解民間文學的新文學家，他叫我不要讓別人牽着鼻子走，他是東方的伏爾泰。

吳稚暉的語文見解，可以說是比時人都進一步，但是，他的文體，還是半文半白的白話文。他自己那麼運用自如，不留斧鑿的痕跡，是一件事，而「學我者病」，很多人寫成了一種非驢非馬的白話文，又是一件事。有一回，胡適之寫信給《現代評論》的浩徐先生談到這一問題（浩徐曾於〈主客答問〉中，說到非驢非馬的白話文，乃是整理國故的一種惡影響。）說：

> 今日的半文半白的白話文，有三種來源：第一是做慣古文的人，改做白話，往往不能脫胎換骨，所以弄成半古半今的文體。梁任公先生的白話文，屬於這一類，我的白話文有時候也不能免這種現狀。纏小了的腳，骨頭斷了，不容易改成天足，只

好塞點棉花，總算是提倡大腳的一番苦心。第二是有意夾點古文調子，添點風趣，加點滑稽意味。吳稚暉先生的文章，有時是有意開玩笑的。魯迅先生的文章，有時是故意學日本人做漢文的文體，大概是打趣順天時報派的，如他的小說史自序。錢玄同先生是這兩方面都有一點的：他極賞識吳稚暉的文章，又極賞識魯迅兄弟，所以他做的文章也往往走上這一條路。第三是學時髦的不長進的少年，他們本沒有什麼自覺的主張，隨筆亂寫，既可省做文章的工力，又可以借吳老先生作幌子，由他們去自生自滅罷。大概我們這一輩半途出身的作者，都不是做純粹國語文學的人；新文學的創造者，應該出在我們的兒女的一輩裏，他們是「正途出身」的；國語是他們的第一語言，他們大概可以避免我們這一輩人的缺點了。

冷眼看去，文學革命時期的前驅戰士，他們在文體解放上的成就，遠不如他們在思想解放上的深遠廣大；吳稚暉也和其他前驅的思想家一般，新文學運動乃是新文化運動的一面。他絮絮說教，所說的乃是器械推進文明的大義。他說：「人之所以尤進於禽獸者何在乎？即以其前之兩足發展為兩手，所作之工愈備，其生事愈備，凡可以善生類之群，補自然之缺者愈周也。」他認為人是製器的動物，器械愈備，文明愈高，科學愈進步，道德愈進步。總括言之，世界的進步只隨品物而進步；科學便是備物最有力的新法。他很明白地

說：「我是堅信精神離不了物質。我信物質文明愈進步，品物愈備，人類的合一愈有傾向，複雜的疑難亦愈易解決。」他是徹頭徹尾的唯物論者，「開除了上帝的名額，放逐了精神元素的靈魂！」（他所以主張白話文拼音文字，也因為舊時士大夫在文言、經典中消耗時間與精神，太妨礙了物質文明的進步。）

吳稚暉先生曾經向朋友們建議，只要花半隻金錶的錢（他那朋友，掛了一隻金錶，值四十金鎊，半隻金錶，那便是二十鎊的小數目），那就可以大大作為一下。在有餘的書房中，安設一小小的工作所，中間放一白木堅牢的長桌，桌上固定了一副老虎鐵鉗；白木抽屜中，大小銼刀五六把，截鐵鋸子大小兩面，鑽鐵手鑽一具，可鑽四分一英吋的孔眼，量尺、比例尺等各一具，刮刀、定心針、手鉗、製螺絲器等，隨時走過舊貨攤或五金店時，陸續添購。又於白木桌旁，安設白木長板凳一條，凳頭固定魚尾木叉，為刨木鑿孔等固着作物所用。室隅放一白木小櫥，櫥中安放木鑿、小斧、木銼、木錘、刨子等。櫥上壁間，懸掛木鋸三條，手搖木鑽大小兩個，室之又一隅，備一車木之床，其餘如製造鏡架的截角器，雕刻小模型的各式鑿刀等等，亦可隨時添入。照他的說法，這樣的書房，較之備小堂畫一幅，泥金箋對一副，小掛屏八條，霽紅花瓶一個，小坑牀一張，書椅茶几六事，有意義得多了。他希望社會上改變風氣，不崇古而尊今，不尚文而重工，書房都變成工作所，客來請在工作板凳上講話，那麼中國就會有希望了。

到了一九二七年，這位劉姥姥進到大觀園去了。她是史

太君面前的貴賓，和王夫人、王熙鳳的娘家攀了一點遠親。照她的說法，大觀園這一家人家，除了門口那對石獅子，其餘就很少乾淨的了。從一九二七年以後三十年間，吳稚暉一直沒和國民黨脫離過關係，他雖是閒居在雞肋式的監察委員的虛位上，卻與聞了國民政府的最高決策。在蔣介石面前，雖不一定言聽計從，卻要算是處於師友之間，可以直入內室而不必通報的一個人。胡適之說：「近八十年來，國內學者大都是受生計的壓迫，或政治的影響，都不能有徹底思想的機會。吳先生自己能過很刻苦的生活，應酬絕少，故能把一些大問題細細想過，尋出一些比較有系統的答案。在近年的中國思想家中，以我個人所知而論，他要算是很能徹底的了。」胡先生的話，還是該打很大的折扣的，吳先生畢竟受了蔣介石的牽累，投人國共鬥爭漩渦中，以至於丟開社會主義的立場，遷就權勢所迫成的現實的。不過，他的哲學觀點和文學觀點，還是發揮他的獨到的見解，並不由於在大觀園裏兜圈子而有所改變的。他說：「宗教皆創自阿拉伯民族，印度亦受其影響，故一為神秘，一為虛玄，簡直是半人半鬼的民族。所以什麼佛，什麼妖、神、上帝，好像皆是《西遊記》、《封神榜》中人物；其實他們的聖賢，皆懶惰蹧蹋，專說玄妙空話，所以他們的總和，道德最劣。最相宜的，請他講人死觀。」「中國在古代，最特色處，實是一老實農民，沒有多大空想。他們是安分守己，茹苦耐勞，惟出了幾個孔丘孟軻等，始放大了膽，像要做都邑人，所以勉強成功一個邦國局面。若照他們多數大老官的意思，還是要剖斗折衡，相與目逆，把他們的多收十斛麥，含餔鼓腹，算為最好。於

是孔二官人，也不敢蔑視父老昆季，也用樂天知命等來委蛇。晉唐以前，乃是一個鄉老（老莊）、局董（堯舜周孔）配合成功的社會。晉唐以來，『唐僧』同『孫悟空』帶來了『紅頭阿三』的空氣，徽州朱朝奉就暗採他們的空話，改造了局董的規條，所以，現在讀起十三經來，雖孔聖人、孟賢人直接晤對，還是溫溫和和，教人自然。惟把朝奉先生等語錄學案一看，便頓時入了黑洞洞的教堂大屋，毛骨悚然，左又不是，右又不是。所以他們的總和，道德叫做低淺。」「現在要講一個算賬民族（西洋人），什麼仁義道德，孝弟忠信，吃飯睡覺，無一不較上三族的人，較有作法，較有熱心，講他們的總和，道德叫做高明。」他的全盤西化主張，文學、美術、自然也當整理改造；看清楚了「歐洲從文藝復興與宗教改革，再進一步做到工業革命，造成科學世界的物質文明，方才有今日的世界」的事實。他要我們再進一步拋開洋八股，努力造成一個乾燥無味的物質文明，然後這三百年的文化趨勢，才可算有了個交代！我們從吳先生的一生，看到了啟蒙運動以來的時代趨向，也從他的言論中，體會到新文化運動的基本精神。他在《一個新信仰的宇宙觀及人生觀》中以極風趣的話在說：「凡是兩手動物戲裏的頭等名角，應當：有清風明月的嗜好，有神工鬼斧的創作，有覆天載地的仁愛。換三句粗俗話是怎麼呢？便是：吃飯、生小孩、招呼朋友。」他的見解極透闢，他的文辭，極痛快淋漓，而他是以劉姥姥靠柴積上曬日黃的嚼咀風格出之，誠現代中國不可多得的奇文！

三 桐城派義法

　　有一回，我在上海復旦大學講演「現代中國散文之流變」，一開頭，我就說我們還得從桐城派說起。散文說到桐城派，詩歌說到江西詩派（宋詩），原是從源流上順着說來，可以把來龍去脈看得比較清楚一些了。

　　桐城派古文，也和滿清國運一般，到了曾國藩手中，才中興復盛的。他曾經替《歐陽生文集》作序，這篇序文，正是一部桐城派的流變史。他說到桐城姚氏（鼐）的師傅，以及姚氏弟子在東南西南各地的流衍，於湖南則有巴陵吳敏樹、湘陰郭嵩燾。他指出姚氏的古文，「以為義理、考據、詞章三者不可偏廢，必以義理為質，而後文詞有所附，考據有所歸。」這是桐城派和當時漢學家志趣不同之處。桐城派古文，自有他們所守的義法。清道光戊子年（一八二八），吳仲倫（姚門弟子之一）從浙江寧波回到宜興去，經過了杭州，呂月滄（桂林人）邀之住在叢桂山房，向吳氏請教古文義法，也正是姚氏所啟發的古文精義。

　　他們所談的義法（見《初月樓古文緒論》），可以歸結在「言之有序，言之有物」八個大字。何謂「有序」？此中包括詞語的選擇和排列的工夫。從前，戰國游說之士，折衝應對，立談之間，應付得恰到好處。兩晉清談家，辨析名

023

理，出口成章，便成文彩。（《世說·文學篇》：「樂廣善於清言而不長於手筆，將讓河南尹，請潘岳為表，述己所以為讓二百許語，潘直取錯綜，便成名筆。」）這種工夫，全在口頭訓練，並非伏案吟哦所能做到的。兩宋以來，學者主靜存敬，以沉默寡言為美德，言語之科早廢；口談既難於暢達，筆述自難有序了。桐城派提出了「有序」的標準，說是「言必雅馴」，「雅馴」即是士大夫階級的口頭語，不會落入俚俗鄙野的低級氣味。因此，他們提出幾種禁忌來，說是「古文中不可入語錄中語、魏晉六朝文人藻麗俳語、漢賦中板重字法、詩歌中雋語、南北史佻巧語。」吳仲倫對呂月滄說：「清初如汪堯峰，非同時諸家所及，然詩話尺牘氣尚未去淨，至方望溪乃盡淨耳。詩賦字雖不可有，但當分別言之，如漢賦字句，何嘗不可用？惟六朝綺靡，乃不可也。正史字句亦自可用，如《世說新語》等太雋者，則近乎小說矣。公牘字句，亦不可闌入者，此等處辨之須細須審。」他們只是十分把穩，要保持士大夫階級的氣度，凡是自己所不能確實把握的詞語，如宋明理學家的哲學用語，魏晉清談家所用的諷刺、幽默語，賦家所用的詞藻，都以不用為上。他們把握着小小的生活圈子，就把古文寫給這小小生活圈子中的朋友看，彼此欣賞一番就算了。（吳仲倫說：「《史記》未嘗不罵世，卻無字纏刻。柳文如〈宋清傳〉等篇，未免小說氣，所謂小說氣，不專在字句，有字句古雅而用意太纖太刻，則亦近小說，看昌黎〈毛穎傳〉，直是大文章。」）

所謂「言之有物」，這個「物」字，本來應該包括「抒情」、「敘事」、「寫景」、「說理」各方面來說的。桐城派那

幾位大師，因為漢學家看輕了義理，他們特別把「義理」提出來，看得格外重要些；方望溪主張「非闡道翼教，有關人倫風化者不苟作」，姚姬傳主張「明道義、維風俗以詔世者，君子之志」，都已回到「文以載道」的舊圈子中去，那境界就十分狹小的了。桐城派雖以方（苞）、劉（大櫆）、姚（姬傳）三家為宗，真正的祖師還是明末崑山的歸有光。歸氏的文字，也只有小篇幅的抒情敘事文妙絕一代；一到了說理文，便不行了。桐城派三百年間的作家，也極少說理好手。（曾國藩也說：「古文無施不可，但不宜說理耳。」）直到曾國藩出來，他一生着實做了一些大事業，他的說理、敘事，都是大文章，為桐城派諸大師所不及的。

曾國藩的幕府中，有一位桐城文派的嫡傳後學 —— 吳汝綸，他的文筆、氣魄雖不及曾氏那麼雄偉闊大，但識見之深遠，胸襟之朗達，在曾氏幕府中，自是第一流文士。他的兩位弟子，嚴復（幾道）和林紓（琴南）（他們都是福建人），都是用桐城派古文做譯介工作。一八九八年，嚴復的《天演論》譯本出版；一九〇一年，林紓的《茶花女遺事》譯本出版，替古文劃出一個新時代。

《天演論》介紹達爾文[1]的進化論，這是自然科學的紀程碑，成為十九世紀後期啟蒙思想的福音。我們這一代的文化人，幾乎都受過這本書的影響。嚴氏所翻譯的名著，社會科

1　Charles Robert Darwin。

學有斯賓塞[2]的《群學肄言》，穆勒[3]的《群己權界論》，傑克斯[4]的《社會通詮》，經濟學有亞當斯密[5]的《原富》，法律哲學有孟德斯鳩[6]的《法意》，邏輯有穆勒的《名學》，這都是有系統的權威論著；桐城派古文拙於說理，這些都是說理的最高作品，可以直追先秦諸子，與老、莊、孟、荀、韓非、淮南並駕的。他的老師吳汝綸替他的《天演論》作序，也說：「駸駸與晚周諸子相上下」。「蓋自中土翻譯西書以來，無此鴻製。匪直天演之學在中國為初鑿鴻濛，亦緣自來譯手無此高文雄筆」。桐城文家說要言之有物，這才是真正的言之有物。嚴幾道懂了達爾文的進化學說，再來看先秦的道家哲學，才對於老子莊子，別有會心。夏曾佑替嚴復評點的老子《道德經》作序，說：「老子既著書之二千四百餘年，吾友嚴幾道讀之，以為其說獨與達爾文、孟德斯鳩、斯賓塞相通；夫智識者人也，運會者天也，智識與運會相乘而生學說，則天人合者也。人自聖賢以至於愚不肖，其意念無不緣於觀感而後興，其所觀感者同，則其所意念者亦同。若夫老子之所值，與斯賓塞等之所值，蓋亦嘗相同矣。而幾道之所值，則亦與老子、斯賓塞等之所值同也，此其見之能相同，又奚異哉！幾道既學於西方，而盡其說，而中國之局，又適為秦

2　Herbert Spencer。

3　John Stuart Mill。

4　Edward Jenks。

5　Adam Smith。

6　Montesquieu。

漢以後一大變革之時，其所觀感者，與老子、斯賓塞同，故吾以為即無斯賓塞，而幾道讀老子亦能作如是解，而況乎有斯賓塞等人為之證哉！故幾道之談老子之所以能獨是者，天人適相合也。」桐城派文人，雖說有了那麼一枝筆，卻一直沒有貫乎天人的見解，也得等嚴幾道來跨灶，超韓歐、邁董賈、而和李耳去分庭抗禮了。這是桐城派古文的最大成就之一。

　林琴南翻譯小仲馬的《茶花女》，激起了時人對西洋文藝的欣賞，也激起了他個人對文藝翻譯的興趣。從那以後，他先後翻譯了百五十六種，約有一千八百多萬字，誠如胡適所說的：「林譯《茶花女》，用古文敘事寫情，也可以算是一種嘗試。自有古文以來，從不曾有過這樣長篇敘事寫情的文章，《茶花女》的成績，遂替古文開闢一個新殖民地。」照我的說法，桐城派主張言之有物，抒情也是「物」的最主要部門。「古文不曾做過長篇小說，林紓居然用古文譯了百多種長篇小說，還使許多學他的人，也用古文譯了許多長篇小說；古文很少滑稽的風味，林紓居然用古文譯了歐文與迭更司 [7] 的作品；古文不長於寫情，林紓居然用古文譯了《茶花女》與《迦茵小傳》。古文的應用，自司馬遷以來，從沒有這樣大的成績。」桐城派祖師最討厭吳越間遺老雜以小說的放肆文筆，這位桐城派後裔，居然能領會小說的佳境與意義，予以光大，也是桐城派古文的最大成就。

―――――――
7　Charles John Huffam Dickens。

林紓並不識英法各國文字，全憑朋友和他對譯，可是他的欣賞能力很高，譯得也很快，每天對譯四小時，可以寫得六千字，有時也能直抉作者的心意，與之神會，也是了不得的天才，可說不愧為桐城派的後起之秀。

桐城派文家，他們比較注意詞語的選擇，以及文法的整飭。他們同時代的漢學家，也注意古今詞語的流變和古今文法的異同。因此，他們知道語文順乎時代，乃是必然的趨勢。桐城姚門四弟子，以方東樹為最拘謹，他對於文詞問題，卻說：「三代之書，詞氣遞降，時代為之也。況在晚近，古訓罕通，與其文之而人不曉，何如即所共喻而使之易喻乎？」那位桐城派的最後大師——吳汝綸，主張得更徹底，他說：「中國非廢漢文無以普及教育，蓋漢文過於艱深，人自幼學之，非經數十寒暑，不能斐然可觀，而人已垂老無用，吾國學問不及東西洋之進步者此也。」他們都是學習古文的人，他們都是古文的名手，但他們都已看到了古文的沒落，過於艱深的漢文，非走上改革之路不可的了。

吳汝綸所看到的時代，那正是十九世紀後期，民族工業剛在抬頭，沿海的都市正在發展的階段。在這樣的社會裏，以往士大夫階級所用的詞語，已不能應付裕如，大家需要一個範圍廣大的詞語圈。康有為、譚嗣同的政論文體，乃為大眾所歡迎。這種文體（也可說是報章文體），和桐城文體正相反，不是收斂的而是放縱的，不是簡潔的而是曼衍的。那時，黃遵憲主張「其取材也，自群經三史逮於周秦諸子之書、許鄭諸家之注，凡事名物名切於今者，皆採取而假借之。其述事也，舉今日之官書、會典、方言、俗諺，以及

古人未有之物、未闢之境，耳目所歷，皆筆而書之」。與梁啟超所主張「為文自解放，務為平易暢達，時雜以俚語詞語及外國語法，縱筆所至不檢束」相為呼應。他們的主張，幾乎將桐城派的義法樊籬掃盡掉了；但從另一方面看，這正是「言之有序」的補充和實踐。譚嗣同以駢文體例氣息寫成沉博絕麗之文，梁啟超以帶情感的筆鋒寫成條理分明詞句淺顯的文字，應用的範圍推廣得很大，他們的讀者也漸漸推廣到士大夫的圈子以外去了。

和譚、梁同時，也在寫政論文字的那位章太炎先生，他也注意到「有序有物」的桐城義法上去，不過他是要借光於古代，以魏晉之文為文章典型的。他說：「晚周之文，內發膏肓，外見文采，其語不可增損。」又云：「魏晉之文，持論彷彿晚周，氣體雖異，要其守己有度，伐人有序，和理在中，孚尹旁達，可以為百世師矣。」又云：「效魏晉之持論者，上不徒守文，下不可馭人以口，必先豫之以學。」他所說「豫之以學」，乃是「有物」中事。所說「守己有度，伐人有序」，乃是「有序」中事；他所期望的，乃是一種雅馴近古、有物有則的學術文，比桐城文更高一層的古文呢。

梁譚的報章文體，合乎時代的要求，其弊卻流於空洞無物；章太炎的學術文體，持論太高，難於使一般人共同接受。到了一九一二年間，章士釗的《甲寅》雜誌出來了，他們這一群人，有人稱之為邏輯文家。其論議既無華夷文學的自大心，又無策士文學的浮泛氣，而且文字組織上，無形中受了西洋文法的影響，所以格外覺得精密。章氏曾說明這種文體：「凡式之未慊於意者，勿著於篇；凡字之未明其用

者，勿廁於句；力戒模糊，鞭辟入裏，洞然有見於文境意境，是一是二。如觀游澗之魚，一清見底；如審當簷之蛛，絲絡分明，庶乎近之。愚有志乎是，寧云已逮。然文中不著不了之語，命意遣詞，所定腕下必遵之法令，不輕滑過。率爾見質，意在而口不能言其故者甚罕。」這一種文體，可以說是桐城派談義法以來最有力量的修正，也可說是古文革新運動中最有成就的文體。章士釗，他是編次《中等國文典》的學人，他用歐洲文法來研究中國文法，他的努力方向，也和當時語文改革的步驟相一致的。

四 啟蒙

　　就在我們祖老太太的手裏，我們的生活方式已經慢慢在改變。那明明亮亮的洋油燈，就把菜油燈趕到山僻的鄉村去；到了我們這一代，連山僻的老太婆也丟開了菜油燈盞，點起洋油燈來了。洋布的輸入，也跟洋油燈相先後，從城市到鄉村，把自種、自紡、自織、自染的土布趕了開去。我還記得，當我年輕時，陰丹士林洋布，就成為我們一群少男少女愛穿的衣料了。有一回，暨南學生問我：「什麼叫做洋務？」我說：「這些眼前的事故，串起來看，這便是洋務了。」

　　洋務之中，大概造輪船、興鐵路、開煤鐵礦，說是頭等要緊的大事。上海這碼頭，接觸洋人最早，開的眼界也最早。我們的歷史教師，就告訴我們：中國第一條鐵路就是吳淞鐵路。這條鐵路造成了，那時，因為民智不開，國人紛紛反對，只得拆毀了，那些鐵軌、車頭、車皮都移到台灣去，後來也就爛掉了。後來，我也看看當時的報紙，才知道史書上所說的話，也並不完全合乎事實的。那條鐵路，從上海蘇州河北天后宮，通往吳淞鎮，共長十二公里，由英商怡和洋行承辦。一八七四年冬天動工，到一八七六年二月初完成，七月初三通車。通車那天，盛況空前，據當日《申報》記者

記載：

> 予登車往遊，唯見鐵路兩旁，觀者雲集，欲搭坐者，已繁雜不可計數，覺客車實不敷所用。……火車吹號，車即由漸而快駛矣。坐車者盡面帶喜色，旁觀者亦皆喝彩，注目凝視，頃刻者車便疾駛，身覺搖搖如懸旌矣。

以下，這位記者，以一大段文字形容田間鄉民看火車的神情，至為有趣。鄉民對於鐵路，只有開車的第二個月，為了在江灣近郊壓死了一個人，鼓噪了一陣，以後也沒有多大的反感。吳淞鐵路的業務，一天好似一天，駛行了一年，為了主權關係，由中國政府收回，予以拆毀，運往台灣，另敷新路，那是後話。「洋務」這件事，也就是這麼闖到東方的農村來，把我們的生活環境和意識形態，一股腦兒轉變過來的。

大概，懂得洋務的重要的，在曾、李那些名臣以前，已經有了很多文士在開路了。有一位跟着林則徐辦外交的魏源（默深），他已經着眼翻譯的工作。他曾寫信給奕山將軍，說到外國的新聞紙。他說：「洋人刊印新聞紙，七天一回，把廣東的新聞傳到國外去，把國外的新聞傳到廣東來，彼此互相知照。那就不出門而知天下事了。」他主張把這些新聞紙上的世界新聞翻譯出來，那就可以知道洋人的情形了。其後，光緒年間，安徽巡撫王篤棠也曾奏立譯報館，他說：「為今日之計，擬請旨設一譯洋報處：凡所得東西洋報，有

關中國政事者，逐日譯成，進呈御覽。京外大小臣工，一併發觀。其言本國政事，亦一律譯呈，於是可以知彼，並可以知己矣。」後來刑部左侍郎李端棻奏請推廣學校，也把譯西報當作一件要事來說：「泰西各國，報館多至數百所，每日每館出報多至數萬張，凡時局政要、商務兵機、新藝奇技，五洲所有事故，靡所不言。閱報之人，上自君后，下至婦孺，皆足不出戶而對天下事皆了然也。故在上者能措辦庶政而無壅蔽，在下者能通達政體以待上之用，富強之原，厥由於是。」這些議論，以及當時譯述的工作，替洋務打開了途徑，我們東方人的眼界，也就這麼開展起來的了！

甲午戰爭的軍事失敗，結束了堅甲利兵的舊洋務，刺激了士大夫的政治認識，引起了康（有為）梁（啟超）的維新運動。文化上的啟蒙運動也就這麼開了頭的。不過，世變既殷，眾喙交集，上邊我所說的譯學工作，卻還是由於幾個在中國傳教的英美教士，起了帶頭作用的。那幾位著名的教士，有英國的李提摩太（Timothy Richard）和美國的林樂知（Y. J. Allen）、李佳白（Gilbert Reid）。他們都以虔誠的宗教家心理，希望東方這個老帝國的新生。李提摩太在同治年間便從倫敦到山西來傳教。他眼見大旱後的華北災民，覺得在中國必先輸入科學知識，改進一般人民的生活，才談得上宣傳教義。他這份大同主義的思想，為其他教士所不能理會，因此，他就被排出了教會，在山西無法立足，轉到北京廣學會去做編輯的工作。那一時期，他譯著了許多西歐國家的政治變革的歷史，以及政治家的學說。光緒二十一年，清廷下詔求善後對策，他曾進獻了維新政策。他說：「教民

之法，欲通上下有四事：一曰立報館。欲強國必先富民，欲富民必須變法；中國苟行新政，可以立致富強。而欲使中國官民，皆知新政之益，非廣行日報不為功；非得通達時務之人，主持報事以開耳目，則行之者一，泥之者百矣！其何以濟？則報館其速務也。」這便是清廷設立強學書局的先河。他曾經奔走李鴻章、翁同龢那幾位大臣之門，希望這幾位決定國政的重臣能夠採納他的主張。李鴻章因為他是一個英國教士，而對中國問題如此熱心，怕他別有用意，不十分理會他。後來，李鴻章因公赴歐，李提摩太也同船歸英，看見這位教士坐在三等艙裏，生活簡樸，行李簡單，才明白他是一位滿腔濟世熱忱的人。翁氏雖對他能讀孔孟之書，表示驚異，卻也不十分重視。到了光緒年間，他就在上海創辦《萬國公報》，一而再，再而三，把他的富民強國主張，明明白白說了又說，引起當時有志之士的普遍注意。那位寫《盛世危言》的鄭觀應，也就是在宣揚發揮李提摩太的主張。康、梁這兩位新進少年，也就把他的維新政策說得更具體一點，向那少年皇帝提出建議。李提摩太的立報館計劃，也就成為新政中最重要的步驟。當時，文廷式在北京設立強學書局，發行中外紀聞來提倡新學，鼓吹新政。強學書局雖因牽及新政，隨着康、梁失敗而被封禁，後來由強學書局所改設的官書局，也還帶着那一份維新氣息，光緒二十四年，帝決意維新，夏秋之間，連請中外大臣實行新政，御史宋伯魯奏請將上海《時務報》改歸官辦，由康有為督辦。瑞洵奏請在北京創設報館，朝廷即命瑞洵去籌辦。當時朝廷提倡報紙，光緒所下的上諭，也就是依着李提摩太的議論。在那環境中所設

立的報館，以及康、梁的報章文字，也就是李提摩太所用的文體。（胡適之稱之為時務文體。）

那位和李提摩太相知契的美國教士林樂知，他和太平軍方面的志士王韜，也是知交。他從王韜那邊汲取東方文化的知識，又把西方文化灌溉到王韜的腦子裏去。一八七五年，上海機器局改組成立，由他任總纂，翻譯歐美書報，對於中國政治社會的改革，提出了許多積極主張。康有為的維新具體政策，也還從這一大批譯著中得來。他在中國五十年，幾乎完全過着中國式的生活，連他的死，也是中國式的，他是貪吃河豚魚，中毒而死的。但他渴望中國蛻變革新的熱忱，卻又是西方型的。他們都是為了新中國文化的孕育，而盡產婆的職責的。張之洞說：「乙未以後，教士文人創開報館，廣譯洋報，參以博議，始於滬上，流行於各省，內政外事學術皆有焉。雖論說純駁不一，要以擴見聞，長志氣，滌懷安之鴆毒，破捫籥之瞽論，於是一孔之士，山澤之農，始知有神州；筐篋之吏，烟霧之儒，始知有時局，不可謂非有志四方之男子學問之一助也。」報館，可以說是啟蒙運動的標幟！

當時，還有一位熱心中國維新運動的美國教士李佳白，他是美國長老會派遣東來的。他在山東住得最久，跟當地人往還很密切，他不但能說流利的國語，還熟悉華北各地的方言。他曾在濟南延聘塾師，學習制藝文，想從科舉獲得進身之階，格於國籍，不曾如願。他到了曲阜，禮拜孔聖先師，和衍聖公結交；孔氏送他一副對聯，他就覺得十分榮幸。他的傳教精神與方法，頗和耶穌會初來中國那幾位神父

相同，他要打破民族間的隔膜，增進文化上的交流。長老會方面，認為他在中國傳教，毫無成績，把他召回去，將予以懲處。他回國後，力言在中國傳教，不可驀然進行，而且不應該以狹義的傳教為目的，同時，應得輔以醫藥一類的慈善事業。那時，華北各地仇教事件先後迭起，如火如荼；長老會方面，才知道這位教士對於中國問題有最深刻的了解，他的見解是遠大的，才重新派他到中國來。他重來中國，便到北京，設立尚賢堂。他主張道並行而不相悖，各教的教義可以互參。他對中國，表示親切的愛好。甲午戰爭發生，他從東交民巷獲得戰事真實消息，即向聽眾詳細講述，並加以分析，這麼一來，他在北京市民群建立了不可拔的威望。義和團事件發生，到處焚燬教堂，尚賢堂以得民眾愛護，乃得獨存。他幾次對清廷上書，希望清廷變法：（一）講求工藝、商業，禁絕鴉片以養民；（二）講求實學，廢科舉；（三）上下一體，君臣無間；（四）講求國防，亟籌武備。他的主張，也就替當時思想前進之士，如鄭觀應、劉楨麟輩，作有力的聲援。辛丑以後，他就把尚賢堂移到上海來，創辦一種刊物，名《尚賢堂紀事》，大聲疾呼，發揮維新變法的利益。他的時務文章，寫得最通順，對中國問題也看得最透徹。他說：中國的地幅、氣候、人口、文教，皆具備了第一等國家的條件，而「自通商以來，辦理交涉近六十年，均霑之利益，他國所能得者，中國轉不能得；應全之體面，他國所顧惜者，中國轉若不甚顧惜。」這都是不能變通新法之故。他又分析中國人士所以不願變通新法，只有兩種心理：一是以為新法宜於西不必宜於中，而存一無足輕重之見；一

是以為仿行之新法屢試無效，因難見阻，而隱有厭薄退怯之心；結果故步自封，國勢日弱，而一一皆委之於氣運，這是中國前途最可怕的礁石。他的見解、主張和文章風格，也可說是替梁啟超的《新民叢報》開了路，他乃是時務文體中的「白眉」。

　　時務維新運動的中心，在北京有上述文廷式所倡導的強學會，和朝臣互相吸引；在西南有康有為和他的弟子梁啟超、湯覺頓所組織的桂學會；後來康有為加入強學會，一時前進的知識分子在同一目標下，集合起來。北京強學會發行《中外紀聞》，上海強學分會也發行《強學報》。《中外紀聞》後來改為《官書局報》，《強學報》也改為《時務報》，由汪康年為經理，梁啟超為主筆。康、梁的議論，既為全國青年（士大夫）所依歸，《時務報》便成為輿論的重心。那時，討論社會問題、政治問題的風氣，各地都傳播開去，在湖南長沙有湘學會，衡陽有任學會，蘇州有蘇學會，其他還有農學會、天足會一類的社會活動，每會必有會刊來宣揚那個運動的意義。到了我們這一代，城市中已經看不見纏過了的小腳，便是他們宣傳的成績。（滿清入關，本來剪髮與放足同重，以朝士力爭，乃聽任漢家女子纏小腳；清末士大夫知道提倡天足，已是一大思想解放，此為尊重女權的先聲。）我們回看那一時期，士大夫群，由宣傳教義介紹零星知識，進而討論社會問題、政治問題，由翻譯失了時效的國外報紙，進而採訪中外新聞，介紹世界學術，這一步可說跨得很遠很遠的。

五　報章文學

　　康、梁捧着少年光緒皇帝來變法維新，到了戊戌政變，便告一段落，政治生命是很短促的。接下來，便是《新民叢報》時代，梁啟超成為言論界的彗星，創導所謂「新文體」（即報章文學，Reportage）。他曾自述寫文章的方法：「啟超夙不喜桐城古文，幼年為文，學晚漢魏晉。頗尚矜練。至是自解放（指《新民叢報》時期），務為平易暢達，時雜以俚語、韻語及外國語法。縱筆所至不檢束。學者競效之，號新文體，老輩則恨詆為野狐。然其文條理明晰，筆鋒常帶情感，對於讀者，別有一種魔力焉。」這段話，我以為該下一點註解。他早年文章，不受桐城派的拘束，而追尋晚漢魏晉的馥郁，已經帶着駢儷辭賦的錯綜氣息。他的新文體，放大了詞語的範圍，軼出桐城義法；而其篇章，則採取辭賦家之駢偶，也超過了桐城派的散體。其實，他們那一群朋友，早已有了共同的新文體傾向；譚嗣同的文字，就有着同樣的氣息。譚氏自謂：「少頗為桐城所震，刻意規之數年，久自以為似矣；出示人，亦以為似。誦書偶多，廣識當世淹通專一之士，稍稍自慚，即又無以自達。或授以魏晉間文，乃大喜，時時籀繹，益篤嗜之。由是上溯秦漢，下循六朝，始悟心好沉博絕麗之文。舊所為，遺棄殆盡。昔侯方域少喜

駢文，壯而悔之，以名其堂。嗣同亦既壯，所悔乃在此不在彼。所謂駢文，非四六排偶之謂，體例氣息之謂也，則存乎深觀者。」他就把新文體的源流氣息，說得更明白。他們是以駢文的體例氣息寫成的散文，時時把事理的正面反面說得非常暢快，時常用疊詞複句增加語句的力量，時常用刺激性的感慨語調增加論斷的語氣；梁氏所謂筆端常帶情感，也就是這個意思。即如譚氏的《仁學》，有論不生不滅一節，其中先分化學一排，物理一排，地理一排，天文一排；化學一排中，又分水、燭、陶埴、餅餌四小比，形式上和魏晉以來的賦體散文極相似，而其層進推究事理，和荀子、韓非、淮南的說理文極相近，有條有理，層次分明。他們的新文體，正是從舊文體中變化出來的。

這種新文體，影響非常之大，真是風靡一時，《新民叢報》雖是在日本東京刊行，而散播之廣，乃及窮鄉僻壤。清光緒年間，我們家鄉去杭州四百里，郵遞經月才到，先父的思想文筆，也曾受梁氏的影響；遠至重慶、成都，也讓《新民叢報》飛越三峽而入，改變了士大夫的視聽。所以攻擊梁氏新文體的，如嚴復、葉德輝輩，便說：「任公筆原自暢達，其甲午以後，於報章文字成績為多。一紙風行，海內觀聽為之一聳。當上海《時務報》之初出也，復嘗寓書戒之，勸其無易由言，致成他日之悔。聞當日得書，頗為意動，而轉念乃云吾將憑隨時之良知行之。由是所言皆偏宕之談，驚奇可喜之論。至學識稍增，自知過當，則曰吾不惜與自己前言宣戰。」「往者蔣觀雲嘗謂梁任公筆下大有魔力，而實有左右社會之能。故言破壞，則人人以破壞為天經；倡暗

殺，則黨黨以暗殺為地義。嗟乎！任公既以筆端攪亂社會，至如此矣。然惜無術再使吾國社會清明，則於救亡本旨又何濟耶？」從反對方面的議論，更可以了然這種新文體的法力了！嚴氏曾以歌德所寫的《浮士德》為喻，這位通符咒神術的主人，他一夜召喚了地球神，地球神真的到來了。陰森獰惡，六骸震動。浮士德大恐屈伏，卻沒有法力去遣逐那地球神回去了！

報章文學，適應現代工業化的都市生活環境而產生的，這是小市民的文學。這種文體，從過去士大夫看來，未免粗糙刺眼，沒有雍容爾雅的氣度。但是面對着小市民階級，恰正是粗糙的好；是一塊磚頭，並不是一塊玉石，磚頭恰正合上了用處。梁啟超說：「某以為業報館者，既認定一目的，則宜以極端之議論出之。雖稍偏稍激焉而不為病。何也？吾偏激於此端，則同時必有人焉偏激於彼端以矯我者，又必有人焉執兩端之中以折衷我者，互相倚，互相糾，互相折衷而真理必出焉。若相率為從容模稜之言，則舉國之腦筋皆靜，而群治必以沉滯矣。夫人之安於所習而駭於所罕聞，性焉，故必變其所駭者而使之習焉，然後智力乃可以漸進。彼始焉，駭甲也，吾則示之以倍可駭之乙，則能移其駭甲之心以駭乙，而甲反為習矣。所駭者進一級，則所習者亦進一級，馴至舉天下非常異義可怪之論，無足以相駭，而人智之程度乃達於極點。」這便是他所以筆端常帶情感的本意。他認定報章乃是有時間性的，要抓住這份時間的效能，使讀者人人都受到感應，那就收到了宣傳的效用了。

依當時的政治動向說，和《新民叢報》對立的《復報》、

《民報》的言論，比君憲派激進得多。《民報》那一群執筆的人，如章炳麟、汪精衛、胡漢民，也都能寫煽動性的文字。其時，人心在反動時期所受的壓迫很大，人人有打破現狀的意欲，也只有感情激越的文字，才配合大家的胃口。不過，章太炎他們對於文體，卻比較矜持得多。他筆下在寫有時間性的文章，他心頭卻貫注於藏之名山的百年勝業。因此，他們對於文體演變，如劉師培所說的：「宜歸為二派：一修俗語以啟淪齊民；一用古文以保存國學」。章太炎也說：「有通俗之言，有學術之言，此學說與常語不能不分之由」、「有農牧之言，有士大夫之言，此文言與鄙語不能不分之由」。他為了政治性宣傳，不能不寫報章文體，但他總看不起梁啟超式的文體，說是「報章小說，人奉為宗」。他自謂：「僕之文辭為雅俗所共知者，蓋論事數首而已，斯皆淺露其辭，取足便俗，無當於文苑。向作《訄書》，文實宏雅，蓋博而有約，文不掩質，以是為文章職墨，流俗或未之好也。文生於名，名生於形，形之所限者分，名之所稽者理，分理明察，謂之知文。」章氏也和譚嗣同、梁啟超一般，受着魏晉文體的影響，章氏卻在「雅」的一方面努力。當時，有人把他列入當代五十文家之中，他寫信給友人說：「從重汪中，未嘗薄姚鼐、張惠言，姚、張所法，上不過唐宋，然視吳蜀文士為謹。並世所見，王闓運能盡雅，其次吳汝綸以下，有桐城馬其昶為能盡俗。下流所仰，乃在嚴復、林紓之徒。復辭雖飭，氣體比於制舉，若將所謂曳行作姿者也。紓視復又彌下，辭無涓選，精彩雜汙，而更浸潤唐人小說之風。若然者，既不能雅，又不能俗，則復不得比於吳蜀文士矣。」連

嚴復、林紓都不在他的眼裏，自更不把梁啟超的報章文學看得有什麼分量了。

平心而論，梁啟超最能運用各種字句語調來做應用的文章。他不避排偶，不避長比，不避佛書名詞，不避詩詞的典故，不避日本輸入的新名詞。因此，他的文章最不合古文義法，但他的應用的魔力也最大。這樣的魔力，那是並世文人，誰都不能及得的。陳子展也說：「這種新文體，不避俗言俚語，使古文白話化，使文言白話的距離比較接近，這正是白話文學運動的第一步，也是文學革命的第一步。」

《新民叢報》式的報章文體（梁啟超的早期文字），原是有流弊的。如胡適之所說的：「學他的文章的人，往往學了他的堆砌，他的排比。在記敘的文章內，這種惡劣之處，更容易呈顯出來。」有一位四川的小說家李劼人（法國留學生，以譯佛祿倍爾[1]、左拉[2]小說著稱），他就在《暴風雨前》一小說中，借田老兄和郝又三的對話，來調侃濫調報章文體的流弊。田老兄說：「容易，容易！你我交情非外，我告訴你一個秘訣，包你名列前茅。不管啥子題，你只顧說下些大話，搬用些新名詞，總之，要做得蓬勃，打着《新民叢報》的調子，開頭給他一個登喜馬拉雅山最高之頂，蒿目而東望曰：『嗚呼，噫嘻，悲哉』，中間再來幾句複筆，比如說：『不幸而生於東亞！不幸而生於東亞之中國！不幸而生於東亞今日之中國，不幸而生於東亞今日之中國之什麼』，再隨便引

1　Gustave Flaubert。

2　Émile Zola。

幾句英儒某某有言曰，法儒某某有言曰，哪怕你就不通，就狗屁胡說，也夠把看卷子的先生們麻着了。」郝又三又怕自己的記性不行，記不住啥子蘇格拉底[3]、福祿特爾[4]的名訓。田老兄又哈哈大笑道：「我再告訴你秘訣啦！老弟，你我交情不同了！引外國人說話，是再容易沒有了。日本人呢，給一個啥子太郎，啥子二郎；俄羅斯人呢，給他一個啥子諾夫，啥子斯基。總之，外國儒者，全在你肚皮裏，要捏造好多，就捏造好多。啥子名言偉論，了不得的大道理，乃至狗屁不通的孩子話、婆娘話，全由你的喜歡，要啥個寫，就啥個寫，或者一時想不起，就把四書五經的話搬來，改頭換面，顛之倒之，似乎有點通，也就行了。總之，是外國儒者說的，就麻得住人。」這些話，有些近於開玩笑，卻也一半近於事實，那時的風氣如此，所謂時務八股，就造成了這樣的惡劣文體。

到了梁啟超的中年，已漸漸脫去了早年的浮誇、叫囂、堆砌、繳繞的種種毛病。到了一九一二年間，章士釗的《獨立週報》、《甲寅》雜誌出來了，他們這一群人之中，有李大釗、陳獨秀、黃遠庸、李劍農、高一涵、張東蓀這些政論家，撇開了古拙的學術文和放縱的梁體時務文，建立謹嚴的政論文體，這才是報章文體的正軌。章士釗，他從英國回來，研究過「邏輯」（Logic），編過《中等國文典》，他提倡邏輯文學，愛好峻潔的柳宗元文章。他自言：「愚於文，

3　Socrates。

4　Voltaire。

實無工力可言。其粗解秉筆，紀事述意，不大虞竭蹶者，亦憑天事為多。且移用遠西詞令，隱為控縱而已。」「為之之道奈何？曰：凡式之未愜於意者，勿著於篇；凡字之未明其用者，勿廁於句。力戒模糊，鞭辟入裏，洞然有見於文境意境，是一是二。如觀游澗之魚，一清見底；如審當簷之蛛，絲絡分明，庶乎近之。愚有志乎是，寧云已逮。然文中不著不了之語，命意遣詞，所定腕下必遵之律令，不輕滑過。卒爾見質，意在而口不能言其故者甚罕。凡此皆愚粗有心得之處，所願與同道之士共起追之。是究如何？亦潔字訣而已矣。近聞山陰王書衡謬稱愚文，謂曲而能達，略高時手一等。溢美之言，愚豈敢受？夫曲而能達云者，指凡文中自然結構，一一瑩然於胸，周旋折旋，筆隨意往，微無弗及，遠無弗屆者也。此何等造詣，而愚能之？今天下不足是詣也特甚，其亦勉焉耳矣！」

　　從文體的演進說，適應這個時代環境的需要，所產生的新風格，都可說是對於桐城派古文的有力的修正。邏輯文體以政論為文章中之「物」，「行文主潔」，「用遠西詞令，隱為控縱」，乃是文章中之「序」，舊文體的局部改革，已經到了頂點了。

六 江西詩派

　　一九二二年，那年是上海《申報》的五十週年；那位年方三十的胡適之，他寫了一篇〈五十年來之中國文學〉，話分兩頭，就把舊文壇的詩人，一筆勾消。他說：「太平天國之亂，是明末流寇之亂以後的一個最慘的大劫，應該產生一點悲哀的或慷慨的好文學。說也奇怪，東南各省受害最深，竟不曾有偉大深厚的文學產生出來。王闓運為一代詩人，生當這個時代，他的《湘綺樓詩集》，只看見無數擬鮑明遠、擬曹子建一類的假古董；他們住的世界還是鮑明遠、曹子建的世界，並不是洪秀全、楊秀清的世界。」因此胡適只舉金和（著有《秋蟪吟館詩鈔》）是代表時代的詩人，其次便從黃遵憲算起了。這篇文章，引起了舊詩人的反感。其後十年，錢基博著《現代中國文學史》（世界書局本），一反胡適的看法，只用舊詩人來代表這個時代，把新詩和新詩人一筆抹煞。這樣兩種極端看法，也可說是相得益彰。錢萼孫作《近代詩評》，說：「詩學之盛，極於晚清，跨元越明，厥途有四。」（此說也和胡氏正相反。）他所說的四派：瓣香北宋，私淑西江的是一派；遠規兩漢，旁紹六朝的，也是一派；無分唐宋，並咀英華的又是一派；第四派則是：「驅役新意，供我篇章，越世高談，自闢戶牖，公度、南海，蔚

為大國；復生、觀雲，並足附庸。」說來也真有趣，胡適所說的創始、開宗的詩人，錢氏看來，正是舊詩人的附庸小國呢！到了陳子展的《最近三十年中國文學史》出來，這才把新舊兩派作持平的評論。

對於現代詩人的論定，陳石遺詩話可說是此中泰斗。他說：「道咸以來，何子貞、曾滌生、鄭子尹、莫子偲始言宋詩。何、鄭、莫皆出程春海門下，湘鄉詩文皆私淑江西。」又說：「前清詩學，道光以來一大關捩，略別兩派：一派為清蒼幽峭，明之鍾惺、譚元春之倫，洗鍊而鎔鑄之，體會淵微，出以精思健筆。陳太初《簡學齋詩存》，字皆人人能識之字，句皆人人能造之句，及積字成句，積句成韻，積韻成章，遂無前人已言之意，已寫之景，又皆後人欲言之意，欲寫之景。此派當時嗣響，頗乏其人。近日，以鄭海藏（孝胥）為魁壘，其源合也。其一派生澀奧衍，語必驚人，字忘習見，鄭子尹為其弁冕，莫子偲足羽翼之。近日，沈乙庵（子培）、陳散原（三立）實其流派；而散原多採奇字，乙庵益以僻典，又少異焉。其樊榭、定庵兩派，樊榭幽秀，本在太初之前；定庵瑰奇，不落子尹之後。然一則喜用冷僻故實，而出筆不廣；一則麗而不質，諧而不澀，才多意廣者，時樂為之。人境廬、樊山諸君，由此其選也。」他對於近代詩壇的鳥瞰，便是如此。

大體說來，現代的舊詩，以宗宋詩（即江西詩派）的同光體為權威。什麼是同光體呢？陳石遺說：「丙戌在都門，蘇堪告余，有嘉興沈子培者，能為同光體。同光體者，余與蘇堪戲目同光以來詩人，不專宗盛唐者也。」本來明代何

李前後七子，專宗盛唐，不讀大曆以後書，早已引起明末公安、竟陵派的反感。清初姚鼐的今詩選，兼選宋詩，說：「東坡天才有不可思議處，其七律只用夢得、香山格調，其好處豈劉、白所能望哉？山谷刻意少陵，雖不能到，然其兀傲磊落之氣，足與古今作俗詩者，澡濯胸胃，導啟性靈。」已有推崇宋人蘇、黃之意。後來曾國藩論詩，也推崇蘇、黃，比於李、杜，所以陳石遺說：「湘鄉出而詩學皆宗涪翁（黃山谷）」。這種宗尚宋詩的風氣，也正是詩體本身變化所必至，也是時代環境使然的。

近人繆鉞論宋詩，說：「唐代為我國詩之盛世，宋詩既異於唐，故褒之者，謂其深曲瘦勁，別闢新境，而貶之者謂其枯淡生澀，不及前人。平心論之，宋詩雖殊於唐，而善學唐者莫過於宋。就內容論，宋詩較唐詩更為廣闊，就技巧論，宋詩較唐詩更為精細。唐詩以情景為主，即敘事說理，亦寓於情景之中，出以唱嘆含蓄。惟杜甫多敘述議論，然其筆力雄奇，能化實為虛，以輕靈運蒼質。韓愈、孟郊等以作散文之法作詩，始於心之所思，目之所睹，身之所經，描摹刻劃，委曲詳盡，此在唐詩為別派。宋人承其流而衍之，凡唐人以為不能入詩或不宜入詩之材料，宋人皆寫入詩中，且往往喜於瑣事微物逞其才技。餘如朋友往還之跡，諧謔之語，以及論事、說理、講學、衡文之見解，在宋人詩中，尤恆遇之。此皆唐詩所罕見也。夫詩本以言情，情不能直達，寄於景物，情景交融，故有境界，似空而實，似疏而密，優柔善入，玩味無窮，此六朝及唐人之所長也。宋人略唐人之所詳，詳唐人之所略，務求充實密栗，雖盡事理之精微，

047

而乏興象之華妙。李白、王維之詩，宋人視之，或以為『亂雲敷空，寒月照水』，不免空洞。然唐詩中深情遠韻，一唱三嘆之致，宋詩中亦不多覯。故宋詩內容雖增擴，而情味不及唐人之醇厚，後人或不滿意宋詩者以此。」這一段議論，使我們明白江西詩派的風格。所謂同光體，也就是以清奇生新，深雋瘦勁相尚，擅有宋詩的特點的新詩體。

那位寫《石遺室詩話》的陳衍，他於詩既主不分唐宋之說，所以對於貌為復古派的王湘綺，頗有微詞，而於反復古派的竟陵體，倒十分推許。他是批判同光體的詩評家，他的議論，也和同光體非常接近。他主張「作詩文要有真實懷抱，真實道理，真實本領，非靠着一二靈活虛字可此可彼者斡旋其間，便自詫能事也」，已經暗示了詩壇革命的氣息。滿清亡國以後，那些舊官僚，自託遺老，吟詩見志。他們也都自以為是同光體的詩人。陳石遺卻說：「自前清革命，而舊日之官僚伏處不出者，頓添許多詩料。黍離麥秀，荊棘銅駝，義熙甲子之類，搖筆即來，滿紙皆是。其實此皆毫無故實，用典難於恰切。前清鐘簾不移，廟貌如故，故宗廟宮室未為禾黍也；都城未有戰事，銅駝未嘗在荊棘中也；義熙之號雖改，而未有稱王稱帝之劉寄奴也；舊帝后未有瀛國公、謝道清也。出處去就，聽人自便，無文文山、謝疊山之事也。今日世界，亂離為公共之戚，興廢乃一家之言。」他對於同光體末流的批評，說他們亂用故典，毫無故實，也和當時的新詩派的議論相吻合的。

同光體詩人之中，自以陳三立（字伯嚴，號散原）為匠石，他的父親陳寶箴，戊戌變法時，以湖南巡撫地位支持維

新運動，因此他們父子都受了懲處。三立也就因為受了這場大打擊，便絕意政治，把滿腔抑鬱之氣，發之於詩，有《散原精舍詩》。他和黃公度同是主張變法維新的朋友，失敗以後的命運，也約略相同。所不同者，陳三立是同光體舊門庭中的主人，而黃公度則是從宋詩再進一步，成為新詩體的開山祖師就是了。有一首陳氏答黃公度的感懷詩，最足以說明他們的心懷，詩云：

> 天荒地變吾仍在，花冷山深汝奈何？萬里書疑隨雁鶩，幾年夢欲飽蛟黿。孤吟自媚空階夜，殘淚猶翻大海波。誰信鐘聲隔人境，還分新月到巖阿！

抗戰勝利那年，我從後方到了南京。那時有些朋友都在那兒搜集珍本的中外圖籍。其中有幾種印得最精緻，而且極容易買到的詩集，那就是黃秋岳、梁鴻志、鄭孝胥這幾位閩中的詩人。我也買了一部《海藏樓詩集》，三十二開本，連史紙精印，外面還有一個布套子。友人看了他的詩，嘆息道：「卿本佳人，奈何作賊！」鄭氏的詩，和陳三立齊名，而精思過之，有人比之為元遺山。他的五十自壽詩有句：「讀盡歷史不稱意，意有新世容吾儕。」在清末，也是主張變法立憲，一個頭腦清醒的人。到了晚年，對時世有點絕望，所以他曾有一詩：就以「世已亂，身將老，長歌當哭，莫知我哀」為題，句云：「駐顏卻老竟無方，被髮纓冠亦太狂！歸死未甘同泯泯，言愁始欲對茫茫。孤雲萬族身安託？落日扁舟世可忘。從此湖山損兵柄，肯教部曲識蘄王！」他

本來想以詩人終老，他就以杜甫自況。他題杜陵畫像詩云：「杜陵一生百不就，至死不為天所祐。誰知歷劫行人間，造物安能如汝壽。詩者一人之私言，或配經史垂乾坤。丈夫不朽當自放，假手功名何足論！」也還是遺老的意識害了他，以至於晚節不終的。

鄭氏的詩，得江西詩派的神理，而出乎江西詩派樊籬之外，所以能夠懂得「澀」字的詩味。他曾於〈題晚翠軒詩〉，說出他的真賞，詩云：「稱詩有高學，云以澀為貴。子豈真可人？所詣邃爾邃。詩懷文字前，未得殆難會。即論句法秘，大事匪狡獪。初如咀橄欖，枯中說滋味。終乃啖枇杷，甘平宜渴肺。子詩實早就，流宕可毋畏！試迴刻意功，一極才與思。向來謬見推，淺語不予贅。仍當摹千文，為君題晚翠。」這是他對於江西詩派的獨到的見解。

繆鉞論宋詩：「宋代國勢之盛，遠不及唐，外患頻仍，僅謀自守，而因重用文人故，國內清晏，鮮悍將驕兵跋扈之禍，是以其時人心靜弱而不雄強，向內收斂而不向外擴發，喜深微而不喜廣闊。宋人審美觀點亦盛，然又與元朝不同。元朝之美如春華，宋代之美如秋葉；元朝之美在聲容，宋代之美在意態；元朝之美為繁麗豐腴，宋代之美為精細澄清。總之，宋代承唐之後，如大江之水，瀦而為湖，由動而變為靜，由渾灝而變為澄清，由驚濤洶湧而變為清波容與。此皆宋人心理情趣之種種特點也。」這一番話，可以幫助我們了解江西詩派的情趣。

時勢遷移，江西詩派所標榜的宋詩，從時代環境說，也是發揮着宋人以散文風格寫詩的特長，來駕馭更複雜的現

象。他們的「新」與「變」，也都是向着這一條路在走。即以擬古著名的大詩人王湘綺，他的著名四弟子：釋敬安、楊莊（湘綺兒媳）、齊白石、張登壽，也都是從古拙進到「自然」的風格。那位著名的和尚 —— 八指頭陀敬安，俗名黃讀山，他識字不多，而詩境獨絕，在浙江寧波阿育王寺為知客僧時，一日，他正在山腳下散步，忽見兩個客人聯騎入山，其中一個，是披着大紅綿套褂的老者，操着湘潭土音，對另一個中年的人說：「看呀，前面就是育王嶺了。我們且慢慢的佘吧。」（佘，音作土懇切，猶言走的意思。）興會所至，這兩人便聯句做起打油詩來。那老者吟道：「一步一步佘」，年青的人續道：「佘入育王嶺」。敬安聽了觸景生情，詩思陡起，急忙應聲道：「夕陽在寒山，馬蹄踏人影！」這兩個人，正是王湘綺與易實甫，他們偶爾以詩當作旅途的遊戲，不意竟為他續成了一首雋妙的五絕，為之驚詫不止。這樣的詩，也正是胡適《白話文學史》中所採取的有新意境的好詩呢！

七　新體詩

　　時代環境，迫着現代的中國文人，要產生一種新的文體，新的詩體，於是舊的詩人在「變」，新的詩人也在「變」。（陳子展說：「這裏所謂新派舊派，本無截然的界限。其實詩須是詩，派無分於新舊。而且他們詩的外形都是因襲的，絕少創體，不好分出什麼新舊來。」這話很對。陳氏自己雖是新的詩人，他自己的詩，也還是因襲舊的形式的。）那些參加維新新政運動的人，他們便自稱為「新體詩」。照舊詩人的說法，所謂新體詩，乃是宋詩的變體；而新派詩人，則自以為鎔鑄新理想以入舊風格，瓶是舊的，酒卻是新的。

　　初期的詩界革命，採取怎樣一種形式呢？梁啟超曾在《飲冰室詩話》中說過：「當時所謂新詩者，頗喜撏撦新名詞以自表異。丙申丁酉間（一八九六至一八九七），吾黨數子，皆好作此體。提倡之者，為夏穗卿（曾佑），而復生（譚嗣同）亦摹嗜之。〈金陵所聽說法〉云：『綱倫慘以喀私德，法會盛於巴力門』，『喀私德』即 Caste 之譯音，蓋指印度分人為等級之制也；巴力門即 Parliament 之譯音，英國議院之名也。穗卿贈余詩有云：『冥冥蘭陵門，萬鬼頭如蟻。質多舉隻手，陽烏為之死。祖褟往暴之，一擊類執豕。』蘭陵指

的是荀卿；質多是佛典上魔鬼的譯名，也即基督教經典裏的撒旦；陽烏即太陽，日中有烏，是相傳的神話。清儒所做的漢學，自命為荀學。我們要把當時壟斷學界的漢學打倒，便用擒賊擒王的手段去打他們的老祖宗——荀子。當時，吾輩方沉醉於宗教，乃至相約以作詩，非經典語不用。所謂經典者，普指佛孔耶三教之經，故新的字面，絡繹筆端焉。」等到梁氏主辦《新民叢報》時期，他已經厭倦這一類詩了，他認為這一類詩，當時沾沾自喜，可是並不是好詩，大家都已明白了。他說：譚嗣同的學問，三十以後，頗有進境；他的詩歌，卻未必比三十以前更好。他對新詩提出一個新標準，說：「過渡時代必有革命，然革命者當革其精神，非革其形式。吾黨近好言詩界革命，然而若以堆砌滿紙新名詞以為革命，是又滿洲政府變法維新之類也。能以舊風格含新意境，斯可以舉革命之實矣。」

在梁氏的新詩標準之下，黃遵憲（公度）乃是他所最推重的一人。黃氏也以新詩自許，他在《人境廬詩草》自序中說：「詩之外有事，詩之中有人。今之世異於古，合之人亦何必與古人同。」他要棄去古人之糟粕，而不為古人所束縛。他的理想詩境是：一曰，復古人比興之體；一曰，以單行之神，運排偶之體；一曰，取〈離騷〉、樂府之神理，而不襲其貌；一曰，用古文伸縮離合之法以入詩。他的詩料，是「其取材也，自群經三史逮於周秦諸子之書、許鄭諸家之注。凡事名物名切於今者，皆取採而假借之。其述事也，舉今日之官書、會典、方言、俗諺，以及古人未有之物、木闕之境，耳目所歷，皆筆而書之。」他的詩格是：「自曹、鮑、

陶、謝、李、杜、韓、蘇迄於晚近小家，不名一格，不專一體，要不失乎為我之詩。」他的詩學建設論，一方面是述舊，一方面是創新，他的腳步還是從宋詩中跨出，汲取了歐西文學與日本文學的精神，變化以出之的。

　　胡適撇開清末那些舊詩人，於黃公度以前，又找了一位新體詩的前驅，那便是著《秋蟪吟館詩鈔》的作者金和（上元人，字亞匏，生於一八一八，死於一八八五）。他曾自述詩意：「所作雖不純乎純，要之語語皆天真。時人不能為，乃謂非古人。」「乃有真壯夫，於此獨攘臂。萬卷讀破後，一一勘同異。更從古人前，混沌辟新意。甘使心血枯，百戰不退避。」已經有着人境廬詩的風格了。（其實，詩體要革新，舊詩人也已感到了。林紓甲午前後，也談時務，所作《閩中新樂府》，如〈破藍衫〉、〈村先生〉、〈興女學〉，都有了新見解。樊增祥〈和王梅溪居武林小詩〉十一首之一，有云：「秋實春華迥不同，夷言掃盡漢唐風。龍頭總屬歐洲去，且置詩人五等中。」也是感受當時新思潮的衝擊了。）

　　從我們的觀點，維新黨人的所謂新學，都是一些不可解的怪話。他們把這些怪話，注入他們的新詩裏去，也只有他們自己才懂得。梁啟超曾經自己下過批判：「我們當時認為中國自漢以後的學問全要不得的，外來的學問都是好的。既然漢以後要不得，所以專讀各經的正文和周秦諸子。既然外國學問都好，卻是不懂外國話，不能讀外國書，只好拿幾部教會的譯書當寶貝。再加上些我們主觀的理想——似宗教非宗教，似哲學非哲學，似科學非科學，似文學非文學的奇怪而幼稚的理想。我們所標榜的新學，就是這三種元素混

合構成的。」當時的流俗，對於他們的政治革命，已經驚駭了一場，他們又在鬧「文學革命」、「詩界革命」，更覺得離經叛道，非常可怪了。他們這類新詩料，在舊派文人看來，自然既不如自然界風雲月露的空靈，又不如詩騷爾雅裏草木蟲魚的典雅，更不比社會間忠孝節義的有關名教，簡直要不得的。我們也只覺得他們的好處就是新奇，不腐臭，不庸濫（本來他們這種運動，也不只是對於腐臭庸濫的舊詩界所生的一種反動），換一方面看，也只是「新奇」而已。他們的理想是幼稚的，取材也是褊狹的，其後不久，連他們這幾個前驅的戰士，也改變了觀點了。

維新志士之中，康有為這一領導者，他在詩文上的造詣，也是與時俱進的，他曾與菽園論詩，賦了三律：

> 一代才人孰繡絲？萬千作者億千詩。吟風弄月各自得，覆醬燒薪空爾悲。正始如聞本風雅，麗葩無那祖騷詞。漢唐格律周人意，悱惻雄奇亦作思。

> 新世瑰奇異境生，更搜歐亞造新聲。深山大澤龍蛇遠，瀛海九州雲物驚。四聖崆峒迷大道，萬靈風雨集明廷。華嚴帝網重重現，廣樂鈞天窈窈聽。

> 意境幾於無李杜，目中何處着元明。飛騰勢似風雲起，奇變見猶神鬼驚。掃除近代新詩話，惝恍諸天聞樂聲。茲事混茫與微妙，感人千載妙音生。

從這幾句詩，我們可以明白康氏對於詩的見解，他所說的：「意境幾於無李杜，目中何處着元明」，正代表着他們那一群人的氣概。康氏原是一個環遊過世界，見過世面的人，所以胸襟開拓，自是不同。他自言：「吾性好遊，嗜山水，愛風竹，船唇馬背，野店驛亭，不暇為學，則餘事為詩。天人之感多受。及戊戌遭禍，遁跡海外，五洲萬國，靡所不到。風俗名勝，託為詠歌。嗟我行邁，皆寓於詩，情在於斯，噫氣難已！」汪國瑞《光宣詩壇點將錄》有云：「今詩人尚意境者宗黃陳，主神韻者師大曆。鎚幽鑿險，則韓孟啟其宗風；範水模山，則謝柳標其高格。其純然入乎古人出乎古人者，則南海康有為也。南海平生學術，不以詩鳴，徒以境遇之艱屯，足跡之廣歷，偶事歌詠，直有抉天心、探地肺之奇，不僅巨刃摩天而已也。返虛入渾，積健為雄，唯南海足以當之。」也就是這個意思。

　　梁啟超，可以說是那一時期最好的詩評家，他自己的詩雖不多，卻也言之有物，用騷賦樂府格調，而能伸縮自由。他自言：「余向不能為詩。自戊戌東徂以來，始強學耳。然作之甚艱辛，往往為近體律絕一二章，所費時日與撰《新民叢報》數千言論說相等。故間有得一二句頗自憙而不能終篇者，非志行薄弱，不能貫徹初衷也。以為吾之為此，本為陶寫吾心，若強而苦之，則又何取？故不為也。」單就《飲冰室文集》所見那些詩詞來說，都是很有氣魄的。他最佩服南宋的陸放翁，胸襟也正相同。他讀陸放翁詩集有感：「詩界千年靡靡風，兵魂消盡國魂空。集中什九從軍樂，亘古男兒一放翁！」也正是他自己的感喟。

梁啟超在東京創辦《新民叢報》，其中專刊新體詩的那一欄，題名「詩界潮音集」。這一時期的新詩，比以前譚嗣同、夏曾佑所提倡的新詩，已經進步得多了。那一時期，「那些失意的青年志士們，群集異國，得以自由地接受新的知識，故生活飽嘗顛沛流亡之苦，又經過一九〇〇年義和團之亂，感觸既深，一一託之於詩。」所以稱之為時代的潮音。

那一群新體詩人之中，康、梁兩人而外，蔣觀雲、狄葆賢、麥孟華諸人，都有慷慨激昂之作。康有為有〈愛國短歌行〉：

> 我祖黃帝傳百世，一姓四五垓兄弟。族譜歷史五千載，大地文明無我逮。全國語文同一致，武功一統垂文治。四裔入貢懷感惠，用我文化服我制，亞洲獨尊主人位。今為萬國競爭時，惟我廣土眾民霸國資，徧鑒萬國無似之。我人齊心發憤可突飛，速成學藝與汽機。民兵千萬選健兒，大造鐵艦遊天池，舞破大地黃龍旗！

這樣的詩，並不算好，但可以代表當時一種嶄新的向上的士氣，也可以看出當時文學界的一點活氣。他的《萬木草堂詩集》，有着志士的狂熱、讀書人的高調和政治家的野心，這也是他們所以追慕陸放翁的風格的因由之一。

蔣觀雲的《居東集》中，有一首〈詠盧騷〉詩：「世人皆欲殺，法國一盧騷。民約倡新義，君威掃舊驕。力爭平等路，血濺自由苗。文字收功日，全球革命潮。」這些詩句，

簡直就是時代的信號。革命志士，有着齊生死的頓悟境界。所以，他那幾首〈挽古今之敢死者〉，有云：

男兒抱熱血，百年待一灑。一灑夫何處，青山與青史。青山生光彩，煌煌前朝事。青史生光彩，飛揚令人起。後日馨香人，當日屠醢子。屠醢時一笑，一笑寧計此！

病死最不幸，吾昔為此語。瞽儒列五福，考終世所與。儒者重明哲，後人若畫鼠。君子養浩然，明神依大宇。強釋生死名，生死去來耳！

這是產生志士的時代，所以汪精衛的「慷慨赴燕市，從容作楚囚。引刀成一快，不負少年頭！」也正代表那一時代青年的共同懷抱呢。

我們年輕時，束髮受書，便讀了梁啟超的〈舉國皆我敵〉歌，歌云：

舉國皆我敵，吾能勿悲！吾雖悲而不改吾度兮，吾有所自信而不辭。世非混濁兮不必改革，眾安混濁而我獨否兮，是我先與眾敵。闡哲理指為非聖道兮，倡民權曰畔道。積千年舊腦之習慣兮，豈旦暮而可易？先知有責，覺後是任。後者終必覺，但其覺匪今。十年以前之大敵，十年以後皆知音。君不見蘇格拉底瘐死兮，基督釘架，犧牲一生覺天

下！以此發心度眾生，得大無畏分自在遊行。渺軀
獨立世界上，挑戰四萬萬群盲。一役戰罷復他役，
文明無盡分，競爭無時停。百年四面楚歌裏，寸心
炯炯何所攖。

這些詩篇，不僅含蘊着思想革命的氣氛，也在用騷賦
樂府的格調創造了新的詩式，隱隱地暗示文學革命時代的
到來！

八 人境廬詩

替新體詩開闢門庭自成一家的，首推黃遵憲（公度），他是維新變法的主要人物。曾任駐日本使館參贊，新加坡、舊金山總領事，富有世界知識，時代眼光。他任湖南按察使時，參與新政的推行；戊戌新政，在北京是失敗的，在湖南卻相當成功。黃氏很早便有革新的思想，主張實行民主。他居日時，便已讀了盧梭[1]和孟德斯鳩的學說，知道太平世必在民主。他說：「中國必變從西法，三十年後，必會實現。」他到了倫敦，又主張：「我國政體，必當法英，而其着手次第，則欲取租稅、訟獄、警察之權，分之於四方百姓，欲取學校、武備、交通之權，歸之於中央政府，盡廢督府、藩臬等官，以分巡道為地方大吏，其職在行政而不許議政。上自朝廷，下至府縣，咸設民選議院。」這是他的民主政治的輪廓。他有〈病中紀夢述寄梁任父〉詩：

> 人言廿世紀，無復容帝制。舉世趨大同，度勢
> 有必至。懷刺久磨滅，惜哉吾老矣！日去不可追，

---

1 Jean-Jacques Rousseau。

河清究難俟。倘見德化成，願緩須臾死！

他已完全否定了君主的制度，知道世界潮流所趨，非民主不可了。

黃公度，從他的文學成就來說，他的《人境廬詩草》、《日本雜事詩》，都是傳世之作。我們看他的人境廬詩，其中最早的詩，作於一八六五年，那時他只有十八歲，他那時已經感到一般士大夫的迂拘不通世務，乃是國家衰亡的主因，他曾有〈雜感〉詩，說：

> 吁嗟制藝興，今亦五百載。世儒習其然，老死不知悔。精力疲丹鉛，虛榮逐冠蓋。勞勞數行中，鼎鼎百年內。束髮受書始，即已縛紐械。英雄盡入彀，帝王心始快。豈知流寇亂，翻出穰鋤耰。

他就指出以制藝取士，拘束了知識分子的思想，那是一條絕路，行不通的。他比康、梁兩氏，更早通識時務，曾有〈感懷〉詩：

> 世儒通詩書，往往矜爪嘴。昂頭道皇古，抵掌說平治。……古人豈我欺，今昔奈勢異，儒生不出門，勿論當世事。識時貴知今，通情貴閱世。

那樣一個海角上的少年，他就看得這麼遠人了。

一八六八年，黃氏還只有二十一歲，他已主張詩界革

命。他在〈雜感〉詩中說:「俗儒好尊古,日日故紙研。六經字所無,不敢入詩篇。古人棄糟粕,見之口流涎。沿習甘剿盜,妄造叢罪愆。黃土同搏人,今古何愚賢?即今忽已古,斷自何代前?明窗敞流離,高爐爇香烟。左陳瑞溪硯,右列薛濤箋。我手寫我口,古豈能拘牽?即今流俗語,我若登簡編。五千年後人,驚為古爛斑!」這一「我手寫我口,古豈能拘牽」的主張,也和後來胡適所提倡的白話詩暗合,無怪胡適說他的〈雜感〉詩,乃是詩界革命宣言了。

黃氏,可說是能夠欣賞民間文學的一個帶着泥土氣息的新詩人。他的〈己亥雜詩〉,有一首云:

> 一聲聲道妹相思,夜月哀猿和竹枝。歡是團圓悲是別,總應腸斷妃呼豨!(自註:土人舊有山歌,多男女相思之辭,當係僚蜑遺俗。今松口、松源各鄉尚相沿不改。每一辭畢,輒間以無辭之聲,正如妃呼豨,甚哀緩而長。)

這首詩,便是說他所受民間山歌的影響。民歌在中國文學史上一直成為促進詩歌進步的新血,他說:「土俗好為歌,男女贈答,頗有〈子夜〉諸曲遺意。」正如〈子夜〉諸曲,成為隋唐律絕體的先河,他們的新體詩,也可說是從民歌誘導出來的!

我的詩學修養,可說是淺薄的,年輕時期,只愛黃公度的人境廬詩。到了中年,才懂得黃山谷的詩境,才欣賞現代浙東詩人李慈銘的《越縵堂詩》。儘管我個人的欣賞有了

這樣的進境，李慈銘雖說那麼才華蓋代，但要說現代中國詩人，自以黃公度為首選。他是屬於我們的世代的，他所寫的，和杜甫一般，都是詩史，存一代之文獻。（王湘綺雖是詩壇的重鎮，他們都經過了太平軍的離亂和晚清的大動亂，但他們的詩，都和時代沒有什麼關係的。）從詩的現實性來說，人境廬詩更比杜詩有意義。

　　一八八四年的中法戰爭，一八九四年的中日戰爭以及一九〇〇年的義和團之亂，那個慘痛時代的內憂外患，都是人境廬中的悲哀而慷慨的詩料。他賦過〈馮將軍歌〉，對馮子材那七十老將赤膊大刀獨當前陣的勇敢，唱出了熱烈的讚頌。他另外又寫了〈越南篇〉，對當時政府昏瞶的對外政策，發出悲憤的嘆息。甲午戰役的潰敗，原在他的預科之中，而摧枯拉朽，海陸軍瓦解的場面，卻出乎他的意想之外。他把那份哭笑不得之情，寄之於詩，乃有〈悲平壤〉、〈哀旅順〉、〈哭威海〉、〈台灣行〉、〈降將軍歌〉，把那時滿清政府的昏庸、腐敗，和將帥不和，士兵的怯懦，所有的黑暗面，都暴露出來了。他對於那位死難的降將軍丁汝昌，有無限的同情。那一串敘事詩，那首諷刺吳大澂的〈度遼將軍歌〉，正是寓悲憤於戲謔，筆法最為突出。首先替這位考古學家的將軍大吹大擂了一陣，說：

　　　　聞雞夜半投袂起，檄告東人我來矣！此行領取萬戶侯，豈謂區區不余畀。將軍慷慨來度遼，揮鞭躍馬誇人豪。平時蒐集得漢印，今作將軍橫在腰。將軍嚮者曾乘傳，高下句驪蹤跡遍。銅柱銘功白馬

盟，鄰國傳聞猶膽顫。自從弨節駐雞林，所部精兵皆百戰。人言骨相應封侯，恨不遇時逢一戰。

接着就寫這位誇大狂將軍的自負：

> 雄關巍峨高插天，雪花如掌春風顛。歲朝大會召諸將，銅柱銀燭圍紅氈。酒酣舉白再行酒，拔刀親割生彘肩。自言平生習槍法，鍊目鍊臂十五年。目光紫電閃不亂，粗臂示客如鐵堅。淮河將帥巾幗耳，蕭娘呂姥殊可憐！看余上馬快殺賊，左盤右辟誰當前！鴨綠之江碧蹄館，坐令萬里銷風烟。坐中黃曾大手筆，為我勒碑銘燕然！

他的心目中，沒有倭寇的分兒的，他就大聲叱喊道：

> 么么鼠子乃敢爾，是何雞狗何蟲豸。會逢天幸遽貪功，它它藉藉來赴死。能降免死跪此牌，敢抗顏行聊一試。待彼三戰三北餘，試我七縱七擒計。

事實上，這位將軍乃是銀樣蠟槍頭，不中用的。他寫得很幽默：

> 兩軍相接戰甫交，紛紛鳥獸空營逃。棄冠脫劍無人惜，只幸腰間印未失。將軍終是察吏才，湘中一官復歸來。八千子弟半摧折，白衣迎拜悲風哀。

幕僚步卒皆雲散，將軍歸來猶善飯！平章古玉圖鼎鍾，搜篋價猶值千萬。聞道銅山東向傾，願以區區當芹獻。藉充歲幣少補償，毀家報國臣所願！

他的結句下得更富風趣：

燕雲北望憂憤多！時出漢印三摩挲。忽憶遼東浪死歌，印兮印兮奈汝何！

人境廬詩，大部分都是這類有血有淚的詩篇，詩人心頭的苦痛可知。他在〈己亥雜詩〉結尾一首說：

臘餘忽夢大同時，酒醒衾寒自嘆衰。與我周旋最親我，關門還讀自家詩！

餘事作詩人，這位詩人的心頭是悲哀的。

拿黃公度的詩歌作品來和他所提倡的詩歌理論相對照，他可以說是最能創造新詩境的人。他已經做到了「不拘一格，不專一體，要不失乎為我之詩」這一句話了。他所用的詞彙是多方面的，所取的詩料，可說是開了「古人未有之物，未闢之境」的。他的〈今別離〉，是一首用古詩體寫新情意的詩。此詩初出，便哄動一時，陳三立推為千年以來的絕唱；梁啟超刊此詩於「詩界潮音集」，說是：「吾以是因緣，以是功德，冀生詩界天國」，更是推崇備至。在那個淺薄的新體詩中，他的確帶來了新風格、新意境。他的新體詩，最善於運用古文伸縮離合之法作詩。（這也是他們那一

群人的共同特點。）也最善於運用舊格律而不為舊格律所束縛。從詩歌的藝術觀點來說，他的抒情長詩，比他的敘事長詩，更見出色。他的〈拜曾祖母李太夫人墓〉詩，乃是公認的一首最好的詩。開頭寫他自己兒時情況，非常真切：

> 春秋多佳日，親戚盡團聚。雙手擎掌珠，百口百稱譽。我家七十人，諸子愛渠父。諸婦愛渠娘，諸孫愛渠祖。因裙便惜帶，將縑難比素。老人性偏愛，不願人笑侮。鄰里向我笑：「老人愛不差，果然好相貌，艷艷如蓮花。」諸母背我罵：「健犢行破車，上樹不停腳，偷芋信手爬。昨日探鵲巢，一跌敗兩牙。嘖血噴滿壁，盤礴畫龍蛇。」兄妹昵我言，向婆乞金錢。直傾紫荷囊，滾地金鈴圓。爺娘附我耳，勸婆要加餐。金盤膾鯉魚，果為兒下咽。伯叔牽我手，心知不相干。故故摩兒頂，要圖老人歡。

在鋪敘方面，他寫得很細膩，可是他接寫到今日來拜墓，只用「幾年舉場忙，幾年絕域使。忽忽三十年，光陰迅彈指！今日來拜墓，兒已鬚滿嘴」幾句話，就縮合起來了。結尾上，以悽婉之筆在寫：

> 母在婆最憐，刻不離左右。今日母魂靈，得依太婆否？樹靜風不停，草長春不留！世人盡痴心，乞年拜北斗。百年那可求？所願得中壽！謂兒報婆

恩，此事難開口。求母如婆年，兒亦奉養久。兒今便

有孫，不得母愛憐。愛憐尚不得，那論賢不賢！上羨

大父福，下傷吾母年。吁嗟無母人，悠悠者蒼天！

這是一篇最感動人的抒情詩。我們可以在理智方面接受他的史詩，在感情上，更容易接受他的抒情詩。

　　黃公度，這一位詩人，舊詩人稱之為宋詩的後起之秀，新體詩運動中，梁任公稱之為詩界革命的霸主，胡適則推為新詩運動的前驅戰士，因此每一種文學史中，都有了他的地位。上文我曾說到錢基博所著《現代中國文學史》，他有他的真見的，也有他的偏見的，偏見的分量，就和他的真見一樣多。直到錢氏的兒子錢鍾書出來，才對黃公度的詩有進一步的公正評價。他說：「近人論詩界維新，必推黃公度。人境廬詩奇才大句，自為作手。五古議論縱橫，近隨園、甌北，歌行鋪比翻騰處似舒鐵雲，七絕則襲定庵，取逕實不甚高，語工而格卑，愴氣尚存，每成俗艷。尹師魯論王勝之文，曰贍而不流。公度其不免於流者乎！大膽為文處，亦無以過其鄉宋芷灣，差能說西洋制度名物，掎摭聲光電化諸學，以為點綴，而於西人風雅之妙，心性之微，實少解會，故其詩有新事物，而無新理致。」對於人境廬詩，如此批評，方可抓到癢處。清末維新人士，一邊是接受舊的傳統，一邊是呼吸外來的空氣；其結果，即如黃公度，也還是舊的成分多於新的成分的！

九　譯詩與詩境

　　我曾經說過：一九二二年秋天，到了上海，便和南社文人相識。最初，和葉楚傖、邵力子往還較密切，接着便認識了柳亞子、胡樸庵、胡懷琛，他們都是南社社員。我之成為新南社社員，還是後來的事。南社文人，也以寫新體詩為多，《新民叢報》雖和《民報》相對立，《飲冰室詩話》卻收了許多南社詩人的詩，氣味自是相投的。

　　從南社師友的閒談中，知道了蘇曼殊的身世、掌故，以及風趣的生活，驚才絕艷的神思。這位「獨向遺編弔拜倫」的詩僧，卻正代表着南社的清新氣氛。蘇曼殊並非同盟會的革命黨人，卻和黨人交遊甚深，他的詩篇，恰正是革命的號筒。曼殊最崇拜英國詩人拜倫（Lord Byron），曾譯介他的〈哀希臘〉、〈贊大海〉、〈去國行〉諸篇。曾自序《拜倫詩選》，說：「善哉拜倫，以詩人去國之思，寄之吟詠。謀人家國，功成不居，雖與日月爭光可也。」又說：「拜倫足以貫靈均、太白，雪萊足以合義山、長吉，而莎士比亞、彌爾

敦 [1]、田尼孫 [2] 以及美之郎佛勞 [3]，只可與杜爭高下，此其所以為國家詩人，非所語於靈界詩翁也。」他的譯詩，替新體詩添加了風骨，也使國人進一步認識西方文學的造詣。

曼殊自己所寫的詩，以五七絕為主，大部分都是七絕。他學詩於劉師培，也曾經章太炎、章士釗、陳獨秀的修改。他的才華乃是天賦的，其飄逸高世，乃在龔定庵之上。他這個帶着日本人血統的孩子，自言思惟身世，有難言之恫。他就把滿腹悲苦，發之於浪漫生活，發之於小說，發之於詩歌。他有〈本事詩〉十首，傳誦一時：

> 春雨樓頭尺八簫，何時歸看浙江潮？芒鞋破缽無人識，踏過櫻花第幾橋。

> 丹頓拜倫是我師，才如江海命如絲。朱絃休為佳人絕，孤憤酸情欲語誰？

他是帶着革命氣氛的，那兩首留別湯國頓的詩，正是慷慨悲歌：

> 蹈海魯連不帝秦，茫茫烟水着浮身。國民孤憤英雄淚，灑上鮫綃贈故人！

---

1 John Milton。

2 Alfred Tennyson，本書另作但尼生。

3 Henry Wadsworth Longfellow。

海天龍戰血玄黃，披髮長歌覽大荒。易水蕭蕭
人去也，一天明月白如霜。

　　和曼殊同時，也和曼殊一樣譯了拜倫〈哀希臘〉的，
有馬君武。馬氏也是同盟會的黨人，南社的詩友。他的詩稿
一百三十一首中，有三十八首是譯詩。他在那一些詩友中，
以雄豪深摯著稱，他也可以自開一詩派，但他不肯以詩人自
居。他是一個科學家，曾譯達爾文的《種源論》[4]。當時，嚴
復愛以天演學說入文，他就好以天演學說入詩；這也是一時
的風尚呢。（李思純《仙河集》序云：「近人譯詩有三式：
一曰馬君武式，以格律謹嚴之近體譯之。如馬氏譯囂俄詩：
『此是青年紅葉書，而今重展淚盈裾』，是也。二曰蘇曼殊
式，以格律較疏之古體譯之，如蘇氏所為《文學因緣》、《漢
英三昧集》是也。三曰胡適式，則以白話直譯，盡弛格律是
也。余於三式皆無成見，特所譯悉遵蘇玄瑛式者，蓋以馬式
過重漢文格律，而輕視歐文辭義；胡式過重歐文辭義，而輕
視漢文格律；唯蘇式譯詩，格律較疏，則原作之辭義皆達，
五七成體，則漢詩之形貌不失。」）

　　從南社詩人的風格，我們可以明白，歐化對於中國文學
的影響，便這麼深切起來了。

　　新體詩人生吞活剝，用了許多外來譯語，開頭只見「新
奇」，到後來也就是濫俗不堪，連梁啟超也覺得有些皺眉

4　今譯《物種源始》。

了。（錢鍾書說：「嚴幾道號西學巨子，〈復太夷繼作論時文〉一五古起語云：『吾聞過縊門，相戒勿言索』，喻新句貼，余嘗拈以質人，齊嘆其運古入妙，必出子史，莫知其直譯西諺也。點化鎔鑄，真風爐日炭之手，非咯司德、巴立門、玫瑰戰、薔薇兵之類。」他就說幾道運用外來語，最為純熟，不落痕跡也。）

錢鍾書最推崇王國維（靜安），說他「少作時時流露西學義諦，庶幾水中之鹽味，而非眼裏之金屑。其《觀堂丙午以前詩》一小冊，甚有詩情作意，七律多二字標題，比興以寄天人之玄感，申悲智之勝義，是治西洋哲學人本色語，佳者可入《飲冰室詩話》，而理窟過之。」王氏乃一代學人，其考古、治史、玄哲的造詣，冠冕時輩，而文藝修養之深，也是卓絕一時。如〈雜感〉詩：

> 側身天地苦拘攣，姑射神人未可攀。雲若無心常淡淡，川如不競豈潺潺。馳懷敷水條山裏，託意開元武德間。終古詩人太無賴，苦求樂土向塵寰。

這正是拍拉圖的理想，參以浪漫主義的期待情懷。又如〈出門〉詩：

> 出門惘惘知奚適，白日昭昭未易昏。但解購書那計讀，且消今日敢論旬。百年頓盡追懷裏，一夜難為怨別人。我欲乘龍問義叔，兩般誰幻又誰真！

這又是普羅太哥拉斯（Protagoras）的人本論，用之於哲學家所說的主觀時間（Duration）了。

王靜安的哲理思想，頗受德國哲學家叔本華的影響，王氏自謂：「初讀康德之《純理性批判》及《先天分析論》，幾全不可解，更讀叔本華《意志與表象之世界》，喜其思精而筆銳，前後讀二過，再返而讀康德之書，則非復前日之窒礙」，於是，他對自己以前所思所感者，益增堅強之自信，而有理論上之根據。其論文談藝之意見，既多受叔氏濬發，而其對人生之了解及處世之態度，亦深蒙叔氏哲學之影響了。

王靜安的《紅樓夢評論》和《人間詞話》，可說是近代最有價值的文學批評。兩書都有獨到的見解，而其立論根據也多出於叔本華之書。叔氏認為人生皆有生活的意志，因此而有了慾望，有慾望則求得滿足。可是慾望永無滿足之時，所以人生與痛苦相終始，欲免痛苦，唯有否定生活之慾望而求得解脫。王氏依着這一理念來評論《紅樓夢》，說：《紅樓夢》一書，即寫人生男女之欲而示以解脫之道。其中人物，多為此欲所苦。有所欲不遂，不勝其苦痛而自殺者，如潘又安、司棋，非解脫也。賈寶玉初亦備嘗男女之欲之苦痛，其後棄家為僧，否認生活之欲，是為解脫。至於惜春、紫鵑，自己雖無苦痛之閱歷，而觀察他人，獲得經驗，故亦能皈依空門，是亦謂之解脫。前者之解脫為自然的、人類的，後者之解脫為超自然的、神秘的。叔本華的人生論，觀察深刻，持之有故，信其說者，乃如大夢初醒，覺人生皆受自然之潛驅默遣，勞悴終生，盡歸幻滅。王氏也以此義注入他的詩歌中，如那首詠蠶的詩：

　　……年年三四月，春蠶盈筐篚。蠕蠕食復息，蠢蠢眠又起。口腹雖累人，操作終自己。絲盡口卒瘏，織就鴛鴦被。一朝毛羽成，委之如敝屣。尋尋索其偶，如馬遭鞭箠。呴濡視遺卵，恬然即泥滓。明年二三月，儦儦長孫子。茫茫千萬載，輾轉周復始。

　　這便是人生的寫照，在啟蒙詩人之中，詩境之高，無出王氏之右了。

　　一九三六年二月間，新南社在上海湖社（陳英士紀念堂）集會，南社巨子柳亞子、葉楚傖都與會。那晚，亞子先生要我說幾句話：我曾說：「十九世紀，可以說是一個革命的時代。（魯迅說：「所謂革命，那不安於現在，不滿意於現狀的都是。文藝催促舊的漸漸消滅的，也是革命。」）南社首先揭出革命文學的旗幟，和同盟會的革命行動相呼應。我們可以說，南社的詩文，活潑淋漓，有少壯朝氣，在暗示中華民族的更生。那時，年輕的人愛讀南社詩文，就因為她是前進的，革命的，富於民族意識的。南社派的文學運動，自始至終，不能走出浪漫主義之外一步；而由南社走上政治舞台的文人，也只有革命的情緒，而無革命的技術，他們的政治手腕，不僅不及共產黨的主要人物，連政學系的首腦，也勝過他們多多！這便是以詩的氣氛看待政治，而不以散文看待政治的原故。」這段話，當時頗受南社師友們的贊同。（有一時期，南京的行政院院長汪精衛，立法院院長邵元沖，司

法院院長居正，考試院院長戴季陶，監察院院長于右任，中央黨部秘書長葉楚傖，江蘇省政府民政廳長胡樸庵，陝西省主席邵力子，都是南社中人。）

那次集會的後一星期，柳亞子先生寫信給我，也說到這一回事。他說：「新南社生命的歷史太短促了，所以大家對她都很忽略。其實，南社是詩的，新南社是散文的。講到文學運動，新南社好像已經走出浪漫主義的範圍了吧？南社的代表人物，可以說是汪精衛，而新南社的代表人物，我們就可以舉出廖仲愷來。汪先生是詩的，廖先生則是散文的。所以我說，無論如何，新南社對於南社，總是後來居上的。倘然廖先生不死，也許近十年來的中國政治局面，不會是現在的局面吧？」這都是可以使我們了解當代文壇動態的有意味的文獻。

我們把十九世紀末期，中國文壇動態，細細看來，誠如陳子展所說的：舊詩體似乎已發展到了一定的限度，不能再一直向前地發展了，須得另求新的發展。元明以來，未始沒有幾個富有天才的詩人，但他們的詩，所具的形式和音節，總逃不出漢魏六朝和唐宋人的範圍，儘管逃來逃去，還只在這個範圍內兜圈子。於是旁逸斜出的天才，不甘為這種形式所束縛，只好避開這種韻文的形式，率性旁逸斜出地別為詞曲，兩宋、元明的詩詞、雜劇、傳奇的發達以此。但是做詩的仍要做詩，詩的形式只好仍用傳統的形式。這是幾百年來詩人無可如何之事，所以到了晚清時候，略與歐美日本文學接觸，詩人得了一點新的刺激，就有新的要求了。上文所說的詩界革命運動，正是適應這個要求而發生的。

梁啟超曾於一八九八年說過這樣的話:「余雖不能詩,然嘗好論詩,以為詩之境界被鸚鵡名士佔盡矣,雖有佳意佳句,似在某集中曾相見者,最可恨也。今日不作詩則已,若作詩,必為詩界之哥倫布然後可。猶歐洲之地方已盡,不能不求新地於阿美利加及太平洋沿岸也。欲為詩界之哥倫布,不可不備三長。第一,要新意境;第二,要新語句,而又須以古人之風格入之,然後成其為詩。宋明人善以印度之意境語句入詩,然此境至今日,又已成舊世界。今欲易之,不可不求之於歐洲,歐洲之意境語句,甚繁富而瑋異,得之可以陵轢千古,涵蓋一切。吾雖不能詩,惟將竭力輸入歐洲之精神思想,以供來者之詩料可乎?」這一段話,倒可以作為啟蒙時期詩人的宣言看的,王湘綺有論詩語云:「五十年來事事新,吟成詩句定驚人!」他也看到了這一種氣象了。

一〇　新小說

　　十九世紀後期，中國社會的大動蕩，有如莊子所說的：「大塊噫氣，其名為風，是唯無作，作則萬竅怒號」，每一個社會細胞，都起了反應。在文藝界，散文詩歌，都起了革命，而以嶄新面目出現的，還要說到當時的「新小說」。那位以翻譯歐美小說起家的桐城派古文家林琴南，他介紹了那麼多的世界文學名著，開國人的眼界，提高了小說的文學地位。梁啟超於《新民叢報》以外，創辦了《新小說》，喊出小說界革命的口號，論小說和社會進化的密切關係，便說：「今日欲改良群治，必自小說界革命始。欲新民，必自新小說始」，「故欲新道德，必先新小說；欲新宗教，必新小說；欲新政治，必新小說；欲新風格，必新小說；欲新學藝，必新小說；乃至欲新人心，必新小說；欲新人格，必新小說。何以故？小說有不可思議之力支配人道故」。他在當時，便有膽量，說小說為文學之最上乘，一反文人的傳統觀念。那時，李寶嘉、吳沃堯、曾孟樸、彭俞（遜之）也都創辦小說雜誌，以移風易俗為職志。彭遜之所辦的《小說月報》，開頭便說：「競立之道凡三：曰，以保存國粹為第一級之手段；曰，以革除陋習為第二級之手段；曰，以擴張民權為第三級之手段。」啟蒙文人的文藝觀點，正是如此。因此，那

時所創作的小說，都是批評時政的諷刺小說，如李伯元的《官場現形記》、《文明小史》，吳沃堯的《二十年目睹之怪現狀》，劉鶚的《老殘遊記》。正如魯迅所說的：「有識者已翻然思改革，憑敵愾之心，呼維新與愛國，而於富強尤致意焉」，「如在小說，則揭發伏藏，顯其弊惡，而於時政，嚴加糾彈，或更擴充，並及風俗」。

劉氏《老殘遊記》開頭那段楔子，是一段寓言式的文字，也可說是代表那一群人對時政的看法。有一天，他治好了一家富戶黃瑞和（暗指黃河）渾身潰爛的奇病，午睡片刻，迷迷朦朦中，同了他的兩個至友，德慧生與文章伯（暗指他自己的智慧和道德）在山東蓬萊閣上眺望天風海水，忽然看見一隻帆船在那洪波巨浪之中，好不危險！這隻帆船，便是中國：

> 船主坐在舵樓之上，樓下四人專管轉舵的事。
> 前後六枝桅桿，掛着六扇舊帆，又有兩枝新桅，掛
> 着一扇簇新的帆，一扇半新不舊的帆。

四個轉舵的，便是軍機大臣，六枝舊帆是舊有的六部，兩枝新桅是新設的兩部。那八個管帆的，卻是認真的在那裏管，只是各人管各人的帆，彷彿在八隻船上似的，彼此不相關照。那些水手只管在那些坐船的男男女女隊裏亂竄，不知所做何事。他用望遠鏡仔細看去，方知道他們在那裏搜他們男男女女所帶的乾糧，並剝那些人身上穿的衣服，這便是滿清政府的寫照。

老殘他們是要去拯救他們的，他知道那些撐船的，走慣了太平日子的，今日遇見這麼大的風浪，所以都毛了手腳。而且，他們都沒有預備方針，平日靠天吃飯，方向還不很錯。到了陰天，日月星辰都被雲氣遮住了，所以他們就沒了依傍。老殘提議要送給他們一個最準確的向盤，一個紀限儀，並幾件行船要用的物件，還冒着風浪趕了上去，那知船上的下等水手，反而對他們咆哮了，說他們用的是外國向盤，洋鬼子差遣來的漢奸！要把他們綁去殺了。還有那位對眾演說的「英雄豪傑」，也指定他們是賣船的漢奸，迫他們走開。這又是劉鐵雲自己在清末所碰到的打擊！他們滿腔救國的熱血，竟不為國人所諒解！梁啟超那首〈舉國皆我敵〉的詩中情緒，劉氏寫到小說中去了。《老殘遊記》自序有云：「吾人生今之世，有身世之感情，有國家之感情，有社會之感情，有種族之感情。其感情愈深者，其哭泣愈痛，此洪都百鍊生所以有《老殘遊記》之作也。棋局已殘，吾人將老，欲不哭泣也得乎？」清末志士的心懷，大抵如此。

清末士大夫，有一普遍的覺悟，即國家民族所以衰敗，乃官僚主義有以致之。因此，描畫官場的黑暗面，作正面的抨擊的，成為啟蒙期的共同題材。當時上海出版的新章回小說，如李寶嘉的《官場現形記》、《文明小史》、《活地獄》，吳沃堯的《二十年目睹之怪現狀》、《近十年之怪現狀》，乃至葛嘯儂的《宦海風波》、八寶王郎的《冷眼觀》、錢錫寶的《檮杌萃編》，都是風格相同的。

中國官場的墮落，本該溯源到金元外族的入侵，經過了明、清兩代的君權集中，「官」格更是江河日下。而科舉制

度束縛了儒士的頭腦，捐官制度始於清初，更開倖進之門。他們所寫的，可說是這種制度最腐敗、最墮落的時期，也正是捐官最濫的時期。李伯元寫《官場現狀記》，一開頭便在序文中說：

選舉之法興，則登進之途雜。士廢其讀，農廢其耕，工廢其技，商廢其業，皆注意於官之一字。蓋官者，有士農工商之利而無士農工商之勞者也。天下愛之至深者，謀之必善；慕之至切者，求之必工，於是乎有脂韋滑稽者，有夤緣奔競者，而官之流品已極紊亂。

官者，輔天子則不足，壓百姓則有餘。有語其後者，刑罰出之；有謫其旁者，拘繫隨之。於是官之氣愈張，官之燄愈烈。羊狠狼貪之技，他人所不忍出者，而官出之；蠅營狗苟之行，他人所不屑為者，而官為之。下之，聲色貨利則嗜若性命，般樂飲酒則視為故常。觀其外，倨規而錯矩；觀其內，踰閑而蕩檢。種種荒謬，種種乖戾，雖罄紙墨，不能書也。得失重則妒忌之心生，傾軋甚則睚眥之怨起。或因調換而齟齬，或因委署而齮齕，所謂投骨於地，犬必爭之者，是也。其柔而害物者，且出全力以搏之，設深心以陷之，攻擊過於勇夫，蹈襲逾於強敵，國衰而官強，國貧而官富，孝弟忠信之舊，敗於官之身；禮義廉恥之遺，壞於官之子。

他的《官場現形記》，便是一面照妖鏡似的，把那些魑魅魍魎的原形攝取出來。全書都是官場的醜史，其間沒有一個好人，也沒有一個好官。（胡適說：「這也是當時的一種自然趨勢。向來人民對於官，都是敢怒而不敢言。恰好到了這個時期，政府的紙老虎是戳穿的了，還加來一種儻來的言論自由，租界的保障，所以受了官禍的人，都敢明白地攻擊官的種種荒謬、淫穢、貪贓、昏庸的事跡。雖然有過分的描寫與溢惡的形容，雖然傳聞有不實不盡之處，然而就大體上論，我們不能不承認這部《官場現形記》裏大部分的材料，可以代表當日官場的實在情形。」）

李伯元筆下的「官」，有最下級的典史和最高的軍機大臣，有土匪出身的將軍和孝廉方正出身的大員，其他正途的、軍功的、捐班的、頂冒的，只要是官，無所不包。「千里為官只為財」，這是官僚主義的中心思想。其中有一位錢典史，此人才是做官的高手，無論在什麼場合，總抱定「實事求是」的秘訣。錢錫寶的《檮杌萃編》，也是這樣的，因為這書裏沒有一個好人，所以叫做《檮杌萃編》。他筆下有許多「真小人」，那些「真小人」，倒都是很可愛的，倒是那位「偽君子」賈端甫，那才是官場中最黑暗最陰森的代表人物。他的描寫，深刻入微，比李伯元還進了一層！

清末諷刺小說家，大都以吳敬梓的《儒林外史》為師法，那位刊印《儒林外史》的金和（清道光咸豐間詩人），他就說：「在諸公有是韜鈐，斯吾輩有此筆墨，其塵穢略相等」。諷刺小說，正所以反映當時的黑暗的政治社會。《儒林外史》，可說是寫實主義的作品，其中既沒有神怪的話頭，也

很少英雄兒女的傳奇，書中人物，都是儒林中極平常的。可是，他的為文，戚而能諧，婉而多諷，夠得上諷刺的最高水準。到了清末作家，對於政治社會，務在揭發幽隱，指摘弊惡，往往容易過火，近於破口謾罵。有失微婉的風趣了。（魯迅也說：「是後亦尟以公心諷世之書如《儒林外史》者。」）

李伯元的《官場現形記》，長於描寫佐雜小吏，而不善勾畫北京的大官場，這也是他的現實生活所限的。胡適說他在開卷幾回裏，處處現出模仿《儒林外史》的痕跡。他似乎是想用心做一部諷刺小說的。假使此書用趙溫與錢典史做全書的主人翁，用後來描寫湖北佐雍小官的技術來敘述這兩個人的宦途歷史，這部書未嘗不可以成為一部有風趣的諷刺小說。但作者個人生計上的逼迫，淺入社會的要求，都不許作者如此做去，於是《官場現形記》遂不得不降格而成為雜記小說了。

胡適最稱許《官場現狀記》的四十三、四十四、四十五三回，這是一部佐雜現狀記，其中有好幾幕，都細膩得很。第一幕是在武昌府的大堂門口，佐雜太爺們給首府站班的所在，其中一位蘄州吏目給首府喚了過去，說了幾句話，同班的窮佐雜就圍了上去巴結他。第二幕，是由守堯的家裏，他因為老媽子說破了他家中的窮相，給他打了一巴掌，於是大鬧了一場。畫出了這些吃盡當光窮佐雜的窘境。第三幕在制台衙門客廳上，第四幕在蘄州，第五幕在蘄州河裏檔子班的船上，都有細緻的描寫，深刻之中有含蓄，嘲諷之中有詼諧，可以比美《儒林外史》的。

官僚主義下的洋務，當然更是笑話百出，即是當時的革命志士，也是那麼一回事。因此，吳沃堯乃有《二十年目睹

之怪現狀》，李伯元也有《文明小史》之作。從這條路發展開去，乃有李涵秋的《廣陵潮》，不肖生的《留東外史》這一類小說，到了二十世紀初期，上海文壇，流行過黑幕小說，也就是從這一條路走出來的。魯迅說他們：「描寫失之張皇，時或傷於溢惡，言違真實，則感人之力頓微，終不過連篇話柄，僅足供閒散者談笑之資而已。」

在那些諷刺小說作家之中，現代文學評論家交推劉鶚《老殘遊記》。他的胸襟較開朗，眼光較遠大，已如上述。而他的寫景寫物，也高人一等。其中如〈大明湖記遊〉、〈白妞說書記〉，都是上等記敘文字，已成為青年學生的語文範讀的教材。胡適最愛第十二回黃河上看打冰後那段白描文字：

> 抬起頭來看那南面的山，一條雪白，映着月光分外好看。一層一層的山嶺卻不大分辨得出。又有幾片白雲夾在裏面，所以看不出是雲是山，及至定神看去，方才看出那是雲那是山來。雖然雲也是白的，山也是白的！雲也有亮光，山也有亮光，只因為月在雲上，雲在月下，所以雲的亮光是從背面透過來的。那山卻不然：山上的亮光是由月光照到山上，被那山上的雪反射過來，所以光是兩樣子的。然只就稍近的地方如此，那山往東去，愈望愈遠，漸漸的天也是白的，山也是白的，雲也是白的，就分辨不出什麼來了。

這樣樸素新鮮的描寫，更顯出他的文藝最高修養來。

一一　新戲曲

　　等到我有了知識，已經看不見那位最後的詞章家──李慈銘了。我們還看到他的《越縵堂日記》，他是極愛好戲曲的人，在京聽京戲，到了晚年，天天聽崑曲。他自己也寫過《蓬萊驛》、《星秋夢》兩部傳奇，走的還是玉茗堂的老路。我所看見的，最後的戲曲家，便是吳梅，他也寫了許多本雜劇。不過，中國的舊戲曲，也和其他文藝體制一般，都已衰落了，正在找尋新的途徑。

　　說起來了，我們家鄉，乃是李漁的故里，他也是南曲的作手，但南曲到他們那一代，蔣士銓、尤侗以後，便衰落了。我們幼年時所看的戲有崑曲，有徽調，有弋腔；到了我稍微懂得一點戲曲，崑曲也已衰落了，連徽調和正統派的紹興戲，也不十分流行了。最流行的，卻是新興的稱之為紹興戲的嵊縣戲。我還記得民初的嵊縣戲，只是三人連唱，最簡單的草台戲；到了一九一三年前後，就在上海正式排演了。這些變化都是眼前的事。

　　梅蘭芳的《舞台生活四十年》中，說到他一九三一年第一回到上海的情形，其中有一段說他自己唱完了戲，到各戲館去輪流觀光的聞見。他說：「我覺得當時上海舞台上一切，都在進化，已經開始衝着新的方向邁步朝前走了。有的

戲館，是靠燈彩砌末來號召的，也都日新月異，鈎心鬥角地競排新戲。他們吸引的是一般專看熱鬧的觀眾，數量上倒也不在少數。有些戲館，用諷世警俗的新戲來表演時事，開化民智。這裏面，在形式上有兩種不同的性質：一種是夏氏兄弟（月潤、月珊）經營的新舞台，演出的是《黑籍冤魂》、《新茶花女》、《黑奴籲天錄》這一類的戲。還保留京戲的場面，照樣有胡琴伴奏着唱的，不過服裝扮相上，是有了現代化的趨勢了。一種是歐陽予倩參加的春柳社，是借謀得利劇場上演的，如《茶花女》、《不如歸》、《陳二奶奶》，這一類純粹話劇化的新劇，就不用京劇的場面了。這些戲館，我都去過，劇情的內容，固然很有意義，演出的手法上，也是相當現實化。我看完以後，留下了很深的印象。」他所說的，正是啟蒙時代戲曲界的新動向。

（吳梅所作的雜劇，如《暖香樓》、《無價寶》、《惆悵爨》，都是才子佳人的舊題材，格律很謹嚴，意境還是很舊的。只有《軒亭秋》，以秋瑾的革命身世為題材，比較有點新意。他曾借了秋瑾的口在說：「幾曾料戊戌年之黑獄，烈轟轟逼出幾個斷頭郎官；庚子年之紅燈，鬧穰穰又驚壞了九重的蒙塵天子。俺仔細想來，好端端一個世界，竟到了這般地步，畢竟被這些糊塗男兒攪壞了。偏偏俺女孩兒家，不爭的什麼，卻成日價文繡犧牲，做那土木般蠢兒郎的供養。」她是以新女性風格出現的，也可說是帶了很濃厚的時代氣息。）

也和其他文化運動一樣，新的戲劇運動是從東京開始的。梅蘭芳所說到的春柳社，便是留日學生在東京創辦的；那位扮演茶花女的李叔同（便是後來出了家的弘一法師），便以

最嚴肅的藝術作風出現，造成後來話劇運動的新風氣。這是新劇和舊劇最不相同之點。當時，維新志士，也看到戲曲在政治宣傳上的作用。天僇生〈劇場之教育〉謂：「古人之於戲劇，非僅借以怡耳而懌目也，將以資勸懲，動觀感。……昔者法之敗於德也，法人設劇場於巴黎，演德兵入都時之慘狀，觀者感泣而法以復興；美之與英戰也，攝英人暴狀於影戲，隨到傳觀，而美以獨立。演劇之效如此，是以西人於演劇者，則敬之重之；於撰劇者，更敬之重之。……夫西人之重視戲劇也如此，而吾國則如彼。即此一端，可以睹強弱之由矣。吾以為今日欲救吾國，當以輸入國家思想為第一義；欲輸入國家思想，當以廣興教育為一義。……欲無老無幼，無上無下，人人能有國家思想而受其感化力者，捨戲劇末由。」這一種議論，正和梁啟超當時提倡小說教育的論調完全相同的。

　　幾乎啟蒙時期，每一種文化革新運動，都和梁啟超有密切的關係。梁啟超正是新戲曲創導人，他寫過《劫灰夢》、《新羅馬》、《俠情記》三種傳奇，先後刊在《新民叢報》上，都不曾完卷，卻是影響極大。《劫灰夢》寫於一九〇二年，只寫了楔子一齣，譜的是庚子以後的國內情勢。那劇中主人公說：「你看從前法國路易十四的時候，那人心風俗，不是到了中國今日一樣嗎？幸虧有一個文人，叫做福祿特爾，做了許多劇本，竟把一國的人，從睡夢中喚了起來。想俺一介書生，無權無勇，又無學問可以著書傳世，不如把俺眼中所看着那幾椿事情，俺心中所想着那幾片道理，編成一部小小傳奇，等那大人先生兒童走卒，茶前酒後，作一消遣，總比讀那《西廂記》、《牡丹亭》強得多些，就算盡我自己一份子

的國民責任罷了。」這便是他們所以寫新戲曲的動機。梁氏那時的西洋文學知識是有限的，他所說的，關於福祿特爾的話是錯誤的，但他們那一股勁兒是活潑潑的、火辣辣的。

梁氏曾根據他所著的《意大利建國三傑傳》，寫了《新羅馬傳奇》，「鎔鑄西史，捉紫髯碧眼兒，被以優孟衣冠。」其中演瑪志尼一齣，另以《俠情記》為題（刊《新小說》）。第一齣敘維也納列強會議，顯示意大利環境的險惡；第二、第三齣敘意大利的黨爭；直到第四齣，瑪志尼才露面，也有意在改革戲曲的格調。《新民叢報》和《新小說》中刊載了許多轉型期的新戲曲，其中有一位憂國熱腸的留日學生，精嫻音律，擬著曲界革命軍十種，以宣揚愛國心為主；已刊出的有《愛國女兒傳奇》一齣，寫一個愛國女兒謝錦琴約友賞花的事。這位女士，西裝辮髮，打扮已是十分新奇的了，她自白：「更說甚謝女、班姬陰教，早知道無才是德，還只怕詩思文妖。五言八句便稱豪，鴛鴦兩字都顛倒。秋思畫閣，塞外衣刀，春情銅道，樓上箏簫，縱千種聰明，也只合堅守中郎灶！」（四門泥）這一個反傳統的新女性，她是主張男女平等，天下興亡，共同負責的。還有一位署名玉瑟齋主人所寫的《血海花傳奇》，以寫法國大革命時期的羅蘭夫人為題材，說她反抗專制，情緒非常激昂。她自言：「我法國自路易十四以來，政府專橫，國事日壞，專制的君權，已膨脹到極點，平民的自由，直褫剝到盡頭。積威所劫，百鍊都柔；士氣不揚，全軍皆墨。麌憂宗國，同懷漆室之悲；泣類楚囚，同下新亭之淚。你看二千五百餘萬國民，個個皆婢膝奴顏，馴服那專制政體之下，我瑪利儂雖女兒，亦有國民責

任，難道跟着他們醉生夢死，偷息在這黑暗世界不成！」這都是借禿驢罵和尚的辦法，就用歐西的愛國志士來喚起國人的革命情緒就是了。

其有借明末清初的民族英雄故事，來喚起種族革命的觀念的，如祈黃樓主人所編的《懸嶴猿》，寫明末遺臣張煌言在江浙一帶孤軍抗敵，失敗後散軍懸嶴，不談世事，卻被舊日部將誘至杭州，多番說降。當他離開懸嶴的時候，家中所畜雙猿，知他一去難返，乃投入水中而死。後來張煌言到了杭州，便從容就義了。這都是借文藝體制完成政治宣傳的目標的。還有一位署名嘯盧的《軒亭血傳奇》四齣（刊《小說林》），也是寫秋瑾女士的故事的，他敍秋瑾在花園中看見一個蛛絲網，忽忙將它拂去，嘆道：「平等自由天覰，那容彼此相妨。許暫迴翔，反施束縛，勢力圈兒圈上。他只知張網羅瓊血，卻不道鋤強遇熱腸，還他清淨場。」（破齊陣子）最足代表那一時期新戲曲的風格。

楊世驥整理近代中國文學方面的文獻，說到清末的戲曲有這漾一個趨向：（一）這時候的作者，知音解律的已經很少了，他們有意無意地使戲曲改變了傳統的體式，戲與曲的分家，在這裏也露出了顯明的端倪。（二）舊的戲曲一向是搬演歷史上的英雄兒女或仙佛妖魅之類的故事的，一般作者為了寫劇而寫劇，於他們所處的時代漠不相關，雖亦有抒發作者的思想的，也無非是一貫的文士，不得志的牢騷而已。這時候的戲曲，即使同樣地搬演着歷史上的故事，卻另有其題外的旨趣，進焉者甚至把戲曲當作一種政治宣傳的武器了。因此戲曲的社會意義，往往超過文學或音樂的意義。

（三）在這樣的情形之下，在這短期間的涵演之中，由於現實生活的繁複，新事新理的增進，誠有所謂「曲子縛不住者」。反之，曲的部分自然地成了一種贅瘤。不及等待戲曲的體式完全消滅，同時乃有新劇的名目產生出來。從雜劇傳奇中脫穎而出的新戲，仍是散文和韻文組合成的，不過其韻文的部分，已由固定的曲套變成自由的唱詞了。那些唱詞或為七言的，或為三言與四言的，也有不規則的三言、五言、七言相錯雜的，這種唱詞，很明顯地滲入了二黃和各地新曲的血液，而粵曲的過場，彈詞的開篇，乃至灘簧一類的東西，尤為當時作者所樂於利用。有的且註明唱詞的板段和使用樂器的方法。至於劇中腳色的活動，仍用陳腐的「離位作關門介」、「小生扮鄒烈士學生服扶病介」、「陳天華各鬼扮髮拱手迎接介」之類的字樣表示着。大約這時期西洋戲劇的面貌，還不曾為一般作者所明瞭，因此受着自然的趨向而產生的新戲，實際上等於一種雜會的東西。然而戲與曲的關係，從此被割斷了，這不可不說是空前的一種創造。

那位古文家林紓，曾經為了他的友人吳德瀟父子在庚子年被拳民慘殺事寫了《蜀鵑啼傳奇》。曲中寫國民之愚蠢，滿官之顢頇，就用了許多新名詞、新語調：

> 他天心法書符調鬼兵，口兒裏常常祈請。紅燈罩法尤奇驚，美人步空中幽靜。休驚，管甚美德英，都算賬，教他敗興！（剔銀燈）
>
> 誅洋如喝一杯茶，那怕電網雷車也，千仗萬馬！他不過佛光展些，燈光放些，法鼓撾都教轉彼

娘家也，紛如亂麻，紛如亂麻！（三棒鼓）

這種曲調，也和初期的曲本一樣，吸收了佛曲、彈詞的格調，自由引縮之處甚多。李伯元所寫的《庚子國變彈詞》，新廣東武生的《黃蕭養回頭》，未上台台上人的《黃大仙報夢》，都是用粗獷情調，把那時激進分子的憤激之情喊了出來。《黃蕭養回頭》中有下面這一段：

> 悲聲嘆，嘆神州，無辜漢裔。為異族，主中原，荼毒慘聞。愚民智，廢學堂，查封報館。偽掄才，籠絡他，策論詩文。鋤民氣，殺新黨，嚴禁國會。坑儒生，拿立談，更甚亡秦。削民權，又何曾，憲法發佈？行私政，用殘刑，鉗制群倫。掠民財，充國計，多方訛詐。濫抽捐，真好比，狼噬鷹瞵。看歐美，那國民，優游舒暢。為甚麼，我同胞，為奴隸，為牛馬；為奴，為隸，為牛，為馬，——就苦海沉淪！

格調上看起來，有如唱道情[1]的。那話頭，句句都是宣傳，政治氣息，當然十分濃重的。這也是當時的風氣。有的就用灘簧、四季相思曲調唱了出來，也顯示由士大夫走向大眾，由文雅走向俚俗的趨向了。

1　民間說唱藝術的一種形式，以漁鼓及簡板伴奏。

一二　梁啟超

　　近五十年間，中國每一知識分子都受過梁啟超的影響，此語絕無例外。孫中山雖是人人知道的革命領袖，他的思想，對於我們，可說絕無關涉。我讀了當代文士的自敘傳，都說到幼年時期，如何受《飲冰室文集》的感動。清末，康、梁派的君憲黨和孫中山派的同盟會，雖是對立的政黨，《新民叢報》和《民報》雖是一直爭辯着的戰友，但喚醒一般人的革命情緒，擴大革命運動，梁啟超的《新民叢報》，乃在同盟會的《民報》之上，梁啟超所做的，可說是革命的前驅工作。就因為政見的衝突，梁啟超死於一九二八年，當時政府漠然視之，褒揚他的明令，直到一九四一年才頒發，也可說是時代的諷刺。

　　我們還在襁褓時期，梁氏已經成為輿論的權威了。我在上海和他見面，五十老翁，白髮滿頭，完全是一個學者了。梁氏對他自己有幾段自我批判的話：「啟超年十三，與其友陳千秋同學於學海堂，治戴、段、王之學。越三年，而康有為以布衣上書被放歸，千秋、啟超好奇，謁之，一見大服，遂執業為弟子，共請開館講學，則所謂萬木草堂是也。啟超治《偽經考》，時復不慊於其師之武斷，後遂置不復道。啟超謂孔門之學，後衍為孟子、荀卿兩派，荀傳小康，孟傳大

同，於是專以紬荀申孟為標幟。其後啟超等之運動，益帶政治的色彩。戊戌政變，啟超亡居日本，專以宣傳為業，為《新民叢報》、《新小說》等雜誌，暢其旨義，國人競喜讀之，清廷雖嚴禁，不能遏。」這是他第一期在輿論界的工作。

梁氏自言：「啟超既日倡革命排滿共和之論，而其師康有為深不謂然。啟超亦不慊於當時革命家之所為，懲羹而吹齏，持論稍變矣。然其保守性與進取性常交戰於胸中，隨感情而發，所執往往前後相矛盾，嘗自言曰：『不惜以今日之我，難昔日之我。』世多以此為詬病，而其言論之效力亦往往相消，蓋生性之弱點使然矣。」「啟超之在思想界；其破壞力確不小，而建設則未有聞。晚清思想界之粗率淺薄，啟超與有罪焉。啟超嘗稱佛說，謂：『未能自度，而先度人，是為菩薩發心。』故其生平著作極多，皆隨有所見，隨即發表。啟超務廣而荒，每一學稍涉其樊，便加論列，故其所述著，多模糊影響籠統之談，甚者純然錯誤，及其自然發現而自謀矯正，則已前後矛盾矣。」梁氏自稱為新思想界之陳涉，烈山澤以闢新局，那是有功的。他又自言與康有為有最相反之一點：「有為太有成見，啟超太無成見，其應事也有然，其治學也亦有然。有為常言：『吾學三十歲已成，此後不復有進，亦不必求進。』啟超不然，常自覺其學未成，且憂其不成，數十年日在旁皇求索中。故有為之學，在今日可以論定，啟超之學，則未能論定。然啟超以太無成見之故，往往徇物而奪其所守，其創造力不逮有為，殆可斷言矣。啟超學問慾極熾，其所嗜之種類亦繁雜，每治一業，則沉溺焉，集中精力，盡拋其他。歷若干時日，移於他業，則又拋

其前所治者。以集中精力故，故常有所得；以移時而拋故，故入焉而不深。彼嘗有詩題其女令嫻《藝蘅館日記》云：『吾學病愛博，是用淺且蕪。尤病在無恆，有獲旋失諸。百凡可效我，此二無我如！』可謂有自知之明。」

梁啟超，這位時代的驕子，一直跟着時代在進步的，他是論壇的主將，每因和他的論敵作戰而有進步，又每因自己年齡的增加和時代進展而有進步。他們那一群人，如蔣百里、丁文江、林長民，都帶着文藝復興時代的氣息，有如雷渥那德·文西 [1] 一般，多才多能，多方面的光彩。梁啟超能詩能文，有政治抱負，也有財政外交的計劃，對於軍事也頗有興趣。清亡以來，他一直是站在政壇的核心圈中，他所領導的進步黨（後來便是研究系），依舊和國民黨相推相拒。如吳稚暉所說，梁啟超所用的，一直是陸仲安的補中益氣湯 —— 他是跟着時代在走的。

從一九一二至一九二二年，可以說是梁啟超的從政時期。他的政治路向，已經和君憲黨的康有為分了手，但他們有意接近操實際政權的北洋派軍人，他們想做運籌帷幄的張子房，結果卻被北洋派軍人，如袁世凱、段祺瑞輩所玩弄。前幾年，曹錕的後人，出售家藏當代名人的手筆，其中有一封梁啟超寫給曹氏的信，連北洋派的末代軍人，他們也還是不能忘情的。一九一五年，進步黨策動同志進行反帝制之役。梁氏曾和他的夥友說到他心頭所蘊積的悲哀。他說：

---

1 Leonardo da Vinci。

「第一，吾黨夙昔持論，厭畏破壞，常欲維持現狀，以圖休養。今四年以來試驗之結果，此現狀多維持一日，則元氣多斲喪一分，吾輩擲此聰明才力，助人養癰，於心何安？於義何取？使長此無破壞猶可言也，此人（指袁）則既薹矣，路易十五所謂朕死後洪水其來，鼎沸之局既無可逃，所爭者早暮已耳。第二，吾儕自言穩健派者，失敗之跡歷歷可指也。曾無尺寸根據之地，唯張空拳以替人吶喊，故無往而不為人所劫持，無時而不為人所利用。今根基未覆盡者只餘此區區片土，而人方日甚覬覦其旁，當此普天同憤之時，我若不自樹立，恐將有煽而用之，假以張義聲者，我為牛後，何以自存？」在那一時期，梁氏卻也寫了許多有關時政的重要文字，如：〈異哉所謂國體問題者〉、〈從軍日記〉、〈《大中華》發刊詞〉，都是有分量的文字；他不愧為一代的政論家，即在從政之餘，不僅不廢文辭，而且也與時俱進。民初的《飲冰室文集》，有《新民叢報》時代的熱力，而謹嚴篤實，儼然有以自立了。

一九二〇年，梁啟超到歐洲走了一回，才認識文化運動的重要性。他從歐洲回來，便拋棄了以往依人為政的念頭，退出政治圈子，努力於改造社會的文化工作。這是梁氏從春華轉到秋實的新階段，他在清華園講學，有志於中國文化史的述作。他在晚年所寫的學術性文字，要算《飲冰室文集》中傳世之作，其中以《清代學術概論》為最早，其他如《先秦政治思想史》、《中國歷史研究法》正續編，都可說是開山的工作，只可惜他的《中國文化史》，已經擬定了篇目，不及動筆，已經老去了。

梁氏有一段論時代思潮的話：「今之恆言，曰時代思潮，此其語最妙於形容。凡文化發展之國，其國民於一時期中，因環境之變遷，與夫心理之感召，不期而思想之進路，同趨於一方向，於是相與呼應洶湧，如潮然：始焉其勢甚微，幾莫之覺；寖假，而漲——漲——漲，而達於滿度；過時焉則落，以漸至於衰熄。凡思非皆成潮，能成潮者，則其『思』必有相當之價值，而又適合於其時代之要求者也。凡時代非皆有思潮，有思潮之時代，必文化昂進之時代也。」這是梁氏對於時代演進的認識。

　　梁啟超生在大變動的世代，也曾到過歐洲；他的朋友，研究哲學的也很多，但梁氏對於世變的理解，還是來自佛學的啟發，而不是由於黑智兒[2]的辯證法，或由於馬克思的唯物史觀。他解釋時代思想之演變週期，便引用佛說：一切流轉相，例分四期，曰：生、住、異、滅。思想之流轉也正然，例分四期；一、啟蒙期（生），二、全盛期（住），三、蛻分期（異），四、衰落期（滅）。無論何國何時代之思潮，其發展變遷，多循斯軌。「啟蒙期者，對於舊思潮初起反動之期也。舊思潮經全盛之後，如果之極熟而致爛，如血之凝固而成瘀，則反動不得不起。反動者，凡以求建設新思潮也。然建設必先之以破壞，故此期之重要人物，其精力皆用於破壞，而建設蓋有所未遑。所謂未遑者，非閣置之謂，其建設之主要精神，在此期間，必已孕育，如史家所謂『開國

2　Georg Wilhelm Friedrich Hegel，本書另作黑智爾。

規模』者然。雖然，其修理未確立，其研究方法正在間錯試驗中，棄取未定，故此期之著作，恆駁而不純。但在殽亂粗糙之中，自有一種元氣淋漓之象。此啟蒙期之特色也。」（梁氏指出「反動」，乃世態演進中必有的現象，而且也不是壞現象，與世人所濫用的「反動」一詞，大不相同。）於是進而為全盛期，「破壞事業已告終，舊思潮屏息懾伏，不復能抗顏行，更無須攻擊防禦以糜精力，而經前期醞釀培灌之結果，思想內容日以充實，研究方法，亦日以精密，門戶堂奧，次第建樹，繼長增高，『宗廟之美百官之富』粲然矣。一世才智之士，以此為好尚，相與淬厲精進；闒冗者猶希聲附和，以不獲廁於其林為恥。此全盛期之特色也。」（梁氏生在啟蒙期，而於蛻變期中回看清代學術全盛時期之規模，乃有此「高山仰止」的口吻。）更進則入於蛻分期，「境界國土，為前期人士開闢殆盡，然學者之聰明才力，終不能無所用也，只取得局部問題，為窄而深的研究，或取其研究方法，應用之於別方面，於是派中小派出焉。而其時之環境，必有以異乎前，晚出之派，進取氣較盛，易與環境相順應，故往往以附庸蔚為大國，則新衍之別派與舊傳之正統派，成對峙之形勢，或且駸駸乎奪其席。此蛻化時期之特色也。」（觀察世變，宜於把時代環境推得遠一點，那就可以領會梁氏所勾畫的輪廓，顯明而生動。百年後的史家，回看近五十年的世變，也只是一個潮浪的起伏而已。）過此以往，則衰落期至焉。「凡一學派當全盛之後，社會中希附末光者日眾。陳陳相因，固已可厭。其時此派中精要之義，則先輩已瀋發無餘。承其流者，不過掇摭末節以弄詭辯。且支派分

裂，排軋隨之，益自暴露其缺點。環境既已變易，社會需要，別轉一方向，而猶欲以全盛期之權威臨之，則稍有志者必不樂受。而豪傑之士，欲創新必先推舊，遂以彼為破壞之目標，於是入於第二思潮之啟蒙期，而此思潮遂告終焉，此衰落期無可逃避之命運。」（梁氏之說，大體看來，也和唯物史觀相吻合，由「正」、「反」相推排而進入「合」的階段，那便是第二思潮的啟蒙期。）

到了梁氏的晚年，可說是進入爐火純青之候，但時代遷變，文學創新，不獨胡適、魯迅超過了他，即郭沫若、茅盾也別開了天地。哲學研究，梁漱溟、馮友蘭的成就，比梁氏都精深得多。史學大師，如王國維、陳寅恪、李濟，也都是梁氏所不能企及的。但梁氏畢竟是開山的啟蒙大師，到了晚年，也還是生氣淋漓的，梁氏壯歲曾賦〈志未酬〉詩，有句：

> 志未酬，志未酬！問君之志幾時酬？志亦無盡量，酬亦無盡時。世界進步靡有止期，……眾生苦惱不斷如亂絲，吾之悲憫亦不斷如亂絲！……吁嗟乎，男兒志兮天下事，但有進兮不有止，言志已酬便無志！

易始於乾，而終於未濟，梁氏的豪壯口吻，自是如此！

一三　晚清

　　我們觀察世變，並不能像孟子那樣一口氣便是五百年；秦漢以後，一個轉變的週期，大約是三百年；到了近代，六十年算是一個週期；後來說到三十年為一世，過了三十年，便是後浪推前浪，人事又是一番新了。此刻，我們談五十年來的文壇動態，似乎要把十年算得一個段落。這兒，我所說的晚清，乃是指一九○一到一九一一這十年間的動態。（這五十年間，永遠站穩社會文化界的崇高地位，不曾被時代所拋掉的，也只有梅蘭芳一人而已。不過，梅氏一生，也有很顯著的變化，他也還是時代的兒子！）

　　從世界文學史上看，十九世紀乃是小說的世紀。我們中國也不在例外，晚清這十年，也是小說最繁榮的時期。據《涵芬樓新書分類目錄》所載，文學類一共收翻譯小說近四百種，創作約百二十種，出版期最遲是宣統三年（一九一○年）。又據《小說林》所刊東海覺我〈丁未年小說界發行書目調查表〉，那一年（一九○七年）中的著譯小說，有百二十餘種之多。據阿英（錢杏邨）的統計，當時的人說，當在一千種左右，約為涵芬樓（商務印書館藏書樓）所藏的兩倍。我們知道當時除了報紙刊載小說以外，專刊小說的雜誌，也風起雲湧，十分熱鬧。（最早的一種，便是上

文所說的《新小說》，梁啟超主編，始刊於光緒二十九年，共刊兩卷，所載小說，有梁氏自作之《新中國未來記》、吳趼人《痛史》、《二十年目睹之怪現狀》、《九命奇冤》、《電術奇談》等。繼有李伯元主編之《繡像小說》半月刊，一九○三年刊行，共刊七十二期。李之《文明小史》、《活地獄》，劉鶚《老殘遊記》，都在那兒發表的。李伯元去世，吳趼人創《月月小說》，一九○六年創刊，刊二十四期，自著有《兩晉演義》、《劫餘灰》等。《小說林》創刊於一九○七年，凡刊十二期，載有曾孟樸的《孽海花》。這都是主要的幾種，此外則有《新新小說》、《小說月報》、《小說時報》、《小說世界》、《小說圖畫報》、《新世界小說社報》等等，此仆彼起，或同時並刊，顯得十分繁榮。）

對於這一文壇景象，阿英曾作如此的註釋：「造成這空前的繁榮局面，第一當然是由於印刷事業的發達，沒有前此那樣刻書的困難，由於新聞事業的發達，在應用上需要多量的產生。第二，是當時的知識階級，受了西洋文化的影響，從社會的意義上認識了小說的重要性。第三，就是清室屢挫於外敵，政治又極窳敗，大家知道不足與有為，遂寫作小說，以事抨擊，並提倡維新與愛國。」

我們知道晚清文人，都是熱情愛國的，但他們的民族意識很強，民主的觀念很薄弱。即從反映時代最明顯的小說來看，其中正表現了「複雜的動亂的社會環境。有極其頑固的守舊黨，擁護皇室，擁護封建的社會，對新的或比較新的人，嘲笑謾罵，無所不至。有極進步的反對滿族統治，反對立憲，主張種族革命的新人，他們在作品裏熱烈的感憤的把

革命種子播散開去。又有顧到君權，又顧到民權，實際上還是替君權打算的立憲黨，在作品裏宣傳君主立憲的好處。有些知識分子，不保皇也不革命，只從事維新的啟蒙運動，如反迷信、反纏足、反吸食鴉片等等，認為只有從這些地方下手，才是真正的救國辦法。有的卻由於一般投機分子胡亂的行為，對一切感到幻滅，政府不好，維新黨不好，革命黨也不好。有提倡科學的作品，也有發揮玄學的，而基於『中學為體，西學為用』的思想，當然也有對政治社會毫不關心，專講嫖經、說愛情的，形形色色，充分表現了一種過渡期的現象」。（節用阿英〈談晚清小說〉文意。）

　　一部近代文化史，從側面看去，正是一部印刷機器發達史；而一部近代中國文學史，從側面看去，又正是一部新聞事業發展史。假使和英國人講故事，最好和他們談談倫敦《泰晤士報》；我們靠在柴積上談閒天，也不妨談談上海《申報》的故事。

　　從新聞事業的創始說，香港還是上海的老大哥，事事看香港的樣子。可是，後來居上，這位小弟弟力爭上流，很快就把握着領導全國文化的地位。《申報》創刊於一八七二年四月間（清同治十一年），他們買了一架英國出產的手搖輪轉機，每小時印刷二三百張，已經開了新紀元了。我們且想想，先前的印刷，靠刻活字來排印，每天只能印刷三四百張；那時，忽然可以增加十倍八倍的速度，自然是了不得的了。（初期的報刊，只能出一週、十日或一月的期刊，也是受着印刷條件所限制的。）那時的《申報》，兩天出一號（每號一張，用中國毛太紙單面印刷，分八版，每版高十英吋又

八分之一，寬九英吋又二分之一。通體用四號活字排印，撰題也是四號字）。本埠售錢八文，外埠售錢十文。開頭出了十天，由於印刷條件趕得上，第十一天起，便改為每天一張了（星期日休刊）。那時，每天只銷六百份。到了一八七四年九月間，銷數已經增加了一倍，紙張也改了賽連紙（單面印）。到了一八九七年底，《申報》改用有光紙（單面印），這就是中國新聞事業大量輸入洋紙之始。同時，印報的機器，也用了華府台單滾筒機，用電汽馬達拖轉，每小時可出一千張。而報紙的銷數，也增加到了七千份。一九〇九年，《申報》改用雙面印的對開白報紙。印刷機器也添購了亞爾化公司的雙輪轉機，每小時印刷二千張。印刷機器的現代化速率，也把銷數推到一萬份以外去了。晚清這十年間的《申報》，好似一個青春力最活躍的青年，每一方面都在爭取速率，進步得很快的！

　　一九〇四年，這是中國新聞界的重要年頭。庚子事變和日俄戰爭所激起國人對國事的注意，刺激了新聞事業的改進。《時報》創刊於那年六月，對上海望平街，可說是一顆爆烈性的炸彈。它首先刊載專電、新聞專欄、文藝副刊和反映時事的短評，開出了新聞文學的規模！這一來，《申報》、《新聞報》都受了刺激，着手版面上的革新。一九〇五年的《申報》，也更新宗旨，擴充篇幅，增加標題，專發電訊，詳記戰情，和《時報》來爭勝了。《時報》創辦人狄平子，他把《新民叢報》的氣氛注入到望平街每一細胞中去，這就形成了新文壇的奇景。

　　我們知道中國舊文人，雖有下筆千言，倚馬可待的奇

才，但桐城派總以修飾、整飭、精鍊為主，小小篇幅中，顯出他們的晶瑩工夫。到了梁啟超出來，這才江河萬里，浩浩蕩蕩，泥沙俱下。他能於一天之間，寫七八千字，而且長日這麼寫着，滔滔不絕。古人以〈萬言書〉為絕調，現代的王安石，卻一寫便是五六萬字，有時下筆不能自休，十萬言也是期月可成的。這一種作風，也正合乎報章文學的條件，望平街就造就了那麼多的新文人，都是一筆寫下去，文不加點的。

清末社會思想，受外來文化（經過翻譯傳入）的影響是很大的。有一回，馮友蘭就在《新事論》中談到這個問題：在清末，達爾文、赫胥黎的天演論，初傳到中國來，一般人都以為這是一個「公例」，所謂「天演公例」。所謂「天演競爭，優勝劣敗」、「弱肉強食」，成為一般人的口頭禪、一般人的標語。他們對於所謂天演論，雖不見得有很深的了解，但憑這些標語，他們知道，一個國如果想在世界上站得住，非有力不可。他們知道，中國在經濟方面，必須要富；在軍備方面，必須要強。富強都是力，有力方不為弱肉，有力方不為強所食。他們並不說強侵弱，眾暴寡，是不道德的行為，他們知道這是所謂天演。在所謂天演中，有強權無公理，弱者被強者所食，照當時一般人所知之天演公例說，雖不必說是應該，但確可以說是活該。所謂天演公例，是就事物之天然狀態說者，就人說，所謂文明，本是人對於其所在之天然狀態之改變。如果事實上有在天然狀態中之人，則此種人是野蠻的。清末人本以為西洋人是野蠻的，其所以能蠻橫者，純靠其有蠻力。對於有蠻力者之蠻橫，亦只可以蠻力

應付之。所以清末人之知注重力，一部分是由於受當時人所知之天演論之影響，一部分是由於清末人看不起西洋人之所致。我們知道士大夫注重堅甲利兵的洋務，又是一種覺醒，而知道注重富國強兵的時務，又是一種覺醒。到了晚清，由軍事性的科學輸入，進到政治性的科學輸入，更是一大進境。《天演論》、《群學肄言》、《原富》，這三種書，可說是一同輸入的。士大夫之講維新，或談革命，其目標是相同的。他們都要建立一個憲政的國家。因此，晚清文學，不管是創作的或翻譯的，其主要目標還是偏於政治性的。我們還知道當時的翻譯，單就文藝這一方面說，也是多於創作的。那兩位譯學前輩嚴復、夏穗鄉曾發表過〈《國聞報》附印說部緣起〉。梁啟超也在〈譯印政治小說序〉中說：「在昔歐洲各國變革之初，其魁儒碩學，仁人志士，往往以其身之所經歷，及胸中所懷政治之議論，寄之於小說。於是彼中輟學之子，黌塾之暇，手之口之，下而兵丁，而市儈，而商氓，而工匠，而車夫馬卒，而婦女，而童孺，靡不手之口之，往往每一書出，面全國之議論為之變。」他的說法，當然有些誇張，但他們要特採外國名儒所撰述，而有關切於中國時局者，次第譯之，從有關世道人心，到可以作為政治及社會改造的武器，也可以說是對小說理解的一大進步。（當時有一位筆名蠡勺居士的小說譯作人，也說他翻譯外國小說，其目的乃在貫輸民主思想，認為中國不變更政體，決無富強之路。可見晚清文人對世局有其共同的看法。）

晚清譯學界有一位前輩，周桂笙（辛庵，上海人），他的翻譯西洋文學，比林紓更早，更深入。如楊世驥所說的。

他是我國最早能虛心接受西洋文學的特長的，他不像林紓一樣，要說迭更司的小說好，必說其有似我國的太史公，他是能爽直地承認歐美文學的優點的。他翻譯的小說雖不多，大抵都是以淺近的文言和白話為工具，中國最早用白話介紹西洋文學的人，恐怕要算到他了。他的翻譯工作，在當日實抱有一種輸入新文學的企圖。他曾在一九〇六年，發起組織譯書交通公會，其宣言有云：「中國文學，素稱極盛，降至輓近，日即陵替。方今人類，日益進化，全球各國，交通便利，大抵競爭愈烈，則智慧愈出，國亦日強，彰彰不可掩也。……夫舊者有盡，新者無窮，與其保守，無寧進取，而況新之於舊，相反而適相成，苟能以新思想、新學術源源輸入，俾躋我國於強盛之域，則舊學亦必因之昌大，卒收互相發明之效，此非譯書者所當有之事歟！」就在那些前驅的志士之中，我們又看到更進步的思想了。

晚清文人，他們的政論，提倡梁啟超體的新聞文學，而翻譯作品，卻提倡嚴復、林紓式的古文，也是相映成趣的。嚴復的翻譯分量雖不多，但他選擇得很精，出筆很審慎，他所建立的譯學風格，在當時的影響也是很大的。他在《天演論》序中說：「譯事三難：信、達、雅。求其信已大難矣。顧信矣，不達，雖譯猶不譯也，則達尚焉。譯文取明深義，故詞句之間，時有所顛倒附益，不斤斤於字比句次，而意義則不倍本文。題曰達恉，不云筆譯，取便發揮，實非正法。凡此經營，皆以為達。為達，即所以為信也。信達而外，求其爾雅。此不僅期以行遠已耳，實則精理微言，用漢以前家法句法則為達易，用近世利俗文字，則求達難，往往

抑義就詞，毫厘千里。審擇於斯二者之間，夫固有所不得已也。」他所說的「不得已」，有兩方面的原因：一方面，如胡適所說的，在當時還不便用白話，若用白話，便沒有人讀了。嚴復用古文譯書，正如前清官僚戴着紅頂子演說，很能抬高譯書的聲價，故能使當日古文大家認為浸浸與晚周諸子相上下。在說服當時的士大夫的作用上，他們的工作，一半是成功的。另一方面，無論哲理論文或是文藝作品，都有可以意會不可以言傳的境界。一到用甲文字來翻譯乙文字，恰到好處是很難的。文言文之於現代人，也幾乎等於另外一種文字，於是用古文來翻譯西洋名著，即等於用丙文字傳達乙文字的情意給甲看，有着隔一層的壞處，也有着隔一層的好處的。（嚴復曾拒梁啟超之勸，不肯改從通俗。他說：「若徒為近俗之辭，以取便市井鄉曲之不學，此於文界，乃所謂凌遲，非革命也。」又謂：「文字語言之所以優美者，以其名詞富有，著之手口，有以導達奧妙精深之理想，狀寫奇奧美麗之物態耳，此將於文言求之乎？抑於白話求之乎？然令以此教育，易於普及，正無如退化何耳！」在運用文言與語體工具上，上一輩文人，後者反不及前者，也是事實，這都要等待新文學運動的到來的。）

　　幾乎每一個上一輩文人，都說到他們讀到《天演論》的嚮往之情。魯迅的《朝華夕拾》有一段瑣記，說到他進南京水師學堂的故事。他們那學堂，第二年的總辦是一個新黨，他坐在馬車上的時候，大抵看着《時務報》，考漢文也自己出題目，和教員出的很不同，有一次是〈華盛頓論〉，漢文教員反而弄得莫名其妙，惴惴地問學生們：「華盛頓是什麼

東西呀？」那時，看新書的風氣便流行起來，魯迅他們也知道了中國有一部書叫《天演論》。星期日，他跑到城南去買了來，白紙石印的一厚本，價五百文正。翻開一看，是寫得很好的字，開首便道：「赫胥黎獨處一室之中，在英倫之南，背山而面野，檻外諸境，歷歷如在檻下。乃懸想二千年前，當羅馬大將愷撒未到時，此間有何景物？計唯有天造草昧！」他乃驚叫道：「哦！原來世界上竟還有一個赫胥黎坐在書房裏那麼想，而且想得那麼新鮮？」一口氣讀下去，『物競』、『天擇』也出來了，蘇格拉第、柏拉圖也出來了，斯多噶也出來了。」那份神情，活躍紙上。

　　周氏兄弟，也是受新學影響最深最早的青年，他們後來也用古文來譯小說。他們的古文工夫是很深的，又都能直接了解西文，他們所譯的《域外小說集》，比林紓所譯的小說的確高明得多。但他們雖達到了「信、達、雅」的標準，從《域外小說集》的發行來說，十年之中，只銷了二十一冊，可說是失敗的。對於西方文學的真正理解，也還待新文學運動的到來（《域外小說集》所以失敗，也還有其他原因，因為周氏兄弟所譯的，雖是名家作品，卻都是短篇小說。在那時期，中國人還沒有養成看短篇小說的習慣，而優閒的生活，也不適於讀那些寫實的短篇，也是主因之一。）

一四　民初

　　晚清那十年，我是在童稚時期，對於中國文壇動態是不十分了然的。我們鄉間，也是偏僻得很，也很少以文會友的機會。直到十多年前，一個偶然的機會，才知道那位寫新戲曲的蔣鹿珊，還是我們的近鄰。他在我們家鄉，只是一個嘴大身矮的鄉紳，並不知道他是當代文學家。（蔣氏曾著《冥鬧》新傳奇。）還有一位自幼聞名了的近親劉治襄，也到十年前，才看到他所寫的《庚子西狩叢談》。至於清末一代大儒朱一新，既是隔了一縣，又隔了一輩，只從父兄輩輾轉聽得他的文章道德就是了。

　　在這兒，筆者且引用周作人有一回在北平輔仁大學演講現代中國文學所說的故事，以及胡適《四十自述》中的回憶，以增加讀者的親切印象。周先生講演既畢，乃作總括的敘述：（一）八股文在政治方面已被打倒，考試時已經不再作八股文，而改作策論了。其在社會方面影響卻依舊很大，甚至，至今還沒有完全消失。（八股文的體性和風格，一直就成為現代中國文學的精神遺產，在政治宣傳的新酒中出現。）（二）乾隆、嘉慶兩朝達到全盛時期的漢學，到清末的俞曲園，也起了變化，不但弄詞章而且弄小說，而且在《春在堂全集》中的文字，有的像李笠翁，有的像金聖嘆，

有的像鄭板橋和袁子才。於是，被章實齋罵倒的公安派，又得以復活在漢學家的手裏。（關於公安派、竟陵派的文論和新文學運動的關係，周先生有很精到的推論，下文再詳。）（三）主張文道混合的桐城派，這時也起了變化，嚴復出而譯述西洋的科學和哲學方面的著作，林紓則譯述文學方面，雖則嚴復的譯文被章太炎罵為有八股調，林紓譯述的動機是在於西洋文學，有時和《左傳》、《史記》中的筆法相合，然而在其思想和態度方面，總已有了不少的改變。（四）這時候的民間小說，比較低級的東西，也在照舊發達，其作品有《孽海花》等，受了桐城派的影響。在這變動局面演了一個主要角色的是梁任公。他研究經學，而在文章方面是喜歡桐城派的。當時他所主編的刊物，先後有《時務報》、《新民叢報》、《清議報》和《新小說》等等，在那時的影響都很大。不過，他是從政治方面起來的，他所最注意的是政治上的改革，因而他和文學運動的關係也較為異樣。（周先生的演講，恰好是對晚清文壇的最好總結。）

　　周先生對梁任公也有一段如次的論斷：「梁任公是戊戌政變的主要人物，他從事於政治的改革運動，也注意到思想和文學方面，在《新民叢報》內有很多的文學作品。不過這些作品都不是正路的文學，而是來自偏路的，和林紓所譯的小說不同。他是想借文學的感化力作手段，而達到其改良中國政治和中國社會的目的。」「梁任公的文章是融和了唐宋八家、桐城派和李笠翁、金聖嘆為一起，而又從中翻陳出新的。這也可算他的特別工作之一。在我年少時候，也受了他的非常大的影響，讀他的《飲冰室文集》、《自由書》、《中

國魂》，都非常有興趣。他的文章影響社會的力量更加大。這樣，他以改革政治、改革社會為目的，而影響所及，也給予文學革命運動以很大的助力。」對於啟蒙運動的估價，以及人物的評述，大致如此。梁任公畢竟是繼往開來的人，我們一直還要說下去的。

五四運動以後，胡適以二十八歲的青年，主北京大學的哲學講席。他的《中國哲學史大綱》出版，梁啟超便在《清代學術概論》，於績溪胡氏之後補上一筆，說他是樸學的後起之秀。其見重如此。我們再回看胡適的《四十自述》：他說他在澄衷一年半中，看了一些課外的書籍。嚴復的《群己權界論》，便是在那時代看的。嚴先生的文字太古雅，所以少年人受他的影響，沒有梁啟超的影響大。他說：「梁先生的文章，明白曉暢之中，帶着濃摯的熱情，使讀的人不能不跟他走，不能不跟着他想。有時候，我們跟他走到一點上，還想望前走，他倒打住了，或是換了方向走了。在這種時候，我們不免感覺一點失望。但這種失望也正是他的大恩惠。因為他盡了他的能力，把我們帶到了一個境界，原指望我們感覺不滿足，原指望我們更朝前走，跟着他走，我們固然得感謝他；他引起了我們的好奇心，指着一個未知的世界叫我們自己去探尋，我們更得感謝他。這是一個民初的思想導師，說出了他自己對晚清思想導師的由衷感激之言。他說他個人受了梁啟超無窮的恩惠。他自己追想起來，有兩點最分明。第一是梁氏的《新民說》，第二是梁氏的《論中國學術思想變遷之大勢》。梁氏自號「中國之新民」，又號「新民子」，他的雜誌也叫做《新民叢報》，可見他的全副心思

貫注在這一點。「新民」的意義是要改造中國的民族，要把這老大的病夫民族改造成一個新鮮活潑的民族。梁氏說：「然則救危亡、求進步之道將奈何？曰，必取數千年橫暴混濁之政體，破碎而齏粉之，使數千萬如虎如狼如蝗如蝻如蟻如蛆之官吏，失其社鼠城狐之憑藉，然後能滌腸盪胃以上於進步之途也。」他在那時代主張最激烈，態度最鮮明，感人的力量也最深刻。他很明白地提出一個革命的口號：「破壞亦破壞，不破壞亦破壞！」（後來梁氏已不堅持這一個態度了，而許多少年人衝上前去，可不肯縮回來了。）胡氏說：「《新民說》的最大貢獻在於指出中國民族缺乏西洋民族的許多美德。他指出我們所最缺乏而最須採補的是公德，是國家思想，是進取冒險，是權利思想，是自由，是自治，是進步，是自尊，是合群，是生利的能力，是毅力，是義務思想，是尚武，是私德，是政治能力。」他給我們開闢了一個新世界，使我們徹底相信中國之外，還有很高等的民族，很高等的文化。從晚清到民初，思想前驅者有一深刻的開展的文化視野，即是對西方文化的進步認識。（承認西方的文學的最高造詣，即說是和我們中國先秦諸子的文學相並駕，也是到了民初，才有勇氣說出來的。）

　　那些革命志士、文化戰士，無論康有為、梁啟超，或章太炎、劉師培，都是對中國學術文化有深刻認識的人，對中國的文學、哲學有深湛修養的人。胡氏說：梁啟超的《論中國學術思想變遷之大勢》一書，也給他開闢了一個新世界，使他知道四書五經之外，中國還有學術思想。梁氏分中國學術思想為七個時代，也許不能使人滿意，但在五十年前，這

是第一次用歷史眼光來整理中國舊學術思想，第一次給我們一個學術史的見解。這在我們看來，原是很平凡的見解，在那時卻是一陣清新的風尚，一新視聽的。那時，十七八歲的胡適已經下了宏願，說：「我將來若能替梁任公先生補作這幾章缺了的中國學術思想史，豈不是很光榮的事業？」他這個後繼者，畢竟在若干方面跨過前人一步，也就成為梁任公所敬佩的學人了。

辛亥革命，一場夢似地，很快就成功了，卻也如春夢似的，很快就醒過來了。晚清那一階段，集合了革命派、立憲派、北洋軍閥官僚派的力量，來把滿清皇位推翻掉，但是，中華民國一建立起來，這三派便開始新的鬥爭，演成不斷的內戰，大家才明白革命只是這麼一回事，卻也不是那麼一回事。晚清那十年間，中國的士大夫，幾乎集中了文學的一切工具（散文、詩歌、小說、戲曲），在做鼓吹革命的工作，革命卻帶來了無邊的失望。後來一位文學家魯迅，他就在反省與回憶的過程中，把捉了這一類情緒，寫在〈阿Q正傳〉中。（正傳第八章開頭便說：「未莊的人心日見其安靜了，據傳來的消息，知道革命黨雖然進了城，倒還沒有什麼異樣。」這麼簡單的一句話裏，便包括了辛亥革命後社會上換湯不換藥的混沌情形，當時投機派搖身一變做了新貴者的確不少。）

魯迅有幾回，也談過革命與文學的關係，他說：大革命之前，所有的文學，大抵是對於種種社會狀態，覺得不平，覺得痛苦就叫苦，鳴不平。但這些叫苦鳴不平的文學，對於革命沒有什麼影響，僅僅有叫苦鳴不平的文學時，這個民

族還沒有希望。有些民族因為叫苦無用，連苦也不叫了，他們便成為沉默的民族，漸漸更加衰頹下去。至於富有什麼反抗性，蘊有力量的民族，因為叫苦沒用，他便覺悟起來，由哀音而變為怒吼。怒吼的文學一出現，反抗就快到了，所以與革命爆發時代接近的文學，每每帶有憤怒之音，他們要反抗，要復仇。（晚清的文學就是這麼一種氣氛。）到了大革命的時代，文學沒有了，沒有聲音了，因為大家受革命潮流的鼓蕩，大家呼喊而轉入行動，大家忙着革命，沒有閒空談文學了。（清宣統二三年間的文壇，就是這麼一種情形。）

　　等到革命成功了，社會的狀態緩和了，這時候又產生了文學。這時候的文學有二：一種文學是讚揚革命，稱頌革命，謳歌革命，因為進步的文學家想到社會改變，社會向前走，對於舊社會的破壞和新社會的建設，都覺到有意義，一方面對於舊制度的崩壞很高興，一方面對於新的建設作謳歌。（這種文學，民初倒沒有產生過，因為滿清政權雖已傾覆了，舊政權依舊存在着，舊有的黑暗政治面，依然那麼壓迫人民，使文人依舊走上叫苦與憤怒的舊路去。）另有一種文學是弔舊社會的滅亡，輓歌，也是革命之後，會有的文學。那時，革命雖然進行，但社會上舊人物還很多，決不能一時變成新人物，他們的腦中滿藏着舊思想舊東西，環境漸變，影響到他們自身的一切，於是回想舊時的舒服生活，便對於舊社會眷念不已，戀戀不捨，因而講出古老的陳舊的話，形成這樣的文學。這種文學，都是悲哀的調子，表示他心裏不舒服。（到了民初，許多晚清的宋詩派詩人，和維新志士，忽然變成遺老式的文人，寫這一類滿紙悲哀調子的文

學了。）

民初，政治社會上有幾件大事：袁世凱以北洋派軍人首領取得了實際政權了，袁世凱政權展開了對國民黨人（孫中山所領導的在野政權）的鬥爭，由黨人宋教仁被暗殺所引起的第二次革命，國民黨全面失敗。北洋派的軍力控制了整個長江流域和沿海省區了。歐洲大戰發生，英國希望日本照應他們的遠東利益，日本的軍人政權和大陸政策便抬頭了，進而演成中日關係的逐步與全面的惡化。袁世凱的皇帝夢，引起了國內的反帝制運動，北洋派軍事集團也引起內部矛盾與分裂了。因此，那一時期的文學，又回復到「再革命」的路上去，帶着最濃重的政治氣息。民國元年，國民黨黨人邵力子、于右任、戴季陶等在上海創辦《民呼日報》、《民吁日報》，後來接辦了《民立報》、《民權報》，最足以代表那一時期的文壇意向的。

在革命潮浪起伏不定的時期中，就有一股語文運動的伏流在漾蕩，那便是國語運動的興起。這一運動，對於新文學的誕生，有着增加熱量的作用的。胡適有一回在北平碰到一位白頭老人，他鄭重提到這件事。這老人便是維新運動的志士，官話字母的創始人王照（小航）。王氏就在戊戌那年，提出「國人知能遠遜彼族，議論浮偽，萬難圖存」的反省議論。他曾對維新的首領康有為說：「天下事那有捷徑？我看只有盡力多立學堂，漸漸擴充，風氣一天一天的改變，再行一切新政。」當時，康有為說：「列強瓜分就在眼前，你這條道路如何來得及？」事後看來，那些主張維新革命的人，都是政治急色兒，眼光很短小的。庚子亂後，王氏還是

一個奉旨嚴拿的欽犯，他躲在天津旅寓，創作官話字母，想替中國造出一種普及教育的利器來。他冒生命的危險，到處宣傳他的拼音新字，後來被捕入獄兩月餘，等到出了獄，仍舊繼續宣傳新字。到了民國元年，他在上海發表〈救亡以教育為主腦論〉，主張教育之要旨，在於使人人有生活必須之知識，主張教育是政治的主腦，而一切財政、外交、邊防等等，都只是所以維持國家而使這教育主義可以實現的一頁。（王氏一向反對「時髦」，說：「時髦但圖聳聽，鼓怒浪於平流；自信日深，認假語為真理。」）他們這一群人，如勞乃宣創造《簡字全譜》，吳稚暉、錢玄同、黎錦熙他們商訂注音符號，主張用注音字母拼方音，和國語運動相輔而行。從普及教育的基層工作上下工夫，其努力結果，就是要把士大夫手中所獨佔的語文工具，移到大眾手中去。

那位一生提倡普及教育，努力語文運動的王照，他還看到了語文非合一不可的一面。他有一回寫那篇〈廉孝子傳〉，寫到「每日對父遺像，依時進盤帨茶飯如生時」，忽然覺得非接上這麼寫不可：「呼曰：『爸爸吃飯啊，爸爸洗臉啊！』他自注云：「余曾思索代此話之文句，輾轉改易數次，實無能逼肖聲情者，故寧當俚俗之誚，不忍變孝子原來語氣。」又云：「文字本為情事而設，拘於字例，致與事情稍違，吾不願。」他的想法看法，也和後來新文化運動的文學觀點相接近。和王氏同時的，還有一位在北京政團中很活躍的新聞記者黃遠庸，他在《甲寅》末期，致章士釗的信中說：「自問生平並無表見，所作種種政談，至今無一不為懺悔材料。愚以為居今論政，實不知從何處說起。至根本救

濟，遠意當從提倡新文學入手。總之，當使吾輩思潮如何的與現代思潮相接觸，而促其猛省，而其要須與一般之人生出交涉，法須以淺近文藝，普徧四周。史家以文藝復興為中世紀改革之根本，足下當能語其消息盈虛之理也。」那時覺悟了的知識分子，都已有了這樣的時代認識。

本來，晚清主張革新或革命的士大夫，也有人提倡白話報，有提倡白話書的，連後來反對新文學運動的林紓，那時也提倡通俗書報；那位有名的經學大師章太炎，他也寫了許多白話文。他們也可以說是替中國文學開了新路。不過「這些人可以說是有意地主張白話，但不可以說是有意地主張白話文學。他們的最大缺點，是把社會分作兩部分：一邊是『他們』，一邊是『我們』。一邊是應該用白話的『他們』，一邊是應該做古文古詩的『我們』。我們不妨仍舊吃肉，但他們下等社會不配吃肉，只好拋塊骨頭給他們吃去罷。這種態度是把一件事分成兩截了，還是不行的。」（胡適語）

到了民初，晚清那幾位著名的政人，如康有為、梁啟超、章太炎，都逐漸退出政治鬥爭的圈子。他們在中國社會上的地位，也就變成了純粹的學人或文人。從社會文化的影響說，他們也都是立言的人。（章太炎和孫中山，本來同是同盟會的首領，到了民初，就把革命大業，留給孫中山一個人去搞了。）胡適談近五十年的中國文學，總結這些人的文體，曾作如次的論斷：嚴、林的翻譯文章，譚、梁的議論文章，章、劉（師培）的述學文章，以及章士釗一派的政論文章，我們從歷史上看起來，這四派都是應用的古文。當這個危急的過渡時期，種種的需要使語言文字，不能不朝着應用

的方向變去。但他們都不肯從根本上做一番改革工夫,都不知道古文只配做一種奢侈品,只配做一種裝飾品,卻不配做應用的工具。故章太炎的古文,在四派之中,自然是最古雅的,只落得個及身而絕,沒有傳人。嚴復、林紓的翻譯文章,在當日雖然勉強供了一時的要求,究竟不能支持下去。周作人兄弟的《域外小說集》,他是這一派的最高作品,但在適用一方面他們都大失敗了。失敗之後,他們便成了白話文學運動的健將。譚嗣同、梁啟超一派的文章,應用的程度要算很高了,在社會上的影響,也要算很大了,但這一派的末流,不覺有浮淺的鋪張、無謂的堆砌,往往惹人生厭。章士釗一派是從嚴復、章太炎兩派變化出來的,他們注重論理,注重文法,既能謹嚴,又頗能委婉,頗可以補救梁派的缺點。《甲寅》派的政論文字,在民國初年,幾乎成一個重要文派。但這一派的文字,既不容易做,又不能通俗,在實用方面,仍舊不能不歸於失敗。因此,這一派的健將,如高一涵、李大釗、李劍農等,後來也都成了白話散文的作者。胡氏說這一段古文學勉強以求應用的歷史,乃是新舊文學過渡時代不能免的一個階段。

和筆者同一輩的人,都可以算是「民初」的過來人,我們雖不知道一百年以來的史家,對這一段時期作如何估價,但我們可以同意這樣的說法:民初的人,不免陷於絕望與焦灼的情緒,大家都好似從手掌中溜走了什麼似的,雖說整個世界的變動已在開始,我們卻霧裏看花,既看不出近景,也看不出遠景來的。《甲寅》雜誌記者的文字,從開頭到結尾,瀰漫着絕望的氣息。我還記得章士釗寫給陳獨秀的信

中，就用了「折簡寄愁人，相逢只說愁」的話。當然，這一類絕望的話，本不一定很對的，只是這一般知識分子如此看法而已。有一回，胡適在雙十節的前一天（那時是一九三四年），他到燕京大學去講演〈究竟我們在這二十三年裏幹了什麼？〉他說：「今日最悲觀的人，實在都是當初太樂觀了的人。他們當初就本沒有了解他們所期望的東西的性質，他們夢想一個自由平等、繁榮強盛的國家，以為可以在短時期中就做到那種夢想的境界。他們老想一個『奇蹟』的降臨，想了二十三年，那奇蹟還沒有影子，於是他們的信心動搖了，他們的極度樂觀成極度悲觀了。」他的話，是針對着「九一八」以後的文化界朋友說的，若用以批評民初文化界朋友的心理，那也同樣的恰當的。胡適又曾說到試再看二十五年前中國小學堂裏讀的是什麼書，用的是什麼文字。他在上海（上海要算是最開通的地方）做小學生的時候，讀的是古文，一位先生用浦東話逐字逐句地解釋，其實是翻譯。做的是〈孝弟說〉、〈今之為關也將以為暴義〉、〈漢文帝唐太宗優劣論〉，後來新編的國文教科書出來了，也還是用古文寫的，字字句句都還要翻譯講解，這些事實，我們想起來，就像眼前的事。那時期的革新，的確變得很慢，但是，也就在我們的記憶中，跟世界大戰的脈搏相呼應，我們就很快地捲入了新文化運動的浪潮中了。

我隱隱約約還記得民初到杭州進中學時期，第一本在我眼前閃光的乃是戴天仇（即後來的戴季陶）的《民權素》，大概民初的戴天仇也還年輕得很，他那富有刺激的文體，也還是從梁啟超的政論文體變化出來的。到了第二年，我就讀

了徐枕亞的《玉梨魂》，這一小說，原載民元的《民權報》，我所讀的，乃是民三出的單行本，其實還是《新民叢報》體的小說。我雖是民四進了中學，卻對於《甲寅》派文體以及所討論問題的了解，還是不夠的。似乎，第一回使我們開眼界的，還要等《新青年》的到來的。

一五 「五四」的前夜

　　新文學運動，也和新文化運動一般，那是跟着一九一九年的五四運動發皇起來的。不過，新文學運動的伏流，早幾年已經有了消息了。那份成為新文學運動主要營壘的《新青年》雜誌，早在一九一五年九月間，已在上海刊行。那位最富世界觀念，賦有時代敏感性的新聞記者黃遠生，已和《甲寅》雜誌主編章士釗說到新文學運動的動向了。（上文已提出。黃氏絕望於當時的政治，離國到美國去，由於一個偶然的誤會，被僑胞所暗殺，已不及見新文學運動的到來了。）

　　就在那一年，遠在海外，有幾個青年留學生（任鴻雋、梅光迪、楊銓、唐鉞、胡適）在美國綺色佳（Ithaca）過夏，時常在討論中國文學的問題。討論會中，梅光迪最守舊，絕對不承認中國古文是半死或全死的文學；胡適最激進（那時，胡適還只有二十二歲），他提出文學革命的口號，有詩云：「梅生梅生毋自鄙，神州文學久枯痿。百年未有健者起，新潮之來不可止！文學革命其時矣！吾輩勢不容坐視。」他那時着眼在詩體解放，他主張作詩如作文。他「認定了中國詩史上的趨勢，由唐詩變到宋詩，無甚玄妙，只是作詩更近於作文，更近於說話。（他的詩，還是晚清的新體詩，也還是宋詩派的作法。）到了第二年（一九一六），胡

梅之間的辯論，非常激烈。胡適由辯論而起了更進一步的覺悟：

> 一部中國文學史只是一部文字形式（工具）新陳代謝的歷史，只是活文學隨時起來替代了死文學的歷史。文學的生命全靠能用一個時代的活工具來表現一個時代的情感與思想。工具僵化了，必須另換新的、活的，這就是文學革命。

當時的梅光迪大概也為胡適所說服了，也贊成胡適的主張，說：「文學革命自當從民間文學入手，此無待言，惟非經一番大戰爭不可。驟言俚俗文學，必為舊派文家所訕笑攻擊，但我輩正歡迎其訕笑攻擊。」（梅氏回國以後，忽又反對新文學運動，那是後事。）胡氏當時更決定了自己主張，寫了〈沁園春〉那首誓詩：

> 更不傷春，更不悲秋，以此誓詩。……文學革命何疑，且準備著旗作健兒。要前空千古，下開百世，收他臭腐，還我神奇。為大中華，造新文學，此業吾曹欲讓誰。詩材料，有簇新世界，供我驅馳。

那年六月，他們那群人又在綺色佳論說改良中國文學問題，胡適提出用白話作文作詩作戲曲的主張，列舉幾個要點，其中最重要的觀點是：「白話並非文言之退化，乃是文

言之進化。文言的文字，可讀，聽不懂，白話的文字既可讀，又聽得懂。今日所需，乃是一種可讀、可聽、可歌、可講、可記的言語。要讀書不須口譯，演說不須筆譯，要施諸講壇舞台而皆可，誦之村嫗婦孺而皆懂。不如此者，非活的言語也，決不能成為吾國之國語，決不能產生第一流的文學」。和胡適討論着的朋友，對於中國文學不能不改革的意見是一致的，對於他主張用白話做一切文學的工具，卻不十分贊成。梅光迪以為「白話只可用作小說詞曲，不可用作詩與美文」；任鴻雋以為「白話自有白話的用處，然不能用之於詩」；胡適卻堅決主張做白話詩（新詩）。胡氏的主張，在美國那一群青年朋友中，所得到時同情，可說非常微薄。他所嘗試的新詩，別人也當作「蓮花落」看待，認為完全失敗。可是他的改革主張，在國內所得到的同情與熱烈的反應，遠在胡氏意想之外，他是一躍而成為新文學運動的改革的大師，取梁啟超地位而代之的了。

（胡氏的嘗試集，始於一九一六年七月，到第二年九月，已經成了一小冊子。他回國時，錢玄同說他的詩詞，還未能脫盡文言的窠臼。在美國，他的朋友嫌他的詩太俗，到了北京，他的朋友又嫌他太文，也可見當時國內思想界急轉的情勢。）

胡適於一九〇九年出國，在美國讀了七年書，到了一九一七年末，才回國來。他在上海住了十二天，在內地住了一個月，在北京住了兩個月，路上走了二十天。那時，他有了許多感想。他從美國動身回國的時候，有許多朋友送他行，對他說：「你和中國別了七年了，這七年之中，中國已

經革了三次的命，朝代也換了幾個了，真個是一日千里的進步。你回去時，恐怕要認不得那七年前的老大帝國了。」他笑着對他們說：「你們不用替我擔憂，我們中國正恐怕進步得太快，我們回去要不認得她了，所以她走上幾步，又退回幾步，她正在那裏回頭等我們回去認舊相識呢！」胡氏以沉痛的口吻說了他的感慨，他每每勸人回國時莫存大希望，希望愈大，失望也愈大。他回國的船，到了橫濱，便聽得張勳復辟的消息，他回到了中國所見所聞，果不出其所料，七年沒有見面的中國，還是七年前的老相識。他到了上海，一位朋友拉他到大舞台去看戲，他恍然有悟，對他的朋友說：「這個大舞台，真正是中國的一個絕妙的縮本模型。你看這大舞台三個字豈不很新。外面的房屋不是洋房？裏面的座位和戲台上的佈景裝潢，又豈不是西洋新式？但是做戲的人都不過是趙如泉、沈韻秋、萬盞新、何家聲、何全壽這些人，沒有一個不是二十年前的舊古董。你看這二十年前的舊古董，在二十世紀的小舞台上做戲，裝上了二十世紀的新佈景，卻偏要做那二十年前的舊手腳 —— 這不是一幅絕妙的中國現勢圖嗎？」這都是帶着絕望的口吻在說的。

　　胡氏到了內地，看了兩件大奇事：一件是三炮台香烟居然行到他們徽州去了，又一件是撲克牌居然比麻雀牌還要時髦了。許多老先生，對於新思想新名詞都是頭痛得很，獨有撲克牌的外來語，倒都熟溜上口得很了。這便是他所看見的文化。他第一次走過上海四馬路，就看見了三部教「撲克」的書，可是上海出版界情形怎樣呢？胡氏是學哲學的，他可找不出一部哲學書本。他找來找去，找到一部《中國哲學

史》，內中王陽明佔了四大頁，〈洪範〉佔了八頁，還說了些「孔子既受天之命」與「天地合德」的話。又看見一部《韓非子精華》，刪了〈五蠹〉和〈顯學〉兩篇，竟成了一部《韓非子》糟粕了。文學書內，只有一部王國維的《宋元戲曲史》是很好的。又看見一家書目上有翻譯的沙士比亞劇本，找來一看，原來把會話體的劇本，都改作了《聊齋志異》體的敘事古文。中國出版界，那七年中，簡直沒有兩三部可看的書，不但專門學術性著作找不到，就是要找一部輪船上火車上消遣的書，也找不出。後來，胡氏尋來尋去，只尋得一部吳稚暉的《上下古今談》，帶到旅館中去看看。胡氏的那篇雜感，對社會各方面的反感很多，而對於教育文化，更是絕望，他說：「依我看來，中國的教育，不但不能救亡，簡直可以亡國！」

　　那正是魯迅在北京紹興會館補樹書屋抄碑的時期（抄碑開始於一九一五年，一直抄到一九二〇年前後），那時期就有袁世凱做皇帝、張勳復辟這些熱鬧的場面，整個文化界，都在冬眠階段，更不必說文學界了。筆者那時還在中學讀書階段，當日的國文教師，如夏丏尊、劉大白諸先生，後來都是新文學運動中有力量的角色，在那時，也還是在教室裏教我們讀邱遲〈與陳伯之書〉，哼得和塾師那麼起勁的。我還記得我因為家境貧困，每月靠着替杭州各報寫新聞來貼補零用。可是校中命令禁止學生做訪員（那時稱新聞記者為訪事員），我們偷偷地寫稿，好似犯了法呢！至於各報的副刊，那更不成話，能寫《玉梨魂》式小說的，已經算是第一流作品了。（胡適回國時，只看見上海流行的是一部時事小

說——《新華春夢記》呢！）

我們就在五四運動的後幾年，便讀到顧頡剛所編的初中《本國史》的，那上面，就把「文學革命和國語運動」當作最後的一章，看作現代中國史上最重要的一頁。他們的看法，或許是不錯的，但若干運動，必得過了一大段時期，放到歷史上去看，才可以認識它們的來龍去脈的。

那參與新文學運動的主將周作人，他就和胡適、陳獨秀的看法，頗有不同。他首先指出在文學的領域內，有兩種不同的潮流：（一）詩言志——言志派。（二）文以載道——載道派。這兩種潮流的起伏，便造成了中國的文學史。中國的文學，在過去所走並不是一條道路，而是像一道彎曲的河流，從甲處流到乙處，又從乙處流到甲處，遇到一次抵抗，其方向即起一次轉變。（胡適《白話文學史》以為白話文學是文學唯一的目的地，以前的文學，也是朝着這個方向走，只因為障礙物太多，直到現在，才得走入正軌。而從今以後，一定就要這樣走下去。周氏就不贊同這樣的說法，照他的看法，中國文學始終是兩種互相反對的力量起伏着，過去如此，將來也總如此。）

周氏說了中國文學史上的起伏之跡，到了明代，前後七子的復古風氣是很濃厚的，對於這復古的風氣，揭了反叛的旗幟的，是公安派和竟陵派。公安派的主要人物是三袁：袁宗道、袁宏道、袁中道三人，他們是明萬曆年間的人，約當十六世紀末十七世紀初。他們的主張很簡單，「獨抒性靈，不拘格套」，可以說和胡適之的主張差不多。（袁中郎批評江進之的詩，用了「信腕信口，皆成律度」八個字，這八個

字可說是言志派的一向主張，和胡適之的八不主義完全相同。）所不同的，那時是十六世紀，利瑪竇[1]還沒來中國，所以缺乏西洋思想。假如從現代胡適之的主張裏減去他所受到西洋的影響，那便是公安派的思想和主張了。他們的理論和文章，都很對很好，可惜他們的運氣不好，到了清朝，他們的著作便都成為禁書了，他們的運動也給乾嘉學者所打倒了。

周氏說那一次的文學運動，和民國以來的這次文學革命運動很有些相像的地方。兩次的主張和趨勢，幾乎完全相同。更奇怪的是有許多作品也都很相似。胡適之、謝冰心、徐志摩的作品，很像公安派的，清新透明而味道不甚深厚。和竟陵派相似的，是俞平伯、廢名，他們的作品，有時很難懂，而這難懂，卻正是他們的好處。而更奇怪的是俞平伯和廢名，並不讀竟陵派的書籍，他們的相似完全是無意的巧合。於此，也可見明末和現今的文學運動的趨向是相同的。

周氏又指出十八世紀到十九世紀的清代文學，乃是明末言志文學的反動，而民國以來的文學運動，卻又是這反動力量所激起的反動。他認為現在的新文學運動，乃是明末文學運動的伏流。他又說到在歷史上可以明明白白看出，是漢學家章實齋在《文史通義‧婦學》中大罵袁子才，到那時，公安、竟陵兩派的文學，便告了結束。然而最奇怪的是他們在漢學家的手裏取去，後來卻又在漢學家手中復活過來。晚清

1　Matteo Ricci。

的一位漢學家俞樾，他研究漢學，也兼弄詞章，他的《春在堂全集》有許多遊戲小品，《小浮梅閒話》則全是講小說的文學，這是在他同時代的文人集子中所沒有的。他的態度和清初的李笠翁、金聖嘆差不多，也是將小說當作文學看的。他的生活風趣，頗似李笠翁，他是以一個漢學家而走向公安派、竟陵派的路子的。他說：「從這裏，我們可以看出，在清代晚年，已經有了對於八股文和桐城派的反動傾向了。只是那時候的幾個人，都是在無意識中做着這樣的工作，直到梁任公、胡適之、陳獨秀諸人出來，才很明白地意識到這件事，而正式提出文學革命的旗幟來！」他把五四運動的新文學運動，解釋為言志派文學的再抬頭，也不能算是沒有道理的。

一六 《新青年》

　　我們談到了新文學運動，就會想到一九一八年的五四運動，談到了五四運動，就會想到《新青年》雜誌，和陳獨秀、胡適那一群領導文化運動的戰士。原來《新青年》的創刊，乃在五四運動的前三年（一九一五年），剛巧是《甲寅》雜誌停刊那年。過去談現代中國文化的，對於陳、胡兩人的領導地位，可說是不爭的。近幾年，大陸的文化史人，似乎有意把那時的文化重心移到李大釗、魯迅的身上去，且看百世後的史家，如何說法！

　　據亞東圖書公司的經理汪孟鄒（汪氏，皖南人，和胡適、陳獨秀都是同鄉）談，一九一五年，陳獨秀從安徽到上海來，準備辦一雜誌，自稱可以轟動一時。乃由汪氏介紹，與上海群益書社負責人陳子佩、子壽兄弟談洽，每期編稿費銀二百元。出版之初，銷數並不很多，連贈送交換在內，每期也不過一千份，可是到了一九一七年，銷數便逐漸增加了，最高額到了一萬五六千份。胡適後來於《努力週報》停刊時，與友人書，曾說：中國近三十年，有三種劃時代的刊物：《時務報》、《新民叢報》和《新青年》。他可惜《新青年》的一群朋友，不在文化崗位上努力下去，以至思想革命，只做了一半。這話是說得不錯的。不過，這份劃時代的

刊物，創刊之初，只是繼續《甲寅》的老路線，那幾位愛國傷時的書生，如李大釗、李劍農、高一涵、陳獨秀，也都是《甲寅》的舊人，他們用《甲寅》體的邏輯文學，發為《甲寅》式的論調就是了。陳獨秀於始刊詞中，勉青年以「發揮人間固有之智能，抉擇人間種種之思想，就為新鮮活潑而適於今世之生存，就為陳腐朽敗而不容留於腦際，利刃斷鐵，快刀斬麻，決不作牽就依違之想。」雖有堅決的態度而無明朗的思想革命、文學革命的主張。到了一九一八年第六卷起，他們才成立編輯委員會，由李大釗、錢玄同、高一涵、沈尹默、陳獨秀、胡適等六人，每期輪流主編。（其他主要作稿人，就有周作人、魯迅、張慰慈、劉復等）據魯迅的追記：「《新青年》每出一期就開一次編輯會，商定下一期的稿件。其時最惹我注意的是陳獨秀和胡適之。假如將韜略比作一間倉庫罷，獨秀先生的是外面豎一面大旗，大書道：『內皆武器，來者小心』，但那門卻開着的，裏面有幾枝槍、幾把刀，一目了然，用不着提防。適之先生的是緊緊的關着門，門上黏一條小紙條道：『內無武器，請勿疑慮』。這自然可以是真的，但有些人，有時總不免要側着頭想一想。半農卻是令人不覺其有武庫的一個人，所以我佩服陳、胡，卻親近半農。」這一份刊物，就在他們那一輩人手中逐漸進步起來的。

　　魯迅說劉復本來不脫其從上海帶來的才子氣息的，慢慢給他們克制掉的。其實，初期的《新青年》，也脫不了鴛鴦蝴蝶派的氣息，蘇曼殊的小說，比鴛鴦蝴蝶派也差不了多少，也是接受了胡適的批判，才進步了的。《新青年》初期

所刊的是胡適所翻譯的小說，如都德[1]的〈柏林之圍〉，史特林伯的〈愛情與麵包〉，也都是文言體的小說，和周氏兄弟的《域外小說集》差不多的。無論討論文學革命或思想革命的文學，也都是到了第三卷才開頭的，那已經是一九一六年的事了。

我第一回看到《新青年》，大概已是一九一七年春天了。那年正月，從蘭溪（浙東小城）坐船下杭州，船上跟一位同學施存統（即施復亮）碰面了。他是我們單不庵師的高足弟子之一，以理學名家。他手中帶了好幾本《新青年》，十六開本，四號字本文，夾註多用五號字，看起來跟商務出版的《東方雜誌》差不多。我翻開看了幾篇，幾乎從船艙裏跳起來，因為其中的說法，簡直是離經叛道。（那時候還沒有「反動」一類的帽子，只好搬出「洪水猛獸」的老話頭來了。）我不相信像他這樣一位理學家的弟子，會看這樣的刊物，他就拖着我一本正經地說了許多話。他說：單老師也看這一種刊物的。這就很奇怪了。從那一次後，我也變成了《新青年》的讀者，進而為他們的信徒了。

《新青年》的基本態度，陳獨秀就在創刊號那篇〈敬告青年〉一文中明白標出：（一）自主的而非奴隸的；（二）進步的而非退守的；（三）進取的而非退隱的；（四）世界的而非鎖國的；（五）實利的而非虛文的；（六）科學的而非想像的。這一態度，在一九一九年十二月間的《新青年》宣言

1　Alphonse Daudet。

中，說得更為明確。他說：

> 我們相信，世界各國政治上、道德上、經濟
> 上因襲的舊觀念中，有許多阻礙進化而不合情理的
> 部分。我們想求社會進化，不得不打破「天經地
> 義」、「自古如斯」的成見，決計一面拋棄此等舊
> 觀念，一面綜合前代賢哲、當代賢哲和我們自己所
> 想的，創造政治上、道德上、經濟上的新觀念，樹
> 立新時代的精神，適應社會的環境！

我們最好參看陳獨秀在〈《新青年》罪案之答辯書〉
中所說的話，那更可以明白他們最大膽的主張是什麼。他
說：「他們所非難本誌的，無非是破壞孔教，破壞禮法，破
壞國粹，破壞貞節，破壞舊倫理（忠孝節），破壞舊藝術
（中國戲），破壞舊宗教（鬼神），破壞舊文學，破壞舊政
治（特權人治）這幾條罪案，本社同人當然直認不諱。但
是追根溯源，本誌人本來無罪，只因為擁護那德莫克拉西
（Democracy）和賽因斯（Science）兩位先生，才犯了這幾條
滔天大罪。要擁護那德先生，便不得不反對那孔教、禮法、
貞節、舊倫理、舊政治；要擁護那賽先生，便不得不反對那
舊藝術、舊宗教；要擁護德先生又要擁護賽先生，便不得不
反對國粹和舊文學。」這才是標出了兩大積極主張：民主政
治和科學精神。當時，胡適也曾替這兩個主張下了註腳，他
說：「新思想的根本意義，只是一種新態度。這種新態度，
叫做『評判的態度』。評判的態度，簡單說來，只是凡事

要重新分別一個好與不好。仔細說來，評判的態度，含有幾種特別的要求：（一）對於習慣相傳下來的制度風俗，要問：這種制度，現在還有存在的價值嗎？（二）對於古代遺傳下來的聖賢教訓，要問：這句話在今日還是不錯嗎？（三）對於社會上公認的行為與信仰，都要問：大家公認的，就不會錯了嗎？人家這樣做，我也該這麼做嗎？難道沒有別樣做法比這個更好、更有理、更有益的嗎？」（尼采[2]說，現今時代是一個「重新估定一切價值」的時代。）

到了五四運動以後，《新青年》儼然成為中國文化運動的主要壁壘，他們領導着這一個新文化運動。這運動之中，包括着思想革命、社會革命、文學革命種種傾向，蔚為時代潮流，連着每一種意識形態都有着深淺強弱不同的反應。正如一樹烟火，時機成熟了，引信一燃，轟然一聲，光芒四射，一連串的爆炸，繼之以起，滿眼都是絢爛的場面。這一劃時代的轉變，羅家倫曾推究其起因，以為第一是由於經濟生活的改變，第二是由於世界大戰的影響，第三是由於國內政治的失調，第四是由於學術的接觸漸進；又以為其最近發動之點，不外：（一）消極的，破壞的，是由於舊文學的反動。（二）積極的，建設的，是由於實際的動機。他以為國語文學的精神，就是人生化的精神。我們也可以從文學革命的火花中看到了家庭革命、社會革命、政治革命的成分。

這期間，究竟英雄造時勢呢？還是時勢造英雄呢？從一

2　Friedrich Nietzsche。

方面看去，這些潮浪都是那些前驅戰士倡導出來的。從另一方面看去，因緣湊合，到達了「質的變化」的階段。那些前驅的產婆，就把成熟的孩子接下來就是了。當時，社會人士把新文化運動歸功或歸過於陳獨秀、胡適那幾位先生。陳獨秀就老老實實謝絕這一份光榮。他說：「常有人說白話文的局面，是胡適之、陳獨秀一班人鬧出來的，其實，這是我們的不虞之譽。中國近來產業發達，人口集中，白話文完全是應這個需要而發生而存在的。」

從嚴復的翻譯，我們認識了達爾文、赫胥黎和斯賓塞，接受了物競天擇的進化學說。十九世紀後期，我們所受外來文化的影響，上面已經說過了。《新青年》由胡適介紹了一個北歐的文學家易卜生（Ibsen，挪威戲曲家）過來，他的傀儡家庭帶來了一個新人物——娜拉，一個獨立自主的戰士。她毅然離開了家庭，她要看看這個社會，究竟這個社會錯？還是她錯？她很快就成為那一時代青年男女的偶像，大家都在唸誦胡適所介紹的易卜生主義了。（許多人以為《新青年》是倡導社會主義的，其實初期的《新青年》，倒是倡導獨立自主的個人主義的。）

胡氏在易卜生主義裏提倡一個健全的個人主義的人生觀，那文中引了易卜生寫給他的朋友白蘭戴的信，說：「我所最期望於你的，是一種真實純粹的為我主義。要使你有時覺得天下只有關於我的事最要緊，其餘的都算不得什麼。你要想有益於社會，最好的法子，莫如把你自己這塊材料鑄造成器。有的時候，我真覺得全世界都像海上撞沉了船，最要緊的還是救自己。」胡氏說：「這便是最健全的個人主義；

救出自己的唯一法子便是把你自己這塊材料鑄造成器。把自己鑄造成器，方才可以希望有益於社會。真實的為我，便是最有益的為人。把自己鑄造成了自由獨立的人格，你自然會不知足，不滿意於現狀，敢說老實話，敢攻擊社會上的腐敗情形，做一個『貧賤不能移，富貴不能淫，威武不能屈』的斯鐸曼醫生。」他又很帶感情地指出：「這個個人主義的人生觀，一面教我們學娜拉，要努力把自己鑄造成個人，一面教我們學斯鐸曼醫生，要特立獨行，敢說老實話，敢向惡勢力作戰。少年的朋友們，不要笑這是十九世紀維多利亞時代的陳舊思想，我們去維多利亞時代還老遠哩，歐洲有了十八九世紀的個人主義，造出了無數愛自由過於麵包、愛真理過於生命的特立獨行之士，方才有今日的文明世界。」

從易卜生的文藝觀來說，他是寫實主義者。他把家庭社會的實在情形都寫了出來，叫人看了動心，叫人看了覺得我們的家庭社會，原來是如此黑暗腐敗，叫人看了，曉得家庭社會真正不得不維新革命。表面上看去像是破壞的，其實完全是建設的。譬如醫生診了病，開的一個脈案，把病狀詳細寫出，這難道是消極的破壞的手段嗎？但是易卜生雖開了許多脈案，卻不肯輕易開藥方。他知道人類社會是極複雜的組織，有種種絕不相同的境地，有種種絕不相同的情形。社會的病，種類紛繁，決不是什麼「包醫百病」的藥方所能治得好的，因此，他只好開個脈案，說出病情，讓病人各人自己去尋醫病的藥方了。

《新青年》這一派文化戰士，也等到胡適回國了，才有井然一套完全的社會觀、人生觀、宇宙觀以及方法論。胡氏

有一基本的看法：社會國家是時刻變遷的，所以不能指定哪一種方法是救世的良藥，十年前用補藥，十年後或者須用泄藥了；十年前用涼藥，十年後或者須用熱藥了。況且，各地的社會國家都不相同，適用於日本的藥，未必完全適用於中國；適用於德國的藥，未必適用於美國。只有康有為那種聖人，還想用他們的戊戌政策來救戊午的中國；只有辜鴻銘那班怪物，還想用二千年前的「尊王大義」來施行於二十世紀的中國。這樣的理論，可說是代表着《新青年》全盛時期的共同觀點，也就在那一時期醞釀着新青年社內部的矛盾與分化。

一七　五四運動

　　五四運動，可說是現代中國史的紀程碑，這是歷史家所公認的。近二十多年間，由於政黨鬥爭的尖銳化，文化每一部門，都給政黨當作宣傳的工具，於是，關於五四運動的歷史，也作種種歪曲的解釋。其實，領導五四運動的文化人，並沒有一個是屬於國民黨的。而且，孫中山本人，就主張保持舊文體，不十分贊成白話文的，他也在提倡什麼舊道德，和《新青年》派的反封建觀點是相反的。站在新文化運動的激進線上，研究系梁啟超派所創辦的北京《晨報》，和上海《時事新報》的《學燈》，其在文化上所盡的大力，遠在國民黨的上海《民國日報》（《覺悟》）之上。至於共產黨的成立，那是後來的事，那時的陳獨秀，乃是屬於新青年社，並不曾參加社會主義的集團。五四運動，乃是一群知識分子覺醒了以後的集團行動，幾乎和任何政團沒有直接關係的。

　　一九一九年五月四日，北京專門以上學校學生數千人，為了巴黎和會的外交失敗，舉行示威運動，搗毀曹汝霖住宅，打傷章宗祥，經手日本借款的幣制局總裁陸宗輿以早得消息逃免，於是各地響應，舉行大規模罷課、罷市、罷工，北京政府迫不得已，乃罷免曹、陸、章三人以平民憤。這便是當時的大事件，史稱為五四運動。可是這一運動，並不僅

是政治性的、外交性的，而是文化性的、社會性的，正如子綦所說：「大塊噫氣，其名為風，是唯無作，作則萬竅怒號！」每一角落，都激起了最大的變動。民初的政論家和政黨的政治活動，都與一般社會不發生多少關涉，到了五四運動，全國青年學生，就在領導這個運動，面向社會大眾，喚起一般人的注意了。那時，各省各市都有學生聯合會，後來又在上海成立全國學生聯合會，這樣有組織的社會活動，也是以往所不曾有過的。就因為「學生」有着時地的限制，而且社會活動也是課餘的工作，這一運動，就由國民黨、共產黨這兩個比較有時代感覺的政團來先後運用。這兩政團的青年黨員，也就是從學生聯合會中吸收去的。因此，「五四」以後的政治運動和社會運動，和學生運動有着不可分的聯繫了。

《新青年》派所提倡的文學革命，雖不為孫中山所認識與贊成，但我們得承認李劍農的說法（李氏，《甲寅》派政論家），對於文學革命的效果，最低限度，不能不承認在文體解放上，給予了國民黨人一種改良的宣傳工具。辛亥以前的革命黨機關報《民報》，連高等學堂的學生都有讀不懂的，特別是章太炎的文章。現在的高小學生，大概都可以讀懂孫中山的《三民主義》的白話經典了。這種最低限度的效果，我看孫中山也不能不承認的。再進一層，由文體解放進展到思想解放，於是所謂文學革命，擴大到新文化運動，於是討論問題、研究主義，言論思想界，五花八門，表現一種很活潑的現象。大概每一個中學生以上的團體，都在辦一些短命的刊物，這種現象，也是文學革命以前所沒有的。

五四運動，在當時，乃是思想解放運動，所以胡適在〈不老〉那篇短論中說：（一）養成一種歡迎新思想的習慣，使新知識、新思想可以源源進來；（二）極力提倡思想自由和言論自由，養成一種自由的空氣，佈下了新思想的種子。「自由不是容易得來的。自由有時可以發生流弊，但我們決不因為自由有流弊，便不主張自由。我們還要因此更希望人類能從這種流弊裏學得自由的真意義，從此得着更純粹的自由。」筆者當時正在中學讀書，五四運動以前，我們在教室裏唸《古文辭類纂》、漢魏六朝文以及《文選》、《史記》一類的典籍；到了「五四」以後，我們就在國文課中討論社會問題了。那時，我們最流行的口號是思想自由！」這是《新青年》所傳播的主張之一。

　　從孫中山到毛澤東，從李大釗到李劍農，從胡漢民到胡適之，對於五四運動所受的外來影響，除了世界大戰以外，蘇俄革命成功，也是最重要的因素。俄皇和他們的皇族地主，他們有一個最強力的專制政府，竟被共產黨激進派所推翻了，而且倒得那麼徹底。接着，德皇威廉第二，那麼一個強權的皇帝，也被民主社會黨趕跑了。這樣社會革命的大潮浪，可以說是全世界都震動了。我們中國，本來有着法家的國家社會主義，與儒家的民主社會主義的傳統，土地國有政策與輕商重農政策，一直也滲透在國家法律與政策之中。到了晚清，無政府主義與其他社會主義的輸入，也和民主政治一樣，成為士大夫的口頭禪，如「大同」、「昇平」的理想境界。孫中山在民生主義所介紹的社會主義理論，雖不為黨人所看重（朱執信那時已譯介馬克斯的《共產黨宣言》，已見

前述），他自己卻認為這是革命中最吃重的一部分工作。到了五四運動前後，國人認識了社會革命的重要性，這才注意了孫中山的民生主義。以往國民黨人，以為孫氏所提倡的，只是一種空想，有了蘇俄的前例，不獨急進思想的青年贊成他的學說，連實際帶有保守性質的進步黨（即梁啟超派），也提倡研究社會主義的文字了。（《新民叢報》和《民報》筆戰中，孫中山的民生主義也是被攻擊的論點之一。）當時，梁啟超寫信給他的同志張東蓀說：「我兩年來，對此問題（指社會主義），始終在徬徨苦悶之中。殊未能發現出一心安理得之途徑以自從事。所謂苦悶者，非對主義本身之何去何從，尚有所疑問也。正以確信此主義必須進行，而在進行之途中，必經過一種事實，其事實之性質，一面為本主義之敵，一面又為本主義之友，吾輩應付此種事實之態度，友視耶？敵視耶？兩方面皆有極大之利害，與之相緣。而權衡利害，避重就輕，則理論乃至紛糾而不另求其真是。」即當時最主張緩進的政論家，也相信社會主義的潮流是不可抵抗的，而且一定要成功的。

　　當時《新青年》派的兩巨頭之一 —— 胡適，雖倡導個人主義，成為思想界的導師。另一導師，陳獨秀和其他文化前驅如李大釗等，便開始社會主義思想的介紹與闡揚。一九一八年十月，李大釗已在《新青年》發表了〈庶民的勝利〉和〈布爾塞維克主義的勝利〉[1] 二文。一九一九年，便是

1　原文為〈Bolshevism 的勝利〉。

五四運動發生那年，《新青年》刊行馬克思研究號，李氏寫了〈我的馬克思主義觀〉和〈由經濟上解釋中國近代思想變動的原因〉。最有力的印證，國民黨的機構刊物《建設》月刊，戴季陶發表了〈從經濟上觀察中國之亂源〉，胡漢民對胡適的《中國哲學史大綱》作了「中國哲學史之唯物的研究」、「唯物史觀批評之批評」，他們都認為經濟事情是一個最重大的原因關係。胡適讀了胡漢民的批評也說「胡氏的唯物研究是我們很佩服的」。唯物史觀、社會主義和馬克思學說，在當時即算不能超胡適所介紹的杜威[2]學說 —— 實驗主義而上之，至少是並駕齊驅的。有一時期，陳獨秀就曾主張貫通唯物史觀與實驗主義而成為一個思想體系，來解消當時的思想上的矛盾的。

一九一八年四月間，李大釗曾經發表一篇題名〈今〉的短論說：「大實在的瀑流，永遠由無始的實在向無終的實在奔流。吾人的我，吾人的生命，也永遠合着生活上的潮流，隨着大時代的奔流，以為擴大，以為繼續，以為進轉，以為發展，故實在即動力，生命即流轉。」這幾句話，倒像是尼采與馬克思所共同體會到的宇宙觀與人生觀。

當年，我們參與五四運動的年輕人，正如身在廬山中，其實也並不了解這一運動的真正意義。我只記得那年五月初，杜威到杭州來講演。五月五日，排定在省教育會公開演講的日期，預定由伴他來杭的蔣夢麟任翻譯。「五四」事

2　John Dewey。

件一發生，蔣氏當晚便乘車北行，翻譯工作改由鄭曉滄來擔任。鄭氏也是杜威弟子，以研究教育名家，以學養說，鄭氏的翻譯，遠在蔣氏之上。不過，我們就不懂，蔣氏為什麼把「五四」事件看得那麼重大。那年的暑假，似乎提早了一個月，到了秋涼開學，整個學校的風氣都變換過了，先前那幾位國文教師：陳子韶、單不庵、劉毓盤都走了，來的乃是陳望道、劉大白和李次九，說是提倡新文學的。從那個秋天起，老是罷課遊行，很少有一星期完整的課可上；即算是上課，也只是討論討論人生問題、社會問題，課本上的事，反而擱開了。我還記得，第一次從北京到杭州來發動學生運動的，乃是方豪，痛哭流涕演講了一陣子，大家就跟着他走了。（那時方豪是學生會主席，很活躍，後來專辦教育，做了幾十年的金華中學校長，已經不那麼活躍了。）又有一回，我們罷課罷得實在厭倦了，學生自治會通過了復課的決議。晚間，北大來了一位代表，要我們召集緊急會議，經他一番演講，又全場通過罷課的決議了。我隱約記得，這位富有煽動性的代表，便是許德珩。這二類事，對於我們青年，只覺得是一種新鮮的刺激。

我也曾好幾回在回憶、在追敘五四運動當年的情景，時間愈往後，對於「五四」的認識，便愈清楚。辛亥革命，雖是革去了我們的那條辮子，就中國社會說，並無多大的變動，更說不上什麼進步。第一次世界大戰，究竟是怎麼一回事，對於我們東方人，似乎沒有多大的影響。除了日本人進兵山東，以及向北洋政府提出了二十一條件，造成了「五九」國恥，國際戰爭並未使我們感受到多大的痛苦。

（我們疾苦，大部分還是從內戰而來的。）過後想來，從民國七年到十一年，單就我們浙東的農村經濟說，可說是欣欣向榮，要算是二十世紀前半期中最好的幾年。照現代經濟學家的說法：這一時期，中國民族資本得以比較迅速發展，原因乃在：（一）西方戰爭使西歐列強無暇東顧，減少了中國民族資本發展的阻力，紡織、麵粉、電力、火柴等部門，都活躍起來了；（二）辛亥革命的潮浪，雖沒有消除當時中國社會的生產力與生產關係之間的矛盾，終究打擊了舊制度，給中國生產的發展開闢了相當領域；（三）就在「五九」、「五四」這一反對日本帝國主義侵略中國的群眾愛國運動中，特別是抵制日貨，與勸用國貨運動，多少推動了民族工業的發展。當然，這個發展的傾向，仍然是片面的與病態的，比較有點發展的，還只是輕工業部門，至於為國家生存所必需的國防基礎的重工業，仍然呆滯着，不曾前進。而且原有的一些可憐的企業，也為日本資本家與軍閥所染指與攫奪。那時，日本也利用了歐美列強無暇東顧的機會，對中國實行瘋狂侵略，而這種侵略勢力，與中國封建買辦勢力互相勾結，就阻礙了中國民族工業和生產的發展。我們懂得從經濟因素來了解五四運動的前因與後果，那當然是後來的事，但五四運動，的確包含着反封建、反侵略、反傳統道德、反舊教育的綜合因素，而知識分子，小市民及民族資本家的普遍覺醒，的確由於社會經濟的變動而來的。當時孫中山以銳敏的政治觸覺，看出了一個新生的徵兆，一面埋頭完成他的理論體系，一面準備提出他繼續革命的具體主張，這又是五四運動所激起的政治上的新動向。

新文學運動，大體看來，乃是新文化運動的一部門。究竟什麼是新文化？當時的印象，可說是非常模糊。當時上海新文化書社（一家投機的小書店）出版了四本新文化問題討論集，兩本新文學評論集，其中大部分就是我們那家師範學校國文課所發的國文講義。我們在教室中，行了道爾頓制[3]，所討論的有社會問題、政治問題、新道德問題、婦女問題、家庭問題、男女同學問題、戀愛問題、私生子問題，範圍就是那麼廣大，幾乎無所不包。一個高中學生，就要接受這樣多方面的知識。但是，進一步問：究竟這些問題應該如何解答，雖云討論集中，有着論百萬文字，也還是沒有答案。不過，我們不能估低了這個傾向，正如李長之所說的：「『五四』這時代，是像狂風暴雨一般，其中飛沙走石，不知夾了多少奇花異草的種子，誰也料不到這些裏頭什麼要萌發，以及萌發在哪兒的！」筆者還記得某處學生自治會要成立，我們要送一副賀聯，我們就在賀聯中用上了克魯泡特金[4]、巴枯寧[5]、赫格爾一串人的名詞，只要西方的社會思想家，我們就以為應該崇敬的，當作新聖人看待，有如先前孔孟程朱一樣，最可喜的，還是那個赫格爾；我們心頭所說的是黑智爾——一個德國哲學家，我們所寫的，乃是赫格爾——一個法國生物學家，攪在一起，還不明白。不僅我們如此，連中華書局的《新文化叢書》，也鬧了同樣的笑話。

3　又名「道爾頓計劃」（Dalton Plan），以自由為原則的個別化教學形式。

4　Peter Kropotkın。

5　Mikhail Bakunin。

上文，我說過的，五四運動時代最了不得的英雄，乃是易卜生筆下的娜拉，這位有勇氣走出家庭的女性，才是我們所崇拜的新女性。於是，許多脫離家庭的婦女，都以娜拉姿態出現，要成為社會的英雄。那時胡適就寫了一篇〈李超傳〉，李超就是這樣的英雄；後來嫁給熊希齡的毛彥文，也是以娜拉自命的。那時，有一位比較懂得西方文學的周瘦鵑，他在《申報・自由談》寫了一篇短論，說真的娜拉是易卜生朋友的妻子，走出了家庭，不久便回家去了，他所說的是事實。我們看了，大動公憤，說他侮辱新女性，誣蔑了娜拉。後來，魯迅在女師大演講：〈娜拉走後怎樣？〉這才真正討論到這個問題。他說：「娜拉既然醒了，是很不容易回到夢境，因此，只好走。可是走了以後，有時卻也免不了墮落或回來。否則，就得問，她除了覺悟的心以外，還帶了什麼去？她還須更富有，提包裏有準備，直白地說，就是要有錢。夢是好的，否則，錢是要緊的。」他還對她們說：一個娜拉出走了，社會人士看得很新奇，同情她的是有的；十個百個娜拉出走，就很少同情她們的了，這就成為社會問題了。其結果，可能還是回去的，這都不是我們當時所能想到了。我們對於新文化問題，其實並沒有作過答案，而且我們也不懂，我們只是做了一些新策論。

　　當時，和我們那一群年青人有關係的，是施存統（復亮）的〈非孝〉問題，其實便是家庭問題的一個小節目。這篇短論，發表在新生學會所編刊的《浙江新潮》上。他是說「孝乃偏面的道德，父親不能偏面要求『兒子』對『父親』去『孝』，必須『父慈』而後『子孝』才好，正如男人

不能強迫女人守節，夫婦之間，也要相互守節才對。」這話，也真平凡得很，在當時，卻引起了大風波。舊社會攻擊新文化，就把「廢孔、非孝、公妻、共產」當作新文化的四大罪案。（其實他們一直不知道「公妻」在柏拉圖[6]《理想國》的真正意義的。）我們同學之中，也有反對施存統的，他是凌獨見，辦了一份《獨見》週刊；也有贊成施存統的，辦了《錢江評論》。陳獨秀替施存統作聲援，來了一封長信；戴季陶替凌獨見撐腰，也來了一封信。其實，大家對於新文化是不夠了解的。

6　Plato。

一八　新文化運動

　　新近一些寫現代中國史的人，似乎有意地把胡適在新文化運動中的領導地位減低下來，這在歷史家眼前，是不能認為十分正確的。當一般人只是醉心新文化而認識並不清楚之時，胡適已經有系統地介紹他的思想方法（實驗主義）、自然主義人生觀（人本主義，一個健全的個人主義）。他說他的思想受兩個人的影響最大，一個是赫胥黎，一個是杜威。赫胥黎教他怎樣懷疑，教他不信任一切沒有充分證據的東西。杜威教他怎樣思想，教他處處顧到當前的問題，教他把一切學說理想都看作待證的假設，教他處處顧到思想的結果。這兩個人使他明瞭科學方法的性質與功用。他就把實驗主義的金針，度與當時的青年，造成了學術界的新風氣了。

　　他的「真實的為我」的個人主義，也不一定是從易卜生來的，不過他當時所介紹的是易卜生主義。他說，他的〈易卜生主義〉那篇文章，在民國七八年間，所以能有最大的興奮作用和解放作用，也正是因為它所提倡的個人主義，在當日確是最新鮮又最需要的一針注射。其實，胡適的思想體系，在美國也正是愛默森（Ralph W. Emerson）的思想。「他不是單純的急進派，更不是單純的保守主義者，而同時他決不是一個沖淡、中庸、妥協性的人。他有強烈的愛憎，對於

現社會的罪惡感到極度憤怒。但是，他相信過去是未來的母親，是未來的基礎，要改造必須先了解。而他深信改造應當從個人着手。他領導人們走向他們自己，發現他們自己，每一個人都是偉大的，每一個人都應當自己思想。他不信任團體，因為在團體中，思想是一致的，如果他抱有任何主義的話，那是一種健康的個人主義，以此為基礎，更進一層向上發展。」這正是胡適的真正影子。

　　前年，他從美國回到台灣，對台灣青年，還是介紹杜威學說和實驗主義的方法論，一般的反應可說是淡漠的。已經沒有三十年前，那麼引起最大的興奮作用和解放作用了。當實驗主義初露光芒之日，陳獨秀就被這一學說所折服，認為實驗主義和辯證法的唯物史觀是近代兩個最重要的思想方法，希望這兩種方法能合作一條聯合戰線。胡適卻說：這個希望是錯誤的，辯證法出於黑智爾的哲學，是生物進化論成立以前的玄學方法；實驗主義是生物的進化論出世以後的科學方法。這兩種方法所以根本不相容，只是因為中間隔了一層達爾文主義。到了後來，胡適的實驗主義被貶為資產階級的方法論，辯證法唯物史觀婢作夫人，成為正統的無產階級方法論，那已經是五四運動後二十年的事了。

　　胡適自己的研究，卻以「歷史的方法」為最有顯著的成就。他的歷史方法，便是祖孫的方法。他從來不把一個制度或學說，看作一個孤立的東西，總把他看作一個中段：一頭是他所以發生的原因，一頭是他自己發生的效果；上頭有他的祖父，下面有他的子孫。捉住了這兩頭，他再也逃不出去了。這個方法的應用，一方面是很忠厚寬恕的，因為他處

處指出一個制度或學說所以發生的原因，指出他的歷史的背景，故能了解他在歷史上佔的地位與價值，故不致有過分的苛責。一方面，這個方法又是最嚴厲的，最帶有革命性質的，因為他處處拿一個學說或制度所發生的結果來評判他本身的價值，故最公平，又最厲害。這種方法是一切帶有評判精神的運動的一個重要武器。胡適生於清代考證學（皖學）的家鄉，他這種方法，最和清代考證學相接近，他就建立了新的考證法，他在這一方面的成就也最高。

胡氏說到新文化運動，最注重評判的精神，對於中國固有的學術文化，有三種態度：（一）反對盲從；（二）反對調和；（三）整理國故。整理國故，也就是他的新考證學的開頭。

新文化運動本身的分化，就從《新青年》那一集團中開始。分化的基點，就從個人主義與社會主義上開叉。胡適領導前一傾向，上文已經提及了，陳獨秀、李大釗則代表着後一傾向。胡適曾在〈我的岐路〉中說：「一九一七年七月，我回國時，打定二十年不談政治的決心，要想在思想文藝上替中國政治建築一個革新的基礎。一九一八年十二月，我的朋友陳獨秀、李守常等發起《每週評論》，那是一個談政治的報。但我在《每週評論》做的文字，總不過是小說文藝一類，不曾談過政治。直到一九一九年六月中，獨秀被捕，我接辦《每週評論》，方才有不能不談政治的感覺。」他對於國內一般新分子，天天高談基爾特社會主義與馬克斯社會主義，高談階級戰爭與贏餘價值，表示不滿意，他就寫了那篇有名的〈多研究些問題，少談些主義〉的文章，引起了激烈

的爭辯！便是開叉的開頭。

　　胡氏的看法是這樣：「凡主義都是應時勢而起的，某種社會，到了某時代，受了某種的影響，呈現某種不滿意的現狀，於是有一些有心人，觀察這種現象，想出某種救濟的法子。這是主義的緣起。主義初起時，大都是一種救時的具體主張。後來這種主義傳播出去，傳播的人要圖簡便，便用一兩個字來代表這種具體的主義，所以叫它做某某主義。主張成了主義，便由具體的計劃，變成一個抽象的名詞，主義的弱點和危險，就在這裏。因為世間沒有一個抽象名詞能把某人某派的具體主張都包括在裏面。（孫中山的思想體系，本來不十分完整的，因此，他對於主義的認識，也是很膚淺的，大不如胡適的精當。）胡氏曾在《每週評論》中說過：現在輿論界的大危險，就是偏向紙上的學說，不去實地考察中國今日的社會需要的究竟是什麼東西。又說：輿論家的第一天職，就是細心考察社會的實在情形。一切學理，一切主義，都是這種考察的工具。有了學理作參考材料，便可使我們容易懂得所考察的情形，容易明白某種情形有什麼意義，應該用什麼救濟的方法。所以胡氏勸人多研究些具體的問題，少想些抽象的主義。一切主義，一切學理，都該研究，但是只可認作一些假設的見解，不可認作天經地義的信條；只可認作參考印證的材料，不可奉為金科玉律的宗教；只可用作啟發心思的工具，切不可用作蒙蔽聰明、停止思想的絕對真理。如此方才可以漸漸養成人類的創造的思想力，方才可以漸漸供人類有解決具體問題的能力，方才可以漸漸解放人類於抽象名詞的迷信。他的話，對於孫中山的三民主義和

國民黨，對於陳獨秀的共產主義和共產黨，都是作正面批評的諍友。胡氏心目中的新思潮，便是一方面討論社會上、政治上、宗教上、文學上種種問題，一方面是介紹西洋的新思想、新學術、新文學、新信仰。前者是研究問題，後者是輸入學理。

當時，和胡氏來作正面討論的有藍公武（梁啟超一派的政論家）和李大釗。李氏的公開信中說：「我覺得問題與主義有不能十分分離的關係。因為一個社會問題的解決，必須靠着社會上多數人共同的運動，那麼，我們要想解決一個問題，應該設法，使他成了社會多數人共同的問題。我們的社會運動，一方面固然要研究實際的問題，一方面也要宣傳理想的主義，這是交相為用的，這是並行不悖的。（李氏也同樣尊重胡氏的觀點，並無蔑視之意，但是，這一分歧的觀點，慢慢擴大起來，《新青年》那一小團體，也就分裂了。一九二〇年十二月三十日，胡適反對《新青年》談政治，認為色彩過於鮮明，向陳獨秀提出三辦法：（一）以《新青年》為一種有特別色彩的雜誌，要另辦一個哲學文學的雜誌；（二）恢復不談政治的戒約，由北京同人發表新宣言；（三）暫時停辦。當時在北京的同人，唯李大釗、魯迅表示不同意。《新青年》乃告分裂，《新青年》脫離群益，獨立出版，由陳獨秀和陳望道主持。胡適也就辦他的《努力週報》去了。

一九　新文學運動

　　擱開新文化運動的閒話，讓它歸入現代中國文化史去詳細敘說，這兒言歸正傳。這兒天花亂墜，談一切問題的，以及後來搞社會革命運動的，還只是這些耍筆桿的文人。新青年社的領導人陳獨秀、李大釗等，後來都變成中國共產黨的領袖。中共的另一領袖瞿秋白，也是寫文章的窮教員。萬流歸源，當時，最有聲有色，還是新文學運動。（以筆者來說，以往五十年間事，前半截是聽來的、看來的，也得到五四運動以後，才是身與其事，即不是直接的，也是間接有點關連的。關於政治的、社會的革命運動，多少總是聽來的，看來的，只有文化運動和文學運動，才是直接參與的。）

　　如魯迅所說的，凡是關心現代中國文學的人，誰都知道《新青年》是提倡文學改良、後來更進一步而號召「文學革命」的發難者。但當一九一五年九月中在上海開始出版的時候，卻全部是文言的。蘇曼殊的創作小說，陳嘏和劉半農的翻譯小說，都是文言。到第二年，胡適的〈文學改良芻議〉發表了，作品也只有胡適的詩文和小說是白話。後來白話作者逐漸多了起來，但又因為《新青年》其實是一個論議的刊物，所以創作並不怎樣着重。我們可以這麼說，《新青

年》是一個綜合性的刊物，當初也並不注意文學上的問題，注意文學上的問題，倒是萬里海外住在綺色佳的一群青年。（胡適的《藏暉室劄記》，有很多關於那段時候文學討論的材料。）等到胡適提到了這一個文學上的革命問題，《新青年》方面的反應，比綺色佳的朋友，積極而熱烈得多，因而引起了普遍、廣大的文學運動，其相互激發，如響斯應，有如斯者，這可以說是適合了時代的要求。（《新青年》二卷五期，一九一七年元旦出版，高一涵以〈一九一七年預想之革命〉為題，說從這一年起，中國應該有兩種革命：（一）於政治上應揭破賢人政治之真相；（二）於教育上應打消孔教為修身大本之憲條。他並不曾想到這一年到來的革命運動，乃是文學革命。）

　　「文學革命」這一口號，近來許多寫新文學運動史的，都說這一口號乃是陳獨秀所提出的，說胡適只主張「文學改良」。這是說，胡適的主張比較溫和，積極而堅決主張革命的，乃是陳獨秀。不過據原始史料看來，這一口號，還是胡適所提出的。一九一五年九月間，胡氏送梅光迪往康橋的詩，就說了「文學革命其時矣」的話。另外一首寄任叔永的詩，也說：「詩國革命何自始？要須作詩如作文！」他在一九一六年四月間的日記上，已提出「歷史的文學進化觀念」，說：「文學革命，在吾國史上非創見也。（他歷舉了韻文、散文的革命進程。）文學革命，至元代而極盛，其時之詞也，曲也，劇本也，小說也，皆第一流之文學，而皆以俚語為之，其時吾國真可謂有一種活文學出現。倘此革命潮流（革命潮流，即天演進化之跡。自其變異者言之，謂之革

命，自其循序漸進之跡言之，即謂之進化可也。）不遭明代八股之劫，不遭前後七子復古之劫，則吾國之文學已成俚語的文學，而吾國之語言，早成為言文一致之語言，可無疑也。」這和以後文學革命運動所提出的觀點，差不多完全一致的。（那時，王國維也不約而同地提出了文學進化的史據，也可見當時的時代趨向。）

胡適有一篇最早在《新青年》所發表的文字即〈文學改良芻議〉，這三十年間成為中學青年的必讀的新經典。當時胡氏所提出的八不主義：（一）言之有物；（二）不模仿古人；（三）須講求文法；（四）不作無病呻吟；（五）務去爛調套語；（六）不用典；（七）不講對仗；（八）不避俗字俗語。原是他們那一群朋友在綺色佳所討論的結果，投到中國文壇來，成為文學革命的導火，而且用了「文學改良」這一比較溫和的口號，激起了那麼大的火焰，那也是他所預料不到的。至於周作人說八不主義，乃導源於明末公安派的文論，我們說胡適的文學主張，也正是桐城義法的修正與補充，那是後來史家的說法了。

關於文學革命運動的過程，胡適有一段追敘的話，他說：文學革命的主張，起初只是幾個私人的討論。到一九一七年一月，方才正式在雜誌上發表。第一篇，胡適的〈文學改良芻議〉，還是很和平的討論。胡適對於文學的態度，始終只是一個歷史進化的態度。後來他的〈歷史的文學觀念論〉說的更詳細。胡適自己常說他的歷史癖太深，故不配做革命的事業。文學革命的進行，最重要的急先鋒是陳獨秀。陳獨秀接着〈文學改良芻議〉之後，發表了一篇〈文學

革命論〉（二月），正式舉起文學革命的旗子。當日若沒有陳獨秀「必不容反對者有討論的餘地」的精神，文學革命的運動決不能引起那樣大的注意。反對即是注意的表示。當初，他們兩人可以說是相得益彰，把這有意義的史頁寫起來的。

我們且把胡氏所說的那段話，分別加以註解補充。他那有名的八不主義，原是從消極的破壞的方面下手的。他的〈建設的文學革命論〉，題目是建設的，其實還是破壞的方面比較有力。胡氏以為文學革命的運動，不論古今中外，大概都是從文的形式一方面下手，大概都是先要求語言文體等方面的大解放。這一次中國文學的革命運動，也是先要求語言文字和文體的解放。解放正是消極的破壞工作，胡氏的大成功，就在他的破壞的工作，達到了那解放的目的。

胡氏文學革命論的基本觀念是歷史的文學進化概念，已如上述。他有一篇〈歷史的文學觀念論〉，說：「居今日而言文學改良，當注重歷史的文學觀念。一言以蔽之曰：一時代有一時代之文學。縱觀古今文學變遷之趨勢，白話文學，自宋以來，雖見屏於古文家，而終一線相承，至今不絕。豈不以此為吾國文學趨勢如此，故不可禁遏而日以昌大耶？吾輩之考古家，正以其不明文學之趨勢，而強欲作一千年二千年以上之文。此說不破，則白話之文學，無有列為文學正宗之一日。」他認為「自從三百篇到於今，中國文學凡是有一些價值，有一些兒生命的，都是白話的，或是近於白話的。其餘的都是沒有生氣的古董，都是博物院中的陳列品。」（根據這一觀點，他寫了一本《白話文學史》。）這兒有一重大的觀念，即是胡氏把白話文學當作中國文學的正宗。他的

話，我們看來很平常，在那時，卻是用扛鼎的氣力說出來。的確是劃時代的看法。

胡氏當時又指出：我們認定文學革命須有先後的程序，先要做到文學體裁的大解放，方可以用來做新思想、新精神的運輸品。我們認定白話，實在有文學的可能。他主張用白話做各種文學，說：「我們有志造新文學的人，都說發誓不用文言作文：無論通信、做詩、譯書、做筆記、做報館文章、編學堂講義、替死人作墓誌、替活人上條陳，都該用白話來做。」胡氏的大成功，就在他看出這個先後的程序。《新青年》、《新潮》那一群人，集中力量在這一點上，加上五四運動的群眾意向，兩三年間，白話文的傳播，便已有了一日千里之勢。這一點，和晚清文人所提倡的白話文，就有意識上的不同了。（一九一八年，《新青年》的文章，便已完全改用白話了。）

陳獨秀在文學革命的大旗上寫的是：（一）推倒雕琢的阿諛的貴族文學，建設平易的抒情的國民文學；（二）推倒陳腐的鋪張的古典文學，建設新鮮的立誠的寫實文學；（三）推倒迂晦的艱澀的山林文學，建設明瞭的通俗的社會文學。他回給胡適的信中，有幾句最堅決的話：「鄙意容納異議，自由討論，固為學術發達之原則，獨至改良中國文學，當以白話為宗之正說，其是非甚明，必不容反對者有討論之餘地，必以吾輩所主張者為絕對之是，而不容他人之匡正也。」劉半農、錢玄同也有過同樣的主張，說「胡君僅謂古人之文不當模仿，余則謂非將古人作文之死格式推翻，新文學決不能脫離老文學之窠臼的。」這是當時的革命氣氛。

新文學運動，和近五十年間其他的社會運動，尤其是政治革命，有一絕大的不同之處，即在消極的破壞方面以外，立刻在積極的建設一面，有個交待，他們提倡「國語的文學 —— 文學的國語」，便立刻交出貨色來。（不像爭政權的政黨，抓到了政權，便不把他的政策諾言兌現了，所以革命永遠不會成功的。）胡適有膽識把小說、戲曲放在文學正統上，讓它們登大雅之堂，在當時的確驚駭流俗的。他指出這五百年之中，流行最廣，勢力最大，影響最深的書，乃是那幾部「言之無文，行之最遠」的水滸、三國、西遊、紅樓。這些小說的流行便是白話的傳播，多賣得一部小說，便添得一個白話教員。所以這幾百年來，白話的知識與技術都傳播得很遠，超出乎平常所謂「官話疆域」之外。試看清朝末年南方作白話小說的人，如李伯元是常州人，吳沃堯是廣東人，便可以想見白話傳播之廣遠了。那時候，我們有過一次小規模的語文測驗，約有一千多知識分子參加填表，其中有百分之九十以上，說他們懂得讀寫的知識，並不是從四書五經或桐城派古文來的，而是從那部《三國演義》來的，更可證明白話文學的力量。

胡氏又在《白話文學史》、《詞選》序中說明了文學出於民間的線索。他說：「一個時代的大文學家，至多只能把那個時代的現成語言，結晶成文學的著作，他們只能把那個時代的語言的進步，作一個小小的結束。他們是語言進步的產兒，並不是語言進步的原動力。至於民間日用的白話，正因為文人學者不去干涉，故反能自由變遷，自由進化。」本來自由變遷之中，卻有個條理次序可尋，表面上很像沒這道

理，其實仔細研究起來，都是有理由的，都是改良，都是進化的。胡氏叫我們莫要看輕了那些無量數的鄉曲愚夫、閭巷婦稚，他們能做那些文學專門名家所不能做又不敢做的革新事業。（胡氏在《詞選》自序中，也指出詞起於民間，流傳於娼女歌伶之口，後來漸漸被文人學士採用，體裁漸漸加多，內容漸漸變豐富。但這樣一來，詞的文學就漸漸和平民離遠了。到了宋末的詞，連文人都看不懂了，詞的生氣全沒有了。詞到了宋末，早已死了。但民間的娼女歌伶仍舊繼續變化她們的歌曲，她們新翻的花樣，就是曲子。於是先有小令，次有雙調，次有套數，套數一變就成了雜劇，雜劇又變為明代的劇曲。這時候，文人學士又來了，他們也做曲子，也做劇本，體裁又變複雜了，內容又變豐富了。然而他們帶來的古典、搬來的書袋、傳染來的酸腐氣味又使這一類新文學漸漸和平民離遠，漸漸失去生氣，漸漸死下去了。這一文學出於民間的進化軌道，使我們明白白話文學乃是古文的進化，這在當時也是有力量的新觀念。）

　　新文學的另一源流，乃是從世界文學中汲取過來的，上文說到的林紓、曾孟樸、周桂笙、馬君武所譯介的西洋文學名著，喚起了一般人對於西洋文學的認識，尤其接受了西方小說的風格、旨趣，提高了一般人心目中的小說地位，所以胡適要把小說稱為文學正宗，一般人也可以逐漸首肯了。我在上文又說到周氏兄弟（魯迅、作人）翻譯《域外小說集》的故事，那時，他們對於西洋文學了解最深，但他們譯介的小說最失敗。直到五四運動以後，新文學的晨光，照明了《域外小說集》的價值，也認識了短篇小說的文學意味。

周作人序重印本《域外小說集》，說：「初出的時候，見過的
人，往往搖頭說：『以為他才開頭，卻已完了。』那時短篇
小說還很少，讀書人看慣了一二百回的章回體，所以短篇便
等於無物。」短篇小說，也跟着新文學運動，成為文藝界的
寵兒。大家於大小仲馬[1]、托爾斯泰[2]之外，知道有莫泊桑[3]、契
訶夫[4]了。魯迅是第一個在《新青年》寫白話小說的人，他
的〈狂人日記〉，可說是第一篇短篇小說，其中就有着俄國
果戈理[5]，波蘭顯克微支[6]，日本夏目漱石、鷗森外的氣息。

1　Alexandre Dumas, Alexandre Dumas *fils*。

2　Leo Tolstoy。

3　Guy de Maupassant。

4　Anton Chekhov。

5　Nikolai Gogol，本書另作果戈里。

6　Henryk Sienkiewicz。

二〇　真假王敬軒

　　《新青年》那一群人，後來雖說成為領導思想的中心，成為舊文人攻擊的目標，一開頭，還是很寂寞的。魯迅說：「他們正辦《新青年》，然而那時彷彿不特沒有人來贊同，並且也還沒有人來反對，我想，他們也許是感到寂寞了。」他所以寫小說，就是為了吶喊幾聲，聊以慰藉那在寂寞中奔馳的猛士，使他們不憚於前驅的。就在《新青年》四卷三號上（一九一八年三月），出現了一位王敬軒寫給《新青年》編者的一封信，和劉半農的〈復王敬軒書〉。這兩封雙簧信，可以說是文學革命運動中的象徵式火花。王敬軒代表着舊文人，他站在舊文學的觀點，對《新青年》的文學革命，攻擊得體無完膚，劉復（半農）以新文人的立場，一一予以駁斥，從此針鋒相對，煞是熱鬧。這兩封信一出來，雙方旗幟就很鮮明了，自然贊成王敬軒的，非無其人，而認識《新青年》在文學運動的時代意義的人，也多起來了。那位王敬軒，並無其人，原是錢玄同的手筆。錢氏是章太炎弟子，舊的文學，修養很深，他做策論似的，羅織《新青年》的罪狀，而以尖酸之筆出之，自能使讀者看了醒目快意的。劉半農的回信，一板一眼，卻有分量，寫得痛快淋漓，夠得上是那時代的前驅戰士的。（王敬軒信中說：「貴報大倡文學革命

之論，權輿於二卷之末，三卷乃大放厥詞，幾於無冊無之。四卷一號，更以白話行文，且用種種奇形怪狀之鉤挑以代圈點。」）

《胡適文存》第一集，保留着許多《新青年》初期的文獻（這類文獻，我們也見之於《中國新文學大系：史料·索引》，及《新文學評論集》），那位替「烏有先生」王敬軒代筆的錢玄同，他的態度也和陳獨秀那麼堅決。他答胡適之信中說：「此等論調，雖若過悍，然對於迂謬不化之選學妖孽與桐城謬種，實不能不以如此嚴厲面目加之。因此輩對於文學之見解，正如反對開學堂，反對剪辮子，說洋鬼子腳直，跌倒爬不起者，其見解相同。知識如此幼稚，尚有何種商量文學之話可說乎！」他所下「選學妖孽，桐城謬種」八字考語，也是當時最流傳，激得舊文人氣惱的妙語。

那時，胡適在美的朋友，也把綺色佳小集團中的爭論，移到《新青年》上來了。朱經農寫給胡氏的信中，說：現在講文字革命的，大約分四種：（一）改良文言，並不廢止文言；（二）廢止文言，而改良白話；（三）保存白話，而以羅馬文拼音代漢字；（四）把文言、白話一概廢了，採用羅馬文字作為國語。可見當時文人，有主張文學改良的，也有主張用羅馬文字的；《新青年》在廢文言上是激進的，在存漢字上是緩進的，這就代表了三十年來語文學的一般傾向。直到今日，羅馬文字代漢字之議，還在研究討論之中。（朱經農、任鴻雋、藍志先都反對羅馬字，錢玄同倒贊成羅馬拼音字的。胡適則不表示意見，他的朋友趙元任，也是拼音字的同路人。）

文壇五十年

158

胡適的朋友梅光迪，最為守舊，他反對胡適白話活字之說，謂：「足下以俗話白話為向來文學上不用之字，驟以入文，似覺新奇而美，實則無永久價值。因其向未經美術家鍛鍊，徒誘諸愚夫愚婦無美術觀念者之口，歷代相傳，愈趨愈下，鄙俚乃不可言。……如足下之言，則人間材智、選擇、教育，諸事皆無足算，而村農傖夫，皆足為詩人美術家矣！」這便有了王敬軒的口吻，王敬軒是假的，卻有真的王敬軒在的。胡氏曾用一首長詩回答梅光迪，其中有一段：

> 文字沒有雅俗，卻有死活可道。
>
> 古人叫做欲，今人叫做要；
>
> 古人叫做至，今人叫做到；
>
> 古人叫做溺，今人叫做尿；
>
> 本來同是一宗，聲音少許變了。
>
> 並無雅俗可言，何必紛紛胡鬧？

他是要求今日文學大家，把那些活潑的白話，拿來鍛鍊，拿來琢磨，拿來作文演說、作曲作歌的。

　　到一九一九年，便是王敬軒出現的第二年（五四運動那年），真的王敬軒來了。《新青年》明明白白指斥「選學妖孽，桐域謬種」，舊文人就有些忍不住了。那一時期的文人，梁啟超、蔣百里、吳稚暉、邵力子，最能明白時代的趨勢，首先參加這一革命運動。北京《晨報》副刊、上海《民國日報・覺悟》、《時事新報・學燈》，都是《新青年》的同路人。章太炎對這一問題表示冷淡，不參加什麼意見。章

士釗之反對新文化運動，那是後來的事。首先表示反對的還是北京大學的教授劉師培、黃侃等人，他們辦了《國故》和《國民》兩種刊物。北京大學學生羅家倫等辦了《新潮》月刊來和他們對抗。李大釗、陳獨秀等又辦了《每週評論》，反映當時的時事，成為《新青年》的姊妹刊，那位扮演王敬軒角色的林紓（琴南），他寫一封公開信給北京大學校長蔡孑民，對《新青年》作正面攻擊，新舊思想的鬥爭，便到了頂點了。（林氏的信，那年三月十八日，刊在北京《公言報》上）。林琴南，乃是晚清譯介西洋文學的一人，他是桐城派文人，上文已經提及。這時，卻以衛道與提倡古文的姿態出現了。他首先攻擊《新青年》的「廢孔孟，剷倫常」，那是他寫那封公開信的主題。關於文學部分，他說天下唯有真學術、真道德，始足獨樹一幟，使人景從。若盡廢古書，行用土語為文字，則都下引車賣漿之徒所操之語，按之皆合文法，不類閩粵為無文法之嘲啾。據此則凡京津之稗販，均可用為教授矣。若水滸、紅樓皆為白話之聖，並足為教科之書。不知水滸中辭吻，多採岳珂之《金陀粹編》，紅樓亦不止為一人手筆。作者均博極群書之人，總之非讀破萬卷，不能為古文，亦並不能為白話。他這封信的見解，並不能比那位王敬軒更明白一點，但文辭秀茂，也是一時傳誦之作。在林氏的文集中也算一等好文字。當時，蔡孑民的覆書，對於上述二點，分別予以駁詰：（一）北京大學教員曾有以「廢孔孟，剷倫常」教授學生者乎？北京大學教授曾有於學校以外發表其「廢孔孟，剷倫常」之言論者乎？（二）北京大學是否已盡廢古文而專用白話，白話是否果能達本書之義？

大學少數教員們提倡之白話的文學，是否與引車賣漿者所操之語相等？他提出辦大學的兩主張：（一）對於學說，循思想自由原則，取兼容並包主義，無論為何種學派，雖彼此相反，而悉聽其自由發展；（二）教員以學詣為主，其在校外之言動，悉聽自由。這場對辯，也就這麼結束，那正是新文學思潮激蕩全國之日。林氏的反對，可說是螳臂當車，無濟於事的。他當然不甘寂寞，也曾寫了幾篇小說（刊在上海《申報》），影射痛罵《新青年》諸人。其中〈荊生〉一篇，寫田其美（陳）、金心異（錢）、狄莫（胡）三人聚談於陶然亭，田生大罵孔子，狄生主張白話，忽然隔壁一個偉丈夫荊生過來，痛擊田狄，並教訓一頓金生而去。他所說的荊生，乃是林氏的鄉人徐樹錚，北洋派軍人的炙手可熱的人，段祺瑞的靈魂，安福系的領袖。林氏的確想通過北洋政府的政治力量來壓迫新文學運動的。（當時謠傳也很多。）後來，林氏也知道時代潮流是無可抵抗的，曾作〈論古文白話之相消長〉，說：「今日斥白話家為不通，而白話家決不之服，明知口眾我寡，不必再辯。且古文一道，曲高而和少，宜宗白話者之不能知也。……吾輩已老，不能為正其非，悠悠百年，自有能辨之者。」這正是吉訶德式的反抗，只成了古文家的哀音了！（蔡元培自己是贊成新文化運動的，他曾在北京高等師範講演，就說：「我想將來白話派一定佔優勝的。」）

和林紓齊名的，那位譯介西洋思想名著的嚴復（幾道），他是相信古文不會亡的。他替《涵芬樓古今文鈔》作序，說：「古文不亡於向之括帖講章，則後之必有存，固可

決也」。他看見林琴南寫信給蔡孑民，覺得是多事的。他用了約翰生的口吻在嘲笑提倡白話文的人說：「北京大學陳、胡諸教員，主張文言合一，在京久已聞之。彼之為此，意謂西國然也。不知西國為此，乃以語言合之文字，而彼則反是，以文字合之語言。今夫文字語言之所以為優美者，以其名詞富有，著之手口，有以導達奧妙精深之理想，狀寫奇異美麗之物態耳。今試問欲為此者，將於文言求之乎？抑於白話求之乎？詩之善述情者，無若杜子美之〈北征〉，能狀物者，無若韓吏部之〈南山〉。設用白話，則高者不過水滸、紅樓，下者將同戲曲中之皮黃腳本。就令以此教育，易於普及，而遺棄周鼎，寶此康瓠，正無如退化何耳。須知此事盡天演，革命時代學說萬千，然而施之人間，優者自存，劣者自敗，雖千陳獨秀，萬胡適、錢玄同，豈能劫持其柄？則亦如春鳥秋蟲，聽其自鳴自止可耳。林琴南輩與之較論，亦可笑也。」他無視新文學的趨向，以為不值一笑，殊不知白話文學的發展，正符合着適者生存的天演定律，陳獨秀就說過：「常有人說白話文的局面，是胡適之、陳獨秀一班人鬧出來的，其實，這是我們的不虞之譽。中國近來產業發達，人口集中，白話文完全是應這個需要而發生而存在的。」

到了一九二一年，南京出了一種《學衡》雜誌，以胡先驌、梅光迪、吳宓為主角。胡是生物學家，也會作幾句舊詩；梅便是在綺色佳和胡適討論文學革命的朋友；吳研究英國文學，對於古典文學頗有造詣。他們似乎有了一致的步調反對文學革命。胡先驌曾在《東方雜誌》發表〈中國文學改良論〉，說：「自陳獨秀、胡適之創中國文學革命之說，……

而盲從者，方為彼等外國畢業及哲學博士等頭銜所震，遂以為所言者在在合理，而視中國文學果皆陳腐卑下不足取，而不惜盡情推翻之。……彼故作堆砌艱澀之文者，固以艱深以文其淺陋，而此等文學革命家則以淺陋文其淺陋，均一失也。而前者尚有先哲之規模，非後者毫無文學之價值者所可比焉。某不佞，亦曾留學外國，寢饋於英國文學，略知世界文學之源流，素懷文學改良之志，且與胡適之君之意見多所符合，獨不敢為魯莽滅裂之革命，以白話推倒文言耳。」王敬軒型的人物中，他們這幾位，要算最有主張的。文學革命論者主張推翻文言，全用白話，他們則主張文學改良，只在文言範圍之內求改良，所以，胡先驌也說與胡適的意見，多所符合的。他們的具體主張：「大家應作韓、歐以還八大家及桐城派的文章，此而不得，則亦當作《新民叢報》一派的文章，但是決不可以作白話」。所謂改良的標準，便是如此。

當時提倡白話文的，也曾碰到了兩種似是而非的攻擊：一種是說提倡新文學的，都是不通古文，不懂舊文學的。江西詞人夏敬觀，正任浙江教育廳廳長，他就批評浙江第一師範的四個國文教員：劉大白、陳望道、夏丏尊、李次九，不懂舊文學，後來看到了劉大白所擬的第一師範教職員上教育廳呈文，才知道這幾位新文學提倡者，舊文學的根底都是很深的。又一種是說必得通文言文，舊文學根底深，才能寫得很好的白話文。他們就以胡適、錢玄同、周作人、魯迅為例。殊不知他們這幾位的白話文，脫不了舊文學的腳鍊，也正是一種缺點呢。

不過，一九一二年以後，白話文運動已經旗開得勝，

成為朝野上下的共同風尚。那幾份一向用文言體的雜誌，如《東方雜誌》、《小說月報》、《學生雜誌》、《婦女雜誌》都刷新內容，完全用白話體。連望平街上牛步化的兩家報館，《申報》、《新聞報》也改用白話體的副刊。最大的變動，還是全國的小學國文教科書，都採用了白話文。（中學國文也增加了白話文。）白話文學成為文學正宗，革命的本來目標已經達到了。

二一 《嘗試集》

在五四運動前後看「新詩」，那是新文學中最主要的部門。我們到了今天，再回看當時的新文學，新詩的成就，還不如其他部門，如散文、小說、戲曲之多。白話文，成為文學正宗，那是無疑的。陳公博，他在《寒風集》中，寫他自己的詩文創作，說自從寫了白話文，便一直寫下來；詩歌呢，卻一直和白話詩無緣，寫的都是舊體詩。這樣的經驗，不獨陳氏如此，贊成白話文而對新詩沒興趣的很多。許多新詩人，如沈尹默、郁達夫，後來都寫起舊詩來了。這本來是兩件事。

但，作為文學革命的旗幟，白話新詩都是最重要的先鋒。那位反對新文學的胡先驌，他就寫了兩萬八千字的長文，來批評胡適的《嘗試集》。一九一九年，胡適寫了一篇〈談新詩〉，說是八年來的一件大事，這是一句合乎事實的話。新詩作家之中，胡適並不是寫得最成功的，他卻是新詩倡導人。他們在綺色佳所討論的，正是這件大事。他的《嘗試集》，正是他的新詩的第一個集子；他的新詩，也就是這麼一個集子。

《嘗試集》開頭，胡氏有一篇很長的自序。在綺色佳熱烈討論的朋友中，贊成他的白話文的人很多，贊成他的白話

詩的人卻很少。梅光迪、任鴻雋都不贊成，說：「文章體裁不同，小說詞曲固可用白話，詩文則不可。」他回答任氏的信，態度非常堅決，說：「白話入詩，古人用之者多矣。總之，白話之能不能作詩，此一問題全待吾輩解決。解決之法，不在乞憐古人，謂古之所無，今必不可有，而在吾輩實地試驗。一次完全失敗，何妨再來？」（文學革命的手段，要令國中之陶、謝、李、杜，敢用白話京調高腔作詩；要令國中之陶、謝、李、杜，皆能用白話京調高腔作詩。文學革命的目的，要令白話的京調高腔之中，產出幾許陶、謝、李、杜。）胡氏便說：「吾志決矣，自此以後，不更作文言詩詞」。一九一六年以後，胡氏便開始做白話詩，他想起陸游有一句詩：「嘗試成功自古無！」（那句詩，另有陸氏的本意，他是批評南宋君臣，對軍事毫無準備，妄言反攻，以國事為兒戲的。）他覺得這個意思恰和他的實驗主義反對，故用「嘗試」二字作他的白話詩集的名字，要看嘗試究竟是否可以成功。他曾寫了〈嘗試篇〉：

> 「嘗試成功自古無！」放翁這話未必是。我今為下一轉語：「自古成功在嘗試」。請看藥聖嚐百草，嚐了一味又一味。又如名醫試丹藥，何嫌六百零六次。莫想小試便成功，那有這樣容易事。有時試到千百回，始知前功盡拋棄。即使如此已無愧，即此失敗便足記。告人「此路不通行」，可使腳力莫枉費。我生求師二十年，今得「嘗試」兩個字。作詩做事要如此，雖未能到頗有志。作〈嘗試歌〉

頌吾師，願大家都來嘗試！

胡適做新詩的嘗試是成功的，他自己的新詩，如錢玄同所說的未能「脫盡文言窠臼」（初期新詩人都有這一共同的毛病），他在美國時期所做的新詩，在美國的朋友說他用的詞語太俗，到了國內，北京的朋友，又嫌他太文了。

胡氏的白話詩，也還是沿着宋詩的風格，可以說是明白如話（他對於近代詩，最推崇黃遵憲的人境廬詩，也就是這個道理），我們看他的《嘗試集》，從第一編的〈嘗試篇〉、〈贈朱經農〉、〈中秋〉等詩變到第二編的〈威權〉、〈應該〉、〈關不住了！〉等詩，那是從很接近舊詩的詩，變到很自由的新詩。第一編的詩，除了〈蝴蝶〉和其他兩首之外，實在不過是一些刷洗過的舊詩。第二編的詩，雖然打破了五言七語的整齊句法，雖然改成長短不整齊的句子，還脫不了詞曲的氣味與音調。一九一七年秋天到一九一八年年底，還只是一個自由變化的詞調時期；一九一九年以後，他的詩才漸漸做到新詩的地位。他自己以為〈關不住了！〉一首，乃是他的新詩成立的紀元。

我們無論從《嘗試集》的角度來看新詩，或是從新詩的角度來看《嘗試集》，新詩的風格，還是朝着胡適所開的路子走的。到了朱自清來編選新詩集（一九三五年），已經是十五年以後的事。看起來，《嘗試集》的影響，還是很明顯的。（朱氏，也是新詩第一期的作家。）

胡適的新詩，骨子裏原是接着晚清的新體詩在創作的，他是嘗試着黃遵憲的「我手寫我口」的手法。不過，我們從

橫的方面去看，最大的影響還是外國的影響。梁實秋說外國的影響是白話文運動的導火線，他指出美國印象主義者六戒條裏，也有不用典、不用陳腐的套語的說法；新式標點和詩的分段分行，也是模仿外國，而外國文學的翻譯，更是明證。胡適的〈關不住了！〉這首詩卻是譯的，正是一個重要的例子。

朱自清對於初期新詩的批判是這樣：胡適以為詩體解放了，「豐富的材料，精密的觀察，高深的理想，複雜的情感，方才能跑到詩裏」。這四項，其實只是泛論，他具體的主張見於〈談新詩〉。消極的不作無病之呻吟，積極的以樂觀主義入詩。他提倡說理的詩。音節，他說全靠：（一）語氣的自然節奏；（二）每句內部所用字的自然和諧，平仄是不重要的。用韻，他說有三種自由：（一）用現代的韻；（二）平仄互押；（三）有韻固然好，沒有韻也不妨。方法，他說需要具體的做法。這些主張，大體上，似乎為《新青年》詩人所共信，《新潮》、《少年中國》、《星期評論》以及文學研究會諸作者，大體上也這般作他們的詩。胡適的〈談新詩〉，就成了新詩創作和批評的公認尺度了。

也是到了二十年以後，胡適和另外一些朋友，討論胡適之體的詩，才把他自己的詩和其他詩家的風格不同之處，說明白來。那是陳子展提到胡適的〈飛行小贊〉，說那樣的詩，可以說是一條新路。老路沒有脫去模仿舊詩詞的痕跡，真是好像包細過的腳放大的；新路是只接受了舊詩詞的影響，或者說是詩詞蛻化出來，好像蠶子已經變成了蛾。即如〈飛行小贊〉一詩，它的音節，好像辛稼軒的一闋小令，

卻又不像是有意模仿出來的。」陳氏的話，引起了胡氏的解釋。他說：「子展先生說的胡適之體的新路，雖然是胡適之體，而不是新路，只是我走慣了的一條老路。一九二四年，我作《胡思永的遺詩》序，曾說：『他的詩，第一是清楚明白，第二是注重意境，第三是能剪裁，第四是有組織、有格式。如果新詩中真有胡適之派，這是胡適之的嫡派。』我在十多年之後，還覺得這幾句話大致是不錯的。至少我自己做了二十年的詩，時時總想用這幾條規律來戒約我自己，平常所謂某人的詩體，依我看來，總是那個詩人自己長期戒約自己、訓練自己的結果。我做詩的戒約，至少有這幾條：（一）說話要明白清楚，古人有言近旨遠的話，意旨不妨深遠，而言語必須明白清楚；（二）用材料要有剪裁，消極地說，這就是要刪除一切浮詞湊句；積極地說，這就是要抓住最精彩的材料，用最簡鍊的字句表現出來；（三）意境要平實，平實只是說平平常常的老實話。」

對於《嘗試集》的詩的推選，各家的看法也不相同。胡適自己最愛〈十一月二十四夜〉那一首：

老槐樹的影子，

在月光的地下微晃。

棗樹上還有幾個乾葉，

時時做出一種沒氣力的聲響。

西山的秋色幾回招我，

不幸我被我的病拖住了。

現在他們說我快要好了，

那幽艷的秋天，早已過去了。

胡氏說這詩的意境，頗近於他自己欣羨的平實淡遠的意境。十五年來，這種境界，似乎還不曾得着一般文藝批評家的賞識，但他自己並不因此放棄他在這一個方向的嘗試。

胡適體的新詩，他自己以為《嘗試集》第二編中，如〈威權〉、〈樂觀〉、〈上山〉、〈週歲〉、〈一顆遭劫的星〉，都極自由、極自然，可算是他自己的新詩進化的最高一步。他指出如次的一段：

熱極了！

更沒有一點風！

那又輕又細的馬纓花鬚，

動也不動一動！

這才是他的久想做到的「白話詩」。他自己回看他兩年前做的詩如：

到如今，待雙雙登堂拜母，

只剩得荒草孤墳，斜陽淒楚！

最傷心，不堪重聽，燈前人訴，阿母臨終語。

真如同隔世了，依我們看來，胡適是逐漸擺脫了舊詩詞的影響，寫他所想做到的白話詩了。

當時，有一種守舊的批評家，一面誇獎他的《嘗試集》第一編的詩即是接近舊詩詞的詩；一面嘲笑第二編的詩，說〈中秋〉、〈江上〉、〈寒江〉等詩是詩，第二編最後的詩不是詩，又說：「胡適之上了錢玄同的當，全國少年又上了胡適的當」。他看了這種議論，自此想起一個很相類的故事：「當梁任公的《新民叢報》最風行的時候，國中守舊的古文家，誰肯承認這種文字是文章。後來白話文學的主張發生了，那班守舊黨忽然異口同聲地說道：『文字改革到了梁任公派的文章就很好了，儘夠了，何必去學白話文呢？白話文如何算得文學呢？』好在我的朋友康白情和別位新詩人的詩體，變的比我們更快，他們的無韻自由詩已很能成立。大概不久就有人要說：『詩的改革到了胡適之體，也儘夠了，何必專學康白情的〈江南〉和周啟明的〈小河〉呢？』只怕那時，我自己又已上康白情的當了！」這是社會運動所碰到的必有的批評，所以梁任公說思想家的言論，應該超過時代一步的。（後來，胡適自己很少寫新詩，康白情也很快退出了新文壇，《草兒》出版以後，他就不是一個詩人了。我們要不翻讀「五四」時代史料，也幾乎忘記了這樣一位初期詩人了。）

胡氏也曾努力於新詩音節上的試驗，他要脫去了舊詩律絕體的形式和韻律，從詞曲的音節，找尋新的格律。《嘗試集》第二編中，他就用詞曲的音節，例如〈鴿子〉那一首，完全是詞；〈新婚雜詩〉的「二」、「五」也是如此。他做〈送叔永回四川〉詩，從三種詞調裏變化出來。那三首詩是：

記得江樓同遠眺，雲影渡江來，驚起江頭鷗鳥？

記得江邊石上，同坐看潮回，浪聲遮斷人笑。

記得那回同訪友，日冷風橫，林裏陪他聽松嘯！

這詩句中，我們自然覺得一種悲音含在寫景裏面。他是懂得用雙聲疊韻的音律，來傳達情緒的微婉的。朱執信曾經和胡氏討論音律上的問題，說：「詩的音節是不能獨立的。詩的音節必須順着詩意的自然曲折、自然輕重、自然高下。凡能充分表現詩意的自然曲折、自然輕重、自然高下的，便是詩的最好音節。」古人叫做天籟，譯成白話，便是自然的音節。他們的研究，可說有點頭路了。不過他們的研究也就到此為止，新詩的火炬，就移到另外詩人手中去了。

關於無韻自由詩，幾乎成為我們嘗試寫作的青年最愛好的體裁。我曾經在邵力子的《覺悟》編輯室中，看到成千份的詩稿。有一位詩人，他就在十天之中，寫了三百多首白話詩。其結果，大部分的白話詩，只是把白話文分行來寫，簡直不是詩，卻也不是散文。這也可說是新詩的流弊。那時，我為了和章太炎討論白話文，寫了幾篇新詩管見，替自由詩在辯護。過後看來，也自知是幼稚可笑的。當時，傅東華翻譯了潘萊（B. Perry）的《詩之研究》，其書第六章，也討論韻節及自由詩的問題，才知道這一問題在西方也是久久不決的戰爭。

二二 新詩

在我的記憶中，「五四」當年，我們就在國文課的教室中鬧新文學運動。國文教師便是導師，照例由我們提出問題來，那些問題，就是多方面的社會問題，由導師提供材料，再由我們引起討論，正面反面辯論了一場。我們的發表慾很強，我們都要辦報，辦《每週評論》型的定期刊物。施存統、沈端先（夏衍）他們的《浙江新潮》被封禁了以後，我們就接上去辦了《錢江評論》。《錢江評論》就出過三期「男女同學問題」專號。《錢江評論》和其他任何刊物不同，每篇文章都是不署名的，表示這是我們的共同意見。當時，領導社會思想的，還是無政府主義（並非共產主義）。我們的主張，多少受沈仲九的影響；不署名的辦法，也是無政府派的主張。這樣，一天到晚，談社會國家大事的大文章，鬧了一年多，也慢慢地厭倦了。最大的弱點，題目雖是很多，我們卻並無所見。後來，陳望道、劉大白、夏丏尊離開浙江第一師範了，新來的國文教師，有俞平伯、朱自清、劉延陵等。忽然，國文教室中的空氣大變，湖上詩人的時代便到來了。不獨劉大白、俞平伯、朱自清、劉延陵諸教師，都是初期新詩人，比胡適心目中認為最進步的詩人康白情更進步的詩人；我們的同學，如汪靜之、馮雪峰、張維琪、陳乃棠、

應修人都是新詩人。朱自清的文藝修養最深，後來成為文藝批評的權威。

朱自清評選當代新詩，談到新詩的形式，說二十多年中，寫新詩的和談新詩的都放不下形式問題，初期的新詩，從破壞舊詩詞的形式下手。胡適提倡自由詩，主張「自然的音節」，已如上述。那時的新詩人，如劉大白、沈玄廬、俞平伯、沈尹默，都不能完全脫離舊詩詞的調子，還有些利用小調的音節的。新詩人完全用白話調的，已經很多，詩行多長短不齊，有時長到二十幾個字，又多不押韻，這就很近乎散文了。那時劉半農已經提議增多詩體，他主張創造與輸入，雙管齊下，不過沒有什麼人注意。民國十二年，陸志韋的《渡河》出版，他試驗了許多外國詩體，有相當的成功。他似乎很注意押韻，但還是覺得長短句最好。那時正在盛行小詩（自由詩的極端）。他的試驗，也沒有什麼人注意。那時，郭沫若是特出的詩人，他的詩句多押韻，詩行也相當整齊。他的詩影響很大，但似乎只在那泛神論的意境上，而不在形式上。「自然的音節」，看起來近於散文而沒有標準，除了比散文句子短些、緊湊些。一般人，不但是反對新詩的人，似乎總願意詩距離散文遠些，有它自己的面目。北平《晨報》詩刊提倡的格律詩，能夠風行一時，便是如此。詩刊主張努力於新形式與新音節的發現，代表人是徐志摩、聞一多。徐氏試驗各種外國詩體，他的才氣足以駕馭這些形式，所以成績斐然。而無韻體的運用，更能達到自然的地步。這一體，可以說已經成立在中國詩裏。聞一多的〈詩的格律〉，主張詩要有建築的美，這包括「節的勻稱」、「句

的均齊」。他們兩人雖然似乎輸入了外國詩體的外國詩的格律，可是同時在創造中國新詩體，指示中國詩的新道路。

朱氏在《中國新文學大系‧詩集》的導言的結尾上，說過這樣的話：「若要強立名目，這十年來的詩壇，就不妨分為三派：自由詩派、格律詩派、象徵詩派」。他在另外一篇〈新詩的進步〉中說：「這幾年來，我們已看出一點路向。啟蒙期詩人，白話的傳統太貧乏，舊詩的傳統太頑固，自由詩派的語言，大抵熟套多而創作少。境界也只是男女和愁嘆，差不多千篇一律。格律詩派的愛情詩，不是紀實的，而是理想的愛情詩，至少在中國詩裏是新的。他們的奇麗的比喻，即使不全是新創的，也增富了我們的語言。從這裏再進一步，便到了象徵詩派。象徵詩派要表現的，是些微妙的情境，比喻是他們的生命；但是，遠取譬而不是近取譬。他們發見事物間的新關係，並且用最經濟的方法將這關係組織成詩。」這是他對於新詩的綜評。

參加新文學運動的人，很多寫過新詩，但不一定對新詩有什麼興趣。魯迅也寫過幾句新詩，但他說：「我其實是不喜歡做新詩的，但也不喜歡做古詩，只因為那時詩壇寂寞，所以打打邊鼓，湊些熱鬧，待到稱為詩人的一出現，就洗手不作了。」（李大釗、陳獨秀也曾在《新青年》寫過新詩。）《新青年》那一群人中，胡適以外，沈尹默、劉半農都是詩人。劉半農最努力，創造了許多風格。沈的舊詩，修養很深，新詩也不錯，最有名的，傳得最廣的是〈生機〉；朱自清卻選了他的〈三絃〉，胡適說：「這首詩，從見解意境上和音節上看來，都可算是新詩中一首最完全的詩」。周作人的

詩境很高，他了解西洋文學中的詩格，又接受了日本俳句的薰陶，也懂得俄國詩人普希金[1]的神理。他的新詩，那首有名的〈小河〉，可算是自由體詩中的傑作，自能「融景入情，融情入理」。

新潮社那一群中，康白情、俞平伯都是詩人。當時，胡適最稱許康白情的詩，說他只是要自由吐出心裏的東西，他無意於創造而創造了，無心於解放，然而解放的成績最大。流傳得最久的，還是那首〈送客黃浦〉，開頭是：「送客黃浦，我們都攀着纜，風吹着我們的衣裳，站在沒遮欄的船樓上」。每一節的尾句是：「這中間充滿了別意，但我們只是初次相見」。他把詩的旋律安排得很好。俞平伯才是道地的詩人，他的舊詩詞功力甚深，所以能有精錬的詞句和音律，寫景抒情，清新婉曲。胡適說他的《憶》，是兒時的追懷，多少能保存着那天真爛漫的口吻。朱自清說他能融舊詩的音節入白話，如〈淒然〉；又能利用舊詩裏的情境表現新意，如〈小劫〉。寫景也以清新著名，如〈孤山聽雨〉；〈囈語〉中有說理渾融之作；〈樂譜中之一行〉，頗作超脫想。俞氏的一生都在詩的天地中逗留，雖不一定做新詩，我們都覺得他的舊詩比新詩更好。

到了朱自清出來，這才脫離了嘗試的階段，進入新詩的創作。他的《蹤跡》，是遠遠的超過《嘗試集》裏任何最好的一首。功力的深厚，已絕不是嘗試之作，而用了全力來

---

1 Alexander Pushkin。

寫着的。（只有周作人的〈小河〉，可以與之比並。）朱氏有一首長詩，題名〈毀滅〉，乃是新詩中的傑作。這詩寫於一九二二年，寫出了「五四」落潮後的青年心懷。朱氏稱許白采的〈羸疾者的愛〉，是這一路詩的押陣大將。（白采本名童漢章，江西高安人。）他說他不靠複沓來維持它的結構，卻用了一個故事的形式，是取巧的地方，也是聰明的地方。雖然沒有持續的想像，雖然沒有奇麗的比喻，但那質樸、那單純，教它有力量。他讀了尼采的翻譯，多少受了他一點影響。

　　南方星期評論社的詩人，如沈玄廬（定一）、劉大白，都是很激進的。如玄廬的〈十五娘〉，便是初期新詩中最好的社會詩。劉大白的舊詩詞修養，也和俞平伯、沈尹默差不多，而劉詩細膩；沈詩渾樸，劉詩則奔放淋漓，其長處在此，其短處也在此。劉氏於《舊夢》付印自記中說他自己的詩，傳統氣味太重，又說他自己用筆太重，愛說盡，少含蓄，可說是有自知之明。

　　北方的詩壇，民十以後，由周作人翻譯了日本的短歌和俳句（周氏說這種體裁適於寫一地的景色，一時的情調，是真實簡鍊的詩），引起了新詩壇寫小詩的風氣。就在那一年，謝冰心發表了《繁星》，第二年又出了《春水》，她自己說是讀太戈爾[2]詩集而有作的。這類帶哲理氣味的小詩，寫的人很多。到了一九二三年，有了宗白華的《流雲小

2　Rabindranath Tagore，本書另作泰戈爾、泰戈兒。

詩》，要算是小詩中的精品，到了《流雲》出來，小詩風氣也漸漸過去了，新詩跟着也中衰了。

朱自清把郭沫若和創造社那一群人的詩，稱之為「新詩的異軍」。郭氏的詩篇，到了民十以後便出現了，那時，正是盛行小詩的時期。郭氏主張詩的本職專在抒情，在自我表現，詩人的利器只有純粹的直觀。他最厭惡形式，而以自然流露為上乘，說：「詩不是做出來的，只是寫出來，命泉中流出來的 Strain，心琴上彈出來的 Melody，生底顫動，靈底喊叫，那便是真詩、好詩，便是我們人類底歡樂底源泉，陶醉的美釀，慰安的天國」。朱氏認為「詩是寫出來的一句話，後來讓許多人誤解了，生出許多惡果來，但於郭氏是無損的。郭氏的詩，有兩樣新東西，都是我們傳統裏所沒有的，不但詩裏沒有；這兩樣便是泛神論與二十世紀的動的和反抗精神。中國缺乏冥想詩，詩人雖然多是人本主義者，卻沒有去摸索人生根本問題的。而對於自然，起初是不懂理會；漸漸懂得了，又是觀山玩水，寫入詩只當背景用。看自然作神作朋友，郭氏詩是一回。至於動的和反抗的精神在靜的忍耐的文明裏不用說，更是沒有過的。不過這些都是外國的影響。有人說浪漫主義與感傷主義，是創造社的特色，郭沫若的詩，正是一個代表。他自己說他曾經受過太戈爾、哥德[3]、惠特曼[4]、海涅[5]諸人的影響，他說：「惠特曼的那種把一

3　Johann Wolfgang von Goethe。

4　Walt Whitman。

5　Heinrich Heine。

切的舊套擺脫乾淨了的詩風，和『五四』時代的狂飇突進的精神十分合拍，我是徹底地為他那雄渾的豪放的宏朗的調子所動盪了。」

新詩落潮以後，純正的新詩人出來了，北京《晨報》詩刊創刊於十五年四月一日，他們那一群詩人如聞一多、徐志摩、朱湘、饒孟侃、劉夢葦、于賡虞，都注重新的格律。我自己為了詩應該有韻問題，和章太炎辯論一場，我是替自由詩辯護的，章氏是主張無韻非詩。到了徐志摩、聞一多出來，也認為詩必須有韻的了。（詩應有音樂的美，繪畫的美，建築的美。）那群詩人之中，陸志韋的《渡河》是最早的實驗。他相信長短句是最能表情的做詩的利器，他主張捨平仄而取抑揚，主張有節奏的自由詩。他的詩，別有一種清淡的風味。聞一多最有興味於探討詩的理論和藝術，他的《死水》，對於那一群寫詩的朋友都有了影響。《死水》之前，還有《紅燭》，講究用比喻，馥郁繁麗，使人有藝術至上之感。他的詩頗近於唐代的李賀，靠理智的控制比情感的驅遣多些。他的詩，不失其為情詩，又是最真摯的愛國詩人。

徐志摩的詩名最盛，新詩人最為舊詩人所冷淡，只有徐氏，才為舊人所傾倒。他沒有聞一多那樣精密，但也沒有他那樣冷靜，他是跳着濺着不舍晝夜的一道生命水。他嘗試的體製最多，也譯詩，最講究用比喻，他讓你覺着世上一切都是活潑的、鮮明的。他的情詩，為愛情而詠愛情，不一定是實生活的表現，只是想像着自己保舉自己作情人，如西方詩家一樣。這完全是新東西。徐聞二氏，都受了近代英國詩的影響。

李金髮的《微雨》，又是新詩中的異軍。他不顧全詩的體裁，他要表現的是對於生命慾揶揄的神秘，及悲哀的美麗，講究用比喻，有「詩怪」之稱。他的詩沒有尋常的章法，一部分一部分可以懂，合起來卻沒有意思。他要表現的，不是意思而是感覺或情感，這就是法國象徵派詩人的手法。李氏是第一個介紹象徵詩到中國來的詩人，其後則有戴望舒。大體說來，等到新詩有了一點規模，社會上已經不注意這方面的成就，連康白情、朱自清、胡適之，都不做新詩了。

二三　小說的興起

　　晚清小說的盛行，已如上述。不過，那時的小說家，雖已認識小說的社會意義，而且標榜「新小說」的旗幟，但無論形式或內容都是舊的，不曾脫離章回小說的風格的。最顯著的一點，那時讀者還不認識短篇小說的體性，以為剛開了頭，卻已完了，不夠味，不夠勁。新小說的誕生，那是新文學運動的產兒，從《新青年》開頭的。

　　魯迅編選《中國新文學大系・小說二集》，曾在序文說到初期小說創作的情形。在《新青年》上發表了創作的短篇小說的，是魯迅。從一九一八年五月起，〈狂人日記〉、〈孔乙己〉、〈藥〉等，陸續地出現了，算是顯示了文學革命的實績。又因那時的認為表現的深切和格式的特別，頗激動了一部分青年讀者的心。然而這激動，卻是向來怠慢了紹介歐洲大陸文學的原故。一八四三年頃，俄國的果戈理（N. Gogol）就已經寫了〈狂人日記〉；一八七三年頃，尼采（Fr. Nietzsche）也是借了蘇魯支[1]的嘴，說過「你們已經走了從蟲豸到人的路，在你們裏面，還有許多蟲豸；你們做過猴

1　祆教創始人，今譯查拉圖斯特拉（Zoroaster）。按：尼采著有《查拉圖斯特拉如是說》一書，王梵澄譯為《蘇魯支語錄》。

181

子，到了現在，人還尤其是猴子，無論比哪一個都要像猴子的」。而且〈藥〉的收束，也分明地留着安特萊夫[2]（L. N. Andreyev）式的陰冷。但後起的〈狂人日記〉，意在暴露家族制度和禮教的弊害，卻比果戈里的憂憤深廣，也不如尼采的超人的渺茫。以後雖然脫離了外國作家的影響，技巧稍為圓熟，刻劃也稍加深切，如〈肥皂〉、〈離婚〉等，但一面也減少了熱情，不為讀者們所注意了。從《新青年》上，此外也沒有養成什麼小說的作家。

那時較多的倒是在《新潮》上。從一九一九年一月創刊，到次年主幹者們出洋留學而消滅的兩年中，小說作者就有汪敬熙、羅家倫、楊振聲、俞平伯、歐陽予倩和葉紹鈞。自然，技術是幼稚的，往往留存着舊小說上的寫法和語調，而且平鋪直敘，一瀉無餘；或者過於巧合，在一剎那中，在一個人上，會聚集了一切難堪的不幸。然而又有一種共同前進的趨向，是這時的作者們沒有一個以為小說是脫俗的文學，除了為藝術之外，一無所為的。他們每作一篇，都是有所為而發，是用以改革社會的器械，雖然也沒有設定終極的目標。魯迅以一代小說作家，於新文學有了相當成就的十五年之後，對自己的作品，與同時期作家的作品有所批判，我們相信他所說的，都是公正而切實的。

首先介紹短篇小說的理論，也還是胡適在《新青年》所發表的那篇〈論短篇小說〉。他替短篇小說下定義，說：「短

2　本書另作安特烈夫。

篇小說是用最經濟的文學手段，描寫事實中最精彩的一段，或一方面，而能使人充分滿意的文章」。他指出最近世界文學的趨勢，都是由長趨短，由繁多趨簡要。詩的一方面，所重的在於寫情短詩；戲劇一方面，如今最注重的是獨幕劇了；小說一方面，自十九世紀中期以來，最通行的是短篇小說。我們可以說，這三項，代表世界文學最近的趨向。這趨向的原因，不止一種：（一）世界的生活競爭一天忙似一天，時間愈寶貴了，文學也不能不講究經濟。若不經濟，只配給那些吃了飯沒事做的老爺太太們看，不配給那些在社會上做事的人看了；（二）文學自身的進步，與文學經濟有密切關係。斯賓塞說，論文章的方法，千言萬語，只是經濟一件事。有此兩種原因，所以世界文學都趨向這三種最經濟的體裁，胡適自己雖不會寫短篇小說，但他翻譯的莫泊桑、都德的作品，都是短篇小說的精品（他曾刊行短篇小說集），在那時的影響是很大的。

（魯迅曾在〈我怎麼做起小說來〉中說：「我的作品在《新青年》上，步調是和大家大概一致，所以我想，這些確可以算作那時的革命文學」。他的短篇小說，一開頭就是清醒的寫實主義。）

胡適評述五十年來之中國文學，論到新文學的成績：（一）他以為白話詩可以上了成功的路了。他預料十年之內，中國詩界定有大放光明的一個時期（他的話大體是對的，不過新詩潮是過去了，成熟了的新詩，並非是胡適之體）；（二）他說短篇小說也漸漸地成立了，以魯迅的成績為最大（長篇小說也同時產生了）；（三）他以為白話散文

很進步了。除了長篇議論文顯然的進步以外，周作人等提倡的小品散文，用平淡的談話，包藏着深刻的意味，有的很像笨拙，其實卻是滑稽。這一類作品的成功，就可徹底打破美文不能用白話的迷信（新文學運動的成績，以小品散文為最著，長篇議論文並無多大的進步）；（四）他以為，戲劇與長篇小說的成績最壞。（胡氏於一九二二年三月寫那篇論文，所以不曾看到長篇小說與戲劇的進步）；陳源寫了一篇〈新文學運動以來的十部著作〉，其中談及短篇小說，推魯迅的《吶喊》和郁達夫的《沉淪》、冰心的《超人》。長篇小說，推楊振聲的《玉君》。這也是初期的看法。

關於魯迅及文學研究會、創造社的作品的評介，筆者將安排在另外專篇中。這兒且把小說界一般的進度來說一說。初期那幾位負盛名的小說家，如郁達夫、謝冰心、王統照、落華生（許地山）、黃廬隱，他們的作品，都是很幼稚的。楊振聲的《玉君》，雖被推為初期長篇小說的代表作（他說小說家取的是藝術態度，要忠心於主觀。小說家也如藝術家，把天然藝術化，就是要以他理想與意志去補天然之缺陷），《玉君》以後，他的事業興趣移到另外一面去，在文學上，他就擱筆了。冰心女士的小說，以〈超人〉為最早的作品，她在探索人生究竟是什麼，她的答案是「這一切只是為着愛」。她自己說：五四運動時期，她在燕大女校學生會當文書，那時開始寫小說，多半是問題小說。「眼前的問題作完了，搜索枯腸的時候，一切回憶中的事物都活躍了起來。快樂的童年、荷槍的兵士，供給了我許多單調的材料。回憶中又彎入了一知半解、膚淺零碎的哲理。」這便是〈超人〉

的體性。她把一切問題，用溫暖的母愛來擁抱它！這也是一種逃避。茅盾評選現代中國小說（《中國新文學大系：小說一集》），說冰心的文章是流利的，她的生活趣味，也很符合小資產階級所謂優雅的幻想。她實在擁有過一些紳士式的讀者，和不少資產階級出身的少男少女。

茅盾對於黃盧隱的《海濱故人》和《曼麗》，有較高的評價，說是反映了當時苦悶彷徨的站在享樂主義的邊緣上的青年心理。或許我們未必一定同意。我覺得冰心所寫的是她自己所了解的圈子，盧隱對於社會問題，其實並沒有什麼了解的，所以她的見解很淺薄。王統照的小說《春雨之夜》和《霜痕》，長篇的有《一葉》和《黃昏》，也犯了同樣的毛病。我覺得「五四」時代的小說家，都是偽裝的「先知」，因為他們自己並無一定的信念。

許地山的《空山靈雨》，可說是最早的小品散文，其中有精瑩可喜的珠玉。〈綴網勞蛛〉，也帶着同樣的懷疑的悲觀色彩。那主人公尚潔說：「我像蜘蛛，命運就是我的網，把一切有毒無毒的昆蟲吃入肚裏，回頭把網組織起來。他第一次放出來的游絲，不曉得要被風吹到多麼遠，可是等到黏着別的東西的時候，他的網便成了。他不曉得那網什麼時候會破，和怎麼破法。一旦破了，他還暫時安安然然地藏起來，等有機會再結一個好的。……人和他的命運，又何嘗不是這樣？」茅盾說，他這人生觀是二重性的，一方面是積極的昂揚意識的表徵，另一方面另又是消極的退嬰的意識。所以尚潔並沒有確定的生活目的。

魯迅在自選集自序中說過：「後來《新青年》的團體散

掉了，有的高升，有的退隱，有的前進，我又經驗了一回同一戰陣中的伙伴還是會這麼變化，並且落得一個『作家』的頭銜，依然在沙漠中走來走去」。也就是如他自己在《彷徨》的題詩所說的：「寂寞新文苑，平安舊戰場。兩間餘一卒，荷戟獨彷徨。」要說初期的小說家，也只能算到所餘一卒，和《吶喊》、《彷徨》兩種小說集的。陳源把郁達夫的《沉淪》和《吶喊》並稱，本來也太不相稱的。但說到「五四」潮落後，一般知識青年的苦悶氣息，郁達夫的《沉淪》所含蘊的頹廢傷感卻激發了廣大的同感。郁氏自言：「眼看到故國的陸沉，身受到異鄉的屈辱，與夫所感思，所經所歷的一切，剔括起來，沒有一點不是失望，沒有一處不是受傷，同初喪了夫主的少婦一般，毫無氣力，毫無勇毅，哀哀切切，悲鳴出來的，就是那一卷當時惹起了許多非難的《沉淪》。」《沉淪》中三篇，都是在日本寫成的，是一種寄寓在特別環境中的青年的生活紀錄。第一篇〈沉淪〉是描寫一個青年的心理，也可以說是青年憂鬱病的解剖，裏邊也帶敘現代人的苦悶，便是性的要求與靈肉的衝突。第二篇〈南遷〉是描寫一個無為的理想主戰者的沒落。這兩篇是一類的東西。郭沫若說：「他那大膽的自我暴露，對於深藏在千年萬年的背甲裏面的士大夫的虛偽，完全是一種暴風雨式的閃擊，把一些偽道學、假才子們震驚得至於發狂了！」

初期小說家之中，真正有成就的，還該算到葉紹鈞（聖陶）。他的短篇小說集，有《隔膜》、《火災》、《線下》、《城中》和《未厭集》。〈稻草人〉、〈古代英雄的石像〉，則是童話。他的筆下，所寫的都是小市民、知識分子、他自己所熟知的

人。他的生活經驗豐富，觀察得很細密，用冷靜的寫實手法寫出來。他的文字，樸素簡潔，沒有太歐化的語句，也不用古拙的古文，用的都是我們這一階層常用的口語，結構也很緊湊。茅盾說葉氏的思想是：「他以為『美』（自然）和『愛』（心心相印的了解）是人生的最大的意義，而且是灰色人生轉化為光明的必要條件，美和愛就是他的對於生活的理想」。

　　筆者在良友編選《中國新文學大系》以前，已經替一家書店編選過現代中國小品文、小說、戲曲各選。（新詩未成書。）後來看了茅盾和魯迅的小說一、二集，才知道自己所涉獵的不夠廣博，選評的也不夠細密。我覺得魯迅的《中國新文學大系・小說二集》序，就是一篇最精彩的文字。他提到初期上海的彌灑社，那是為文學而文學的一群，沒有多大的成就。（後來一直弄文學的，也只有胡山源了。）還有從上海發祥、後來移到北京去的淺草社，本是提倡為藝術而藝術的，也沒有什麼好的作品。《淺草》到了北京，改為《沉鐘》週報，是一個現代中國最堅韌、最誠實、掙扎得最久的團體。（這一團體中，後來有了抒情詩人馮至、翻譯名手林如稷。）這一群作者中，有寫《爐邊》的陳煒謨，和寫《竹林的故事》的馮文炳（以「廢名」為世人所知）。他是以沖淡為衣，「從他們當中理出我的哀愁」的作品。

　　從北京《晨報》副刊到《京報》副刊中產生的小說作家，有蹇先艾、許欽文、王魯彥、黎錦明、黃鵬基、尚鉞、向培良那八位。蹇先艾的《朝霧》，以簡樸的筆調寫出邊遠貴州的一些習俗和生活。黎錦明，則以熱烈明麗的作風敘述兒時的湘中印象。至於帶着極濃重的鄉土氣息，以魯迅筆法寫出

的，則有許欽文和王魯彥。魯迅一生，和姓許的最有緣，許欽文和他的關係最密切。關於鄉土文學的發展，我們也不妨在另一專題中去詳細說一說的。

二四　小品散文

　　我們回看「五四」時代的散文，在當時覺得很有意義，寫得很起勁，看得很痛快。其實，所佈的都是堂堂正正之陣，所談的都是冠冕堂皇的大問題，說得好都是些一不着邊際的大議論；說得壞，便是千篇一律的宣傳八股，久而久之，大家都有些厭倦起來。文壇的風氣，着重文藝的，大都走到小說戲曲路上去；寫散文的，想望產生一種新的體裁。一九二一年（便是五四運動落潮那一年），周作人曾掛出新的風信 —— 美文，他希望大家給新文學開闢出一塊新的土地。他說：「論文大約可以分作兩類：（一）批評的，是學術性的；（二）記述的，是藝術性的，又稱作美文。這裏邊又可以分出敍事與抒情，但也很多兩者夾雜着的，讀好的論文，如讀散文詩，因為它實在是詩與散文中間的橋。文章的外形與內容，的確有點關係，有許多思想，既不能作為小說，又不適於做詩，便可以用論文方式去表它。」周氏兄弟，可以說得是中國文壇的先知。他說的美文，便是後來盛行的小品文。周作人是小品文的第一好手。魯迅一面開出小說的新路，一面也是雜文的好手。其他許多新詩作家，如上面所說朱自清、俞平伯、徐志摩、謝冰心，也都成為小品文的作家。要說新文學有什麼真正的成績，小品文該是收穫最

多的。

　　什麼是小品散文？魯迅譯介了廚川白村的《出了象牙之塔》。這一小冊子，本身便是很好的小品。第一節便是「自己表現」，說：「為什麼不能再隨便些，沒有做作地說話的呢？即使並不儼乎其然地擺架子，並不玩邏輯的花把戲，並不掄着那並沒有這麼一回事的學問來顯聰明，而再淳樸些，再天真些、率直些，而且就照本來面目地說了話，也未必便跌了價罷。」我們不妨稱之為小品文體性的註解，其第二、第三節都是論“Essay”的。他說：「和小說、戲曲、詩歌一起，也算是文藝作品之一體的，這“Essay”，並不是議論呀、論說呀似的這一類麻煩的東西。如果是冬天，便坐在暖爐旁邊的安樂椅子上，倘在夏天，則披浴衣、啜苦茗，隨隨便便，和好友任意閒話，將這些話，照樣地移在紙上的東西，就是“Essay”。興之所至，也說些以不至於頭痛為度的道理罷；也有冷嘲，也有警句罷；既有“Humor”（幽默）也有“Pathos”（感憤）。所說的題目，天下國家的大事不待言，還有市井的瑣事，書籍的批評，相識者的消息，以及自己過去的追懷，想到什麼就縱談什麼，而託於即興之筆者，是這一類的文章。（Essay 者，語源便是法文的“Essayer”，即所謂試筆之意罷。）」

　　他提出了一份重要的意見，這意見也就成為小品文的骨骼。他說：「在“Essay”，比什麼都緊要的要件，就是作者將自己的個人底人格的色香，濃厚地表現出來。從那本質上說，是既非記述，也非說明，又不是議論，以報導為主的新聞記事，是應該非人格地（即力求客觀），力避記者這人

的個人底主觀調子的；Essay 卻正相反，乃是將作者的自我極端地擴大了誇張了而寫出的東西，其興味全在於人格的調子。有一個學者，所以評這文體，說是將詩歌中的抒情詩，行以散文的東西。倘沒有作者這人的神情浮動，就無聊。作為自己告白的文學，用這體裁是最為便當的。」小品文便是自己告白的文學，順着這一條路子，產生了林語堂的人間世派散文，也是順理成章了。

我們再回看一下，桐城派古文家，以「吳越間遺老尤放恣」的放恣文體為禁忌，誰知今日之小品文，卻正是吳越遺老的放恣文體，原來明末的文藝美術比較地稍有活氣，文學上頗有革新的氣象，公安派的作家能夠無視古文的正統，以抒情的態度作一切的文章，雖前有人貶斥其淺率空疏的，實際上卻是真實的個性的表現，所以周作人說新文學運動導源於明末公安派，從小品文體性說，原是不錯的。

當年曾孟樸寫信給胡適之，論到新文學運動的成就，大致也和胡適的看法相同。他說：「這幾年文學界的努力，很值得讚頌的，確有不可埋沒的成績。第一是小品文字，含諷刺的，析心理的，寫自然的，往往着墨不多，而餘味曲包；第二是短篇小說，很有能脫去模仿的痕跡，表現自我的精神，將來或可自造成中國的短篇小說。第三是詩；比較新創時期，進步得多了。雖然敘事詩還不多見，然抒情詩卻能把外來的格調，折衷了和諧的音節，來刷新遺傳的舊式，情緒的抒寫，格外自由、熱烈，也漸去詰屈聱牙之病。」他們都是懂得西洋文學，欣賞過蒙旦（Montaigne）、蘭勃（Lamb）的小品文的，他們承認小品文乃是新文學中的可喜的新葩。

二四　小品散文

191

我還記得朱自清先生在杭州第一師範教我們的國文時，他還在試寫新詩，湖畔詩人都是他的弟子。後來，他到溫州中學、清華大學去教書，已經轉到小品文的路上去了。他和俞平伯所寫的〈槳聲燈影裏的秦淮河〉，兩篇都可以說是散文詩，也都是帶着詩意的小品文。朱氏是溫文敦厚的，最足以代表他的風格的，便是那本流行得最廣的《背影集》，和那篇人情味最重的〈背影〉。朱氏曾於《背影集》自序中，論現代中國的小品文，說：「三四年來風起雲湧的種種刊物，都有意或無意地發表了許多散文。《東方雜誌》增闢「新語林」一欄；夏丏尊、劉薰宇合編的《文章作法》，有小品文的專章；《小說月報》一九二七年創刊號，也特闢小品一欄，小品散文於是乎極一時之盛。我們知道中國文學向來大抵以散文學為正宗，散文的發達，正是順勢。而小品文的體製，舊來的散文學也儘有，只精神面目頗不相同罷了，試以姚鼐的十三類為準，如序跋、書牘、贈序、傳序、碑誌、雜記、哀祭，七類中都有許多小品文字（《六朝文絜》便是小品文；桐城派的祖師歸有光，也以寫小品文字勝人），周作人《雜拌兒》序裏論現代散文的歷史背景，頗為扼要，且極明通。他說明朝那些名士派的文章，在舊來散文學裏，確是最與現代散文相近的。但我們得知道現代散文所受的直接的影響，還是外國的影響。我們看，周氏自己的書如《澤瀉集》，裏面的文章，無論從思想說、從表現說，豈是那些名士派的文章裏找得出的？至多情趣有些相同罷了，我們寧可說，他所受的外國的影響比中國的多。而其餘的作家，如魯迅、徐志摩，外國的影響有時還要多些。他又說：「我們就

散文論散文，這幾年的發展，確是絢爛極了，有種種的樣式，種種的流派，表現着、批評着、解釋着人生的各面。遞流曼衍，日新月異，有中國名士風，有外國紳士風，有隱士，有叛徒，在思想上是如此；或描寫，或諷刺，或委曲，或縝密，或勁健，或綺麗，或洗鍊，或流動，或含蓄，在表現上是如此。」

周作人曾經說：「我們寫文章是想將我們的思想感情表達出來的。能夠將思想和感情多寫出一分，文章的藝術分子即加增一分，寫出得愈多愈好。這和政治家外交官的談話不同，他們的談話，是以不發表意見為目的的，總是愈說愈令人有莫知所以之感，要想將我們的思想感情，儘可能地多寫出來，最好的辦法是如胡適之所說的「話怎麼說，就怎麼寫」，必如此，才可以「不拘格套」，才可以「獨抒性靈」。因此，我們看了各家的小品文，很清楚地可以了解作者的性格。即以周氏來說，從他的《自己的園地》、《雨天的書》、《談虎集》、《談龍集》、《澤瀉集》、《永日集》、《看雲集》，到後來的《藥堂雜文》，都是淡遠的一路。他的作風，可用龍井茶來打比，看去全無顏色，喝到口裏，一股清香，令人回味無窮。前人評詩，以「羚羊掛角，無跡可求」來說明神韻，周氏小品，其妙處正在「神韻」呢。

我們對於各作家的小品，自有其偏嗜之處。（魏文帝稱文以氣為主，氣之清濁有體，不可力強而致。故其論孔融，則云體氣高妙；論徐幹，則云時有齊氣；論劉楨，則云有逸氣。公幹亦云，孔氏卓卓，信含異氣，筆墨之性，殆不可勝，並重氣之旨也。）我們評述各家體性，總要了解其短

長，作持平的勾畫。以筆者所親知，俞平伯和徐志摩，是一路的作家，俞平伯替重刊本《浮生六記》作序，說：「文章事業的圓成，本有一個通例，小品文字的創作，尤為顯明。我們與一切外物相遇，不可着意，着意則滯；不可絕緣，絕緣則離。記得宋周美成的〈玉樓春〉裏，有兩句最好：『人如風後入江雲，情似雨餘黏地絮』。這種況味，正在不即不離之間。文心之妙亦復如是。」所以他的作品，總是用暗示烘托的方法，質輕境隱，輕靈細巧，上文說到的，俞平伯和朱自清所寫的〈槳聲燈影裏的秦淮河〉，兩氏之作，簡直就是一首詞。徐志摩的小品比俞平伯的更細膩輕靈，大有六朝脂粉風。有人說他在蘇州女中的講演，簡直是黛玉病後的嬌軟姿態，可用「弱不禁風」四字來形容的。

小品文作家之中，走清婉一路的，朱自清以外，還有許地山、謝冰心、豐子愷、孫福熙。冰心的小品，如《往事》、《寄小讀者》、《山中雜記》，如她自己所說的：「這書中有幼稚的歡笑，也有天真的眼淚。」那細膩的自然景物的描寫，最能引人入勝。她所描寫的天地是狹小的，但是很真切的，豐子愷的《緣緣堂隨筆》和孫福熙的《山野掇拾》，都是用畫家之筆來寫自然與人生，境界雖比冰心闊大，卻沒有冰心那麼通靈。許地山對人生的體會，比冰心深得多，卻又不像冰心那麼天真。

在抒情的成分上浮上了一點理智之「光」，和「幽默」的笑的，那就有郁達夫、林語堂、陳源、王了一、葉聖陶、徐懋庸這幾家的小品。郁達夫提倡日記體和書簡體的文體，說散文乃是人性、社會性，與大自然的調和。他的散文，多

是解剖自己、闡明苦悶的心理的記載，是以抒情為主，以自我為中心。但他另一面要求智與情的合致，有着時代與社會的氣氛的。中國的文士，自來有着「叛徒與隱士」兩個同在的靈魂，周作人自序《澤瀉集》，說：「戈爾特堡批評靄里斯說，在他裏面有一個叛徒與一個隱士，這句話說得更妙；並不是我想援靄里斯以自重，我希望在我的趣味之文裏，也還有叛徒活着。我將這冊小集同樣地薦於中國現代的叛徒與隱士們之前。」周氏自己，可以說是從叛徒走向隱士的路上去的，林語堂的也是。林氏的《剪拂集》，都正是叛徒的口吻，和後來的《大荒集》已不大相同了。劉半農的《半農雜文》、徐懋庸的《打雜集》和王了一的《龍蟲並雕齋隨筆》、陳源的《西瀅閒話》，都是叛徒型的小品，有諷刺，也有詼諧。（我的《筆端》和《文筆散策》出版時，魯迅也說是叛徒的文字。）

當然，時勢艱難，誰也不能做駝鳥式的隱士，而完全以叛徒型出現的，魯迅乃是適當的代表作家。他手中拿的是匕首與投槍，他說：「到五四運動的時候，散文小品的成功，幾乎在小說戲曲和詩歌之上。這之中，自然含着掙扎和戰鬥，但因為常常取法於英國的隨筆（Essay），所以也帶一點幽默和雍容，寫法也有漂亮和縝密的，這是為了對於舊文學的示威，在表示舊文學之自以為特長者，白話文學也並非做不到。以後的路，本來明明是更分明的掙扎和戰鬥。」魯迅的前期小品中，《朝花夕拾》是自敘傳，《野草》是散文詩，《熱風》已經是戰鬥性的雜文，這就進入了雜文的時代。

二五 《覺悟》與《學燈》

　　五四運動以後的定期刊物，可以說是雨後春筍，遍地皆是，其最著稱的，《新青年》、《新潮》、《每週評論》以外，我們該說到北京《晨報》的副刊、上海《民國日報》的《覺悟》、《時事新報》的《學燈》。《民國日報》是國民黨的宣傳機構，北京《晨報》和《時事新報》則是研究系的。孫中山和梁啟超的政治路向，一直是互相敵對的，但在推動新文化運動的步驟上，則兩個政團是一致的。那時，梁啟超已經厭倦政治生活，轉向於文化工作；孫中山也在政治革命方面，迭次失敗，要着手喚起民眾，轉向社會運動，雙方似乎都在爭取領導的地位。

　　我們單從新文學的路向來看，這幾種副刊，都是首先採用白話文體，開副刊風氣之先的。《民國日報》自主持人葉楚傖以下，本來都是南社文人，有着民初的革命氣氛。邵力子主編《覺悟》，態度最為積極，和《新青年》桴鼓相應，最為青年學生所愛好。那時上海《民國日報》受了政府干涉，郵寄頗成問題，就靠日本郵局在轉送，居然一紙風行。經常替《覺悟》寫稿的，如陳望道、劉大白、沈定一、楊賢江、張聞天、瞿秋白，後來都是社會革命的激進分子。（筆者的寫稿生活，也是從《覺悟》開始的，那本替章太炎筆錄

的《國學概論》，也是在《覺悟》上先後刊載的。邵先生還特地寫了幾篇和章太炎討論的文字。）《民國日報》經費很困難，但鼓吹新文化卻是很積極的。《覺悟》以外，有沈定一主編的《星期評論》、陳望道主編的《婦女週報》、吳稚暉主編的《科學週報》（《杭育》），都是第一流的刊物。而沈定一、吳稚暉的態度，尤為積極。

五四運動落潮時期，有幾個新文人偶爾用古文來寫作（胡適的《淮南鴻烈集解》序，魯迅《中國小說史略》及序文，都是古文體的），舊文人就用之為口實，說：「白話文自文言文而來，要白話文做得好，必須先要學習文言」。《覺悟》上就刊出一封來信，說：「文字的影響，每發生在作者所不及料處，因此非常可貴，也便非常可怕。他們用那麼生硬的文言作序，『必要』倒想不出，流弊倒已看到了。」《覺悟》的態度，一直就是這麼嚴正的。其明年（一九二四年）上海澄衷中學校長曹慕管，正式捐出復古的旗幟，說是奉校主遺囑注重國故，該校學生限定只讀文言，不讀白話，並且按期舉行國文會考。楊賢江曾於《學生雜誌》作短評〈國故毒〉以斥之，曹慕管不覺大怒，致函商務印書館，意欲撤楊賢江之職，《覺悟》上又大熱鬧了一陣，陳望道、劉大白、邵力子都參加了那一場防禦戰，寫了許多文字。當《新青年》陣壘分裂之時，就由《覺悟》擔當起領導新文學運動的責任了。

張東蓀主持上海《時事新報》，其副刊《學燈》創刊於一九一八年三月間，研究學術，介紹新知，也是《新青年》的同路人。一九二一年五月間，鄭振鐸（西諦）的《文學旬

刊》創刊，這便是文學研究會（新文學團體之一）的宣傳刊物（另一姊妹刊為《文學週報》），說是為中國文學的再生而奮鬥。那時，新文化運動已經進入中國出版業的最大堡壘——商務印書館，《學生雜誌》、《婦女週報》、和《小說月報》都已改變面貌，《小說月報》也成為文學研究會的營壘了。文學研究會的分子，也有研究系的人，如蔣百里、瞿世英，他們不問這兩政團路線的差異，為了新文學而努力的方向，和《覺悟》那一群朋友完全一致的。鄭振鐸曾說：「這兩個刊物都是鼓吹着為人生的藝術，標示着寫實主義的文學的；他們反抗無病呻吟的舊文學，反對以文學為遊戲的鴛鴦蝴蝶派的海派文人們。他們是比《新青年》派更進一步地揭起了寫實主義的文學革命的旗幟的。」

二六　北晨與《京報》

　　北京《晨報》，這一份研究系的報紙，它之成為輿論界的權威，還在天津《大公報》之前。研究系從事文化運動，可說是很認真的，但在政治活動上，如丁文江、張君勱、蔣百里，依舊和北洋軍人如吳佩孚、孫傳芳輩，有過軍事政治上的合作。在文學革命這一方面，研究系格外和青年接近，所以北晨副刊、《學燈》都和文學研究會在合作。在社會革命那一方面，國民黨人自負急先鋒，所以《覺悟》的編寫人士，大半都成為中共的首腦人物。當時的國民黨，唯恐其不為馬克思主義的信徒，所以吳稚暉的論調，在北洋軍人心目中，便是共產黨的理論。孫中山主張保留舊文體，也可以算是反白話文運動的，但在領導社會革命上，接受了蘇聯的經驗，產生了一黨專政的政治組織，這就判然進入民十五以後國民革命的新階段了。

　　梁啟超對於政治路向的指示，在〈覆張東蓀書論社會主義運動〉中說得很明白。他說：「在今日之中國而言社會主義運動，有一公例當嚴守焉。曰：在獎勵生產的範圍內，為分配平均之運動。若專注分配而忘卻生產，則其運動可謂毫無意義。連屬而起者，又有兩問題：（一）有何良法，一面能使極衰洛幼稚之生產事業，可以蘇生萌達，一面又防止

資本階級之發生；（二）今日為改造中國社會計，當努力防資本階級之發生乎？抑借資本階級以養成勞動階級為實行社會主義之預備乎？若採後一法，則現在及最近之將來，對於資本家，當取何種態度乎？」他有一觀點：「勞動階級之運動可以改造社會，遊民階級之運動只有毀滅社會」。這一觀點，可以代表北京《晨報》與《時事新報》的言論方針。自從新青年社分裂以後，國民黨代表着向左的傾向，研究系則接近向右的傾向。胡適的改良主義，可以說是在梁啟超的言論中得了新光輝。（後來，中共接上了激進的火把，國民黨反而接上改良主義的傳統，那又是一場新的演變了。）

北京《晨報》副刊，那是新文學運動在北方的堡壘。孫伏園主編副刊，魯迅的〈阿 Q 正傳〉便是在那副刊上連載的。復古派在上海、南京活躍的時期，上海《時事新報》社評：「這幾天來，我靜靜地觀察，覺得社會各方復古的傾向，好像加甚起來，不知讀者亦有此同樣的觀感否？」（一九二四年二月十二日）同月二十四日，北京《晨報》副刊，荊生寫了一篇〈雜感〉，說：「我的確有此同樣的觀感，因為同日的《學燈》上就登有東大教授柳翼謀的講演，什麼是中國的文化？鼓吹三綱五常，與前幾天的謝國馨君的文章大旨相近，同出於康有為、林紓，不過作者的年紀，大約要比康、林更輕一點，所以也就當得『加甚』這字的評語了」。他們對於文學革命的態度，一直就這麼積極的。

魯迅曾說過：在北京那地方，北京雖然是五四運動的策源地，但自從支持着《新青年》和《新潮》的人們，風流雲散以來，一九二〇至二二年間，倒顯着寂寞荒涼的古戰場的

情景。《晨報》副刊，後來是《京報副刊》露出頭角來了。《晨報》副刊，到了一九二五年十月間，由徐志摩主編，也還是繼承着文學革命的任務，孫伏園走出了晨副，接編北京《京報副刊》，也就是《晨報》那一副精神。其間，有一純文藝的週刊，便是《莽原》，和上海的《文學旬刊》的性質相彷彿的。(《京報》由當代名記者邵飄萍主辦，後來邵氏遇難，由他的夫人接辦下去，這是一份和國民黨左翼相接近的報紙。)

　　(從民八到民十五，可以說是中國社會最黯淡的時期，但中國文化的轉向，卻從文學革命開了花。北京《晨報》和《京報》，無論從形式或內容上看來，都可以說替中國新聞史開了新頁的了。)

二七 《語絲》與《現代評論》

　　一九二四年冬天，孫伏園走出了北京《晨報》，便集合了一群朋友（本來是十六人，後來經常寫稿的也只有六七人），辦了一種綜合性的週刊——《語絲》。從新文學運動說，這又是一塊紀念碑。它替小品散文開了大路，也替自由主義者找了一個路向。（據魯迅談：那名目的來源，聽說有幾個人，任意取一本書，將書任意翻開，用指頭點下去，那被點到的字，便是名稱。要之，這刊物本無所謂一定的目標、統一的戰線。那十六個投稿者，意見態度也各不相同，《語絲》的固定的投稿者，至多便只剩了五六人，但同時也在不意中顯了一種特色，是：任意而談，無所顧忌，要催促新的產生，對於有害於新的刊物，則竭力加以排擊，但應該產生怎樣的「新」，卻並無明白的表示，而一到覺得有些危急之際，也還是故意隱約其詞。）那路向，最明顯的表示，莫如劉復、錢玄同、林語堂、穆木天、周作人、張定璜等關於中西文化的討論。劉復說：「就《語絲》的全體看，乃是一個文學為體，學術為輔的小報。這個態度，我很贊成，我希望你們永遠保持着，若然《語絲》的生命能垂於永遠。我想當初《新青年》，原也應當如此，而且頭幾年已經做到如此。後來變了相，真是萬分可惜。」這段話，出之於新青年

社的戰士之口，可以使我們明白「五四」落潮後的自由主義者的意向。

關於《語絲》的文體，就在《語絲》第五十二期，孫伏園和周作人有兩封往來的信。孫伏園說：「《語絲》並不是初出版時有若何的規定，非怎樣怎樣的文體便不登載，……不過同人性質相近，四五十期來形成了一種《語絲》的文體。」周作人說：「我始終相信《語絲》沒有什麼文體，我們並不是專為講笑話而來，也不是來討論什麼問題與主義，我們的目的只在讓我們隨便說話。我們的意見不同，文章也各自不同，所同者只是不管三七二十一地亂說。因為有兩三個人喜歡講一句半句類似滑稽的話，於是文人學士遂哄然以為這是《語絲》的義法，彷彿《語絲》是笑林週刊的樣子。這種話，我只能付之以幽默，即不去理會他。……還有些人好意地，稱《語絲》是一種文藝雜誌，這個名號，我覺得也只好璧謝。……《語絲》還只是《語絲》，是我們這一班不倫不類的人，借此發表不倫不類的文章與思想的東西。」當時，周作人還和林語堂論到《語絲》的態度，他說：「除了政黨的政論以外，大家要說什麼都是隨意，唯一的條件是大膽與誠意。我們有這樣的精神，便有自由言論之資格」。林語堂接着說：「凡有獨立思想，有誠意私見的人，都免不了有多少涉及罵人。罵人正是保持學者自身的尊嚴，不罵人時才是真正丟盡了學者的人格。所以有人說語絲社盡是土匪，猛進社盡是傻子，這也是極可相賀的事件」。這正是語絲社所表現的自由主義的氣氛。

和《語絲》同時同地，而且同是以北京大學師生為主體

的另一週刊《現代評論》。他們比之《語絲》，更富綜合性，更富文學意味，更有紳士的氣度，也更有自由主義的氣氛。他們這兩種週刊，有時是互相敵對的，但在新文學運動的繼承工作上，卻又是十分協調的。為了女大的風潮，陳源（西瀅）和周氏兄弟，幾乎相互攻擊得厲害，而吳稚暉毒罵章士釗的文字，如〈章士釗 ── 陳獨秀 ── 梁啟超〉和〈我們所請願於章先生者〉，都是在《現代評論》上發表的。（《現代評論》所發表的政論，也是第一流的好文字，那是語絲社所不寫的。）魯迅評選小說集，說《現代評論》比起日報的副刊來，比較地着重於文藝，那些作者，也還是新潮社和創造社的老手居多。凌叔華的小說，發祥於這一種期刊的。她和馮沅君的大膽敢言不同，大抵很謹慎的，適可而止地描寫了舊家庭中的婉順的女性。

二八　文學研究會

　　五四運動前後，有一青年的學術性政團，後來成為國
共兩大政團的母體，那便是民國七年，一群留學日本的學生
所發起的少年中國學會。這一學會的發起人曾琦，他後來成
為國家主義派的首腦，當時正是「以天下為己任」的青年。
「少中」最初那幾位朋友，如王光祈、陳愚生、張夢九、周
太玄、李大釗、雷寶菁、左舜生，也都是對新文學有興趣的
人。後來經過了民八的五四運動，便一天一天地擴大起來，
有過百多個會員。「少中」的宗旨是：「本科學的精神，為
社會的活動，以創造少年中國」。信條八大字：「奮鬥、實
踐、堅忍、儉樸」。《少年中國》月刊，也頗能予人一種清新
的印象。到了民十一二年間，和新青年社的分裂一般，「少
中」學會的會員，也為了會員是否可以參加政治活動的問
題，引起了激烈的爭辯。經過了一年多的辯論，終於「各行
其是」，於是李大釗、惲代英、鄧中夏、毛澤東、劉仁靜、
張聞天、沈澤民、黃日葵、趙世炎、侯紹裘、楊賢江等等，
便去搞他們的共產黨；曾琦、李璜、張夢九、何魯之、左舜
生、余家菊、陳啟天、劉泗英等等，也去搞他們的國家主義
派。他們都是文人，也都是搞政治的，彼此之間，有相當限
度的影響。

第一個文學團體，正式成立於一九二一年一月間，那便是文學研究會。這一研究會，由周作人、朱希祖、耿濟之、鄭振鐸、瞿世英、王統照、沈雁冰、蔣百里、葉紹鈞、郭紹虞、孫伏園、許地山十二人聯合發宣言，刊在《小說月報》的十二卷第一期上。那時，沈雁冰（茅盾）編輯《小說月報》，這一刊物便成為新文學的主陣地，上面所說的附刊在《時事新報》的《文學旬刊》，則是副陣地。「這兩個刊物都是鼓吹着為人生的藝術，標示着寫實主義的文學的；他們反抗無病呻吟的舊文學，反對以文學為遊戲的鴛鴦蝴蝶派的海派文人們。他們是比《新青年》派更進一步地揭起了寫實主義的文學革命的旗幟的。」茅盾編選《中國新文學大系‧小說一集》，曾經說到這一文團的態度與工作：「五四」時期的反封建的色彩，是明明白白的；但是反了以後應當建設怎樣一種新的文化呢？這問題在當時並沒有確定的回答。不是沒有人試作回答，而是沒有人的提案能得普遍一致的擁護。那時候，參加「反封建」運動的人們並不是屬於同一的社會階層，因而到了問題是將來如何的時候，意見就很分歧了。這是代表了最大多數的比上不足比下有餘的知識分子的意識。同時，這種意識當然也會反映到文藝的領域。就他所知，文學研究會是一個非常散漫的文學集團。文學研究會發起諸人，什麼「企圖」，什麼野心，都沒有的。對於文藝的意見，大家也不一致，並且未嘗求其一致；如果有所謂「一致」的話，那亦無非是「將文藝當作高興時的遊戲，或失意時的消遣的時候，現在已經過去了」這一基本的態度。現在想起來，這一基本的態度，雖則好像平淡無奇，而在當時，

文壇五十年

206

卻是文藝研究會所以能成立的主要原因。假使我們說文學研究會是應了「要校正那遊戲的消遣的文學觀」之客觀的必要而產生的，光景也沒有什麼錯誤吧，這一句話，不妨說是文學研究會集團名下有關係的人們的共通的基本態度。這一個態度，在當時是被理解作「文學應該反映社會的現象表現，並且討論一些有關人生的問題」。那一群作家中，就有著名的許地山、謝冰心、黃廬隱、王統照、鄭振鐸和沈雁冰。他們提倡血與淚的文學，主張文人們必須和時代的呼號相應答，必須敏感着苦難的社會而為之寫作。文人們不是住在象牙塔裏面的，他們乃是人世間的人物，更較一般人深切地感到國家社會的苦痛與災難的。他們除了創作，還翻譯了俄、法及北歐各國的名著，他們介紹托爾斯泰、屠格涅夫[1]、高爾基[2]、安特列夫、易卜生及莫泊桑的作品。

1　Ivan Turgenev。

2　Maxim Gorky。

二九 創造社

　　和文學研究會相先後，以留日青年學生為主體的另一文學集團，那便是創造社。這一集團的知名作家，有郭沫若、郁達夫、成仿吾、張資平、鄭伯奇。一九二一年夏天，他們先在上海泰東書局出版《創造社叢書》：郭沫若的《女神》（詩），郁達夫的《沉淪》，（小說）郭沫若譯《少年維特之煩惱》，鄭伯奇譯《魯森堡之一夜》。這四種書一出版，便引起國人的注意。其後，他們出版《創造季刊》，和《創造週報》，又在上海《中華日報》副刊《創造日》（共出一百期）。這一集團，誠如鄭伯奇所說的：在五四運動以後，浪漫主義的風尚，的確有風靡全國的形勢。「狂風暴雨」，差不多成了一般青年常有的口號。當時，簇生的文學團體，多少都帶有這種傾向。其中，這傾向發揮得強烈的，要算創造社了。創造社也和文學研究會一樣，自稱沒有劃一的主義。他們是由幾個朋友隨意合攏來的。他們的主義，他們的思想，並不相同，也並不必強求相同。可是他們表明：「我們所同的，只是本着內心的要求，從事於文藝的活動罷了」。這內心的要求，透露了這一群作家對於創作的態度。他們主張尊重藝術，表現自我傾向於浪漫主義。當時的成仿吾，曾作如次的表白：「不是對於藝術有興趣的人，決不能理解為什麼

一個畫家肯在酷暑嚴寒裏工作，為什麼一個詩人肯廢寢忘餐去冥想，我們對於藝術派不能理解，也許與一般對於藝術沒有興趣的人，不能理解藝術家同出一轍。至少我覺得除了一切功利的打算，專求文學的『全』與『美』，有值得我們終身從事的價值之可能性。」後來，鄭伯奇在《中國新文學大系・小說三集》導言中，曾作自我批判，說：創造社的作家傾向到浪漫主義和這一系統的思想，並不是沒有原故的。第一，他們都是在外國住得很久，對於我國的（資本主義的）缺點，和中國的（次殖民地的）病痛，知得比較清楚。他們感受到兩重失望，兩重痛苦，對於現社會發生厭倦憎惡，而國內外所加給他們的重重壓迫，堅強了他們反抗的心情。第二，因為他們在外國住得很久，對於祖國便常生起一種懷鄉病，而回國以後的種種失望，更使他們感到空虛。未回國以前，他們是悲哀懷念；既回國以後，他變成悲憤激越，便是這個道理。第三，因為他們在外國住得很久，當時外國流行的思想，自然會影響到他們。哲學上，理知主義破產；文學上，自然主義的失敗，這也使他們走上了反理知主義的浪漫主義的道路上去。

創造社曾主張為藝術而藝術，隱然和主張為人生而藝術的文學研究會相對立，彼此之間，相攻擊的次數也不少。鄭伯奇、阿英（錢杏邨）對魯迅的批評，魯迅在上海講演〈上海文藝之一瞥〉，說：「這後，就有新才子派的創造社的出現。創造社是尊貴的，天才的，為藝術而藝術的，尊重自我的，崇創作、憎惡重譯的，與同時上海的文學研究會相對立。他們既然是天才的藝術，那麼看翻譯，尤其那為人生的

藝術的文學研究會自然就是多管閒事，不免有些『俗』氣，而且還以為無能。」他們彼此的筆鋒，都是很毒辣的。彼此攻擊的結果，兩集團之間，曾經有着一重隔膜，除了郁達夫和魯迅相處得很好，郭沫若和魯迅，這兩位青年心目中的思想導師，彼此從來沒見過面，而且為了羅曼羅蘭[1]的一封信的事，彼此還鬧得大不快意的。

不過，創造社的浪漫主義傾向，不曾支持得很久，便作百八十度的大轉彎了，正如瞿秋白（他也是文學研究會的分子）所說的，這一群小資產階級的流浪人的知識青年，是會感到沒有所謂藝術的象牙之塔的，他們依然是在社會的桎梏之下呻吟着的時代兒，時代的電流，使創造社起了化學的定性分析，他們起首先唱出了「革命文學」的口號。

1　Romain Rolland。

三〇　胡適與魯迅

　　一九二二年，我在上海第一次和陳獨秀見面，那時，新青年社已經內部分裂，在上海出版的《新青年》，撇開了那些不主張談政治的社員，走向研究社會主義的路上去了。那一時期，實際領導中國新文學道路的，乃是胡適。我和他見面，已在國民政府建都南京之後，我還記得是在北四川路橋堍的新亞大酒店的三樓。那時，領導中國文學運動，已經是魯迅的時代。大家在開始批判胡適了。我們回看新文學運動的全段歷史，陳獨秀的影響，不可說是不大，時間可很短。胡適的影響最切實，時間也不怎麼長。最長久，而又影響大的乃是魯迅。這和近三十年間社會不安的情緒有關，因為文藝畢竟是從社會人生的根苗上長出來的。胡適所領導的道路，那時的青年，總覺得太迂遠了一些。

　　胡適所指示的道路，乃是實驗主義的路子。科學方法是胡氏的根本的思想方法，他用科學方法評判固有的種種思想、學術以及東西文化，重新估定一切的價值，結果便是他的文存、哲學史、文學史等。他創作白話詩，也是一種實驗，也是科學的精神，這是他的文學的實驗主義。他又說作詩也得根據經驗，這是他的「詩的經驗主義」。胡適在建設工作上，最大的成就，乃在整理國故，《白話文學史》，以及

許多篇舊小說的考證，對於固有的中國學術思想，給了一道新的光。

從胡適所研究的成就來說，整理國故和小說考證真是劃時代的。他將嚴格的考證方法應用到小說上，開闢了一條新路，這樣擴大了，也充實了我們的文學史。他考證了《紅樓夢》，把曹雪芹的真面目從舊紅學的迷霧中鑽出來，他的功績是不朽的。他是新紅學開路的人，他說：「我自信，這個考證方法，除了孟蒓蓀的〈董小苑考〉之外，是向來研究《紅樓夢》的人不曾用過的。我希望這一點小貢獻，能引起大家研究《紅樓夢》的興趣，能把將來的《紅樓夢》研究引上正當的軌道去，打破從前種種穿鑿附會的『紅學』，創造科學方法的《紅樓夢》研究！」胡氏所用的考證方法，就是科學方法，他說：「少年的朋友們，莫把這小說考證看作我教你們讀小說的文字。這些都只是思想學問的方法的一些例子。在這些文字裏，我要讀者學得一點科學精神、一點科學態度、一點科學方法。科學精神在於尋求事實，尋求真理。科學態度在於撇開成見，擱起感情，只認得事實，只跟着證據走。科學方法只是『大膽的假設，小心的求證』十個字。沒有證據，只可懸而不斷；證據不夠，只可假設，不可武斷；必須等到證實之後，方才奉為定論。」我們看胡氏的考證文字，其中創見甚多，但他的工夫在於小心求證，真能嚴格地做到「擱起感情，只認得事實，只跟着證據走」。他在做《紅樓夢考證》的過程中，他自己已經改正了無數錯誤，而且承認將來發見新證據時，再來糾正其他的錯誤。他經過了七年的時期，考證曹雪芹的生卒年代，方才得到證實，這

樣的精神與細密的方法，不愧是一代的考證學大師，可與其鄉先輩戴東原先後輝映的。

　　他的小說考證，還有一個重大的影響，便是古史的討論。他的弟子顧頡剛、傅斯年、俞平伯，都受了他的影響，有極重大的發見。顧頡剛就說，他的《古史辨》，正從胡氏〈水滸傳考證〉和〈井田辨〉等文字裏得着歷史方法的暗示。這個方法便是用歷史演化的眼光來追求每一個傳說演變的歷程。胡氏考證水滸故事、包公傳說、狸貓換太子故事、井田制度，獲得最堅實的果子。顧氏研究中國古史，獲到了「層累地造成的古史」的中心見解，這都是近三十年中國學術界的大事！顧氏的結論，是這樣：（一）可以說明時代愈後，傳說的古史期愈長；（二）可以說明時代愈後，傳說中的中心人物愈放愈大；（三）我們在這上，即不能知道某一件事的真確的狀況，也可以知道某一件在傳說中的最早狀況。

　　胡適之成為新文化運動導師，對於這一運動是有利的，因為他一直訴之於理性，而不訴之於激越的情感的。我們單就新文學的風格來說，他也是把金針度與人的。魯迅、周作人的文體，都是不容易學的，十多年前，上海出過這一種魯迅風的刊物，結果都不是屬於魯迅的風格的，朱自清說：胡先生在運動情感的筆鋒，卻不教情感朦朧了理智，這是難能可貴的。讀他的文字的人，往往不很覺得他那筆鋒，卻只跟着他那明白清楚的思路走。他能駕馭情感，使情感只幫助他思路而不至於跑野馬。但他還另有些格調，足以幫助他文字的明白清楚，如比喻就是的。比喻是舉彼明此，因所知見所不知，可以訴諸理智，也可以訴諸感情。胡氏用的比喻差不

多都是前者，例如：「科學家明知真理無窮，知識無窮，但他們仍然有他們的滿足，進一寸有一寸的愉快，進一尺有一尺的滿足」；「真理是深藏在事物之中的，你不去尋求深討，他決不會露面。自然是一個最狡猾的妖魔，只有敲打逼攞，可以迫他吐露真情」；「社會對個人道：你們順我者生，逆我者死；順我者有賞，逆我者有罰」。這種種比喻雖也訴諸情感，但主要的作用，還在說明。其實胡氏所用的種種增強情感的格調，主要的作用，都在說明，不過比喻這一項更顯而易見罷了。（我們且看清末啟蒙時期另一導師梁啟超，他的文體，也是多用比喻的。但梁氏之所以成功，乃在訴之於情感，所以讀他的文字，覺得十分痛快，可是經不起仔細檢討的，一檢討就發見其矛盾百出了。）

本來，文字的明白清楚，主要的還靠條理。條理是思想的秩序。條理分明，讀者才容易懂，才能跟着走。長篇議論文更得首尾聯貫，最忌的是「朽索馭六馬，遊騎無歸期」。胡氏的文字大部分項或分段架定了，自然不致大走樣子。但各項各段，得有機地聯繫着，邏輯地聯繫着，不然，還是難免散漫支離的毛病，胡氏的文字，一方面綱舉目張，一方面又首尾聯貫，確可以作長篇議論文的範本。胡氏在考證學方面，可說是他們的鄉先輩戴震（東原）的嫡傳，而在文史方面，恰正是他所標榜的《文史通義》作者章學誠（實齋）的後繼者。他是五四運動以後，在散文上最有成就的一個人。

和胡適一樣，訴之於冷靜的理性的，則有魯迅。魯迅在文藝上的造詣，比胡適高，對青年人的影響，也比胡適廣。但魯迅的文體，比胡適不容易學。周、胡兩人，並不如有

些人所想像的，水火不相容。他們都是《新青年》的前驅戰士，而且在學問上是彼此相推重的。評介魯迅文體的文字，筆者覺得那位和魯迅有些冤仇似的蘇雪林，倒說得最好。她說：魯迅的小說藝術的特色，最顯明的有三點：（一）用筆的深刻冷雋；（二）句法的簡潔峭拔；（三）體裁的新穎獨創。他的文字，天然帶着濃烈的辛辣味，讀者好像吃胡椒辣子，雖涕淚噴嚏齊來，卻能得一種意想不到的痛快感覺，一種神經久受鬱悶麻木之後，由強烈刺激梳爬起來的輕鬆感覺。但他的文字，也不完全辛辣，有時寫得很含蓄，以〈肥皂〉為例，他描寫道學先生的變態性慾，旁敲側擊，筆筆生姿，所謂如參曹洞禪，不犯正位，鈍根人學不得。他文字的異常冷雋，他文字的富於幽默，好像諫果似的愈咀嚼愈有回味，都非平常作家所能及。他的用字造句，都經過千錘百鍊，故具有簡潔短峭的優點。他文字的簡潔，真個做到了「增之一分則太長，減之一分則太短，施粉則太白，施朱則太赤」的地步。

蘇雪林說，我們要知道魯迅文章的「新」，與徐志摩不同，與茅盾也不同。徐志摩於借助西洋文法之外，更乞靈於活潑靈動的國語；茅盾取歐化文字加以一己天才的鎔鑄，別成一種文體。他們文字都很漂亮流麗，但也都不能說是本色的。魯迅好用中國舊小說筆法，上文已介紹過了。他不唯在事項進行緊張時，完全利用舊小說筆法，尋常敘事時，舊小說筆法也佔十分之七八。但他在安排組織方面，運用一點神通，便能給讀者以「新」的感覺了。化腐臭為神奇，用舊瓶裝新酒，果然是老頭子獨到之點。譬如他寫單四嫂子死

掉兒子時的景況：「下半天棺木才合上蓋，因為單四嫂子哭一回，看一回，總不肯死心蹋地的蓋上。幸虧王九媽等得不耐煩，氣憤憤的跑上前，一把推開她，才七手八腳的蓋上了。」若其全書文字都是這樣，還有什麼新文藝之可言。但下文寫棺材出去後，單四嫂子的感覺：「單四嫂子很覺得頭眩，歇息了一會，倒居然有點平穩了。但她接連着便覺得很異樣，遇到了平生沒有遇過的事，不像會有的事，然而的確出現了。她愈想愈奇了，又感到一件異樣的事，這屋子忽然太靜了。」這種心理描寫，便不是舊小說筆法中所有的了。（像魯迅這類文字以舊式小說質樸有力的文體做骨子，又能神而明之加以變化，我覺得最合理想的標準。）

魯迅的小說，可以說是道地的鄉土文學，他可說是最成功的鄉土文學家。魯迅的《吶喊》和《徬徨》，十分之六七，為他本鄉紹興的故事。其地無非魯鎮、未莊、咸亨酒店、茂源酒店；其人物則無非紅鼻子老拱、藍皮阿五、單四嫂子、王九媽、閏土、豆腐西施、阿 Q、趙太爺、祥林嫂；其事無非單四嫂子死了兒子而悲傷，華老栓買人血饅頭替兒子治癆病，孔乙己偷書而被打斷腿，七斤家族聞宣統復辟而惹起一場辮子風波，閏土以生活壓迫而變成麻木呆鈍，豆腐西施趁火打劫而已。他使這些頭腦簡單的鄉下人，或世故深沉的土劣，像活動影片似的，在我們面前行動着。他把他們的喜怒哀樂，他們愚蠢或奸詐的談吐，可笑或可恨的舉動，唯妙唯肖地刻劃着。其技巧之超卓，真可謂傳神阿堵，神妙欲到秋毫顛了。

我們知道魯迅是學過醫道的，洞悉解剖的原理，所以

常將這技術應用到文學上來。不過他解剖的對象，不是人類的肉體，而是人類的心靈。他不管我們如何痛楚，如何想躲閃，只冷靜地以一個熟練的手勢，舉起他那把鋒利無比的解剖刀，對準我們魂靈深處的創痕、掩藏最力的弱點，直刺進去，掏出血淋淋的病的癥結，擺在顯微鏡下讓大眾觀察。關於這一點，張定璜在他的〈魯迅先生〉中，有一段很好的刻劃：

> 魯迅先生站在路旁邊，看見我們男男女女在大街上來去，高的矮的，老的小的，肥的瘦的，笑的哭的，一大群在那裏蠢動。從我們的全身上，他看出我們的冥頑、卑劣、醜惡的飢餓。飢餓，在他面前經過的，有一個不是餓得慌的人麼？任憑你拉着他的手，給他說你正在這樣作那樣作，你就說了半天也白費。他不信你，至少是不理你，至多，從他那枝小烟卷兒的後面，他冷靜地朝着你的左腹部望你一眼，也懶得告訴你，他是學過醫的，而且知道你的也是和一般人的一樣，胃病。你穿的是什麼衣服，擺的是那一種架子，說的是什麼口腔，這他都管不着，他只要看你這個赤裸裸的人。他要看，他於是乎看了，雖然，你會打扮得漂亮時新的，包紮的緊緊貼貼的，雖然你主張紳士體面或女性的尊嚴。這樣，用這種大膽的強硬的甚至於殘忍的態度，他在我們裏面看見趙家的狗，趙貴翁的眼色，看見說咬你幾口的女人，看見青面獠牙的笑，看見

孔乙己的竊偷，看見阿 Q 的搶斃；一句話，看見
一群在飢餓裏逃生的中國人。曾經有過這樣老實不
客氣的剝脫麼？曾經存在過這樣沉默的旁觀者麼？
他已經不是那可歌可泣的青年時代的感傷的奔放，
乃是舟子在人生的航海裏飽嚐了憂患之後的嘆息，
發出來非常之微，同時發出來非常之深。

三一　王國維與郭沫若

　　劉半農曾經送過魯迅一副對聯:「托尼學說,魏晉文章」。朋友們都認為這副聯語很恰當,魯迅自己也為之首肯。所謂托尼學說,是指托爾斯泰和尼采,這兩人都是十九世紀思想界的彗星,著作宏富,對於社會影響極大。魯迅在學生時代,很受這兩家學說的影響。和魯迅相先後,也受着尼采、叔本華學說的影響的,還有王國維。(上文略已提及。)

　　近人繆鉞極推崇王國維,許為中國學術史上之奇才。「學無專師,自闢戶牖,生平治經史、古文字、古器物之學,兼及文學史、文學批評,均有深詣創獲。而能開新風氣。詩詞駢散文,亦無不精工。其心中如具靈光,各種學術,經此靈光所照,即生異彩。論其方面之廣博,識解之瑩澈,方法之謹密,文辭之精潔,一人如兼具數美,求諸近三百年,殆罕其匹。」確非虛譽。他的史學、考古學鴻博淵深,為一代大師,較之清代學人,可與顧亭林、王船山、汪中、章實齋並駕。在文學這一方面,他是第一個注意中國的戲曲的人,他酷好元曲,以為可與楚騷、漢賦、六代駢語、唐詩、宋詞相繼,皆為一代文學,後世莫能及。他就元曲,考索其淵源變化,上溯至唐宋遼金文學,寫成《宋元戲曲

219

史》一書。他自謂：「世之為此學者自余始。其所貢於此學者，亦以此書為多。非吾輩才力過於古人，實以古人未嘗為此學。」他是切切實實做了開山的工作，早在胡適以前，提出了文學進化的觀念。他的《人間詞話》，精瑩澄澈，也是文藝批評中的上品，短短篇幅中，表見最精微的勝義。他說：「詞以境界為最上，有境界，則自成高格。……有造境，有寫境，此理想與寫實二派之所由分。然二者頗難分別，因大詩人所造之境必合乎自然，所寫之境，亦必鄰於理想故也。」他說：「有有我之境，有無我之境。……有我之境，以我觀物，故物皆着我之色彩。無我之境，以物觀物，故不知何者為我，何者為物」；「無我之境，人唯於靜中得之；有我之境，於由動之靜時得之；故一優美，一宏壯也」。這都是獨揭妙諦，與叔本華哲學相吻合的。

郭沫若乃是五四運動以後，後起的文人，他們在創造社提倡浪漫主義，與歌德、席勒[1]沆瀣一氣。可是，他東居以後，致力甲骨文字的研究，考古學的路向，正是王國維所走的路子。他的中國古代社會研究，可以說是王國維那篇〈殷周制度論〉的箋釋。郭氏比王氏，多走一步的，那就是郭氏對於莫爾根[2]《古代社會》有一番研究，社會科學的燭光，照明了古史的另一暗角。

王國維是一個哲人，而郭沫若則是詩人。王國維是悲觀哲學家，所以要想從現實社會中脫逃，而終於不能解脫，

---

1 Friedrich Schiller，本書另作希勒。

2 Lewis Henry Morgan。

以自殺了其一生。（「書成付與爐中火，了卻人間是與非」，
此王靜安年三十時詩句。）郭沫若的詩，一開頭那幾本，如
《女神》、《星空》，便是他的「生底顫動，靈底喊叫」，那
對一切都不滿意而反抗一切的氣氛，搖撼了青年人的心理。
到了一九二三年，他的個人主義的浪漫氣氛改變了。他自己
說：「我從前是尊重個性，景仰自由的人。但在最近一兩年
之內，與水平線下的悲慘社會略略有所接觸，覺得在大多數
人完全不自主地失掉了自由，失掉了個性的時代，有少數人
要來主張個性，主張自由，總不覺有幾分僭意。要發展個
性，大家應得同樣的發展；要生活自由，大家應得同樣的生
活自由。」他和成仿吾、蔣光慈那一些朋友，都轉到革命文
學的路上去了。正唯因為他們成了革命戰士，所以不像王國
維那麼消極了，郭氏也曾寫了幾部小說，如《落葉》和後來
的《我的幼年》、《反正前後》，都是屬於自敘傳的作品，其
中情緒也和他的詩那麼熱烈的。

三二　章太炎與周作人

　　章太炎（炳麟）原是清末同盟會革命領袖之一，到了民初，領袖的地位，給孫中山佔了去。於是，在國人心目中，章氏乃是樸學大師，清代三百年經學的最後一位大師。章氏東居時，曾在《民報》講學，弟子聽講的有周樹人（魯迅）作人兄弟、龔未生、錢玄同、朱蓬仙、朱希祖、錢均夫、許壽裳等八人。周氏兄弟，就在清末，已經譯介「域外小說」，到了《新青年》時代，他們和錢玄同、朱希祖都是新文學運動的主要角色。（只有黃季剛是反對白話文的。）章氏自己也曾在清末提倡過白話文，只是把白話文當作政治宣傳的工具而已。他的弟子，隱然成為北京大學學術思想的中心，也正是領導新文化運動的重鎮，所以章氏對於新文學運動，乃是不祧之祖。

　　章氏的學問如梁啟超所說的：「所著《文始》及《國故論衡》中，論文字、音韻諸篇，其精義為乾嘉諸老所未發明，應用正統派之研究法，而廓大其內容，延闢其新徑，實其一大成功也。其用佛學解老莊，極有理致。所著《齊物論釋》，雖間有牽合處，然確能為研究莊子哲學者開一新國土」。談國故學的，咸奉章氏為宗師。胡適也說：章太炎是清代學術史的押陣大將，但他又是一個文學家。他的《國故

論衡》、《檢論》，都是文學的上等作品。這五十年，著書的人沒有一個像他那樣精心結構的。不但這五十年，其實，我們可以說這兩千年中只有七八部精心結構，可以稱做著作的書，如《文心雕龍》、《史通》、《文史通義》等，其餘的只是結集，只是語錄，只是稿本，但不是著作。章炳麟的《國故論衡》，要算是這七八部之中的一部了。他的古文學，工夫很深，他又是很富於思想與組織力的，故他的著作，在內容與形式兩方面，都能成一家之言。

　　胡適推許章氏論文，有很多精到的話。他的〈文學總略〉推翻古來一切狹陋的文論，說：「文者，包絡一切著於竹帛者而為言」。他承認文是起於應用的，是一種代言的工具，一切無句讀的表譜簿錄，和一切有句讀的文辭，並無根本的區別。至於「有韻為文，無韻為筆」，和「學說以啟人思，文辭以增人感」，這一別，更不能成立了。這種見解，初看去，似不重要，其實很有關係。他是能實行不分文辭與學說的人，故他講學說理的文章，都很有文學的價值。他的文章，所以能自成一家，因為他有學問做底子，有論理做骨骼。《國故論衡》裏文章，如〈原儒〉、〈原名〉、〈明見〉、〈原道〉、〈明解故上〉、〈語言緣起說〉，皆有文學的意味，是古文學裏上品的文章。

　　一九二二年（民國十一年）章氏應江蘇省教育會之請，在上海職業教育社講演國學。那時，正當「五四」落潮之際，省教育會派沈恩孚、曹慕管，想借章氏的幌子來掩護他們的復古運動。章氏的講演，還是獨行其是，和復古派並不相干。他說：社會更迭變換，物質方面繼續進步，那人情風

俗也隨着變遷，不能拘泥在一種情形的。如若不明白這變遷之理，要產生兩種謬誤的觀念：（一）道學先生看做道德是永久不變的；把古人底道德比做日月經天、江河行地，墨守而不敢違背；（二）近代矯枉過正的，青年以為古代底道德是野蠻道德。原來道德可分二部分，普通倫理和社會道德，前者是不變的，後者是隨着環境變更的。當政治制度變遷時，風俗就因此改易，那社會道德是要適應了這制度、這風俗才行。」這都是最通達的見解。

章氏講演的結尾，曾作如次的結論。他說：「中國學術，除文學不能有絕對的完成外，其餘的到了清代，已漸漸告成，告一結束。我們若不故步自封，欲自成一家言，非但守着古人所發明的，於我未足，即依律引伸，也非我願，必須別創新律，高出古人，才滿足心願，這便是進步之機。我對於國學求進步之點有三：（一）經學以比類知原求進步；（二）哲學以直觀自得求進步；（三）文學以發情止義求進步。」他的話，也是切合實情的。

章太炎弟子之中，對於新文學運動的推動與影響，周氏兄弟和錢玄同是同樣重要的。十多年前，有一位文藝評論家何其芳，他提出了兩種不同的道路的問題。他說：「有這樣的兩兄弟，一同出生於破落的舊中國，一同經歷了辛亥革命、五四運動，而所走的道路卻愈來愈分歧，結果一個投入了無產階級的堡壘裏，成為革命文化的旗幟；一個一直住在個人的書齋裏，以至成為現代文化界的李陵。這就是魯迅和周作人。這難道是偶然的事情嗎？是不是在兩人的思想發展上，我們可以找到一個一貫的根本的區別來呢？讀着兩人早

期的文章，我們就總有着不同的感覺。一個使你興奮起來，一個使你沉靜下去；一個使你像曬着太陽，一個使你像閒坐在樹蔭下。一個沉鬱地解剖着黑暗，卻能夠給與你以希望和勇氣，想做事情；一個安靜地談說着人生或其他，卻反而使你想離開人生，去閉起眼睛來做夢。這是什麼原故呢？兩人早期都是民族主義者、民主主義者，然而又是何等不同的民族主義者、民主主義者；兩人都曾經是尋路的人，然而又是何等不同的尋找的方法，何等不同的尋找的結果；兩人都以文學為其事業，然而又是何等不同的對待文學的態度，何等不同的結出來的果實。這又是為什麼呢？」近三十年的中國文壇，周氏兄弟的確代表着兩種不同的路向。我們治史的，並沒有抹消個人主義在文藝上的成就。我們也承認周作人在文學上的成就之大，不在魯迅之下，而其對文學理解之深，還在魯迅之上。但從現在中國的社會觀點說，此時此地，有不能不抉擇魯迅那個路向的。其實，周作人是主張為人生而藝術的人，他曾於一九二五年自述其思想變遷的大概。他最初也是守着尊王攘夷的思想，後來一變而為排滿與復古，持民族主義計有十年之久。到了民元以後，他又惶惑起來。「五四」時代，他又趨向於世界主義，後來修改為亞洲主義。到了一九二五年，又覺得民國還未穩固，還得從民族主義做起。（他曾介紹了一些弱小民族的文學作品。「五四」高潮過去了以後，宣佈了他的個人主義、趣味主義，便從此貫穿下去，成為他的思想的本質。他認為無論用什麼名義強迫人去侍奉社會，都不行。因此，在藝術見解上，他說，為藝術而藝術固然不很妥當，而為人生而藝術，以藝術附於人

生，將藝術當作改造生活的工具而非終極，也是把藝術與人生分開，也不對。他強調藝術有它自己的目的，那就是表現個人的情思。他說：「文藝以自己表現為主體，以感染他人為作用」，「有益社會並非著者的義務，只因為他是這樣想，要這樣說，這才是一切文藝存在的根據」。這便是後來《人間世》、《宇宙風》派的文藝觀。

不過，周作人還是十分了解文藝的時地關係的，所以他說：「文學和政治經濟一樣，是整個文化的一部分，是一層層累積起來的。我們必須拿它當作文化的一種去研究，必須注意到它的全體」；「現在呢，由於西洋思想的輸入，人們對於政治、經濟、道德等的觀念，和對於人生、社會的見解，都和從前不同了。應用這新的觀點去觀察一切，遂對一切問題又都有了新的意見要說要寫。現在有許多文人，如俞平伯，其所作的文章雖用白話，初看來，其形式很平常，其態度也和舊時文人差不多。然在根底上，他和舊時的文人卻絕不相同。他已受過了西洋思想的陶冶，受過了科學的洗禮，所以他對於生死，對於父子、夫婦等意見，都異於從前很多了」。這又不是他那一向主張的個人主義的文藝觀。周氏，正代表着過去這一世代文人的矛盾心理。

三三　杜威與泰戈兒

　　五四運動前後，來了幾位西方的文化上的貴客：杜威、羅素[1]、泰戈兒和杜里舒[2]。杜威，美國的教育哲學家，一九一九年五月一日，「五四」前三天，到了上海，好似啟發這一文化運動的先知。他在中國住了兩年兩個月。他到過河北、山西、山東、江蘇、江西、湖北、湖南、浙江、福建、廣東、東三省各地，走遍了大半個中國。他在北京的五種講演錄，先後重版了十次，胡適稱之為鳩摩羅什，自從中西文化接觸以來，沒有一個西方學者對於中國思想界的影響有他這麼大。胡氏說杜威雖不曾給我們一些關於特別問題的特別主張，如共產主義、無政府主義、自由戀愛之類，他只給了我們一個哲學方法，使我們用這種方法去解決我們自己的特別問題。杜氏的哲學方法，便成為胡適思想骨幹的「實驗主義」，新文化運動中所風行的「歷史方法」與「實驗方法」在新文學方面的成果，我們已經看到了。

　　（胡適曾有一篇〈實驗主義專論〉，其中有一節介紹杜威的哲學，說他的基本觀念是「經驗即是生活，生活即是應

1　Bertrand Arthur William Russell。

2　Hans Driesch。

付環境」。人生的生活所以尊貴，正為人有這種高等的應付環境的思想能力。所以他的哲學基本觀念是：「知識思想是人生應付環境的工具」。他的哲學的最大目的，是怎樣能使人有創造的思想力。這一哲學思想，在當時，確有喚起自我覺醒的啟蒙精神。）

較杜威稍遲，英國的理性主義大師羅素，也到中國來講學了。羅氏乃有名的數理哲學家，他在文史方面的深湛修養，遠在杜威之上。《新青年》標榜「科學的」與「民主的」兩大旗幟，杜威介紹了民主的教育學說，羅素則介紹科學精神與方法。（實驗主義，本來也是科學方法。）羅氏曾說：「科學本來就是知識，它這種知識常在追求一般的法則，以聯絡諸多特殊的事實。但是科學之知識方面逐漸被拋在幕後，而由科學之戡天力（即操縱自然之能力）方面篡奪其位。因為科學給予人類以戡天之力，所以它比藝術為較有社會的重要性。」這段話，對於現代中國之接近科學文明，而蔑視科學知識的通病，可謂一語破的。所以他在中國的影響，不及杜威的廣大。不過，就西方學人對中國文化的理解來說，羅素乃是馬可孛羅[3]以後的第一人，他重新把老莊的自然哲學介紹到西方去。

等到印度大詩人泰戈爾到中國來，那已經是《新青年》內部分裂，陳獨秀、李大釗轉向共產主義之後了。那時，國民黨走向社會革命的路子，而其宣傳機構《民國日報》，也

3　Marco Polo。

探取了積極的左傾路向。泰戈爾到上海之日，歡迎他的，乃是研究系的文士，梁啟超、蔣百里、張東蓀和徐志摩，上海《時事新報》和北京《晨報》，都連出幾回專刊。梁啟超在歡迎泰戈爾的席上，也說到鳩摩羅什和中印文化的交流。恰當其時，胡適之體的新詩，已經寫得有些厭倦了，新詩人正在寫「小詩」。也可說，泰戈爾來得適當其時，他替新詩開出了「小詩」，那時的詩人，都在寫《飛鳥集》型的新詩了。

　　筆者上面說過：影響五四運動的主要人物易卜生，這位挪威戲曲家，他是沒到東方來過的，他的易卜生主義，也由於胡適的介紹，而成為那時青年的心嚮往之的目標。這一影響，由於社會主義的激蕩，也衰退下去了，苦難的中國，正需要一種更激進的文學路向呢！

續集

前記：我在上海的日子

　　筆者想在此插上一段閒筆，把個人的觀感補述一番，來作鳥瞰現代中國文壇的線索。我們曾經讀過章實齋的《文史通義》，其中有一〈朱陸篇〉，那是乾隆四十二年寫的。這一篇文字，他是為了悼念戴東原那位經學大師而作的。他說：「宋儒有朱、陸，千古不可合之同異，亦千古不可無之同異也。末流無識，爭相詆訾，與夫勉為解紛，調停兩可，皆多事也。」章實齋不愧是偉大的史學家，所以有這麼闊大的胸襟，卓越的見地。在今日，社會文化每一個細胞。都捲入火辣辣的黨派糾紛的政治漩渦中，因此，述史的人，也都受了政治成見所拘束，處處在歪曲事實。依我們看來，黨派鬥爭，乃是不必要的鬥爭，尤其牽涉到學術文化，以政治成見來解釋文化動態，更是欺騙了後人。治現代中國文學史的，如陳子展、李何林、錢杏邨（阿英）都曾在史料上下過搜集整理工夫，也曾有過著述。而今都要一翻舊案，顛倒當日之是非，正如王平陵在台灣寫他的現代中國文學界的掌故，也是「是其所非而非其所是」，在那兒顛倒黑白的。筆者以為如何其芳那樣，用黨的文藝政策來批評他的文藝作品，或許有他那一份道理的，但除了甲黨或乙黨的文藝作品，就不算是文學或文學家，那是錯誤的。史家的文藝觀，

必須撇開黨的政治成見來說的，正如托爾斯泰、屠格涅夫，都是資產階級的文學家，但他們在文學史上的地位，決不會由於蘇聯革命的成功而被抹煞。我們還該承認今日的蘇聯文學，並沒有超過這兩位文學家。一部文學史的真正價值，就看這位史家所保持的公正程度，一手固不能掩盡天下人的耳目的。這是筆者所以要插上這一段閒話的本意。

　　一九二七年以後，筆者和中國文壇的關係，更加密切起來，不僅是由於左聯和中華文藝界救亡協會，隱然成為中國文壇的核心，筆者也是當時的一分子；而是筆者有機會和文壇重要作家，雖不是全部的，差不多可以說是十分之八九以上，都有過往還。今日寫入現代文學史中去的作者，很多是當時的年輕朋友。因此，筆者回憶這些師友的動態，那鮮活的印象，都在眼底。或許和那些道聽塗說的人的想法，大不相同。其實，文藝作家也和其他有血有肉的活人一樣，有他們的光明面，也有他們的黑暗面。魯迅，可以說是現代中國文壇的彗星，他的眼光遠大，頭腦清晰，那是不可及的，但他決不是聖人。要把他想像為「十全十美」、「無所不知，無所不能」的神，那是錯誤的。為了創造社和文學研究會的私怨，魯迅和郭沫若生前就不曾見過面，雙方的氣度，都是有問題的。有一件小事，便是羅曼羅蘭託敬隱漁轉給魯迅的信，有人擱了下來，魯迅就幾次提到這件事，郭沫若雖作專文來否認，也是徒然的。文人的氣量就是這麼褊狹的。

　　從一九三〇年到一九三六年，這五年間，我和一位文藝批評家徐懋庸相處得很密切。那一時期，徐懋庸和魯迅的往還也很密切，從某幾點看來，他們之間，可以說是十切契

合，十分投機的。然而為了胡風和黃源的事，徐懋庸寫了一封信給魯迅，信中火氣滿紙，而魯迅回信中的「火氣」更大，他們幾乎凶末隙終了。魯迅逝世時，徐懋庸送了一副輓聯，會中還不肯替他掛出來呢！從這些小節目上看來，文人或許比其他階級的人，更沒有容人之量！

魯迅的小說雜文中，正面諷刺陳源（西瀅）和梁實秋，那是人所共見的。《故事新編》中，〈治水〉那篇是諷刺顧頡剛的，看了《兩地書》就可以明白的。其實，周氏兄第，字裏行間，彼此攻擊得很厲害，便非懂得內情的人所能了然的了。魯迅固然有着不妥協的精神，卻也有着睚眦必報的褊激之情，誰也不必為諱的！

筆者個人的興趣，一向是在史學方面；對於文學，只能說得是業餘兼職，而由於國文教學上的利便，自然而然，成為課室中的文藝批評者。和我們關係最密切的師友，也都是課室中的文藝批評家，我們擁有一大批群眾，那便是青年學生，他們仰着頭聽我們的信口雌黃。但是，這一群課室中的文藝批評家逐漸在社會上，建立了我們的威望，連毛澤東也承認復旦大學教授陳子展所寫的現代中國文學史，和李劍農的現代中國政治史，乃是最好的史書。因此，一九二七年以後，中國文壇的文藝批評家，也就是筆者所熟知的幾位師友。

陳望道氏，他是一心一意研究中國的文法修辭書，在這一方面，他是權威。劉大白替陳氏的《修辭學發凡》作序，說：「一九三二年，將要合一八九八年（清光緒二十四年）同成為中國文學史上最可紀念的一年了。因為一八九八

年是中國第一部文法書（《馬氏文通》）出版的一年，而一九三二年是中國第一部修辭書出版的一年。」並非溢美之辭。陳氏從着手編寫這部修辭學，到完成全書，其間十年的經營，我們是眼見的。他把這一方面的材料運用得十分純熟了，這才能左右逢源。文藝批評，本來包含着形式的語文技術的批判的，他是建立這一方面的尺度的人。

新文學運動的第五年，胡適氏便已寫他的《五十年來中國之文學》了。他也批判了晚清以來中國文壇的動向，並指示了新文學的進路。但在短短五年間，便要斷定終身，那未免太早了一點。所以，要說到現代中國文學史，那得首推陳子展（炳堃）的《最近三十年中國文學史》（他還替中華書局寫了一部近似的小冊子）；至於錢基博的《現代中國文學史》，那只是晚清民初的古文史與宋詩史，和「現代」的帽子是不十分相稱的。在他以後，文藝界的收穫更豐富了，材料也更多了，但繼陳氏之後，寫更完整的現代中國文學史的，並無其人。良友圖書公司，編次《中國新文學大系》，也只是史料長編（其中有一冊，專搜索當時的史料），不曾泐為一代的史書的。我們（陳子展、曹禮吾、黃芝岡和我）茶餘酒後，也曾高談闊論，批評各家短長，有如茶館的上諭，彼此意見，不盡相同，而且爭得面紅耳赤之時，並不很少。禮吾與芝岡，也許是更適於寫文學史的人，他們卻是太審慎，要藏之於名山了，反而讓筆者和陳子展佔了先了。

徐懋庸，他和我同住在花園坊一〇七號，先後幾年之久，可以說是無所不談的，他的犀利觀察和豐富的學識，可以成為第一流批評家。他是研究唯物史觀的，作為新現實主

義的批評家，並不在馮雪峰之下。（馮氏也是我們的同學，不過在上海時期，和筆者很少往還。）他和我們的議論，有相合之處，也有不相合之處，他是主張站在唯物史觀的觀點，用這一尺度來衡量文藝的價值的，而我則主張站在史的觀點，給各家學說以客觀的論列的。因此，我的文學史，倒和胡適的文學史相接近了。

作為文學批評家，周氏兄弟，自是不可及的。筆者和周作人通信很久，他的散文集，幾乎全部讀過，不過彼此沒見過面。我覺得他論到現代中國新文學源流的講演，要算第一流文學史，精到處還在胡適之上。魯迅的文藝批評文字，也和其他雜文一般，有着永久的光輝的。（當然，也不免有包含着私怨的偏見。）筆者和他相識在民國二十年之後，直到他逝世為止，我們的觀點，大體相接近。我覺得他編選《中國新文學大系：小說二集》，那篇序言，就很公正。中共方面，有時是由瞿秋白在轉動上海文壇的動向的，他本來也是文人，所以他的批判也很有力量。

我們的文學觀點，就在這樣的空氣中成熟的！

朱自清氏，他這位最適當的而又最公正的文藝批評家，他的貢獻，我想大家都知道得很多了。他中年以後，雖任職於清華大學，但他早年任教的中學，如杭州第一師範、溫州中學、寧波中學都在江南，那是孕育他的文藝花朵的搖籃。而他最相契合的朋友，如朱孟實、葉聖陶、夏丏尊、呂叔湘，都是立達學園和開明書店這一小圈子中的學人。

筆者個人，在杭州第一師範時期雖受單丕（不庵）先生的影響最深，但在上海時期，倒和夏丏尊先生交遊最密，

開明書店這小圈子，也就等於「一師」那小圈子的擴大。開明創辦人之一章錫琛，他首先翻譯日本本間久雄的《文學概論》，這是傳播最廣也最通俗的新文學理論書。夏氏擔任我們國文教師時，已經介紹了章士釗的《中等國文典》，後來，在立達學園教書，和劉薰宇合編《文章作法》；開明書店編刊《中學生》月刊（這是近五十年最合青年學生修習之用的輔助讀物），他和葉聖陶合編的《文心》和《文章講話》，成為語文科必讀之書。後來郭紹虞、周予同、葉聖陶、朱自清四人合編《國文月刊》，也成為青年語文學習的津梁。（誠所謂「人以類聚」，宋雲彬、金仲華、蔣伯潛、曹伯韓、呂叔湘，後來都和開明書店有了最密切的關係。）

　　朱光潛（孟實）的《詩學》，郭紹虞的《中國文學批評史》和陸侃如、馮阮君的《中國詩史》，都是一九三○年前後有見地、有體系的文藝論著。筆者和陸氏夫婦雖在暨南大學同事多年，學問上卻少有切磋的機會，我覺得他們的論著，細密而不開展。郭紹虞篤實，純乎一個學者氣度，筆者相識得很遲，直到抗戰勝利那年，才初晤一面。後來，他任同濟大學文學院長，筆者也奔忙衣食，不曾詳細接談過。朱光潛用美學家克羅齊[1]的光輝來照看文藝的園囿，他的《文藝心理學》和《詩學》，都是壁壘嚴謹，有以自立的。筆者和朱氏的交誼雖不深，但聲氣相應，他的著述，最能引起我的共鳴。筆者曾勸青年朋友，有志寫作的，一開頭切莫寫新詩，

1　Bendetto Croce。

其言一出，聽者譁然，恰好朱氏那時也有一封寫給一位寫新詩的青年朋友的信，也和我的看法完全相同，大家才明白我所說的，乃甘苦備嚐後的經驗之談，並非立異以駭流俗的怪論！

文學研究會的朋友之中，有一位以隨和從眾的「藥中甘草」，便是後來主持北新書局編務的趙景深，他對於戲曲最有研究，而且能夠親身演唱。他一直任復旦大學教授，也一直料理文學研究會和後來文協的會務，在文學理論，不一定自闢門庭，但他是現代作者中方面很廣的一人。和他正相反，有一位最尖刻、最露鋒芒的李青崖，他是翻譯莫泊桑小說的專家（趙景深專譯契訶夫小說），他那份唯恐天下不亂的情懷，時常使朋友們頭痛。但，他的文藝見解有時精到得很，有時鑽入牛角尖，又是十分頑固的。這都給筆者以深切的啟發。周作人說：文藝批評，並不是手拿天秤來衡量天下的文藝，而是各人說一點各人的感受而已。筆者就是這麼開拓了自己的心胸，來迎受師友們的論議的！

我們知道一個文藝作家，不一定是一個很有見地的文藝批評家。當年丁玲的作品，已經膾炙人口，譽滿江南，但她第一回上中國公學禮堂的講台，就說得莫知所云。沈從文的小說，成名得也很早，他之成為文藝批評家，又是後來的事。筆者對於文藝理論的觀點，卻以為與其相信作家的話，還不如附和教書匠的話的好呢！

一　革命的浪花

　　筆者四圍的師友，都是五四運動前後從事新文化運動的人，他們很多從事新聞工作或寫作生活的，卻也很多參加社會革命和政治鬥爭的。我們在三十年後，回看這一段歷程，有着思想革命的痕跡，有着文學革命的痕跡，也有着社會革命、政治革命的痕跡，彼此之間，相互影響，而薈集在政治社會革命這一主要潮浪上。因此，新文學運動的紀程碑，也和一九二七年國民革命的政治運動有了關連。許多新文學作者，如瞿秋白、郭沫若、成仿吾、邵力子，都曾投入這一場北伐的軍事行程。因此我們談新文學運動的演進，對於一九二四 —— 二七年間的社會政治動態，當作簡括的追溯。

　　近代中國的社會思潮，辛亥以前集中在滿漢的問題上，同盟會雖然標舉三民主義，大多數會員的思想，都只集中在狹義的民族主義上面，恰與一般社會人士的傾向相合，所以得到顛覆滿清皇位的結果。辛亥革命成功後，一般社會的心理，以為共和的黃金時代到了，多數人民所希望的是安居樂業的和平。政黨所爭的是政權，論壇所討論的是總統制好呢？還是內閣制好？一院制好呢？還是兩院制好？簡單地說，就只是政制。此時候所受外來的壓迫未嘗不厲害，然而大家尚沒有積極反抗的勇氣；民生的窮困未嘗不顯著，然而

大家尚不覺得迫切，所感覺比較迫切的，就只有帝制復活與否的問題。從民國元年到四五年，中國的社會思想，可以說是在一種殭凍的狀態中，所有的政論和政黨的政治活動，都與一般社會不生多少關係。到帝制運動興起時，才稍稍有人感覺到此。到民國五年，帝制運動終了時，中國思想界受國內國外兩大刺激：國內的為《新青年》派的新文化運動；國外的為世界大戰的結束，與蘇聯革命的成功。這就是上文所說的五四運動前後的社會動態。

把握這一社會運動，吸收新文化運動中的知識青年，成為革命幹部的，就有國民黨和中國共產黨兩個政團。（國家主義派即後來的青年黨，和由研究系演變而來的民主社會黨，也吸收了一部分知識青年。）一九一九年，中國社會主義青年團成立，到了第二年，勞工協會秘書部成立，這便是中共的雛形。到了一九二二年，中國共產黨在廣州正式成立，舉行第一次代表大會，這就開始他們的社會革命了。國民黨本身，經過了民初迭次革命的失敗，孫中山於一九一九年間，軍政府失敗以後，離開了廣州，暫時居滬，一面認識新文化運動的意義，想著書來改造國民的心理，一面想着手整理黨務。《孫文學說》和《實業計劃》（合稱《建國方略》），都在此一時期中草成發表。不過，從一九一九年到一九二二年，這一段時期的國民黨，還只是老同志的國民黨，和一般國民不發生關係。到了一九二二年，孫中山受了陳炯明的排除，又從廣州到了上海，這才開始黨的組織上的徹底改革。孫中山本有「在革命時期內需要一黨專政」的信念，並且認定黨的組織需要嚴密，黨員宜絕對服從黨魁的指

揮。他看見了蘇聯共產黨專政的成功，更加強自己的信念。到了一九二三年，國民黨着手改組，十三年一月間，召集全國代表大會，決定「聯俄」、「容共」（國共合作）的政策，同時，着重宣傳，喚起一般民眾的政治認識；採取農工政策，揭出「平均地權」、「節制資本」的社會主義口號（詳見第一次代表大會宣言），這才進入國民革命的大時代了。

有一最重大的革命力量，便是一九一四年五月，黃埔軍官學校的成立。那位任校長的蔣介石，從蘇聯參觀紅軍訓練方式及組織方法回來，他就把黃埔軍校，作為國民革命軍的搖籃，因此，一九二六 —— 二七年便成為大革命的時代了。

在我們記憶上，無論戊戌政變、辛亥革命，以及雲南起義，都只是統治階層的變動，和一般人民不發生關涉，大家的印象，總是很淡的。到了一九二六年的國民革命，已經掀起了社會運動，和群眾有了關連，那就振幅很廣大了；我們的印象，也就很深了。那年秋天，張作霖和他的奉軍到了北京，北京的文化人，都紛紛南下了。那時郭沫若到廣州，做國民革命軍的政治部工作。創造社的文人，也都在那兒帶筆從軍。語絲社和現代評論社的作家，也紛紛南下。魯迅、林語堂都到了廈門，傅斯年、顧頡剛到了廣州，後來，魯迅也到了廣州。現代評論社那些人，和國民政府發生關係，也是從那時候開始的。（《語絲》移到了上海，《現代評論》也停刊了。）

就在一九一七年春初，魯迅到了廣州。那時，國民革命軍北伐行動已經很順利地展開了，廣州正是當時的革命策源地。他曾在黃埔軍官學校演講〈革命與文學〉，他說·「（一）大革命之前，所有的文學，大抵是對於種種社會狀態，覺得

不平，覺得痛苦，就叫苦，鳴不平。在世界文學中，關於這類的文學頗不少，但這些叫苦鳴不平的文學，對於革命沒有甚麼影響，因為叫苦鳴不平，並無力量，壓迫你們的人仍然不理。老鼠雖然吱吱在叫，儘管叫出很好的文學，而貓兒吃起牠來，還是不客氣。所以僅僅有叫苦鳴不平的文學時，這個民族還沒有希望，因為止於叫苦和鳴不平。至於富有甚麼反抗性，蘊有力量的民族，因為叫苦沒用，他便覺悟起來，由哀音而變為怒吼。怒吼的文學一出現，反抗就快到了。他們已經很憤怒，所以與革命爆發時代接近的文學，每每帶有憤怒之音，他要反抗，他要復仇；（二）到了大革命時代，文學沒有了，沒有聲音了，因為大家受革命潮流的鼓蕩，大家由呼喊而轉入行動，大家忙着革命，沒有閒空談文學了。還有一層，是那時民生凋敝，一心尋麵包吃，尚且來不及，哪有心思談文學呢？守舊的人，因為受革命潮流的打擊，氣得發昏，也不能再唱他們之所謂文學了。所以，大革命時代的文學，便只好暫歸沉寂了；（三）等到大革命成功後，社會底狀態緩和了，大家底生活有餘裕了，這時候，又產生文學。這時候的文學有二：一種文學是讚揚革命，謳歌革命。因為進步的文學家想到社會改革，社會向前走，對於舊社會的破壞和新社會的建設，都覺到有意義，一方面對於舊制度的崩壞很高興，一方面對於新的建設來謳歌；另一種文學是弔舊社會的滅亡（輓歌），也是革命之後會有的文學。有些人以為這是「反革命的文學」，我想倒也無須加以這麼大的罪名。革命雖然進行，但社會上舊人物還很多，決不能一時變成新人物，他們的腦中滿藏着舊思想、舊東西，環境

漸變，影響到他們自身的一切，於是回想舊時的舒服，便對於舊社會眷念不已，戀戀不捨，因而講出很古的話、陳舊的話，形成這樣的文學。這種文學，都是悲哀的調子，表示他心裏不舒服，一方面看見新的建設勝利了，一方面看見舊的制度滅亡了，所以唱起輓歌來。但是，懷舊、唱輓歌，就表示已經革命了，如果沒有革命，舊人物正得勢，是不會唱輓歌的。」魯迅在這些方面，有他的遠見的，他是時代的先知。在當時，他就說：「在中國還沒有這兩種文學，因為中國革命還沒有成功，正是青黃不接、忙於革命的時候。不過舊文學仍然很多，報紙上的文章，幾乎全是舊式。我想，這足見中國革命對於社會沒有多大的改變，對於守舊的人沒有多大的影響，所以舊人仍能超然物外。」他對於當時的革命策源地十分失望，住了不久，也就回上海去了。

新文化運動，着眼社會問題的傾向，那是很明顯的，而且很積極的。其在新文學方面，不獨文學研究會那一些作家，明白表示寫實主義的傾向，即創造社那些浪漫主義作家，他們也是小資產階級的流浪人，依然是在社會的桎梏下呻吟着的。他們都走向革命文學的路上去了。（朱自清曾說：從新詩運動開始，就有社會主義傾向的詩。舊詩裏原有敘述民間疾苦的詩，並有人像白居易，主張只有這種詩才是詩。可是新詩人的立場不同，不是從上層往下看，是與勞苦的人站在一層而代他們說話，雖然只是理論上如此。）

我們也知道初期寫實主義的作品，大半是空洞的，誠如沈雁冰（茅盾）所說的：「現在熱心於新文學的，自然多半是青年，新思想要求他們注意社會問題，同情於『被損害

者與被侮辱者』，他們要把這種精神灌到創作中去。然而他們對於這些人的生活狀況素不熟悉，勉強描寫素不熟悉的人生，隨你手段怎樣高強，總是不對的，總要露出不真實的馬腳來。」葉紹鈞也說：「現在的創作家，人生觀在水平線以上的，撰著的作品，可以說有一個一致的普遍的傾向，就是對於黑暗勢力的反抗，最多見的是寫出家庭的慘狀、社會的悲劇和兵亂的災難，而表示反抗的意思。」革命的氣氛是很濃厚的，至於表現技術如何，那又是一個問題。

我們也看見創造社的作家，很快揭出革命文學的口號。一九二六年，郭沫若在〈革命與文學〉中說：「青年，青年，你們要把自己的生活堅實起來，你們要把文藝的主潮認定，應該到兵間去、民間去、工廠去、革命的漩渦中去，你們要曉得我們所要求的文學是表同情無產階級的寫實主義的文學，我們的要求，已經和世界的要求一致，他們昭告着我們，我們努力着向前猛進。」郁達夫也曾在《創造月刊》發刊詞中說：「我們志不在大，消極的就想以我們無力的同情，來安慰那些正直的慘敗的人生的戰士，積極的就想以我們的微弱的呼聲，來促進改革這不合理的目下的社會的組成。」

郭沫若曾經在一九二三年寫過以〈上海的清晨〉為題的如次的詩：

> 馬路上面的不是水門汀，
> 而是勞苦人們的血汗與生命。
> 血慘慘的生命呀，血慘慘的生命！
> 在富兒們的汽車輪下，滾，滾，滾！

兄弟們喲，我相信就在這靜安寺路的馬道中央，
終會有劇烈的火山爆噴！

這就是當時革命文學的作品。

　　當時，別的詩人，聞一多也寫了以〈一句話〉為題的如
次的詩：

　　　　有一句話說出，就是禍，
　　　　有一句話能點得着火。
　　　　別看五千年沒有說破，
　　　　你猜得透火山的緘默？
　　　　說不定是突然着了魔，
　　　　突然青天裏一個霹靂，
　　　　　　爆一聲
　　　　「咱們的中國」！

　　　　這話教我今天怎麼說？
　　　　你不信鐵樹開花也可，
　　　　那麼有一句話你聽着：
　　　　等火山忍不住緘默，
　　　　不要發抖，伸舌頭，頓腳，
　　　　等到青天裏一個霹靂
　　　　　　爆一聲
　　　　「咱們的中國」！

這倒像是時代的預言了！

二 《學衡》與後《甲寅》

　　新文化運動的若干痕跡，頗似歐西的宗教革命，舊派與新派固相對立，新派與新派也多矛盾。一九二七年，魯迅往廣州，他寫給李小峰的信，曾說：「與創造社聯合起來，造一條戰線，更向舊社會進攻，我再勉力寫些文字」。但，他一直不曾和郭沫若見面，而創造社對他的攻擊，倒反從那一時期開始了。而現代評論社、晨報社那一群文人，和創造社的作家，也並不見怎樣和協。志摩日記曾有這麼一段珍貴的史料：

　　　　秋白亦來，彼肺病已證實，而日夕勞作不能休，可憫。（瞿秋白那時是文學研究會的作家。）適之翻示沫若新作小詩，陳義、體格、詞采皆見竭蹶，豈女神之遂永逝？與適之、經農，步行去民厚里一二一號訪沫若，久覓始得其居。沫若自應門，手抱襁褓兒，跣足、敞服，狀殊憔悴，然廣額寬頤，怡和可識。入門時有客在，中有田漢，亦抱小兒，轉顧問，已出門引去，僅記其面狹長。沫若居室隘，陳設亦雜，小孩屢雜其間。坐定寒暄已，仿吾亦下樓，殊不話談。適之雖勉尋話端以濟枯窘，

而主客間似有冰結，移時不澳。沫若時含笑諦視，不識何意。經農竟嚜不吐一字，實亦無從啟端。五時半辭出，適之亦甚訝此會之窘。云上次有達夫時，其居亦稍整潔，談話亦較融洽。然以四手而維持一日刊、一月刊、一季刊，其情況必不甚愉適，且其生計亦不裕，或竟窘，無怪其以狂叛自居。

這段日記，使我們了解新文人之間的情緒。

　　不過，一碰到新派與舊派的論爭，新派各集團的步調，又相當一致的。我們且把時期推移一段，且談「五四」落潮後的第二回文白大論戰：舊的方面，有《學衡》和後《甲寅》，新的則有《語絲》、《現代評論》、《晨報》、《京報》和上海的《覺悟》和《學燈》。那位對舊文學有興趣的農學家胡先驌（筆者一直到抗戰中期，才在江西碰到胡先生，那時，他任國立中正大學校長，也不時做些舊詩，舊詩做得並不高明），他接在〈中國文學改良論〉之後，又寫了一篇論新文學的論文，說：「胡適以過古之文字為死文字，現在白話中所用之字為活文字，而以希臘拉丁文以比中國古文，以英德法文比中國白話，以不相類之事，相提並論，以圖眩世欺人而自圓其說，予誠無法以諒胡君之過矣！希臘拉丁文之於英、法、德，外國文也，苟非國家完全為人所克服，人民完全與他人所同化，自無不用本國文字以作文學之理。希臘拉丁文之於英德法文，恰如法文與日本文之關係。今日人提倡以日本文作文學，其誰能指其非？胡君又謂廢棄古文而用白話文，等於日本人之廢棄漢文而用日文乎？吾知其不然

也！」又云：「文學自文學，文字自文字，文字僅取達意，文學則必於達意而外，有結構、有點綴、有修飾、有鍛鍊，非謂信筆所之，信口所說，便足稱文學也。今之言文學革命者，徒知趨於便寫，乃昧於此理矣。」

學衡社另一主角梅光迪，也是胡適在美時期的論敵，他反對胡氏的歷史的文學觀念論，說新文學倡導者，「非思想家，乃詭辯家」。他說：「詭辯家之名，起於希臘季世。其時哲學盛興，思想自由。詭辯學崛起，以教授修辭，提倡新語為業。詭辯家之旨，在以新異動人之說，迎阿少年，在以成見私意，強定事物，顧一時之便利，而不計久遠之真理。吾國今日提倡新文化者，頗亦類是。夫古文與八股何涉，而必混為一談。吾國文學，漢魏六朝則駢體盛行，至唐宋則古文大昌。宋元以來，又有白話體之小說戲曲。彼等乃謂文學隨時代而變移，以為今人當興文學革命，廢文言而用白話。夫革命者，以新代舊，以此易彼之謂。若古文白話之遞興，乃文學體裁之增加，實非完全變遷，尤非革命也。」這一派的復古議論，比林紓、嚴復說得圓通些，而且也並不牽涉到文學以外的倫常道德那些枝節上去。他們也支持了相當時期，牢守着他們的陣線，直到東南大學改組為中央大學，由新潮社的主將羅家倫來任校長，學衡派猶堅守他們的看法，雖是他們的看法，不為青年們所贊同。

一九二五年，那正是段祺瑞的執政時期，民初，那位邏輯文學家章士釗得位行其道，做了司法總長兼教育總長，忽然要重新辦起《甲寅》雜誌來，來反新文化、反文學革命，做起衛道的戰士來了。於是文白論戰，就從後《甲寅》導火

了。照章氏的說法：「自白話文體盛行而後，髦士以俚語為自足，小生求不學而名家。文事之鄙陋乾枯，迴出尋常擬議之外。黃茅白葦，一往無餘；誨盜誨淫，無所不至。此誠國命之大創，而學術之深憂。士釗所為風雨徬徨，求通其志，互數年而不得一當者也。」儼然是葉德輝、王先謙的口吻，比林琴南還鑽更深的牛角尖了。他批評新文化運動，說：「嗚乎！以鄙信妄為之筆，竊高文美藝之名；以就下走壙之狂，隳載道行遠之業，所謂俗惡俊異，世疵文雅。文歟？化歟？愚竊以為欲進而反退，求文而得野。陷青年於大阱，頹國本於無形，運動方式之誤，流毒乃若是乎！」他用擒賊先擒王的手法，對胡適之作正面的攻擊，說：「今人之言，即在古人之言之中；善為今人之言者，即其善為古人之言而擴充變化者也。適之日寢饋於古人之言，故其所為今人之言，文言可也，白話亦可，大抵有理致條段。今為適之之學者，乃反乎是，以為今人之言，有其獨立自存之領域，而所謂領域，又以適之為大帝，績溪為上京。遂乃一味於胡氏文存中求文章義法，於《嘗試集》中求詩歌律令，目無旁鶩，筆不暫停，以致釀成今日的底牠嗎呢吧咧之文變。」

　　章氏掉文弄墨，頗沾沾自喜，胡適在武昌公開講演新文學運動，便說章氏之論，不值一駁，他揭穿了章氏所以由前《甲寅》變成後《甲寅》的因由，說：「行嚴是一個時代的落伍者，他卻又雖落伍而不甘心落魄，總想在落伍之後，謀一個首領做做，所以他就變成了一個反動派，立志要做落伍者的首領了。他在評新文化運動一文裏會罵一般少年人『以適之為大帝，績溪為上京，一味於胡氏文存中求文章義法，於

二　《學衡》與後《甲寅》

249

《嘗試集》中求詩歌律令」。其實行嚴自己卻真是夢想人人以秋桐為大帝，以長沙為上京，一味於《甲寅》雜誌中求文章義法。」這樣的牛角尖是鑽不通的。（章氏也自己承認鑽牛角尖。）

和後《甲寅》對壘的新文人，不論《語絲》、《現代評論》或《京報》，陣容都是很齊整、很堅強的。而他們所碰的強敵，還不是胡適，而是比胡適更堅強的吳稚暉，一個嬉笑怒罵皆成文章的老頭子。他先後發表了〈友喪〉、〈廣說韙〉、〈讀經救國〉的諷刺文字，使章氏哭笑不得。他又在《現代評論》發表了〈章士釗——陳獨秀——梁啟超〉和〈我所請願於章先生者〉。他說：「章先生近來的反動，拿腐敗的理論來批評他，必是年來半夜裏散局回來，路上撞着徐桐剛毅的鬼魂附在他身上，所以不由他作主，好似同善社、悟善社的人們天天在乩盤裏說話了。所以文人也者，即與嫖賭吃着金丹老土同其興衰，文人如濕熱污水，一時暴盛，即蚊蟲臭虱，充塞牆屋。近年洋八股之鴟張，不夠亡國，更費章先生之神，改吹土八股，正似猛獸之後，再繼以洪水罷了！」他又從根本上針砭章氏，道：「國事也者，乃中華民國千秋萬歲之國事。中國若無共通優進的器藝，實現共通優進的道術，何以與世界優進民族，共立於無疆。世界優進之器藝，如此劇變，不過百五十有六年。前半之進尚弛，後半之進更劇。中國一前一卻，徘徊觀望，若無其事。經不起再滑過了此後的廿五年，與世界共同程度愈離愈遠，恐怕無論如何的換招牌，終究是一個劣等民族罷了！」頑固守舊的人物，從來沒碰到這樣一位有筆如刀的對手，章氏也只好退避三舍了！

這一回文白論爭，是有積極性的結論的。吳稚暉，他是和啟蒙時代那些有心人，如王照、勞乃宣一樣，一直在推動語文運動。他對於章士釗的批評，也發表了建設性的主張，說：「白話文言之爭，約有三點：一是好壞問題，二是作用問題，三是所生影響問題。先說好壞問題，豎了說，唐虞三代、漢魏六朝唐宋，典謨訓誥，至於詞曲小唱，都有狗屁不通的，也都有百讀不厭。所以拿古文白話分好壞，古文俗子固極可笑，白話小生也未必盡是。我們是鼓吹白話，不願意請他成文，至於要問『白話文』三字連舉，『本身通不通』，那也是那班冬烘先生的丟臉，他懂得文是什麼解的呢？第二說到作用問題，先說一句簡單的總結：我們不願意用愚民政策。所以凡有文字可以同大多數人說話，又為大多數人容易學習的文字，我們在作用上就認為最適當。白話文便承乏此適當。白話文要出世，不要盛大的理由。物質的繁簡，同需要的廣狹，什麼都依着這種狀態而起變化，文字亦同是束縛在這個例內。若說你的字少，我的字多，白話當然多。多雖多，寫是容易，讀又容易，當今之世，印刷紙墨都不成問題，為什麼要省幾個字，反花數倍的勞力呢？」他又說：「我在《京報副刊》上論到章先生個人，曾說：『他的謬說，我還相信不在他良心上，還在他讀那牢什子的鳥柳文。』那種鳥柳文遊戲的讀讀還好。若被他一道金剛箍套住了頭，真是個人的倒楣！」

論爭之中一如高一涵的〈新文化運動的批評〉、徐志摩的〈守舊與「玩」舊〉、郁達夫的〈咒《甲寅》十四號評新文化運動〉、成仿吾的〈讀章氏評新文學運動〉，都是對着

章士釗的反動觀點立論。其就文言白話這論點作嚴正慎重的主張的，有唐鉞的〈文言文的優勝〉、〈告恐怖白話的人們〉和〈現代人的現代文〉三篇極重要的文章。前二篇是批判的，刊於《現代評論》，後一篇是建設的，刊於《東方雜誌》。他先指出：

一、文言文中不通的所佔之百分數，比白話文中不通的所佔之百分數，只會更多，不會更少。

二、文言文所以使人容易覺得美的原故，是因為截至今日為止，膾炙人口的文章，還是文言的多於白話文。因心理的作用，許多讀書的人，不知不覺受所讀文章的影響，而假定文言文本質上是美的。這種優點，與其說是本質的，無寧說是偶然的。文言文實質上並不比白話文美。

三、溺愛文言文的人以為文言文現在要中興。吾國人最相信循環論，最近有人把文體與服裝的時尚相比，以為二者都是循環。自唐韓愈以後，古文是為反對六朝的儷體而起，這是大家知道的。那末若文體是循環的，古文風行了許多年，應該由駢文代興了，然而卻變向為白話文。

四、有一大問題，我們不可忽視，就是：我們應該把持全民族傳達思想感情的工具，使之永遠作少數人的專賣品，並且使大多數人不特沒有仿造，並且沒有消耗這種專賣品的機會呢？還是採用大多數人所已有的媒介，加些工夫使之成為大多數人傳達思想感情的工具呢？這個大問題，大家要各本良心主張去。

他又提出了建設方針：「（一）打破文言與白話的界限，廢除文言與白話的區別；（二）無論是白話文言，其中太奧

太俗的部分，都不採用；（三）白話文言各有相當的字，而
這兩字精確的程度相等時，用白話；（四）白話文言各有相
當的話，但文言更精確時，隨宜應用；（五）白話的詞語遇
有含混不妥的意義時，應避開不用，改從文言，或另製新
詞；（六）白話中一個意思有兩三種說法，而甲種比乙種丙
種較合理的，用甲種；（七）白話以一個話代表兩種意見，
而文言有分別時，應兼存文言；（八）文言成語，望文可解
的酌量採用；（九）專門名詞貴簡當，造這種名詞時，當然
要存文言；（十）文言的文字絕無歧義，即改作白話，不過
加字而不用改字的，也可算為現代文之一種；（十一）古語
中有可以補助現代語的不足的，應該採用；（十二）方言中
可以輔助普通語的缺乏的詞語，應該採用；（十三）外國語
的名詞與文法為中國語所缺乏，而又有必要的，應該酌量採
用。」當時，章士釗的復古運動和他的政治生命都一同告
終，而唐氏的結論，幾乎成為定論了。

三　魯迅在上海

　　一九二七年十月初，魯迅從廣州回到上海。從那年起，到一九三七年他去世為止，在上海先後住了十年，很少離開過。那十年間，中國文壇重心，已經從北平移到了上海，而魯迅儼然成為上海文壇的領導者。這頂「領導者」的紙糊帽子，那是他所不願意戴的。事實上，文壇上的每一動態，都和他有點直接間接的關係。（有的只是間接的關係，他也盡了推動的責任。）

　　那十年間，如許壽裳所說的，國難的嚴重日甚一日，因之，生活愈見不安，遭遇更加慘痛，環境的惡劣，實非常人所能堪。他的戰鬥精神卻是再接再厲，對於列強的不斷侵略，國內政治的不上軌道，社會上封建餘毒的瀰漫，一切荒淫無恥的反動勢力的猖獗，中國文壇上的淺薄虛偽，一點也不肯放鬆，於是身在圍剿禁錮之中，為整個中華民族的解放和進步，苦戰到底，決不屈服。從此在著譯兩方面，加倍努力，創作方面，除歷史小說《故事新編》，通訊《兩地書》等以外，特別着重前所發明的一種戰鬥文體（短評、雜文）來完成他的戰鬥任務。翻譯方面則有文藝理論、長篇小說、短篇小說、童話等。他又介紹新舊的木刻，提倡新文字，贊助世界語。同時，他在行動上，又參加了三「盟」，即自由運動大同盟、左翼作家聯盟及民權保障同盟會。（關於魯迅

生平事跡，別詳《魯迅評傳》，茲不備述。）

魯迅在廈門、廣州那一時期所寫的文字，見於《野草》、《朝華夕拾》的，都是小品文中最優秀的作品。他的思想，本來受尼采的影響很深，這些作品，也近於《蘇魯支語錄》。不過，當時高喊革命文學的太陽社諸作家，如錢杏邨（阿英）卻認為「在這時，魯迅是停滯在他原來的地方。他沒有牢牢地抓住時代的輪軸，隨着它的進展而進一步去把握這個已經展開了的新地，重新開始他的新的反封建的創作。這樣，顯然在魯迅作品中的世界被破壞了以後，他又進一步的失卻了強有力的創作的依據，他只有『吾將上下而求索』了；在甚麼都『求索』不到的時候，他只有切斷了他的創作的生命，寫他的開始生長的悲觀哲學和他的兒時的回憶了。魯迅在這時是又感到了失卻了他自己的地球的悲哀。」錢氏的估量，當然是錯誤的，魯迅的戰鬥生活，也可以說在上海的十年，乃其最絢爛的階段，而他在雜文上的成就也是到達了峰巔。

魯迅的筆鋒是毒辣的，幾乎對於每一方面的攻擊，都還了手的。一九二九年五月間，他到北京去過一個短時期，在各大學講演過幾回。他在燕京大學講演〈現今新文學的概觀〉，說：「希望革命的文人，革命一到，反而沉默下去的例子，在中國便曾有過的。即如清末的南社，便是鼓吹革命的文學團體，他們嘆漢族的被壓制，憤滿人的凶橫，渴望着『光復舊物』，但民國成立以後，倒寂然無聲了。我想，這是因為他們的理想，是在革命之後，重見漢官威儀，峨冠博帶，而事實並不這樣，所以反而索然無味，不想執筆了。俄國的例子尤為明顯：十月革命開初，也曾有許多革命文學家非常驚

喜，歡迎暴風雨的襲來，願受風雷的試鍊。但後來，詩人葉遂寧、小說家索波里自殺了。這是甚麼原故呢？就因為四面襲來的並不是暴風雨，來試鍊的並非風雷，卻是老老實實的革命。空想被擊碎了，人也就活不下去，這倒不如古時候相信死後靈魂上天，坐在上帝旁邊吃點心的詩人們福氣。因為他們在達到目的之前，已經死掉了。」他對於當時文壇的混亂，是看得深刻而清楚的，他的確在「上下而求索」。

魯迅眼中所見的革命文學家（他對北平青年學生，說到他在上海所了解的文壇動態），可以說是畸形的。他說：「至於創造社所提倡的，更徹底的革命文學、無產階級文學，自然更不過是一個題目。這邊也禁，那邊也禁的王獨清的從上海租界裏遙望廣州暴動的詩，"Pong Pong Pong" 鉛字逐漸大了起來，只在說明他曾為電影的字幕和上海的醬園招牌所感動。有模仿勃洛克[1]的〈十二個〉之志而無其力和才。郭沫若的〈一隻手〉，是很有人推為佳作的，但內容說一個革命者革命之後，失了一隻手，所餘的一隻還能和愛人握手的事，卻未免『失』得太巧。五體四肢之中，倘要失其一，實在還不如一隻手，一條腿就不便，頭自然更不行了。只準備失去一隻手，是能減少戰鬥的勇往之氣的。我想，革命者所不惜犧牲的，一定不只這一點。〈一隻手〉也還是窮秀才落難，後來終於中狀元、諧花燭的老調。但這些卻也正是中國現狀的一種反映。」那些革命文學家腦子中存着許多舊的殘滓，

1　Alexander Blok。

卻故意瞞了起來，演戲似的指着自己的鼻子道：「唯我是無產階級」。在他看來，真是有點淺薄得可笑的。

於是，魯迅在上海着手譯介社會科學文藝理論的書。首先譯了片上伸的《現代新興文學的諸問題》，又據昇曙夢的日譯本，重譯了盧那卡爾斯基[2]的《藝術論》，又據外村史郎和藏原惟人的日譯本，重譯了盧那卡爾斯基的《文藝與批評》。他自謂：「從前年以來，對我個人的攻擊是多極了。但我看了幾篇，竟逐漸覺得廢話太多了。解剖刀既不中腠理，子彈所擊之處，也不是致命傷。我於是想，可供參考的這樣的理論，是太少了，所以大家有些糊塗。對於敵人，解剖咬嚼，現在是在所不免的，不過有一本解剖學，有一本烹飪法，依法辦理，則構造味道，總還可以較為清楚有味。人往往以神話中的 Prometheus 比革命者，以為竊火給人，雖遭天帝之虐待不悔，其博大堅忍正相同。但我從別國裏竊得火來，本身卻在煮自己的肉的，以為倘能味道較好，庶幾在咬嚼者那一面，也得到較多的好處，我也不枉費了身軀：出發點全是個人主義，並且還夾雜着小市民性的奢華，以及慢慢地摸出解剖刀來，反而刺進解剖者的心臟裏去的『報復』。……我也願於社會有些用處，看客所見的結果仍是火和光。」那場爭論和糾葛，轉變到原則和理論的研究，真正革命文藝學說的介紹，那才進入了另一新生階段了。

一九三〇年，魯迅加入左翼作家聯盟。左聯的產生，在

2　Anatoly Lunacharsky。

中國文壇自是一件大事。（另見後文。）魯迅曾經在場發表過演說，首則警告左翼作家是很容易成為右翼作家的，繼則提出今後應注意的幾點：「（一）對於舊社會和舊勢力的鬥爭，必須堅決，持久不斷，而且注重實力；（二）我以為戰線應該擴大；（三）我們應當造出大群的新的戰士。同時，在文學戰線的人還要韌。」（在左聯以前，他曾出席過自由運動大同盟，和郁達夫一同演說過。可是第二天，說魯迅是這一運動的發起人，浙江省黨部因此呈請通緝，名之曰反動文人。）

國民政府對於左翼文人的壓迫是深重的，一九三一年春間，柔石（趙平復）、胡也頻、李偉森、白莽、丁玲先後被捕（陳獨秀也於那時被捕的），而且犧牲的很多。（在上海龍華警備司令部秘密槍決的。」外間謠傳魯迅也已蒙難。他當時的確到處走避，得以倖免的。那篇有名的〈為了忘卻的記念〉，說得多麼沉痛；又有一律詩：

慣於長夜過春時，挈婦將雛鬢有絲。
夢裏依稀慈母淚，城頭變幻大王旗。
忍看朋輩成新鬼，怒向刀叢覓小詩。
吟罷低眉無寫處，月光如水照緇衣！

寫的也是那一時期的情緒。

一九三一年秋間，「九一八」的瀋陽事變發生了，接下來便是一二八事變、冀東事變，誠所謂國難嚴重。而國內由於黨派鬥爭所引起的長期性內戰，跟着外患的侵迫，反而一天一天擴大起來。蔣介石個人的政權，在國民政府內部，也

有連續性的動盪起伏，當他把政權抓得緊的時候，文網便密一點；當他失去了控制能力時，文網便鬆一點。大體說來，一般文人，對於政治現狀非常失望、煩悶，走向憤激的路，除了極少數「御用」的作家，思想左傾已成為必然的共同趨向。左聯在那時，便已成為全國文壇的中心，魯迅的聲譽，也一天一天高起來，連創造社諸作家，如成仿吾、郭沫若，都不足與之抗衡了。魯迅在上海的後五年（一九三二──一九三六），雖也經過許多橫逆困阨，卻已到達他的黃金時代，成為「不爭的」中國的高爾基。（到了後來，毛澤東心目中的魯迅，確也如列寧心目中的高爾基，稱之為東方高爾基，已經是不帶任何諷刺意味的尊敬的頌詞了。）

魯迅的寫作，從《吶喊》、《彷徨》以後，只有《故事新編》是文藝作品，他幾乎很少寫小說了。有人希望他能寫長篇小說（偉大的作品），據孫伏園說，魯迅的未完成作品，以劇本《楊貴妃》為最令人可惜。魯迅對於唐代文化，也和他對於漢魏六朝的文化一樣，具有深切的認識與獨到的見解。他覺得唐代文化觀念，很可以做我們現代的參考。那時，我們的祖先們，對於自己的文化，抱有極堅強的把握，決不輕易動搖他們的自信力。同時，對於別系的文化，抱有極恢廓的胸襟與極謹嚴的抉擇，決不輕易地崇拜或輕易地唾棄。這正是我們目前急切需要的態度。拿這見解作背景，襯托出一件可歌可泣的故事，以近代戀愛心理學的研究結果作線索，這便是魯迅所計劃的《楊貴妃》。他的原計劃是三幕劇，每幕用一詞牌名，第三幕是〈雨霖鈴〉。據他自己解說，長生殿是為救濟情愛逐漸稀淡而不得不有的一個場面。這劇

三 魯迅在上海

本，是由於他到西安去講學一回而消失了，他說：「我不但甚麼印象也沒有得到，反而把我原有的一點印象也打破了」。

魯迅也曾想編一部完整的中國文學史，他曾和筆者談到這件事：「中國學問，待重新整理者甚多，即如歷史，就須另編一部。古人告訴我們，唐如何盛？明如何佳？其實唐室大有朝氣，明則無賴兒郎，此種物件，都須褫其華袞，示人本相，庶青年不再烏烟瘴氣，莫名其妙。其他如社會史、藝術史、賭博史、娼妓史、文禍史者，未有人着手，然而又怎能着手？居今之世，縱使在決堤灌水、飛機擲彈範圍之外，也難得數年糧食、一屋圖書。我數年前，曾擬編《中國字體變遷史》及《文學史稿》各一部，先從作長編入手，但即此長編，已成難事。剪取歟？無此許多書。赴圖書館抄錄歟？上海就沒有圖書館；即有之，一人無此精力與時光，請書記又有欠薪之懼。所以直到現在，還是空談。」時勢艱難，他也畢竟不曾把中國文學史寫起來！

反映那一動蕩的社會情勢，魯迅就在那幾年寫了許多與這一情勢相適應的雜感小品。魯迅自己也承認這是他在作品中最高的成就。這種「雜文」，形式上的特點是簡短，簡短而凝結，還能夠尖銳得像匕首和投槍一樣，主要的是他在用了這匕首和投槍戰鬥着。「狹巷短兵相接處，殺人如草不聞聲」。這是詩，魯迅的雜文也是詩。（馮雪峰說魯迅獨創了將詩和政論凝結於一起的「雜文」，這尖銳的政論性的文藝形式。以其戰鬥的需要，才獨創了這在其本身是非常完整的，而且由魯迅自己達到了那高峰的獨特形式，就小品文的演進說，魯迅就創作了他的雜文。

四　話劇之成長

　　易卜生的《娜拉》（傀儡家庭），是和易卜生主義，一同進入中國，成為五四運動的旗幟的。（《新青年》四卷六期，便是易卜生專號）。娜拉成為中國青年所嚮往的「現代英雄」，若干新的劇本，都成為問題劇（上文略已提及）。魯迅說：「大家何以偏要選出一個易卜生來呢？因為要建設西洋式的新劇，要高揚戲劇到真的文學底地位，要以白話來興散文劇。還有，因為事已亟矣，便只好先以實例來刺激天下讀書人的直感，這自然都確當的。但我想，也還因為易卜生敢於攻擊社會，敢於獨戰多數。那時的介紹者，恐怕是頗有以孤軍而被包圍於舊壘中之感的罷，現在細看墓碣，還可以覺到悲涼，然而意氣是壯盛的。」新文學運動，的確把小說、戲劇這兩種「不足觀」的「小道」，升到文學的正統廟堂，和散文鼎立為三了。

　　不過，我們談到話劇運動，還該把時期推前一點，說到民初以來萌芽期的新機。原來一九〇七年，中國留日的一部分學生，曾孝谷、李叔同（息霜，即後來的弘一法師）、吳我尊、謝抗白、陸鏡若、歐陽予倩，組織了春柳社，在東京上演小仲馬的《茶花女》和《黑奴籲天錄》（這一本戲包含着很濃厚的民族意識，那時，中國國內正在鬧革命，這一

261

劇本的上演，收了很大的效果），這是中國話劇的試啼。一部分留學生回國組織春陽社，在上海公演《黑奴籲天錄》，連演了一個多月。民國三年，春柳劇場在上海成立，吳我尊、謝抗白、歐陽予倩，都是春柳社舊人，所公演的《茶花女》、《空谷蘭》、《復活》、《娜拉》、《神聖之愛》，比一般文明戲高了一步。當時，做文明戲運動的人，其目的也在提倡社會教育，卻因為上海的社會環境太壞了，若干文明劇團的演員，生活腐化了，藝術水準，也愈來愈低了，終於失敗了。

一直到五四運動以後，話劇運動才有自覺的進步，把戲劇當作傳播思想、組織社會、改善人生的工具。陳大悲當時在北京提倡愛美劇（愛美 Amateur，意為非職業的），和蒲伯英組織了中華戲劇協社（共有四十八個團體），所公演的《幽蘭公女》、《英雄與美人》、《良心》、《孔雀東南飛》，都是陳大悲所編導的，有時他自己也上演。在南方，一九二一年，汪優遊曾勸說了夏月潤、夏月珊兄弟在新舞台上演了蕭伯納[1]的《華倫夫人之職業》，成績雖不好，但已有了改進話劇的趨向。那年五月間，沈雁冰、鄭振鐸、陳大悲、歐陽予倩、汪仲賢、熊佛西等十三人創立民眾劇社，主張以非營業的性質提倡藝術的新劇，還出了一種《戲劇月刊》。他們在宣言中說：「蕭伯納曾說：『戲場是宣傳主義的地方。』」這句話雖然不能一定是，但我們至少可以說，當看戲是消閒的時

---

1 George Bernard Shaw。

代，現在已經過去了。戲院在現代的社會中，確是佔着重要的地位，是推動社會使前進的一個輪子，又是搜尋社會病根的 X 光鏡。它又是一塊正直的無私的反射鏡，一國人民程度的高低，也赤裸裸地在這面大鏡子裏反射出來，不得一毫遁形。這樣的戲院，正是中國目前所未曾有，而我們不自量力，想努力創造的。」到了那年冬天，谷劍塵、應雲衞、歐陽予倩、汪仲賢等所組織的戲劇協社成立了，他們的理論，才見之於行動。那時，戲劇家洪琛由美回國，經歐陽予倩介紹加入協社，擔任導演，注意演出理論，尊重劇本對白，注意平日排練，並實行男女合演，這才把話劇納於正軌。他們所公演的《好兒子》、《回家以後》、《月下》、《傀儡家庭》、《黑蝙蝠》、《第二夢》及《少奶奶的扇子》，成績都不錯，尤以《少奶奶的扇子》為最成功。筆者曾在上海職業教育社會場看了第一回，又在夏令配克戲院看了第二回，都是上下滿場，盛況空前的。周揚說：「話劇是現代的進步的戲劇形式，但它是從西洋輸入，並且作為中國舊劇的徹底否定者而興起來的，而且又完全是在都市生長起來的，它在內容上和小市民血緣極深，它的形式是歐化的。」這段話，對於戲劇協社的批判是很恰當的。

和戲劇協社的話劇相先後，田漢所領導的南國社，也就開始活動了。田漢，他是多產的初期劇作家。一九二二年，他就在《創造季刊》發表那本有名的《咖啡店之一夜》；後來他又自己主編《南國》半月刊，寫了《獲虎之夜》、《落花時節》、《鄉愁》和《黃花崗》這些劇本。他的初期作品，都是表示着青春期的感傷、彷徨與留戀，和這時代青年所共有

的對於腐敗現狀底漸趨明確的反抗情緒。那些劇本，以《咖啡店之一夜》最流行，《獲虎之夜》最成熟，可以說是比較脫離了他初期慣有的感傷的浪漫情調，轉取寫實的手法。這一劇本，寫一個浮浪兒愛上了一個富農的女兒，在那傳統社會裏，必然地產生了悲劇，那位蓮姑娘便那麼在父權底下宛轉哀啼着，死去了。田漢的生活情調，比他的劇本，更富於感傷的浪漫情調。他自言：「我對於社會運動與藝術運動，持着二元的見解。即在社會運動方面，很願意為第四階級而戰；在藝術運動方面，卻仍保持着多量的藝術至上主義。那時，印度的詩人太戈爾到中國來，國內文壇對於他的態度分做兩派：右翼的研究系的文士們大大地歡迎他，而左翼的女士們，尤其社會運動的少年鬥士們反對他。我覺得太戈爾的藝術有他自己的價值，不能因為他不革命而反對他，並且覺得他們對於他太不理解了。所以《南國》創刊號有一簡單宣言，即『欲在沉悶的中國新文壇，鼓動一種清新芳烈的藝術空氣』。」

問題劇之中，婦女、婚姻、戰爭、貧窮，這一連串現實問題，都是話劇的題材。戲劇協社所公演的《好兒子》、洪琛所編的《趙閻王》，都是觸到當前社會問題。加以國難深重，愛國的劇本也產生得很多，如侯曜的《山河淚》、熊佛西的《一片愛國心》，都曾公演過許多次。當時，有一個科學家丁西林，他的獨幕劇，能把握着喜劇的情調，以極經濟的手法和精巧的對話，寫出親切而輕鬆的場面，下筆恰到好處，含蓄的而非刺激的，有着英國人的幽默風趣，要稱初期最成功的劇作。如《壓迫》、《一隻馬蜂》、《北方的空氣》、

《親愛的丈夫》等劇本，也曾流行一時。

中國戲劇史中，歷史劇本來佔了極重要的成分。上述在北京上演的《孔雀東南飛》，便是用這對不幸夫婦來寫家庭間的悲劇的。那位一直做新劇運動的歐陽予倩，他也重寫了潘金蓮，說潘金蓮極愛武松，因為得不到武松之愛，而移愛於幾分像武松的西門慶，乃殺武大郎，卒因武松之為兄報仇，而死於所心愛的人手中。這是用心理分析手法來寫劇本的嘗試。歐陽氏還寫了《楊貴妃》、《荊軻》等歷史劇。

以寫歷史劇著稱的，還有那位創造社作家之一的郭沫若，他編了《卓文君》、《王昭君》、《聶嫈》三個以女性反抗精神為中心的劇本，稱之為「三個叛逆的女性」。他的劇本中，充滿着詩的氣氛，浪漫而熱烈，和他的新詩一般。他是借舊瓶來裝新酒，他說了他自己的創作態度：「對古人的心理是，想力求其正當的解釋，於我所解釋得的古人的心理中，我能尋出深厚的同情，內部的一致時，我受着一種不能遏止的動機，便造出不能自已的表現。」這種反抗社會傳統的劇本是不容於當時的社會。一九二三年，浙江紹興女子師範，就演過他的《卓文君》，縣議會議員們為之大嘩，說是該劇中司馬相如所唱的歌詞乃是男先生唱的，有傷風化，非撤換校長不可。後來這劇本送到浙江省教育會去審查過，經過委員們審查，說這一劇本是不道德，禁止中學以上學校的學生表演，也可見這些劇本的時代意義了。

從五卅運動到一九二七年大革命前後，這五年間，南方的革命空氣激蕩到戲劇界來。那時，在廣州的血花劇社，由白培良、白薇、顧仲彝領導了許多革命劇團，表演一些發揚

民族精神的革命戲劇，和國民革命軍北伐相終始，隨着革命潮浪的低落，也就逐漸消失了。由於國共分裂所引起的幻滅情緒，反映在田漢的感傷主義的劇本中最為深切。一九二七年秋天，田漢主辦上海藝術大學，附設了戲劇系，就把一間大課室作小舞台，居然乃是小劇場運動的發端。開幕那天，上演了菊池寬的《父歸》，和田漢自編的《到何處去》、《公園之夜》、《畫家與其妹妹》等獨幕劇。那晚的演出，技巧與效果都很成功。他們那幾年間（上海藝大於一九二八年解散，田漢得歐陽予倩、徐悲鴻的支持，成立了南國藝術學院，分文科、畫科、劇科三科，在做在野的藝術運動。劇科學生，如鄭君里、唐叔明、左明、閻哲吾、陳秋澄，都對於話劇很有貢獻。文科畫科學生，如趙銘彝、陳凝秋，也成為很優秀的演員），在蘇州、南京、上海、杭州公演了許多次。田漢也寫了許多劇本，如《蘇州夜話》、《湖上的悲劇》、《名優之死》、《古潭裏的聲音》、《秦淮河之夜》、《顫慄》、《新村之夜》、《生之意志》，都有田漢的一貫氣氛，充滿浪漫與感傷的情調。《古潭裏的聲音》寫靈肉衝突，《生之意志》寫老一代的父親，屈伏於代表新生意志的浪漫行動的子女之前。其他如《蘇州夜話》、《湖上的悲劇》、《名優之死》、《顫慄》、《南歸》，寫靈肉生活之苦惱，這正足以激動當時苦悶的青年心理。田漢自己曾經自我批判（見《南國社史略》），說：「當時結合社員之最大手段也還是熱烈的感情，和朦朧的傾向，我們都是想要盡力作『民眾劇運動』的，但我們不大知道民眾是什麼，也不大知道怎樣去接近民眾。我們也知道一些抽象的理論，但未盡成活潑的體驗。何

況我們中間本有不少自稱『波希米亞人』的一種無政府主義的頹廢的傾向。他們也喜歡我的味道，我也為着使戲劇容易實現得真切，每每好寫他們的個性，所以我們中間自自然然就釀成一種特殊的風格。好處就是我們的生活馬上便是我們的戲劇，我們的戲劇也無處不反映着我們的生活，雖說這種生活的基調立在沒落的小資產階級上。」

話劇公演，在城市中慢慢地生了根，尤其是上海、北平和廣州。朱穰丞組織的辛酉劇社，由袁牧之、羅鳴鳳主演《狗的跳舞》。復旦大學由洪琛組織的復旦劇社，公演《西哈諾》，都已夠上了藝術的水準。在北京，美術專門學院的戲劇系，趙太侔、余上沅在北京《晨報》附刊的《劇刊》，對於介紹西洋戲劇的理論技術，也都有很大的貢獻。在南方，由於陳銘樞、李濟琛的支持，歐陽予倩創辦了廣東戲劇研究所。洪琛、胡春冰、唐槐秋、馬彥祥，這些戲劇家集中到廣州來，他們公演了許多劇本，尤以《怒吼吧中國》為最成功。他們還在上海神州國光社出版《戲劇月刊》。南國劇社，也應邀到廣州去公演了一段時期。戲劇運動，也就逐漸成為全國性的運動了。

一九二九年冬天，南國社的社員，左明、陳明中、鄭君里、陳白塵、趙銘彝、許德佑、吳湄等從廣州公演後，從一般批評上得到了教訓。他們反對田漢的藝術至上主義的演劇思想和個人英雄主義的演劇目的，脫離了南國社，另組摩登社，主張「青年戲劇同志聯合起來，一致完成民眾的戲劇」，他們就到各大學學生群中去演戲，成績也頗不錯。這就開始戲劇運動的另一階段了。

五　新詩的進步

　　我們知道文藝界的動向，不一定和社會的政治的變動完全相一致，但我們得承認文藝和社會環境的變動有着最密切的關係。（近幾年，大陸中國所出版的文學史，如王瑤所編的，每過於強調政治性的作用，而錢基博的《現代中國文學史》，又過於蔑視現代中國的社會動態，都已歪曲了事實。）在新文學運動趨於低潮的時期，新詩的園地，也就冷落下來，許多新詩人，轉變了寫作的方向，連朱自清也擱下了新詩，成為小品文作家了。不過，在新詩本身，還是進步着的，自由詩派、格律詩派、象徵詩派，這三派一派比一派強，一派比一派進步。新的詩人，也已經後浪逐前浪，產生了許多新的作家了，而且反映着這個大動亂的時代，新詩依然是「苦悶的象徵」；從新詩的題材，可以看到時代的苦難。

　　穆木天，這是我們所熟悉的創造社後期的詩人。他從「九一八」前夜，便從東北流亡到關內來，寫出了他的《流亡者之歌》，如他自己所說的：「自從和東北作了永訣之後，唱哀歌以弔故國的情緒，是時時地湧上我的心頭」。這便是他的富有傷感情調的《去國集》的內容。可是，他到了關內，又寫了〈在哈巴拉嶺上〉的長詩，他說：「我們不憑弔歷史的殘骸，因為那已成為過去；我們要捉住現實，歌唱新世紀的意識」。和他同時，創造社、太陽社另外幾位作家，

如蔣光慈、柯仲平、錢杏邨、殷夫，也都在做詩，他們的詩，都是屬於社會革命的抒情詩。其他，如馮鏗、胡也頻、楊騷這些革命詩人，他們所寫的都是「火與血的時代」的紀錄。

說到新詩的園地，一九二七年以後，我們要提到新月派和現代派的成就。《新月》月刊，一九二八年在上海出版，他們的社會政治觀點，可以說是沿着北京《晨報》、現代評論社這一路過來的；他們的新詩，也是沿着北京《晨報‧詩鐫》這一路來的，一九三〇年，他們還出了《詩刊》。作家之中，除了徐志摩、饒孟侃，還有新進的方瑋德、朱大枏、陳夢家、劉夢葦，也還有卞之琳、李廣田、何其芳等。陳夢家曾經選了一部《新月詩選》，可以看出他們的共同傾向。他說：「我們主張以音節的諧和，句的均齊和節的勻稱，為詩的節奏所必須注意，而內容同樣不容輕忽的。」他們這一群詩人，比較注重詩的形式與格律。但是，時代環境迫着他們，非睜開眼睛認識這苦難的時勢不可。陳氏就在《夢家詩集》的再版自序中說：「我想打這時候起，不該再容許我自己在沒有着落的虛幻中推敲了，我要開始從事於在沉默裏仔細觀看這世界，不再無益地表現我的窮乏。」在他們面前已經臨到了「九一八」和「一二八」，他們看到了血肉橫飛的戰線。

那一時期，朱自清已經以詩的批評的角色在那兒寫《新詩雜話》。他說：「詩也許比別的文藝形式更依靠想像，所謂遠，所謂深，所謂近，所謂妙，都是就想像的範圍和程度而言。想像的素材是感覺，怎樣玲瓏飄渺的空中樓閣，都建築

在感覺上。初期的新詩作者似乎只在大自然和人生的悲劇裏去尋找詩的感覺。大自然和人生的悲劇是詩的豐富的泉源，而且一向如此，傳統如此。這些是無盡藏，只要眼明手快，隨時可以得到新東西。但是花和光固然是詩，花和光以外也還有詩，那陰暗、潮濕，甚至霉腐的角落兒上，正有着許多未發現的詩。實際的愛，固然是詩，假設的愛也是詩。山水田野裏固然有詩，燈紅酒綠裏固然有詩，任一些顏色，一些聲音，一些香氣，一些味覺，一些觸覺，也都可以有詩。驚心怵目的生活裏固然有詩，平淡的日常生活裏也有詩。發現這些未發現的詩，第一步得靠敏銳的感覺，詩人的觸角，得穿透熟悉的表面向未經人到的底裏去。那兒有的是新鮮的東西。聞一多、徐志摩、李金髮、姚蓬子、馮乃超、戴望舒諸人，都曾分別向這方面努力。而卞之琳、馮至兩氏，更專向這方面發展，他們走得更遠些。」這番話，可以說是把北晨、新月派的詩作，以及象徵詩派的作品，予以適當評價了。他推選了卞之琳和馮至，說馮氏是在平淡的日常生活中發現了詩，而卞之琳是在細微的瑣屑的事物裏發現了詩。

接在新月派之後，現代派詩人的作品也曾流行了一時。《現代》出版於一九三二年間，施蟄存主編，戴望舒、杜衡都是主要的作家。施蟄存說：「《現代》中的詩是詩，而且是純然的現代的詩。它們是現代人在現代生活中所感受的現代情緒，用『現代』的詞藻排列成的現代詩形。現代中有許多詩的作者，曾在他們的詩篇中採用一些比較生疏的古字，或甚至是所謂文言文中的虛字，但他們並不是有意地在『搜揚古董』，對於這些字，他們沒有古的或文言的觀念。只要適

宜於表達一個意義、一種情緒，或甚至是完成一個音節，他們就採用了這些字。所以我們說它們是現代的詞藻。《現代》中的詩，大半是沒有韻的，句子也很不整齊，但它們都有相當完美的『肌理』，它們是現代的詩形，是詩！」其實戴望舒的詩是象徵派的詩，他就說過：「詩是由真實經過想像而出來的，不單是真實，也不單是想像」、「詩是一種吞吞吐吐的東西，動機在於表現自己跟隱藏自己之間」這一類的話。（依筆者的了解，象徵派詩人知道文字乃傳達情緒的一種障礙，但詩人卻又不能不借重文字這一種傳達情緒的工具，象徵詩乃是對文字的一種解脫。）他的友人杜衡曾在《望舒草》序中，介紹戴氏的詩情：「在苦難和不幸的中間，望舒始終沒有拋下的就是寫詩這件事情。這差不多是他靈魂底蘇息、淨化。從烏烟瘴氣的現實社會中逃避出來，低低地唸着『我是比天風更輕更輕，是你永遠追隨不到的』這樣的句子，想像自己是世俗的網羅不到的，而借此而忘記。詩，對於望舒差不多已經成了這樣的作用。」所以王瑤批評戴氏的詩，說是內容很朦朧難懂，多的是一些美麗而酸辛的回憶，虛無的隱逸思想和寂寞厭倦的心境，正是一種脫離了社會實踐而企圖逃避於一個小天地內的小資產階級知識分子的情緒和幻想。朱自清對於象徵派詩最能了解，他說象徵派詩要表現的是些微妙的情境，他們發見事物間的新關係，並且用最經濟的方法，將這關係組織成詩。所謂「最經濟的」，就是將一些聯絡的字句省掉，讓讀者運用自己的想像力搭起橋來。沒有看慣的，只覺得一盤散沙，但實在不是沙，是有機體。要看出有機體，得有相當的修養與訓練，看懂了才能說作得好

壞，壞的自然有。他並不如王瑤那樣，單憑意識的尺度，把現代派的詩一筆抹煞的。

朱自清又曾於《中國新文學大系・詩集》的導言中說到：「後期創造社三個詩人，也是傾向於法國象徵派的。但王獨清氏所作，還是拜倫式的雨果[1]式的為多，就是他自認為仿象徵派的詩，也似乎豪勝於幽，顯勝於晦。穆木天託情於幽微遠渺之中，音節也頗求整齊，卻不致力於表現色彩感。馮乃超氏利用鏗鏘的音節，得到催眠一般的力量，歌詠的是頹廢、陰影、夢幻、仙鄉。他詩中的色彩是豐富的。戴望舒氏也取法象徵派，他譯過這一派的詩，他也注重整齊的音節，但不是鏗鏘的而是輕清的；也找到一點朦朧的氣氛，但讓人可以看得懂，也有顏色，但不像馮乃超氏那樣濃。他是要把捉那幽微的精妙的去處。姚蓬子也屬於這一派，他卻用自由詩體製。在感覺的敏銳和情調的朦朧上，他有時超過別的幾個人。」朱氏是以詩評家的眼光來估量象徵派詩人的成就的。

朱氏又說：新詩的初期，說理是主調之一。那時是個解放的時代，解放從思想起頭，人人對於一切傳統都有意見，都愛議論，作文如此，作詩也是如此。他們關心人生、大自然及被損害的人。民國十四年以來，詩才專向抒情方面發展。那裏面「理想的愛情」的主題，在中國詩實在是個新的創造，可是對於一般讀者不免生疏些。一般讀者容易了解經

1　Victor Marie Hugo。

驗的愛情，理想的愛情要沉思，不耐沉思的人不免隔一層。後來詩又在感覺方面發展，以敏銳的感覺為抒情的骨子，一般讀者只在常識裏兜圈子，更不免有隔霧看花之恨。這一番精微的詩論，可以說是指引詩境的寶筏了。

在新詩的行程中，詩的形式乃是一個一直在探求着與討論着的課題。朱光潛曾經寫了〈詩的實質與形式〉，朱自清也寫了〈詩的形式〉和〈詩與話〉，對於這一課題，作綜合的批判與報導。

朱氏說：新詩的提倡，從破壞舊詩詞的形式下手。胡適之提倡自由詩，主張自然的音節。但那時的新詩，並不能完全脫離舊詩詞的調子，還有些利用小調的音節的。完全用白話調的，自然不少，詩行多長短不齊，有時長到二十幾個字，又多不押韻，這就很近乎散文了。那時，劉半農已經提議增多詩體，他主張創造與輸入雙管齊下，不過沒有甚麼人注意。民國十二年，陸志韋的《渡河》出版，他試驗了許多外國詩體，有相當的成功。他有一篇〈我的詩的軀殼〉，說明他試驗的情形。他似乎很注意押韻，但還是覺得長短句最好。那時正在盛行「小詩」（自由詩的極端），他的試驗，也沒有甚麼人注意。

「自然的音節」近於散文而沒有標準，除了比散文句子短些、緊湊些。一般人，不但是反對新詩的人，似乎總願意詩距離散文遠些，有它自己的面目。民十四，北京《晨報‧詩刊》，提倡格律詩，能夠風行一時，就是這個原由。詩刊主張努力於「新形式與新音節的發現」，徐志摩試驗了各種各國詩體，他的才氣也足以駕馭這些形式，所以成績斐然。

聞一多在〈詩的格律〉一文中，主張詩要有「建築的美」，包括「節的勻稱」、「句的均齊」，要達到這種勻稱和均齊，便得講究格式、音尺、平仄、韻腳等，如他的〈死水〉詩的頭兩行：

這是 —— 一溝 —— 絕望的 —— 死水，
清風 —— 吹不起 —— 半點 —— 漪淪。

兩行都由三個「二音尺」和一個「三音尺」組成，而安排不同，這便是句的均齊。他也試驗了種種外國詩體，成績也很好。

格律運動，在新詩行程中，留下了不滅的影響。從「九一八」到「八一三」，這一段時期的詩歌，一面雖然趨向散文化，一面卻也注意「勻稱」和「均齊」，不過並不一定使各行的字數相等罷了。艾青和臧克家的詩，都是例證；前者多注意在「勻稱」上，後者卻兼注意在「均齊」上。而卞之琳的《十年詩草》，更使我們知道這些年裏，詩的格律，一直有人在試驗着。從陸志韋起始，接上了徐志摩、聞一多和梁宗岱；有志試驗外國種種詩體的，卞之琳是第五個人，他的詩體，因為有前頭的人做鏡子，更能融會那些詩體來寫自己的詩；第六人乃是馮至，他的《十四行集》，可以說是建立了中國十四行詩的基礎，使得向來懷疑這詩體的人，也相信它可以在中國詩裏活下去。

朱氏說：「無韻體和十四行體（或商籟）值得繼續發展，別的外國詩體也將融化在中國詩裏，這是模仿，同時是創

造，到了頭，都會變成我們自己的」；「無論是試驗外國詩體或創造『新格式與新音節』，主要的是在求得適當的『勻稱』和『均齊』。自由詩只能作為詩的一體而存在，不能代替『勻稱』、『均齊』的詩體，也不能佔到比後者更重要的地位，外國詩如此，中國詩不會是例外」；「現在新詩，已經發展到一個程度，使我們感覺到勻稱和均齊，還是詩的主要的條件，這些正是外在的複沓的形式。但所謂『勻稱』和『均齊』，並不要像舊詩，尤其是律詩，那樣凝成定型。寫詩只須注意形式上的幾個原則，儘可『相體裁衣』，而且，必須『相體裁衣』」。

（筆者於民國十二年左右，曾經替自由體新詩辯護，章太炎師演講國學，則主張必須有韻律，白話自由詩，不能算是詩，因此引起了辯論。筆者的去信，和章師的覆信，均見《國學概論》。）

六　寫實主義的小說（上）

　　上文我們說到那幾位總結初期新文學運動成績的批評家，如胡適、曾孟僕、陳子展，都承認小品文的收穫最豐富，其次則是短篇小說，新詩及戲曲又次之。他們還沒看到長篇小說的產生。（〈阿 Q 正傳〉和〈玉君〉，只能算是中篇小說。）可是，到了一九二八年後，長篇小說，反映破落的城市生活與動亂的中國社會的寫實小說先後出來了。這時期，托爾斯泰、屠格涅夫、杜斯妥益夫斯基[1]、契訶夫、高爾基、左拉、莫泊桑、佛羅貝爾[2]、哈代[3]、高爾斯華綏[4]等的小說，都先後譯介過來，我們所欣賞的就是這一種寫實派小說。而茅盾、葉聖陶、巴金、張天翼、老舍、沈從文，這一些作家的小說，也正是寫實主義的作品。

　　茅盾的反映大革命破敗時代的小說，〈幻滅〉、〈動搖〉、〈追求〉（總名為《蝕》）等，上文我也已提及了。他在另一短篇小說集《野薔薇》的序文中說：「知道信賴着將來的人，

1　Fyodor Dostoevsky，本書另作杜思妥益夫斯基。

2　William Cuthbert Faulkner。

3　Thomas Hardy。

4　John Galsworthy。

是有福氣的，是應該被讚美的。但是，慎勿以歷史的必然當作自身幸福的預約券，又將這預約券無限制地發賣。沒有真正的認識而徒借預約券作為嗎啡針的社會的活力，是沙上的樓閣，結果也許只得了必然的失敗。把未來的光明粉飾在現實的黑暗上，這樣的辦法，人們稱之為勇敢，然而掩藏了現實的黑暗，只想以將來的光明為掀動的手段，又算是什麼呀！真的勇敢者是敢於凝視現實的，是從現實的醜惡中體認出將來的必然，是並沒把它當作預約券而後信賴。真的有效工作是要使人們透視過現實的醜惡，而自己去認識人類偉大的將來，從而發生信賴。不要傷感於既往，也不要空誇着未來，應該凝視現實，分析現實，揭破現實；不能明確地認識現實的人，還是很多着。」他是和左拉一樣，以分析現實、揭破現實來完成他的作品的，這是寫實主義的創作態度。

一九三二年，他的長篇小說《子夜》出版了，他自言：「一九三〇年春，我又回到上海。這個時候，正是汪精衛在北平籌備召開擴大會議，南北大戰方酣的時候，同時也正是上海等各大都市的工人運動高漲的時候。我在上海的社會關係，本來是很複雜的。朋友中間有實際工作的革命黨，也有自由主義者；同鄉故舊中間，有企業家，有公務員，有商人，有銀行家。那時，我既有閒，便和他們常常來往，從他們那裏，我聽了很多。向來對社會規象，僅看到一個輪廓的，我現在看得更清楚一點了。當時，我便打算用這些材料寫一本小說。後來眼病好一點，也能看書了，看了當時一些中國社會性質的論文，把我觀察得的材料和他們的理論一對照，更增加了我寫小說的興趣」；「在我病好了的時候，正是

中國革命轉向新的階段，中國社會性質論戰進行得激烈的時候，我那時打算用小說的形式寫出以下的三方面：（一）民族工業在帝國主義經濟侵略的壓迫下、在世界經濟恐慌的影響下、在農村破產的環境下，為要自保，便用更殘酷的手段加緊對工人階級的剝削；（二）因此引起了工人階級的經濟的政治的鬥爭；（三）當時的南北大戰，農村經濟破產以及農民暴動，又加深了民族工業的恐慌」。

《子夜》這部小說的主要人物吳蓀甫，是一個有魄力、有手腕的民族資本工業家，他有發展民族工業的宏大志願，除了他自己的裕華絲廠以外，乘人之危，千方百計，巧取了八個小工廠。他的野心很大，想使這些工廠的產品，走遍窮鄉僻壤，銷遍全國。他組織了益中信託公司，乃是他個人最得意的手筆。他以為靠他的鐵腕，一定可以打倒任何敵人。但他碰到那樣的時代環境，由於軍閥混亂，和外貨的傾銷，他的絲廠產品，和其他工廠出品都銷不出去。同時，他又鬥不過外商所支持的買辦巨頭趙伯韜，於是一敗塗地，幾乎非自殺不可，終於避到廬山去避開風頭了。這是從第一次世界大戰後期，到「九一八」前夜，東南民族工業家的真實遭遇。吳蓀甫這一型人物，乃是我們所熟知的。他筆下的交易所場面，寫得非常生動，也正是一九二三年前後的上海大畫面呢！

談革命文學的，每每強調階級意識的覺醒，好似五四運動以後，工人階級已經處於領導地位。若干敘說新文學的演進過程的，也把以農工生活為題材的文藝作品，當作進步的紀錄。其實，五四運動所促醒的，乃是知識青年，以及城市

一部分小資產階級；領導社會革命的，也就是這一群人。蔣光慈 —— 這一位太陽社的作家，和其他革命文學作家，如洪靈菲、錢杏邨、樓適夷、華漢那些人，所寫的都是知識分子的幻覺，如瞿秋白所說的，充滿着「革命的浪漫諦克」。「有的是側重於替無產階級訴苦，想像的悲慘生活的描寫；有的就寫出了理想化的工人的前衛英雄行動。根據社會科學的概念來寫成了理想的故事和人物，失掉了文藝的感染力量。因此，雖然在當時也曾引起過一些進步青年的愛好，但經得起時代磨鍊的作品就很少。」他們都缺乏深入的生活經驗，他們的作品都是不夠真實的。趙柔石（平復）、胡也頻和丁玲，左聯作家中，這幾位最為一般人所熟知的，他們的作品，也是局限於知識分子這一小圈子中，有熱情而無熱力，正如《光明在我們前面》那一小說的題名所啟示的飄渺之境。趙、胡二氏，為了社會革命，犧牲得很早，他們的作品就停在那一階段了。

丁玲的寫作生活最悠久，她也曾被捕，幸而沒有被犧牲。她的一生，就和社會革命生活相終始，直到今日。她的作品，從〈莎菲女士的日記〉到《太陽照在桑乾河上》，這期間的演變之跡是很顯著的。她那本〈莎菲女士的日記〉，可以說是她的初期作品的代表，茅盾曾作如此的批判：「初期的丁玲的作品，全然和這『幽雅』的情緒沒有關涉，她的莎菲女士是心靈上負着時代苦悶的創傷的青年女性，叛逆的絕叫者。莎菲女士是一位個人主義、舊禮教的叛逆者，她要求一些熱烈的痛快的生活。她熱愛着而又蔑視她的怯弱的矛盾的灰色的求愛者，然而在遊戲式的戀愛過程中，她終於從

腼靦拘束的心理擺脫，從被動的地位到主動的，在一度吻了那青年學生的富於誘惑性的紅唇以後，她就一腳踢開了她的不值得戀愛的卑瑣的青年。這是大膽的描寫，至少在中國那時的女性作家中是大膽的。莎菲女士是『五四』以後解放的青年女子在性愛上的矛盾心理的代表者。」這一類小說，正是反映五四運動的思想解放的傾向，對於舊禮教的反抗，所連帶引起的性的覺醒的表現，和社會革命的關係，可說是十分淡薄的。她的其他幾種小說，如《韋護》、〈一九三〇年春在上海〉和〈水〉，都是以革命與戀愛為中心題材。她那時已經投身革命工作，所以特別強調革命的情緒，但她對於中國社會的了解非常浮淺，因此，我們覺得她所勾畫的時代背景，總如霧裏看花，印象不會很深的。她曾想用「母親」做線索，來貫穿從宣統末年，經過辛亥革命，到一九二七年的大革命，把整個時代勾畫出來。也因為她既不懂得中國的歷史，也不懂中國的社會文化，寫得也並不成功。（新文學運動初期的幾位女作家，謝冰心、黃廬隱和丁玲，雖說成了名，她們的作品都是很幼稚的。）

　　如上所說，那時的革命文學作品，都不是寫實的，而寫實主義的小說，都帶點虛無主義的色彩，這可見那時的文藝作家，雖標榜無產階級的文學，畢竟還是小資產階級知識分子的作品。筆者覺得那一時期的作家，受屠格涅夫的影響很大，《羅亭》和《烟》的氣氛，瀰漫於每一作品之中。（虛無主義是個人主義，在政治上傾向於無政府主義。因此，不為今日提倡社會主義的作家所喜歡。但，每一個知識分子都帶着濃重的虛無主義，那是不必諱言的。魯迅的作品中，就有

着這一份氣息的。）

我們說得真實一點，這一時期的文藝工作者，依舊是一群士大夫，所不同者，只是從舊的士大夫，蛻變而為新的士大夫而已。他們所最擅長者，還是寫士大夫這一圈子中的故事，以及中年人的哀愁。葉聖陶有一回談文藝作品的鑒賞，說到魯迅的〈孔乙己〉（孔乙己，魯迅自己所最滿意的一篇短篇小說），這個深深體會了世味的中年人說：「這一篇，我以為最妙的文字是『孔乙己是這樣的使人快活，可是沒有他，別人也便這麼過』。這個話傳達出無可奈何的寂寞之感。這種寂寞之感，不只屬於這一篇中的酒店小夥計，也普遍於一股人。『也便這麼過』，誰能跑出這寂寞的網羅呢？」這段話，可以引伸開去，當時所謂革命文學，都沒有什麼很好的成就，好一點的作品，都是傳達出這種無可奈何的寂寞之感的；魯迅所最擅長的，也就是傳達這一種落寞的氣氛。

那時，葉聖陶寫了那部有名的長篇小說 ——《倪煥之》。倪煥之是一位小學教員，他和校長蔣冰如在鄉村試行新教育，他這樣對於東南地區農民生活有所理解，觀點漸漸有所改變。五四運動的文化狂潮，把他帶到上海，於是，投入了小市民的愛國運動。到一九二七年，大革命失敗了，他就在悲憤的情緒中死去了，留下了一個更堅強地站起來的妻子金佩璋。這又是當時一般作家的套例。茅盾批判這一部小說，說：「把一篇小說的時代安放在近十年的歷史過程中的，不能不說這是第一部，而有意地要表示一個人 ——一個富有革命性的小資產階級知識分子，怎樣地受十年來時代的壯潮所激蕩，怎樣地從鄉村到都市，從埋頭教育到群眾

運動，從自由主義到集團主義，這《倪煥之》也不能不說是第一部。在這兩點上，《倪煥之》是值得讚美的。上文我所說『五四』時代雖則已經草草過去，而敘述這個時代對於人心的影響的回憶氣氛的小說，卻也是需要，這一說，從《倪煥之》便有個實例了。」這是一種解釋。其實，新的教育試驗，如黃任之所提倡的職業教育、陶行知在南京曉莊所試行的生活教育（陶行知原名陶知行，所以改名「行知」，即有「行而後知」、生活與教育打成一片之意），以及若干從事鄉村教育的知識分子，頗有「到農村去」那一運動的氣氛。《倪煥之》便是代表這一時代趨向的作品。

文學研究會那一群作家中，王統照也是很重要的一員。他曾準備以六十萬字的長篇小說寫知識分子的思想變動的歷程。這小說的前半部《春華》，三十萬字，已經出版，後半部題名《秋實》，也有三十萬字，尚未出版。《春華》那一部分，以五四運動後濟南的一個青年集團 —— 黎明學會為主題，那群青年，有的懷抱着過高的理想，有的受了刺激，削髮為僧，作出世的結局；青年思想，不獨和封建社會對立起來，也和學校當局對立起來。到了後半部，這群青年由於各自生活思想的趨向不同，乃結成各自的果實。在作品的主題和風格上，王統照和葉聖陶相似之處甚多；而溫文敦厚，兩人性格上的相似，也非常之多。假使「文如其人」的話是對的，他們兩人的小說，正和他們的人品是相同的。

那時，魯迅曾說到關於小說題材問題，他說：「我的意思是：現在能寫什麼，就寫什麼，不必趨時，自然更不必硬造一個突變式的革命英雄，自稱革命文學，但也不可苟安於

這一點，沒有改革，以致沉沒了自己，也就是消滅了對於時代的助力和貢獻」。這段話，倒可以說是文學研究會派的共同意向。

一九二九年，巴金（李芾甘，他是無政府主義者，因取巴枯寧、克魯泡特金為筆名）在《小說月報》發表他的中篇小說〈滅亡〉，這是他的小說創作的開頭。他是一個多產作家，〈滅亡〉、〈新生〉、〈春天裏的秋天〉以後，就有激流的三種：《家》、《春》、《秋》，愛情三部曲：《霧》、《雨》、《電》，還有其他長篇、中篇和若干短篇小說。若就對青年學生的影響來說，魯迅、茅盾、郭沫若，都不及他的廣大，我們幾乎可以稱之為巴金的時代，每一個二十歲上下的青年學生，都以《家》中的高覺慧自居。他的小說，寫青年的苦悶矛盾歷程，串插着戀愛的故事，和歌德的《少年維特之煩惱》差不多。他的小說，頗近於初期的郁達夫，卻不像達夫那樣頹廢。正如筆者所理會到的，一種濃厚的虛無色彩。巴金自己最愛「愛情三部曲」（他的作品，影響最大，還是《家》、《春》、《秋》，其實這三部小說，都很幼稚，只是年輕人愛看而已，年紀長大了，就會覺得那幾部小說的淺薄了。筆者認為他的小說，以〈憩園〉寫得最圓熟，愛情三部曲也不怎樣高明），他曾經在總序中說：「但熱情並不能夠完成一切，於是信仰來了。信仰並不拘束熱情，反而加強它，但更重要的是信仰還指導它。信仰給熱情開通了一條路，讓它緩緩地流去，不會堵塞，也不會汛濫。由《霧》而《雨》，由《雨》而《電》，信仰帶着熱情舒暢地流入大海。海景在《電》裏面才展現出來。《電》是結論，所以《電》和《雨》

和《霧》，不能夠相同，就如海洋與溪流相異。到了《電》裏，熱情才有了歸結。在《霧》裏似乎剛下了種子，在《雨》裏面信仰才發了芽，然後電光一閃，信仰就開花了。到了《電》，我們才看見信仰怎樣地支配着一切，拯救着一切，倘使我們要作這個旅行，我們就不能不抓了兩個人做同伴，吳仁民和李佩珠，只有這兩個人是經歷了那三個時期而存在的，而且他們還要繼續地活下去。」他自己的信仰是無政府主義，但青年讀者的心靈，由他的激發而走向革命大道，乃是社會主義的路；他和其他革命文學家，就在這一點上合了流了。

筆者就在這一段上，插說一件文壇的小事。一九二四年春間，鄭振鐸翻譯的《灰色馬》（俄國路卜洵 Ropshin 著）出版了。這部虛無主義的小說，到了現在，已為社會人士所淡忘，在當時卻是文壇一件大事。譯者在引言中引了 Z.Vengerova 的話，說：「這書不僅僅是文學，這是人生的悲劇，寫它的人對於其中的事跡，一件件都是親身經歷過來的」。他為什麼要譯這部小說呢？鄭氏說：「我覺得佐治式的青年，在現在過渡時代的中國漸漸地多了起來。雖然他們不是實際的反抗者、革命者，然而在思想方面，他們確是帶有極濃厚的佐治的虛無思想的，懷疑、不安而且蔑視一切。」佐治式的青年，也正是巴金小說中人物的寫照，也可以說是所有那一時代青年的寫照，虛無思想實際上乃是五四運動以後，最流行的思想。

《灰色馬》的出版是熱鬧的，前面有瞿秋白、沈雁冰（茅盾）的序文，後面有俞平伯的跋文。他們都提到這一段話：

「無目的無原則無生趣無理想的『厲鬼』，既可以無所為而殺人，何獨不可以『為自己』而殺人。他是『不願意做一個奴隸，就是自由的奴隸也不願意做。所有的生活都在衝突之中，沒有這個，他便不能生活，但是他的衝突，有什麼目的呢？他亦不知道。他的意志就是如此。他飲他的酒，並不滲淡他。』他是『最後的虛無主義者』。」佐治最後的話是：「假使耶穌已用他的話，使世界光明，我卻不要這平靜的光明；假使愛能拯救世間，我卻不願意愛。我是孤獨的。即使天上樂園的門為我而開，我卻仍然要說：『一切都是假的，一切都是空的』！」這一份黯淡的氣氛，就一直籠罩了我們的世代。

　　一九二六年，老舍（舒舍予）發表他的長篇小說《老張的哲學》，這是他描寫城市小人物生活的開始。他是旗人，說一口道地的北京話，他就用道地的北京話，寫北京中下層社會的生活。他的作品，頗似英國的狄更斯，文筆輕鬆，酣暢淋漓，笑料很多。接在《老張的哲學》之後，他寫了《趙子曰》，他自己說：「《趙子曰》是老張的尾巴。老張是揭發社會上那些我所知道的人與事，老趙是描寫一群學生，不管是誰與什麼吧，反正要寫得好笑好玩。」最足以說明他的社會觀的，還是他所寫的另一中篇小說〈我這一輩子〉（這部小說，曾改編為影片）。那位裱糊匠出身的巡警，自言自語：「我說過了：自從我的妻潛逃之後，我心中有了個空兒。經過這回兵變，那個空兒更大了一些，鬆鬆通通的能容下許多玩藝兒，說兵變的事吧！把它說完全了，你也就可以明白我心中的空兒為什麼大起來了」；「這次的變亂，是多少

氣人的事，只要我想一想，我便想到大家，想到全城，簡直的我可以用這回事去斷定許多的大事，就好像報紙上那樣談論這個問題那個問題似的，對了，我找到了一句漂亮的了。這件事，教我看出一點意思，由這點意思，我咂摸着許多問題」；「我只能說這麼一句老話，這個人民，連官兒、兵丁、巡警，帶安善的良民，都『不夠本』！所以，我心中的空兒更大了呀！在這群『不夠本』的人們裏活着，就是個對付勁兒，別講究什麼『真』事兒，我算是看明白了。」從這一觀點，他寫了《二馬》、《貓城記》、《離婚》、《牛天賜傳》、《駱駝祥子》，那麼許多長篇小說。他是懂得幽默的，也和其他同時代的知識分子一樣，憧憬於一個新的而模糊的遠景。他在《駱駝祥子》的結尾上說：「體面的、要強的、好夢想的、利己的、個人的、健壯的、偉大的祥子，不知陪着人家送了多少回殯，不知道何時何地會埋起他自己來，埋起這墮落的、自私的、不幸的，社會病胎裏的產兒，個人主義的末路鬼！」也就是他自己的寫照。他曾作如此的自我批判：「我自己也必定承認：我是個善於說故事的，而不是個第一流的小說家。我的溫情主義多於積極的鬥爭，我的幽默沖淡了正義感」。在文協當中，老舍是我們那一群的老大哥；在文藝創作上，他也是一直跟從着時代的腳步的。《我這一輩子》的結末，他說了這樣的話：「我的眼前時常發黑，我彷彿已摸到了死！哼！我還笑，笑我這一輩的聰明本事，笑這出奇不公平的世界，希望等我笑到末一聲，這世界就換個樣兒吧」！這便是他所以從美國回到祖國來的主因。

　　和老舍正相對的，有一位從湖南邊遠的鄉村進入大都

市的作家 —— 沈從文，他也是描寫小人物。他的小人物，都是農村和湘西山谷間來的。出現在他的小說中，乃是軍隊中的士兵，近於原始生活的苗民等等。他曾經在《邊城》的題記中說：「對於農人與兵士，懷了不可言說的溫愛，這點感情在我一切作品中，隨處都可以看出，我從不隱諱這點感情。我生長於作品中所寫到的那類小鄉城，我的祖父、父親以及兄弟，全列身軍籍；死去的莫不在職務上死去，不死的必然的將在職務上終其一生。就我所接觸的世界一面，來叙述他們的愛憎與哀樂，即或這枝筆如何笨拙，或尚不至於離題太遠。因為他們是正直的、誠實的；生活有些方面極其偉大，有些方面又極其平凡；性情有些方面極其美麗，有些方面又極其瑣碎。我動手寫他們時，為了使其更有人性、更有人情，自然便老老實實地寫下去。但因此一來，這作品或者不免成為一種無益之業了。因為它對於在都市中生長教育的讀書人說來，似乎相去太遠了。他們的需要應當是另外一種作品，我知道的。」這一段話，也可以說是對於自己作品的最好的註解。他的作品很多，《邊城》以外，如《入伍後》、《黔小景》、《龍珠》、《八駿圖》。他雖不曾受過完全的教育，但他的文字是很活潑的、優美的。

七　寫實主義的小說（下）

　　我們不必諱言，文人之間，有着很深的門戶之見的，曹丕所說的，「文人相輕，自古而然」。那是由於偏狹的心理，所以說「各以所長，相輕所短」。到了現代，滲上了政治性的黨派成見，那更容易顛倒黑白。魯迅的眼光是卓越的，每有獨到的見解，但他對於現代評論派的作家，尤其對於陳源（西瀅）夫婦，每多苛責之詞。而追隨魯迅的後繼作家，更是黨同伐異，以黨的尺度來衡量作品的長短。因此，若干文學史，如王瑤的《中國新文學史稿》，和王平陵的《中國新文藝史話》，立場雖不同，其顛倒黑白的態度，倒是相同的。

　　其實，現代中國小說作家之中，李劼人的幾種長篇小說，其成就還在茅盾、巴金之上。李氏四川人，曾留學法國，他受寫實主義大師佛羅貝爾、左拉、莫泊桑的影響甚深，曾經譯述了佛羅貝爾的《馬丹波娃利》、莫泊桑的《人心》和都德的《達哈士孔的狒狒》。他曾寫了一連串以庚子拳變以來中國社會變遷之跡為題材的小說。第一種是《死水微瀾》，以四川成都為背景，描寫當時沉寂的中國社會，天主教會勢力之強盛，教民之橫行，物質文明之初步侵入以及紳士、袍哥、士娼等社會黑暗面。第二種便是《暴風雨前》，寫辛亥革命前夜的四川社會動態，從鬧紅燈教開頭，

寫到維新求變的社會心理，而以成都的士大夫階層為變亂的骨幹。郝達三這一家的波瀾正是整個時代的寫照。第三種，乃是五十萬字的巨著《大波》，寫辛亥革命時期的成都動態，這是扛鼎的大作，無論取材、組織以及描寫，都非茅盾的《子夜》所能企及；比之巴金的作品，那更高明得多。他用最真實的辛亥革命故事，正如左拉之寫法國大革命；其中對話，滲用了成都的方言，使人聽了，十分真切。他並沒有誇張革命的英雄成分，在他的大鏡子裏，那些革命英雄簡直是很可笑的。他老老實實地寫出蒲伯英、羅綸那些社會領袖張惶失措的神情，群眾已經向前走一步了，他們卻落後了，跟不上去了。成都獨立以後，四川的局面似乎更糟了。他寫道：「社會比如是個大的木桶，禮法秩序便是維繫這木桶的箍，倘然這箍被蟲蛀朽斷折，則木桶的分解，斷乎不止是一片兩片，而是整個分解的。這時最急需的，是要得一個好的箍桶匠人，趕快運用他那巧妙而靈敏的手段，趁這木桶將解未解之際，急速打一道牢固的新箍，把那舊的替代了。但是蒲先生似乎尚未解此，或者想到了，而所用的材料又不大好，不唯沒有把這大桶維繫好，反而把它分解的力量加強了。」革命本來有其不可見人的黑暗面的，他就老老實實勾畫出來了。這是他的寫實手法，也正是為有着政治成見的人所不快意的。因之，他的小說，一直不為有着門戶之見的文壇所稱許。若干政見很深的文藝批評家，不獨不曾讀李氏的小說，幾乎連李劼人的姓氏，也不甚了解呢。

李劼人的小說，也和屠格涅夫、左拉的小說一樣，其中的女性，都是熱情、機警，而且能夠把握現實的。在《暴

風雨前》中，有那個上蓮池的伍大嫂，而《大波》中的黃太太，乃是貫注了全局的角色。她是一個真正能夠掌握動亂場面的角色。這一方面的映襯，使這篇小說，顯得十分生動。我們從寫作技術上說，李氏也是一個很成熟的作家。

和李氏一樣，以辛亥革命為題材的長篇小說，還有陳銓的《彷徨中的冷靜》。陳銓的文藝修養，本來不錯，卻為革命文學家所嫉視。因此，他的小說，也排斥在文壇門戶圈之外了。但是，我們寫文學史的，自該替他們安排一個妥當的地位的。

筆者在上文已經說到魯迅的小說，帶着濃重的鄉土氣息，他筆下的農村男女，輪廓非常鮮明。他曾在〈故鄉〉中描寫一個幼年伴侶閏土：「他身材增加了一倍，先前的紫色的圓臉，已經變作灰黃，而且加上了很深的皺紋，眼睛也像他父親一樣，周圍都是腫得通紅。這我知道，在海邊種田的人，終日吹着海風，大抵是這樣的。他頭上是一頂破氈帽，身上只有一件極薄的棉衣，渾身瑟索着，手裏提着一個紙包和一枝長烟管，那手也不是我所記得的紅活圓實的手，卻又粗又笨而且開裂，像是松樹皮了。……他站住了，臉上現出歡喜和淒涼的神情，動着嘴唇，卻沒有作聲。」魯迅問問他的景況，他只是搖頭，說：「非常難。第六個孩子也會幫忙了，卻總是吃不夠，又不太平，什麼地方都要錢，沒有定規，收成又壞。種出東西來，挑去賣，總要捐幾回錢，折了本；不去賣，又只能爛掉」。魯迅描寫閏土：「只是搖頭，臉上雖然刻着許多皺紋，卻全然不動，彷彿石像一般。他大約只是覺得苦，卻又形容不出，沉默了片時，便拿出烟管來，

默默的吸烟了。」一個現實的小說家，他自會同情這樣悲慘的、走向崩潰了的農村農民的命運的。

　　年輕的作家之中，以寫短篇小說著稱的，如張天翼、魏金枝、彭家煌、歐陽山、沙汀、艾蕪、吳組緗、蘆焚、葉紫，自然逃不了如巴金、沈從文、老舍那樣着眼小市民、知識分子的生命圈。他們也像魯迅一樣，從農村來的多。因此，他們雖愛寫城市的題材，反而寫農村的生活比城市的深刻得多。（有人自以為到農村去，要寫農民的生活，反而對農村是十分隔膜的。）魯迅曾在葛琴的《總退卻》序中說過這樣的話：「中國久已稱小說之類為閒書，這在五十年前為止，是大概真實的，整日價辛苦做活的人，就沒有工夫看小說。小說之在歐美，先前又何嘗不這樣。後來生活艱難起來了，為了維持，就缺少餘暇，不再能那麼悠悠忽忽。只是偶然也還想借書來休息一下精神，而又耐不住嘮叨不已，破費工夫，於是就使短篇小說交了桃花運。這一種洋文壇上的趨勢，也跟着古人之所謂『歐風美雨』，衝進中國來，所以文學革命以後，所產生的小說，幾乎以短篇為限。但作者的才力不能構成鉅製，自然也是一個很大的原因。而且書中的主角也變換了：古之小說，主角是勇將策士、俠盜贓官、妖怪神仙、佳人才子，後來則有妓女嫖客、無賴奴才之流。『五四』以後的短篇裏，卻大抵是新的知識者登了場，因為他們是首先覺到了在歐風美雨中的飄搖的，然而總不脫古之英雄和才子氣。現在可又不同了，大家都已感到飄搖，不再要聽一個特別的人的運命。他們要知道，感覺得更廣大、更深邃了。」魯迅對葛琴的小說曾下如次的批判：「這一本集

子，就是這一時代的出產品，顯示着分明的蛻變，人物並非英雄，風光也不旖旎，然而將中國的眼睛點出來了。我以為作者的寫工廠不及她的寫農村，但也許因為我先前較熟於農村，否則，是作者較熟於農村的原故罷！」

在那些作家之中，魏金枝和葉紫，都是筆者所最熟悉的。金枝的小說，「以憂鬱的文筆，寫出了古舊農村的小人物生活，瀰漫着一種哀婉淒楚的情調」，這是筆者所了解的。（魏氏和魯迅也是同鄉，他的性格也就是那麼憂鬱的，他長了一臉鬍子，一口紹興土白，也正是魯迅筆下的人物。）他有《奶媽》、《白旗手》那幾種小說集，那篇〈白旗手〉就是寫那一群招募來的新兵，這一群「蟲豸」，並不想當兵，卻不能不當兵，因為農民經濟破產，失去了土地和一切生存的條件，只能走二流子的路了。他那簡樸的風格，頗近於魯迅。

中國的農村，是「趙太爺」的世界。（趙太爺，魯迅〈阿Q正傳〉中人物，他不許阿Q姓趙，阿Q調戲了他的女工，他打了阿Q一棍，還要阿Q寫服辯；阿Q從城中偷了東西回來，他首先要檢點便宜，他的兒子假洋鬼子，盤了辮子革了命，首先把尼姑庵裏的萬歲牌位革掉了。）農民並非單單在「天高皇帝遠」的政府底下生活的，而是在紳士的勢力範圍中生活的。（紳士是退任的官僚或是官僚的親親戚戚。他們在野，可是朝內有人。他們沒有政權，可是有勢力，勢力就是政治免疫性。政治愈可怕，苛政猛於虎的時候，紳士們免疫性和掩護作用的價值也愈大，託庇豪門才有命。）紳士與官僚勾結而成的政治勢力，再加上外來的經濟

勢力，迫得農民走投無路，這是現代中國農村的實際圖畫。悲慘的題材是寫不完的，只是寫這些題材的作家，也很少是成功的。

吳組緗的《西柳集》和《飯餘集》，寫的是皖南農村的生活。皖南也是山僻地區，而宗法封建的勢力卻頑強得很，烟賭娼到處都是，顯得安徽軍閥勢力的根深柢固。他那篇〈一千八百擔〉，描寫那百八十多房，二千多家的宋姓大族，子弟們品類混雜，遊手好閒，靠賣田來過日子。那大族的私田，都給族中吞併了去，都成為公田。所謂公田，也就操縱在幾個族中豪紳之手。他的「樊家舖」，便是農村經濟破產的必然後果，良善的農民，失去了土地，只好鋌而走險，而純樸的農婦為了五十塊錢殺死了自己的母親，這都是他所耳聞目睹的悲劇。那時的文藝作家，看見了這樣悲慘的場面，同情之念是有的，他們也並不曾提出答案來。因為中國的農村問題，不是一朝一夕之故，可以說是有着二千年的歷史了！（西漢的士大夫，已經看到了這樣的畫面了。）

我們看過蘆焚的小說集，該記起他說過的兩句話：「我不喜歡我的家鄉，可是懷念着那廣大的原野」。（他憎惡那個充滿了官紳兵匪的貧窮動亂的農村環境，卻又以田園詩人的情懷，欣賞大自然的美麗景色。）這也可說是一般知識分子的共同心理。魯迅在〈故鄉〉的結尾，也就是這麼寫的：「在歸途中，兩岸的青山在黃昏中，都裝成了深黛顏色，連着退向船後梢去。在默默中，他沉思着。」

魯迅曾經介紹過華紫的《豐收》，這是寫農村題材的作家中最富戰鬥氣息的。他說：「這裏的六個短篇，都是太平世界

的奇聞，而現在卻是極平常的事情。因為極平常，所以和我們更密切，更有大關係。作者還是一個青年，但他的經歷，卻抵得太平天下的順民的一世紀的經歷，在轉輾的生活中，要他『為藝術而藝術』是辦不到的。但我們有人懂得這樣的藝術，一點用不着誰來發愁。」作者所寫的是洞庭湖西南的農村景象，他曾經參加過一九二七年的大革命陣線，有着實際的鬥爭經驗。他自言：「這裏面，只有火樣的熱情，血和淚的現實的堆砌。毛手毛腳，有時候，作者簡直像欲親自跳到作品裏去，和人家打架似的！」這是他的火辣辣的風格。

　　說到大西南那一角上的社會生活，更是落後，更是複雜。如沈從文那樣寫川黔邊境的農村生活和軍中生活的，有周文的《烟苗季》。他自己說：「那生活於我究竟太熟悉了，雖然這熟悉並不是人的幸福，它像惡魔似的時時緊抓着我的腦子，啃噬着我的，而且常常在我的夢中翻演着過去了的那些令人不愉快的陳跡，是一個很可怕的重負呵！使我煩惱，使我痛苦，任我怎麼決心要忘掉，也忘不了它！」他就是在這樣迫切的情感下寫出來的，也是那一時期寫暴露性作品的共同作風。

　　日本軍閥的大陸政策，到九一八事變以後，更表面化了，瀋陽失陷了，接下來便是關外東三省的變色。到了一九三二年，榆關失陷，日軍侵入冀東，成立了偽組織，一面從熱河侵入察綏，攻陷了張家口。東北青年，大量流亡到關內，過着流亡的生活。這份憤怒的抗日情緒，在文藝作品中反映得非常鮮明。有一位無名氏寫了一首《松花江上》的歌曲：

我的家在東北松花江上，

那裏有森林煤礦，

還有那滿山遍野的大豆高粱。

我的家在東北松花江上，

那裏有我的同胞，

還有那衰老的爹娘。

九一八，九一八，

從那個悲慘的時候；

九一八，九一八，

從那個悲慘的時候；

脫離了我的家鄉，

拋去那無盡的寶藏！

流浪，流浪，

整天價在關內流浪！

那年那月，

才能夠回到我那可愛的故鄉；

那年那月，

才能夠收回我那無盡的寶藏！

爹娘啊，爹娘啊，

甚麼時候才能歡聚在一堂？

這首歌曲，代表着流亡在關內東北人士的共同情懷。

　　這種情調，投在小說中的，就有蕭軍的《八月的鄉村》（奴隸叢書之一）、蕭紅的《生死場》（也是奴隸叢書之一）。前者寫東北人民起來和敵人戰鬥的血淚史，其中有強毅不屈

的鐵鷹隊長（他是一個道地的農民），和感傷氣氛很濃的蕭明（他是知識分子）。他的小說，魯迅曾作如次的介紹：「我卻見過幾種說述關於東三省被佔的事情的小說。這《八月的鄉村》，即是很好的一部，雖然有些近乎短篇的連續，結構和描寫人物的手段，也不能比法捷耶夫[1]的《毀滅》，然而嚴肅、緊張，作者的心血和失去的天空、土地、受難的人民，以至失去的茂草、高粱、蟈蟈、蚊子，攪成一團，鮮紅地在讀者眼前展開，顯示着中國的一部分和全部，現在和未來，死路和活路。凡有人心的讀者，是看得完的，而且有所得的。」（作者另一長篇小說，題名《第三代》，也是以東北農村為背景的。）

蕭紅的那部小說，以哈爾濱附近農村為背景，寫東北淪陷後，一群善良人的遭遇，在鐵蹄下的人民，終於覺醒了，站起來了。魯迅也曾作如次的介紹：「這本稿子的到了我的桌上，已是今年的春天。但卻看見了五年以前以及更早的哈爾濱。這自然還不過是略圖。敘事和寫景，勝於人物的描寫，然而北方人民的對於生活的堅強，對於死的掙扎，卻往往已經力透紙背；女性作者的細緻的觀察和越軌的筆致，又增加了不少明麗和新鮮，精神是健全的。」其他東北青年作家如舒群、端木蕻良等，他們的氣氛是相同的，所寫的都是血腥的故事，此中有着憎恨與戰鬥的情緒。

1　Alexander Fadeyev。

八　言志派的興起

　　一九四二年十月間，何其芳為了魯迅逝世六週年紀念，寫了一篇〈兩種不同的道路〉的論文。上文略已提及，他說：有這樣的兩兄弟、一同出生於破落的舊中國，一同經歷了辛亥革命、五四運動，而所走的道路卻愈來愈分歧，結果一個投入了無產階級的堡壘裏，成為革命文化的旗幟；一個一直住在個人的書齋裏，以至成為現代文化界的李陵。這就是魯迅和周作人。這難道是偶然的事情嗎？是不是在兩人的思想發展上，我們可以找到一個一貫的根本的區別來呢？讀着兩人早期的文章，我們就總有着不同的感覺。一個使你興奮起來，一個使你沉靜下去。一個使你像曬着太陽，一個使你像閒坐在樹蔭下。一個沉鬱地解剖着黑暗，卻能夠給與你以希望和勇氣，想做事情。一個安靜地談說着人生或其他，卻反而使你想離開人生，去閉起眼睛來做夢。這是什麼原故呢？兩人早期都是民族主義者、民主主義者，然而又是何等不同的民族主義者、民主主義者；兩人都曾經是尋路的人，然而又是何等不同的尋找的方法，何等不同的尋找的結果；兩人都以文學為其事業，然而又是何等不同的對待文學的態度，何等不同的結出來的果實。這又是為什麼呢？我們憑歷史材料去想像那時候的中國，外面是各個帝國主義者的咄咄

297

迫人的侵略，裏面是滿洲貴族的昏庸的封建統治。那時候的進步的知識分子，而不是一個民族主義者、民主主義者是不可能的。然而，無論愛什麼（異性、國、民族、人類），只有糾纏如毒蛇，執着如怨鬼，二六時中，沒有己者有望。魯迅就這麼執着，他曾經經歷了辛亥革命、袁世凱稱帝、張勳復辟，許多使人失望的事情，使他消沉起來，我們可以看出當時思想裏的懷疑與肯定的矛盾。他比喻當時的中國為一個絕無窗戶而萬難破滅的鐵屋子。但當錢玄同說到了希望，他就改變了他的想法了：「說到希望，卻是不能抹煞的，因為希望是存在於將來，決不能以我之必無的證明，來折服了他之所謂可有。」他又說：「我想，希望是本無所謂有，無所謂無的。這正如地上的路，其實地上本沒有路，走的人多了，也便成了路」；「什麼是路？就是從沒有路的地方踏出來的，從只有荊棘的地方開闢出來的」。他拖着他十多年前的啟蒙主義，文學必須是為人生，而且要改良人生。他把文藝看作國民精神所發的火光，同時又是引導國民精神前途的燈火。他認為「為藝術而藝術」，不過是消閒的新式的別號。他的小說也好，雜文也好，都給當時的周圍的寒冷空氣帶來了火與熱。他把希望放在年輕的一代。他反對中庸，反對「費厄潑賴」[1]，反對不打落水狗，他提倡韌性的戰鬥。

　　周作人卻走着另外一條完全不同的路。一九二五年的〈元旦試筆〉中，他自述他的思想變遷的大概。他最初是尊

1　五四運動時對於 Fair play 的音譯。

王攘夷的思想，後來一變而為排滿與復古，持民族主義計有十年之久，到了民國元年，他才軟化。『五四』時代他又夢想世界主義。後來修改為亞洲主義，到了寫試筆的那年元旦，卻又覺得民國根本還未穩固，還得從民族主義做起。五四運動高潮過去了以後，他的第一個選集《自己的園地》就鮮明地宣佈了他的個人主義、趣味主義。他為什麼要從事文學活動呢？他說：「我並非厭薄別種活動而不屑為，我平常承認各種活動於生活都是必要，實在小半由於沒有這樣才能，大半由於缺少這樣的趣味，所以不得不在這中間定一個去就。」他認為這是尊重個性的正當辦法。如有蔑視這些的社會，那便是白痴的，只有形體而沒有精神生活的社會，沒有管它的必要。他說：「為藝術派以個人為藝術的工匠，為人生派以藝術為人生的僕役，現在卻以個人為主人，表現情思而成藝術，即為其生活之一部，初不為福利他人而作，而他人接觸這藝術，得到一種共鳴與感興，使其精神生活充實而豐富。」從他這一觀點，「言志」原是新文學運動的主潮呢！

　　周作人曾經說過：「文藝以自己表現為主體，以感染他人為作用」；「有益社會並非著者的義務，只因為他是這樣想，要這樣說，這才是一切文藝存在的根據」。這些話，可以說是言志派的中心觀點，所以，他的散文集，題名為《自己的園地》。他概括他自己的見解：藝術是獨立的，又原來是人性的；是人生的，但不是為人生的；是個人的，亦即為人類的。他反對藝術上的功利主義。他認為功利的批評過於重視藝術的社會意義，忽略原來的文藝性質。這種批評家

雖聲言叫文學家做指導社會的先驅者，實際上容易驅使他們去做侍奉民眾的樂人。他反對藝術上的多數主義。他認為一個人的苦樂與千人的苦樂，其差別只是量的問題，不是質的問題。個人所感到的愉快或苦悶，只要是純真迫切的，便是普遍的感情，即使超越群眾的一時的感受以外，也終不損其為普遍。在文藝批評上，他反對有客觀的真理，而贊成法朗士[2] 的印象主義的批評。他認為君師的統一思想，定於一尊，固然應該反對；民眾的統一思想，定於一尊，也應該反對。周氏自信於「為人生」與「為藝術」之間有着中間性的文藝，而他自己是實行着這種主張的。他在《自己的園地》序文中，說他自己的寫作動機是：「我平常喜歡尋求友人談話，現在也就尋求想像的友人，請他聽我的無聊的閒談」；「我只想表現凡庸的自己的一部分，此外並無別的目的」；「我因寂寞，在文學上尋求慰安」。在《雨天的書》序中，說明他為什麼寫出那些文章，是因為那年冬天特別多雨，在那種天氣非常陰沉，使人十分氣悶的時候，他常空想「如在江村小屋，靠玻璃窗，烘着白炭火鉢，喝清茶，同朋友談閒話，那是頗為愉快的事」，而這種空想不能實現，所以就寫文章。後來天雖不下雨了，但是在這晴雪明朗的時候，人們心裏也會有雨天，而且陰沉的期間或者更長久些。因此，他的文章就常有續寫的機會。他很嘆息中國這個國家，當時這個時代，使他難於做出平和沖淡的文章，而祈禱他的心境不

2　Anatole France。

要再粗糙下去、荒蕪下去，因為他是極愛慕平淡自然的田園詩的境界的。周氏的散文，喜歡說一些〈蒼蠅〉、〈故鄉的野菜〉、〈窮袴〉、〈香園〉的題目，他覺得「賦得」一類的八股文字是沒有意義的。

周氏講演現代中國新文學，提到文學的用處，他就說：「大家當可看得出：文學是無用的東西。因為我們所說的文學，只是以達出作者的思想感情為滿足的，此外再無目的之可言。裏面沒有多大鼓動的力量，也沒有教訓，只能令人聊以快意。不過，即這使人聊以快意一點，也可以算作一種用處的。它能使作者胸懷中的不平因寫出而得以平息，讀者雖得不到什麼教訓，卻也不是沒有益處。關於讀者所能得到的益處，可以這樣地加以說明，也是亞力士多德[3]早就在他的《詩學》內主張過的，便是一種祓除作用。有人以為文學還另有積極的用處。我說：欲使文學有用也可以，但那樣已是變相的文學了。」周作人可以說是言志派大師，他的話，至少值得我們吟味的。他對於新文學的看法是這樣：「魯迅有過一句話：『由革命文學到遵命文學』。意思是，以前是談革命文學，以後怕要成為遵命文學了。這句話說得很對，我認為凡是載道的文學，都得算作遵命文學，無論其為清代的八股，或桐城派的文章，通是。對這種遵命文學所起的反動，當然是不遵命的革命文學。於是產生了胡適之的所謂『八不主義』，也即是公安派所謂『獨抒性靈，不拘格套』和『信

3　Aristotle。

301

腕信口，皆成律度』的主張的復活。」也是一種看法。

我們回看新文學的進程，用周氏兄弟魯迅和周作人兩人的道路來代表一九二七年以後的文壇動向，那是不錯的。不過，一切分類，也只為了研究上的利便；一定要楚河漢界，劃分成敵對的陣線，卻又是一種機械的看法。周氏兄弟，在若干方面，其相同之點，還比相異性顯著得多。

且說，有一種魯迅所翻譯的廚川白村小品散文集——《出了象牙之塔》（另一種則是《苦悶的象徵》），從這散文集的題名說，顯然是走着和魯迅相同的路，捨棄了象牙之塔，走向十字街頭，為社會、人生而藝術。但翻開第一頁，《出了象牙之塔》的第一個小題，便是「自己表現」，卻是周作人所走的路。（這部小品散文集的譯介，對於中國文壇的影響是很大的，不獨奠定了小品文的內容，也影響到小品文的風格。）廚川白村說：「為什麼不能再隨便些，沒有做作地說話的呢？即使並不儼乎其然地擺架子，並不玩邏輯的花把戲，並不掄着那並沒有這麼一回事的學問來顯聰明，而再淳樸些，再天真些、率直些，而且就照本來面目地說了話，也未必便跌了價罷！」「從早到夜，以虛偽和伶俐凝住了的俗漢，自然在論外，但雖是十分留心，使自己不裝假的人們，稱為『人』的動物，既然穿上衣服，則縱使剝了衣服，一絲不掛，看起來，那心臟也還在骨呀皮呀肉呀的裏面的裏面。——剝去這些，將純真無雜的生命之火，紅燄燄地燃燒着的自己，就照本來面目地投給世間，真是難中的難事。本來，精神病人之中，有一種喜歡將自己身體的隱藏處所給別人看的，所謂肉體暴露狂的，然而倘有自己的心的生活的暴

露狂，則我以為即使將這當作一種的藝術底天才，也無不可罷。」這些話，即便是周作人、林語堂言志派所要說的話了。

廚川白村一說到了小品散文，他就連帶說到了「幽默」。（Humour）這東西的真價值。他說：「從古以來，日本的文學中雖然有戲言，有機鋒（Wit），而類乎幽默的卻很少。到這裏，就知道雖在議論天下國家的大事，當危急存亡之際，極其嚴肅的緊張了的心情的時候，尚且不忘記這『幽默』。有了什麼質問之類，漸漸地煩難起來了的危機一髮的處所，就用這『幽默』一下子打通，互相爭辯的人們，立刻又破顏微笑着的風韻，乃是盎格魯撒克遜人種[4]的特色，在日本人中是全然看不見的。一說到議論什麼事，倘不是成了青呀、黑呀的臉，『固也，然則』，或者『夫然，豈其然哉』，則說者一面固然覺得口氣不偉大，聽者一面，也不答應。什麼不謹慎呀，不正經呀，這些批評，就是日本人這東西的不足與語的所以。在真愛人生，而加以享樂、賞味，要徹到人間味的底裏的藝術家，則這樣各種的缺陷，不就是一種 Beautiful spot 麼？性格上、境遇上、社會上，都有各樣的缺陷。缺陷所在的處所，一定現出不相容的兩種力的糾葛和衝突來。將這糾葛，這衝突，從縱，從橫，從上，從下，觀看了，描寫出來的，就是戲曲，就是小說。倘使沒有這樣的缺陷，人生固然是太平無事了，但同時也就沒有興味，再沒有生活的功效了吧。正因為有暗的影、明的光，這才更加

4　Anglo-Saxons，由中世紀早期居住在英格蘭的文化族群。

顯著的。有一種社會改良論者，有一種道德家，有一種宗教家，是無法可救的。他們除了厭惡缺陷，詛咒罪惡之外，什麼也不知道。因為對於缺陷和罪惡如何給人生以興味，在人生有怎樣的大的『必要』的事，都沒有覺察出。是不懂得在粉汁裏加鹽的味道的。」一個從象牙之塔走出來的為人生的藝術家，他用這意義來啟示我們，這便是林語堂、周作人在《語絲》、《論語》、《人間世》提倡「幽默」與「言志」文學的由來了。

周作人講演新文學的源流，說文學最先是混在宗教之內的，後來因為性質不同分化了出來。分出之後，在文學的領域內，馬上又有了兩種不同的潮流：（一）詩言志——言志派；（二）文以載道——載道派。言志之外所以又生出載道派的原因，是因為文學剛從宗教脫出之後，原來的勢力，尚有一部分保存在文學之內，有些人以為單是言志未免太無聊，於是便主張以文學為工具。再借這工具將另外的更重要的東西——「道」表現出來。這兩種潮流的起伏，便造成了中國的文學史。周氏認為用這樣的觀點去看中國的新文學運動，自然比較容易看得清楚。他認為中國的文學，在過去所走並不是一條直路，而是像一道彎曲的河流，從甲處流到乙處，又從乙處流到甲處。遇到一次抵抗，其方向即起一次轉變。周氏說：「民國以後的新文學運動，有人以為是一件破天荒的事情；胡適之先生在他所著的《白話文學史》中，他以為白話文學是文學唯一的目的地，以前的文學也是朝着這個方向走，只因為障礙物太多，直到現在，才得走入正軌，而從今以後，一定就要這樣走下去。這意見我是

不大贊同的。照我看來，中國文學始終是兩種互相反對的力量起伏着，過去如此，將來也總如此。」周氏的看法，我們也不妨說是一種看法。他把新文學的源流，追溯到明末公安派、竟陵派的文學主張，也並非附會之詞。他對公安派的批評，說：「對他們自己所作的文章，我們也可作一句總括的批評，便是：『清新流麗』。他們的詩也都巧妙而易懂；他們不在文章裏面擺架子，不講治國平天下的大道理，只要看過前後七子的假古董，就可很容易看出他們的好處來。不過公安派後來的流弊，也就因此而生，所作的文章都過於空疏浮淺，清楚而不深厚。好像一個水池，污濁了當然不行，但如清得一眼能看到池底，水草和魚類一齊可以看清，也覺得沒有意思，而公安派後來的毛病即在此，於是竟陵派又起而加以補救。竟陵派的主要人物是鍾惺、譚元春，他們的文章很怪，裏邊有很多奇僻的詞，但其奇僻絕不是在模仿左、馬，而只是任着他們自己的意思亂作的，其中有許多很好玩，有些則很難看得懂。」這些話，也可以說是對於新文學運動的批評。最有趣的，『五四』時期的新文學，原是對「文以載道」的桐城古文的解放。一轉眼間，卻又撇開了表現個人的言志傾向，轉入為社會政治而宣傳的載道路上去。於是，從語絲社走出的作家，一邊成為載道派的《太白》、《芒種》的雜文，一邊成為言志派的《人間世》、《宇宙風》的小品文了。也正如周氏所說的，始終是兩種互相反對的力量起伏着的。

以袁中郎為宗師，提倡公安派的言志文學，林語堂在《人間世》上大吹大擂，在當時自是熱鬧的場面。當時，沈

啟无（周作人弟子）編選了《近代散文鈔》，重新把明清之際公安、竟陵派的作品介紹出來。林語堂介紹這部文鈔，說：「在這集中，於清新可喜的遊記外，發現了最豐富最精彩的文學理論，最能見到文學創作的中心問題。又證之以西方表現派文評，真如異曲同工，不覺驚喜。大凡此派主性靈就是西方歌德以下近代文學普通立場，性靈派之排斥學古，正也如西方浪漫文學之反對新古典主義；性靈派以個人性靈為立場，也如一切近代文學之個人主義。其中如三袁弟兄之排斥仿古文辭，與胡適之文學革命所言，正如出一轍」；「西洋近代文學，派別雖多，然自浪漫主義推翻古典文學以來，文人創作立言，自有一共通之點，與前期大不同者，就是文學趨近於抒情的、個人的，各抒己見，不復以古人為繩墨典型。一念一見之微，都是表現個人衷曲，不復言廓大籠統的天經地義，而喜怒哀樂，怨憤悱惻，也無非個人一時之思感。因此，其文辭也比較真摯親切，而文體也隨之自由解放，曲盡纏綿，以意役法，不以法役意了。近代文學作品所表的是自己的意，所說的是自己的話，不復為聖人立言，不代天宣教了」。這又合於廚川白村所說的表現自己之意了。

從《人間世》溯源到《論語》，這是林語堂倡導個人筆調的言志文學的路子，但其先則《語絲》文體導其源。周作人說：「我始終相信《語絲》沒有什麼文體，⋯⋯我們並不是專為講笑話而來，也不是來討論什麼問題與主義，我們的目的只在讓我們隨便說話。我們的意見不同，文章也各自不同，所同者只是不管三七二十一地亂說。因為有兩三個人喜歡講一句半句類似滑稽的話，於是文人學士遂哄然以為這是

《語絲》的義法，彷彿《語絲》是笑林週刊的樣子。這種話，我只能付之以幽默，即不去理會他。⋯⋯還有些人好意地稱《語絲》是一種文藝新誌，這個名號，我覺得也只好璧謝。⋯⋯《語絲》還只是《語絲》，是我們這班不倫不類的人，借此發表不倫不類的文章與思想的東西。」當時，周氏還和林語堂提到《語絲》的態度，說：「除了政黨的政論以外，大家要說什麼都是隨意，唯一的條件是大膽與誠意。我們有這樣的精神，便有自由言論之資格」。就把這一種意向更走得明朗一點，那便是《人間世》的路子了。林語堂創辦《人間世》，曾替小品文下界說：「小品文，以自我為中心，以閒適為格調，與各體別，西方文學所謂個人筆調是也」。又說：「現代散文，確可分說理與言情二派（說理與言情，只是在文章的筆調上說法，無關社會學意識形態的事），說理文亦可夾入言情，言情文亦常常說理。其不同在行文上，說理者以明朗為主，首尾兼顧，脈絡分明，即有個人論斷，亦多以客觀事實為主。言情者以抒懷為主，意思常纏綿，筆鋒常帶情感，亦無所謂起合相比，只循思想自然之序，曲折迴環，自成佳境而已。」從周作人的言志文學觀來說，林氏的看法原是不錯的。

　　林語堂主編《論語》半月刊，這是《語絲》停刊以後的文壇一件大事。他們提倡「幽默」，並不從《論語》開頭（幽默的音譯，早已見於《語絲》週刊），但正正式式提出「幽默」的旗幟來，則起於《論語》。他在〈論幽默〉一文中，引了麥烈蒂斯（Meredith）的話：「我想一國文化的極好的衡量，是看他喜劇及俳調之發達，而真正的喜劇的標準，是

看他能否引起含蓄思想的笑。」林氏又云：「幽默本是人生之一部分，所以一國的文化，到了相當的程度，必有幽默的文學出現。人之智慧已啟，對付各種問題之外，尚有餘力，從容出之，遂有幽默。或者一旦聰明起來，對人之智慧本身發生疑惑，處處發見人類的愚笨、矛盾，偏執自大，『幽默』也就跟着出來了。」林氏最讚美春秋戰國時期的文化自由空氣，說：「這時中國之文化及精神生活，確乎是精力飽滿，放出異彩，九流百家，相繼而起。如滿庭春色，奇花異卉，各有規模，而能自出奇態以爭妍。人之智慧，在這種自由空氣之中，各抒性靈，發揚光大。人之思想也走各的路，格物窮理，各逞其奇，奇則變，變則通，故毫無酸腐氣象。在這種空氣之中，自然有謹愿與超脫二派，於是儒與道在中國思想史上，成了兩大勢力，代表道學派與幽默派。中國文學，除了御用的廊廟文學，都是得力於幽默派的道家思想。廊廟文學，都是假文學，就是經世之學；狹義言之，也算不得文學。所以真有性靈的文學，入人最深之吟詠詩文，都是歸返自然，屬於幽默派、超脫派、道家派的。」他認為有相當的人生觀，滲透道理，說話近理的人，才會寫出幽默作品，無論哪一國的文化、生活、文學、思想，都用得着近情的幽默的滋潤的。沒有幽默滋潤的國民，其文化必日趨虛偽，生活必日趨欺詐，思想必日趨迂腐，文學必日趨乾枯，而人的心靈也必日趨頑固，其結果必有天下相率而為偽的生活與文章。他所提倡的文學，平心而論，在當時也是針砭時弊的。

九　《人間世》與《太白》、《芒種》

　　當林語堂、周作人他們在《論語》、《人間世》、《宇宙風》各雜誌提倡閒適的幽默的小品文之際，我們（魯迅、陳望道、葉聖陶、茅盾、夏丏尊、徐懋庸、陳子展和筆者）就在《自由談》、《太白》、《芒種》等刊物，提倡戰鬥性的雜文，這是一九三二至一九三六年間文壇很明顯的分歧的趨向。但是，我們不能離開時代環境來憑空立論，那是國難最嚴重的時期，日軍已經統治了關外，而且踏進關內，在冀東建立偽組織，華北岌岌可危之時，實在在情緒上閒適不下來的時候，假使要閒適，也只是自己麻醉着自己而已。雜文本來也就是小品文，但當時彼此的情緒不相同，那是顯然的。魯迅曾在《且介亭雜文》的序言，說得很明白。他說：「其實『雜文』也不是現在的新貨色，是古已有之的。凡有文章，倘若分類都有類可歸，如果編年，那就只按作成的年月，不管文體，各種都夾在一處，於是成了『雜』。分類有益於揣摩文章，編年有利於明白時勢，倘要知人論世，是非看編年的文集不可的。……現在是多麼切迫的時候，作者的任務，是在對於有害的事物，立刻給以反響或抗爭，是感應的神經，是攻守的手足。潛心於他的鴻篇鉅製，為未來的文化設想，固然是很好的，但為現在抗爭，卻也正是為現在和

未來的戰鬥的作者，因為失掉了現在，也就沒有了未來。」

就在〈論語一年〉的紀念文中，魯迅也說了這樣的話：「說是《論語》辦到一年了，語堂先生命令我做文章，……老實說罷，他所提倡的東西，我是常常反對的。先前，是對於『費厄潑賴』，現在呢，就是『幽默』。我不愛『幽默』，並且以為這是只有愛開圓桌會議的國民才鬧得出來的玩意兒，在中國卻連意譯也辦不到。我們有唐伯虎，我們有徐文長，還有最有名的金聖嘆，『殺頭至痛也，而聖嘆以無意得之，大奇』，雖然不知道這是真話，是笑話，是事實，還是謠言，但總之，一來，是聲明了聖嘆並非反抗的叛徒；二來，是將屠戶的兇殘，使大家化為一笑收場大吉。我們只有這樣的東西，和『幽默』是並無甚麼瓜葛的。」這意思是很明白的，現實迫得我們非戰鬥不可，我們是不能「付之一笑」了事的。

到了魯迅的〈小品文的危機〉出來，已經對林語堂派的小品文作正面的批判了。這是一篇極重要的文獻，他說：

> 美術上的小擺設的要求，這幻夢是已經破掉了。……然而對於文學上的「小擺設」——小品文的要求，卻正在愈加旺盛起來，要求者以為可以靠着低訴或微吟，將粗獷的人心，磨得漸漸的平滑。這就是想別人一心看着《六朝文絜》，而忘記了自己是抱在黃河決口之後，淹得僅僅露出水面的樹梢頭。但這時卻只用得着掙扎和戰鬥。而小品文的生存，也只仗着掙扎和戰鬥的。……

「小擺設」當然不會有大發展。到五四運動的時候，才又來了一個展開，散文小品的成功，幾乎在小說戲曲和詩歌之上。這之中，自然含着掙扎和戰鬥，但因為常常取法於英國的隨筆，所以也帶一點幽默和雍容，寫法也有漂亮和縝密的，這是為了對於舊文學的示威，在表示舊文學之自以為特長者，白話文學也並非做不到。以後的路，本來明明是更分明的掙扎和戰鬥，因為這原是萌芽於「文學革命」以至「思想革命」的。但現在的趨勢，卻在特別提倡那和舊文章相似之點，雍容、漂亮、縝密，就是要它成為「小擺設」，供雅人的摩挲，並且想青年摩挲了這「小擺設」，由粗暴而變為風雅了。……

小品文就這樣的走到了危機。但我所謂危機，也如醫學上的所謂「極期」一般，是生死的分歧，能一直得到死亡，也能由此至於恢復。麻醉性的作品，是將與麻醉者和被麻醉者同歸於盡的。生存的小品文，必須是匕首，是投槍，能和讀者一同殺出一條生存的血路的東西！

這一篇戰鬥性的文字，幾乎成為我們那一群人的宣言了。

林語堂的《剪拂集》，他是帶着《語絲》前期的戰鬥氣氛的，他主張要「罵人」，提倡過「打狗運動」，他說：「愈有銳敏思想的人，他以為該罵的對象愈多」。他對語絲社同人，主張必談政治：「所謂政治者，非王五、趙六忽而喝白

乾忽而揪辮子之政治，乃真正政治也。新月社的同人，發起此社時，有一條規則，請在社裏都可來（剃頭、洗浴、喝啤酒），只不許打牌與談政治，此亦一怪現象也。」他的步調和大家本來相一致的。論語社和語絲社一樣，都是同人的雜誌，雖由林語堂主編，並非一鼻孔出氣，只賣獨家貨色的。林語堂提倡幽默，《論語》中文字，還是諷刺性質為多。即林氏的半月《論語》，也是批評時事，詞句非常尖刻，大不為官僚紳士所容。因此，各地禁止《論語》銷售，也和禁售《語絲》相同。

　　林氏再三強調「幽默」與「謾罵」不同，他說：「訕笑嘲謔，是自私，而幽默卻是同情的。所以幽默與謾罵不同。因為謾罵自身就欠理智的妙悟，對自身就沒有反省的能力。幽默的情境是深遠超脫，所以不會怒，只會笑。而且幽默是基於明理，基於道理之滲透。麥烈蒂斯說得好，能見到這俳調之神，使人有同情共感之樂。謾罵者，其情急，其辭烈，唯恐旁觀者之不與同情。幽默家知道世上明理的人自然會與之同感，所以用不着熱烈的謾罵諷刺，多傷氣力，所以也不急急打倒對方。因為你所笑的是對方的愚魯，只消指出其愚魯便罷。明理的人總會站在你的一面。所以是不知幽默的人，才需要謾罵。」（麥烈蒂斯說：「假使你能夠在你所愛的人身上見出荒唐可笑的地方，而不因此減少你對他們的愛，就算有了俳調的鑒察力；假使你能夠想像愛的人，也看出你可笑的地方，而承受這項的矯正，這更顯得你有這種鑒察力」；「假使你只向他四方八面的奚落，把他推在地上翻滾，敲他一下，淌一點眼淚於他身上，而承認你就是同他一樣，

也就是同旁人一樣，對他毫不客氣地攻擊，而於暴露之中，含有憐惜之意，你便是得了幽默之精神」。這都是林氏在《論語》中所再三致意的。）這樣的幽默，既不是論語社同人所能貢獻，也不是《論語》讀者所能領略。因此，《論語》中最幽默的一篇文字——〈志摩與我〉，便不是讀者所歡迎的，甚至有人以為《論語》中頂壞的文字，就是這一篇。

林氏也曾貶斥諷刺文字，說：「中國道統之勢力真大，使一般人認幽默是俏皮諷刺，因為即使說笑話之時，亦必關心世道，諷刺時事，然後可成為文章。其實幽默與諷刺極近，卻不定以諷刺為目的。諷刺每趨於酸腐，去其酸辣，而達到沖淡心境，便成幽默。欲求幽默，必先有深遠之心境，而帶一點我佛慈悲之念頭，然後文章火氣不太盛，讀者得淡然之味。幽默只是一位冷靜超遠的旁觀者，常於笑中帶淚，淚中帶笑，其文清淡自然。」他的話下，原是針對着魯迅的諷刺文字而說，但《論語》中好一點文字，也只是諷刺與熱嘲，次一等文字，倒變成俏皮與滑稽，有如《笑林廣記》中文字，較之魯迅的諷刺文字，又差得很遠了。

因此，林氏主編《人間世》和《宇宙風》（這才是林氏一家的刊物），索性地把「幽默」的牌子，改標獨抒性靈的「閒適」口號了。當時，太白社曾以「小品文和漫畫」為題，徵求當代文家的意見，那五十多家的意見，都是否定那自我的中心、閒適的筆調的。茅盾說：「一個時代的小品文，也有以自我中心、個人筆調、性靈、閒適為主的，但這只說明了小品文有時被弄成了畸形。他之所以如此這般主張者，因為他尊重自己的性靈，換句話說，就是他的純粹的自由意

志。後來自由意志的肥皂泡一經戳破，原來倒是幾根無形的環境的線在那裏牽弄，主觀超然的性靈，客觀上不過是清客身分。然而，即使到這最後的一幕，也未便認為只是個人的動作，這還是社會氣運的反映。」這樣，言志派與載道派，乃分道而馳了。

一九三四年，《太白》、《芒種》這兩種半月刊的先後出版，乃是「載道派」的鮮明陣線。（和這一陣線接近的，除了《申報·自由談》、《立報·言林》而外，還有《申報月刊》、《申報週刊》、《中學生》、《文學》、《新生週刊》、和在東京出版的《雜文》半月刊。）《太白》由生活書店出版，組織了編輯委員會，由陳望道主編，茅盾、陳子展、徐懋庸和筆者都是委員。《太白》這一刊物名稱，包含幾種意義：它是晨星，代表黎明期的氣象；它是革命的旗號；它是一種比白話文更接近口語的文體；它是一種綜合性刊物，卻提倡三種文體：報告文學、科學小品和雜文。《芒種》半月刊，由徐懋庸和筆者主編，無視紳士的尊嚴，以小癟三的態度登場，有別於閒適的小品文，提倡不矜持，隨便說話，正面批判現實的雜文。當時，因為雜文流行起來，有的作家在那兒譏笑，說雜文在文藝上並沒有價值，說某人是雜文家，彷彿就是一種輕蔑。關於雜文的社會意義，曾經熱烈地爭論了許久。

那時，徐懋庸曾編次了他自己的雜文，以《打雜集》的書名刊行。魯迅就在《打雜集》的序文中說：「雜文這東西，我卻恐怕要侵入高尚的文學樓台去的。小說和戲曲，中國向來是看作邪宗的，但一經西洋的文學概論引為正宗，我們也

就奉之為寶貝，《紅樓夢》、《西廂記》之類，在文學史上竟和《詩經》、〈離騷〉並列了。雜文中之一體的隨筆，因為有人說它近於英國的 Essay，有些人也就頓首再拜，不敢輕薄。寓言和演說，好像是卑微的東西，但伊索[1]和契開羅[2]，不是坐在希臘羅馬文學史上嗎？雜文發展起來，倘不趕緊削，大約也未必沒有擾亂文宛的危險。以古例今，很可能的」；「我是愛讀雜文的一個人，而且知道愛讀雜文，還不只我一個，因為它『言之有物』。我還更樂觀於雜文的開展，日見其斑斕。第一是使中國的著作界熱鬧、活潑；第二是使不是東西之流縮頭；第三是使所謂『為藝術而藝術』的作品，在相形之下，立刻顯出不死不活相」。魯迅在〈什麼是「諷刺」〉的答案中說：「我想：一個作者，用了精鍊的，或者簡直有些誇張的筆墨，但自然也必須是藝術的，寫出或一群人的或一面的真實來，這被寫的一群人，就稱這作品為諷刺。「諷刺」的生命是真實，不必是曾有的實事，但必須是會有的實情。所以它不是捏造，也不是誣蔑，既不是揭發陰私，又不是專記駭人聽聞的所謂奇聞或怪現狀。它所寫的事情是公然的，也是常見的，平時是誰都不以為奇的，而且自然是誰都毫不注意的。不過這事情，在那時卻已經是不合理、可笑、可鄙，甚而至於可惡。但這麼行下來了，習慣了，雖在大庭廣眾之間，誰也不覺得奇怪，現在給它特別一提就動人」；「諷刺作者雖然大抵為被諷刺者所憎恨，但他卻常常是

1　Aesop。

2　Cicero。

善意的，他的諷刺，在希望他們改善，並非要捺這一群到水底裏」。這都是代表當時雜文家的態度，也正是對林語堂那番揚「幽默」而棄「諷刺」的議論的答覆。

我們且看周作人的另一番話：「諷刺小說是理智文學裏的一支，他的主旨是『憎』，他的精神是『負』的，然而憎不變成厭世，負的也不盡是破壞。福勒忒說：『真正的諷刺，實在是理想主義的一種姿態，對於不可忍受的惡習之正氣的憤怒的表示，對於在這混亂的世界裏，因了邪曲腐敗而起的各樣侮辱損害之道德意識的自然反應。其方法或者是破壞的，但其精神卻還在這些之上。』因此，在諷刺裏的憎，也可以說是愛的一種姿態。」這又是替雜文和魯迅諷刺文字的辯解，和主張閒適的人間世派異趣了！

一〇「大眾語」運動

一九三四年夏天，一個下午，我們（陳望道、葉聖陶、陳子展、徐懋庸、樂嗣炳、夏丐尊和我）七個人，在上海福州路印度咖喱飯店有一小小的討論會。我們討論的課題，針對着當時汪懋祖的「讀經運動」與許夢因的「提倡文言」而來（汪氏曾在《時代公論》發表文言復興論，有「文言復興之自然性與必然性」之語），我認為白話文運動還不夠徹底，因為我們所寫的白話文，還只是士大夫階層所能接受，和一般大眾無關，也不是大眾所能接受。同時，我們所寫的，和大眾口語也差了一大截，我們只是大眾的代言人，並不是由大眾自己來動手寫的。因此，大家就提出了大眾語的口號，並決定了幾個要點，先由我們七個人輪流在《申報·自由談》上發表意見。我們的主張，大致是相同的，至於各人如何發揮，彼此都沒有受到什麼拘束。當時抽籤得了順序：陳子展得了頭籤，筆者第二，以下陳望道、葉聖陶、徐懋庸、樂嗣炳、夏丐尊這麼接連下去。我們獲得了《自由談》編者張梓生的同意，那幾個月的《自由談》，就成為「大眾語」運動的講壇。（我們看了許多現代文學史，都說是這一運動是陳子展所提出的，而由魯迅奠定了基本觀點；有人還牽到宋陽即瞿秋白身上去，好似這是他所倡導的，那更牛

317

頭不對馬嘴了。王瑤的《中國新文學史稿》，也把「大眾語」運動編入魯迅領導的方向，也同樣地胡說可笑。）

因為陳子展是擔當開場的責任，所以，他就提出〈文言——白話——大眾語〉這一課題，把「大眾語」喊出來，至於積極的主張，還待大家來補充的。筆者剛輪上了提出主張的任務，因此寫了〈大眾語文學的實際〉這一短論。我（也就是我們）所提出了基本的條件是：

（一）大眾語文學不僅是寫給大眾看大眾聽的，而是大眾自己所寫的。已往的文言文和白話文，可說是知識分子（士大夫）的專利品，運用文字這工具的人，至多不過佔大眾百分之五。現在要使大眾來運用這工具，由大眾來創大眾語文學，所以開宗明義第一件事，我們要訓練知識分子以外的大眾作家。（從農民、工人、店員中訓練起來。）

（二）語言和文字絕對一致，在最近的將來，還是不可能。（除非紙片上收音成為事實。）大眾語文學的基礎工作，先要在方言文學上奠定基礎。大眾以往確不以文字創作而以語言創作，自古迄今，日進不已。約翰瑪西[1]說：「口頭的言語乃是寫出的言語的基礎，口頭的言語即使怎樣容易變換，容易消滅，終究將我們藉以生活的基本的觀念，

---

1 John Macy。

從這人傳到那人，從父親傳到兒子，從母親傳到嬰孩，還可以保存美的許多東西而遺留下來。」我們應該發展多元的方言文學，即是使大眾接近筆頭，由此逐漸可以完成一元的大眾語文學。我們應該承認某一種方言，有百千萬人在運用，即該承認以某種方言寫成文學的權利。

（三）大眾語文學不僅是形式問題而是意識問題。桐城派的義法，以士大夫身分為標準，所以「言必雅馴」，在大眾則「都下引車賣漿之徒，所操之語，按之皆有文法，凡京津之稗販，均可用為教授」。用不着那些紳士架子。我們要除去已往的矜持態度，大膽地採用各社群的口頭語。

（四）已往的字典詞典以及種種類書，都是陳死人的詞語，和大眾不發生關涉。我們要重新整理以往的字典詞典，重新編訂活的大眾語文詞典。

這篇短論，雖出之於筆者之手，引申發揮，也是我的意見，但基本主張，乃是我們那七個人所共同決定的。為了加強正面的主張，我當時還曾寫了〈什麼是文言〉、〈一幕對話——關於大眾語的實際〉、〈文白論戰史話〉這幾篇文字，尤其是第二篇，在當時引起了很廣大的注意。

「大眾語」的口號一提出，各方的反應，不僅是熱烈，而且非常廣大。讀經運動和文言復興的聲音，立即低沉下去了。（後來，何健在湖南、陳濟棠在廣東提倡讀經，那只是地方軍人的復古傾向，和一般文化界是不相干的。）餘波所

及，倒和言志派的林語堂，來了正面的爭論。那年，林氏在廬山避暑，大概在山中讀了明末公安、竟陵派的小品文字，覺得樸素淡遠得可愛。他一下山，並不知道「大眾語」運動所提倡的，究竟是什麼，只是發表他的語錄體文字。他認白話文嚕嚕囌囌，還是行不通的，要大家走回頭路，做宋明理學家的語錄體。他自己做了一個榜樣，在《論語》上發表他的〈一張字條的寫法〉，依林氏的說法，這是語錄體的字條。（那字條是要木匠老板派徒弟來替他修理紗窗的事。）其實，這一類應用文字，也用不着什麼語錄體。林氏示範的那一便條，也是嚕嚕囌囌的。至於語錄體之為士大夫文體，那更是行不通的。

就在討論的過程中，筆者為了一方面負責整理這一運動的文獻，和《自由談》方面有所商洽；一方面也為了《社會月報》刊行大眾語討論專輯，乃彙集了幾個專題，向國內語文專家徵求建設性的意見。魯迅、胡適、黎錦熙、吳稚暉諸光生都有詳細的答覆，而吳氏的五千字長信，寫在一張一丈多長的川連紙信箋上，其論之透闢，可說是這一回討論文字中的生力軍。（此信，一刊於《申報‧自由談》，再刊於《社會月報》大眾語問題特輯，三刊於《文學月報》生活書店。我還記得陳望道氏初讀此信時的興奮情況。可是坊間出版的現代文學史稿，就略去了吳氏此信；胡氏專稿，也只見於胡適學術論著。帶着政治成見的文學史家，只刊了魯迅回我的信，至於為什麼要回信給我，也一字不提，使讀者摸不着頭腦了。）

魯迅的覆信，有着建設性的意義，那是大家所承認的。

他提出的意見如次：

（一）漢字和大眾語，是勢不兩立的。

（二）所以要推行大眾語文，必須用羅馬字拼音（即拉丁化，現在有人分為兩件事，我不懂是怎麼一回事），而且要分為多少區，每區又分為小區。寫作之初，純用其地方言。但是，人們是要前進的，那時原有方言一定不夠，就只好採用白話、歐字，甚而至於語法。但，在交通繁盛，言語混雜的地方，又有一種語文，是比較普通的東西，它已經採用着新字彙，我想這就是大眾語的雛形，它的字彙和語法，即可以輸進窮鄉僻壤了。

（三）普及拉丁化，要在大眾自掌教育的時候。現在我們所辦得到的是：（1）研究拉丁化法；（2）試用廣東話之類，讀者較多的言語，做出東西來看；（3）竭力將白話做得淺豁，使能懂的人增多。但精密的所謂「歐化」語文，仍應支持，因為講話倘要精密，中國原有的語法是不夠的，而中國的大眾語文，也決不會永久含糊下去。

（四）在鄉僻處啟蒙的大眾語，固然應該純用方言，但一面仍然要改進。先驅者的任務是在給他們許多話，可以發表更明確的意思，同時也可以明白更精確的意義。

（五）至於已有大眾語雛形的地方，我以為大可以依此為根據而加以改進，太僻的土語，是不必

用的。語文和口語不能完全相同，講話的時候，可以夾許多「這個這個」、「那個那個」之類，其實並無意義。到寫作時，為了時間、紙張的經濟，意思的分明，就要分別刪去的。所以，文章一定應該比口語簡潔，然而明瞭，有些不同，並非文章的壞處。

這些話，大部分也和其他專家的主張相同，也可以說是看法的一致。當時，魯迅為了支持這一運動，還在《自由談》上發表了一篇〈門外文談〉，說得更淺近，也更有力量，是一篇最有意義的文字。（文長不錄。）

為了這一問題，黎錦熙寫了十多萬字的《國語運動史綱》。（另見專書，此不備述。）他指出了國語文學的進路，以及語文更接近的應有努力，給我們這一運動以積極的支持。當時，胡適在《獨立評論》上，除了刊載任叔永的〈為全國小學生請命〉（這篇文章，針對着汪懋祖在《時代公論》上所發表的〈中小學文言運動〉而發的），還寫了〈所謂中小學文言還動〉和〈大眾語在那兒？〉兩文，前者指斥汪懋祖、許夢因之流的心理錯誤，他贊成龔啟昌的說法：「語體文在小學裏的地位，當然毫無異議。不過應當使社會尊重語體文，廣為推行，一切報章公文一律改過，尤其是中學大學入學試驗也要能提倡。否則一部分人在那裏提倡文言，以致青年無所適從了。」胡氏說：「我們決心先把白話認作我們自己愛敬的工具，決心先認定白話不單是『開通民智』的利器，乃是創造中國文學的唯一工具」；「我深信白話文學是必

然能繼長增高的發展的，我也深信白話在社會上的地位是一天會比一天抬高的」。（為了反對讀經，胡氏還寫了〈我們今日還不配讀經〉、〈寫在孔子誕辰紀念之後〉那幾篇文字。）

他對於大眾語問題，認為提倡容易，要做大眾語文字，卻不容易。他要請大家做點大眾語的作品出來，給我們看看。他從他那篇替李辛白主編的《老百姓》所做那篇〈新生活〉說起，說到李辛白是提倡大眾語文學的老祖宗，可是他辦的報，儘管叫做《老百姓》，看的仍舊是中學堂裏的學生，始終不曾跑到老百姓的手裏去。他的結論是這樣：「現在許多空談大眾語的人，自己就不會說大眾的話，不會做大眾的文，偏要怪白話不大眾化，這真是不會寫字怪筆禿了。白話本來是大眾的話，決沒有不可以回到大眾去的道理。時下文人做的文字所以不能大眾化，只是因為他們從來就沒有想到大眾的存在。因為他們心裏眼裏全沒有大眾，所以他們亂用文言的成語套語，濫用許多不曾分拆過的新名詞，文法是不中不西的，語氣是不文不白的，翻譯是硬譯，做文章是懶做。他們本來就沒有學會說白話，做白話，怪不得白話到了他們的手裏，就不肯聽他們的指揮了。這樣嘴裏有大眾而心裏從來不肯體貼大眾的人，就是真肯『到民間去』，他們也學不會說大眾語的，所以我說大眾語不是一個語言文字的問題，只是一個技術的問題。提倡大眾語的人，都應該先訓練自己做一種最大多數人看得懂、聽得懂的文章。『看得懂』是為識字的大眾着想的；『聽得懂』是為不識字的大眾着想的。我們如果真有心做大眾語的文章，最好的訓練是時時想像自己站住無線電發音機面前，向那絕大多數的農村老百姓

說話，要字字句句他們都聽得懂。用一個字，不要忘了大眾；造一句句子，不要忘了大眾；說一個比喻，不要忘了大眾。這樣訓練的結果，自然是大眾語了。」

吳稚暉的那封長信，是以〈文學不死，大難不止〉為文題的，他認為文人與文學，都是要不得的。「便是藏之名山，傳之其人的司馬遷、專上宰相書的韓愈，他除了給人俳優蓄之之外，傳記上寫得什麼事業與品格。至於那善挑琴心的司馬相如、工做劇秦美新的揚雄，歷數至於《鈐山堂集》的嚴嵩、《有學集》的錢謙益，最近而至天橋獵艷，周媽侍寢之王湘綺，皆能文章，抱鐵飯碗之結果而已。文人也者，即與嫖賭吃着金丹老土同其興衰。文人如濕熱污水，一時暴盛，即蚊蟲臭虱充塞牆屋。」（原信找不到，引用吳氏另一論文中語。）「我們是鼓吹白話，不願意請他成文，我們不願意用愚民政策，所以凡有文字可以同大多數人說話，又為大多數人容易學習的文字，我們在作用上，就認為最適當。白話文便承乏此適當。白話文要出世，不要盛大的理由。物質的繁簡，同需要的廣狹，什麼都依着這種狀態而起變化，文字亦同是束縛在這個例內。若說你的字少，我的字多，白話當然多。多雖多，寫是容易，讀也容易。當今之世，印刷紙墨都不成問題，為什麼要省幾個字，反花數倍的勞力呢？」他是主張採用拼音文字的，也和魯迅一樣贊成拉丁化文字。他這麼一說，連汪懋祖所說的豪傑之士也啞口無言了。

一一　報告文學

　　我們回看現代中國文學風尚的轉變，和印刷工業的進步，新聞企業的發達，有着最密切的關係。廚川白村論小品散文與新聞雜誌的關係也說：「起於法蘭西，繁於英國的 Essay 的文學，是和新聞雜誌事業保持着密切的關係而發達的。十八世紀的愛德生（J. Addison）、斯台爾（Steele）的時代不待言。十九世紀蘭勃（Lamb）、亨德（L. Hunt）、哈茲利德（W. Hazlitt）那些人們的超拔的作品，也大抵直可為定期刊行物而作。尤其是在目下的英國文壇上，倘是帶着文筆的人，不為新聞雜誌作小品散文的，簡直可以說是少有。極其佩服法蘭西的培洛克（H. Belloc）、開口就以天外的奇想驚人的契斯透敦（G. K. Chesterton）等，其實，就單以這樣的文章風動天下的，所以了不得。恰如近代的短篇小說的流行，和新聞雜誌的發達有密切的關係一樣，兩三欄就讀完的簡短的文章，於定期刊物很便當，也就是流行起來的原因之一。」我們這一代的政論家、散文家和新聞記者，幾乎三位一體，成為不可分的時代產物。康有為、梁啟超、章太炎、吳稚暉、章士釗、胡適、邵力子，這些知名之士且不說，其他散文作家，不和新聞雜誌發生關係的，也是很少的。

不過，適應新聞事樂本身的需要，產生了報告文學（Reportage），雖是近代的散文的支流，恰是最富有時代氣息的新文體。（筆者曾在新聞文藝論中說過這樣的話：「什麼叫做報告文學呢？它並不是純文藝，新聞文藝乃是史筆。它的成分，要讓『新聞』佔得多，那藝術性的描寫，只有加強對讀者誘導的作用，並不能替代新聞的重要性。換言之，不管用文藝手法描寫得怎樣高明，只要那新聞本身缺乏真實性，那篇通訊便失去了意義。」）我們首先於十九世紀末期，看見了梁啟超式的政論，那一時期的記者，着眼在社論、專論，帶着煽動性的論辯文字，所以他們都成為政論家。到了二十世紀初期，我們的報紙進步了，着重新聞報導的文字也出頭了。

　　民國初年，北京有一位傑出的新聞記者黃遠庸（遠生，江西九江人）。他開始替《亞細亞日報》作稿，兼為上海《東方日報》作通訊；《東方日報》停刊後，又替上海《時報》寫通訊，後來，又替上海《申報》寫通訊。他理解力很強，文字簡潔明快，真是一代大手筆。他嘗謂：「新聞記者須尊重彼此之人格，敘述一事實能恰如其分，調查研究，須有種種素養。」近五十年間之中國記者，沒有人能比得上他的。（一九一五年冬間，黃氏遊美，抵舊金山，華僑誤認為帝制派，被暗殺，真是新聞界的大不幸。）黃氏的民初通訊，篇篇都是可寶貴的史料，李劍農寫《中國近百年政治史》，這一部分，就採用了他的資料。（黃氏接近梁啟超的進步黨，他的通訊，對國民黨卻能持最公正的批判。林志鈞曾編次他的論文、通訊凡四卷，名《遠生遺著》，商務印書館刊行。）

當時，日本及歐美記者駐北京的很多，都說中國只有一個記者，即指黃遠庸而言。

黃遠庸以後，替上海《申報》、《時報》寫通訊的，有邵飄萍（振青，浙江金華人）、徐彬彬（凌霄漢閣，江蘇人）。邵氏在新聞界的歷史，也很悠久。後來創辦了《京報》，同情南方的國民革命，被張作霖所殺害。他和北京政界人士往來很多，他自己也研究史學的，因此他的通訊，也有高度正確性與啟示的意味。文辭也頗簡潔，顯出他的語文修養的工夫。若就文學趣味及描寫生動來說，那不能不推徐彬彬為第一。徐氏係清末大世家，與北京政界也有最密切關係。他們兄弟倆（一士）信手拾來，都是好資料（刊《國聞週報》，題名「凌霄、一士隨筆」）。他的通訊，好用劇白，風趣活潑，比黃遠生還更能吸收讀者。而視政台如劇場，以戲劇筆法出之，更使人了解世變的線索，也是一代的奇才。

民初的新聞記者，一般說來，是幼稚得可笑的，也就因為那時期的新聞事業是幼稚得可笑的。胡政之，他是天津《大公報》三巨頭之一，初期的《大公報》也是簡陋得可以，而且官僚化得可以。胡政之自己就說：「當時報館如衙門，主持人稱師爺，全館為天主教徒，只我一個人不是。訪員七個人，皆為腦中專電製造專家，我把他們開除了六個。自己動手，留下的一個，他的父親是總統府的承宣官（即聽差頭），總統派車接誰，和誰去看總統的消息，因為他是宣達者，所以不會錯的。天津的消息，多靠北平的電話，那時有三個人在袁世凱的《公言報》作事，一是梁鴻志，一是林白水，一是王峨孫。他們是一個幹一天，我就請梁鴻志給我們

發電話。我在那時，自己出馬採訪，督軍團開會時，那所謂楊梆子（以德）常派車來接，就說是『請胡師爺去記』，可是他們開會是大罵一通，出口不遜，實在沒有法子記」；「回憶當時的論壇，民族意識最強，而民主的認識最差，章太炎就是一個代表。各報都沒有專電，所謂專電都發生在編輯的腦海，可以毫無事實，就寫一篇罵人的文章」。可是就在民初那十年多中，新聞事業長足進步，天津《大公報》很快成為第一流的報紙，胡政之也不愧為第一流記者。（《大公報》三巨頭之中，張季鸞善於寫評論，吳鼎昌善於處理事務，胡政之才是道地的記者。）他所寫的如〈粵桂寫影〉和後來的〈十萬里海外歸來〉，都是第一流報告文學。

中國新聞記者，從美國米蘇里大學新聞學院受完備的新聞教育回來的，趙敏恒也是很早很有成就的一個。他回國正當大革命時期，在北京、南京各報社混了一些時日，後來擔任了路透社的南京記者，這才發揮了他的採訪能力。他是內戰時期，第一個到江西前線去採訪戰訊的記者。一半由於路透社的國際地位，一半也由於他的努力，他在南京藏本事件、一二八事件、西安事變這幾回大場面中，都顯出他的過人一等的長才。他在《採訪十五年中》，提到新聞寫作的方式，說：「我國新聞寫作的方式，這幾年來雖有改進，然尚不能脫離中古時代敘事的老方法。直寫方式，是英國報紙前二十年所採用的，同寫短篇小說的體裁相似，從頭至尾，按事情發生的先後直寫下去，如果寫某人自殺的新聞，先述某人居住何地，曾任何職務，平日生活及家庭狀況，再寫自殺的前後經過。看報的人，必得要從頭至尾，慢慢看下去，看

到最後一段，才發現某人自殺。現代寫新聞的方法，不是這樣，都採用倒寫方式，就是最後消息，最精彩的一段，寫在前面，後面再補述過去的經過。這種方式有幾種優點：（一）引起讀者注意，讀者一看頭一句就知道這條新聞的重要性，提起他的興趣，不必等全篇看完，才知道怎樣一回事；（二）節省讀者時間，讀者都是很忙的人，沒有時間把整個報紙裏的每條新聞都看完，倒寫方式，可以予讀者以選擇機會，一看頭一句，就可以決定是否再看下去；（三）便利寫標題，編輯部人員工作極忙，不能每條新聞都要看完再寫標題。最精彩的一段，如果寫在前面，寫標題時，一定感覺到許多便利；（四）便利印刷，報紙最後版面，常因臨時增加重要新聞，必須更改，原有新聞字數，勢必減少。用倒寫方式，後面幾段，便可隨意刪去，而絲毫不影響該條新聞之重要部分。」這是趙氏對於報告文學的經驗之談。

一九二七年以後，中國新聞界人才輩出，主辦北平《世界日報》的成舍我，國聞通訊社北平主任金誠夫，和《申報》駐天津記者何公敢，也都是寫通訊的能手，他們都已脫離政論家的舊窠臼，知道着筆事實報導的報告文學了。

到了「一二八」的淞滬戰役以後（一九三二年），報告文學這一體制，已經在文人的筆下與口頭出現了。錢杏邨曾經編了《上海事變與報告文學》，就內容說，近於報紙上所刊載的「特寫」，其中新聞性並不多。倒是翁照垣的《淞滬血戰回憶錄》（翁氏係「一二八」戰役守衛吳淞的將軍），可以說是正格的軍事報導，算得是報告文學。（其他，如茅盾所主編的《中國的一日》，宋之的的〈一九三六春在太原〉，

也都缺少新聞性。）

一九三一年以後，在內憂外患煎迫中，社會人士對於報紙的要求提高了，也更迫切了。天津《大公報》派遣戰地記者范長江、楊紀（張蓬舟），到西南那一角去採訪新聞，連續刊載他們的旅行通訊，這才產生報告文學的精品。楊紀的採訪經驗豐富，社會關係複雜，他在「一二八」戰役有過戰地採訪的經驗，但他的理解力不夠，文辭也缺少活力。因此，范長江成為時代的驕子，他是開創報告文學的彗星。以往的記者，如黃遠庸、邵飄萍、徐彬彬都是政治圈子中人，住在政治中心的首都，他們所報導的都是政局動態。到了范長江，才是純粹新聞記者，到各地去採訪，遠離着首都，他報導大動亂的社會情況與軍事進程，這是全國人民所渴欲了解的時代脈搏。他的《西南行》、《中國的西北角》和《西線風雲》，都是極銷行的書，不獨因為其內容豐富，見解精到，也因為他的文字流利。即如他的〈成蘭紀行〉，有如次的一段：

在紅橋關南，有一垂死之男子，屈股臥道旁，口唇時動，記者乃以饅頭一枚予之，其手已失知覺，眼亦不能張合自如，屢觸其手，並以饅頭置其唇鼻間久之，彼始移手接饅頭，又久之，始以饅頭納口中。經其咬一口後，但見其全身突然顫動，口眼大開，直視記者等，嗚嗚作聲。飢之於食，非身歷其境者，不知此中滋味也。

這樣的文字，決不是書房中的文士、亭子間的作家所能寫出的。他所寫的都是有血有肉的文字。又如他的《懷來回憶》：

> 　　大勢已不可為，湯恩伯乃在避飛機洞中，以電話下令前方各部，縮短防線，死守據點，以待衛立煌之援軍。當時，湯與其臨時友誼參謀長朱懷冰同在避飛機洞中，一面以堅定之口氣通知前方各部以危急之情況，同時指示其死守之方針；一面對於當時險惡局勢，不勝其嘆息。蓋湯所能指揮之部隊，已全部加入前隊，本身已成光棍總指揮。日軍自鎮邊城突入之騎兵，一小時可達懷來，當時人人以為必死無疑。同時深憐前方死守據點之各部隊，蓋其不為炮火之餘燼者，誠戛戛乎難也。惟死志已堅，中心已定，飛機雖仍不斷在上轟炸，洞中人之情緒，已變為另一種之安閒，或唱歌，或談笑話，或強為閒扯「死之方法」，或轉而談張北之延誤，或嘆援兵之過遲。有人沉痛地說：「南口守不着，那就雁門關見了。」

這已經跳出了飲冰室的文章風格，進入和前後兩司馬相接近的史文了。

　　當年，讀報告文學的，有人愛引用愛倫堡[1]的例子。愛

1　Ilya Ehrenburg。

氏係蘇聯文學家，當時正在西班牙內戰的戰線作戰地通訊，後來在巴黎寫歐洲的西線戰訊。其實，各國記者精於此道的很多，愛倫堡也算不得此中聖手。即如當時在北平的外國記者中，如英記者勃脫蘭的《華北前線》，美記者史沫脫萊[2]的《西行漫記》[3]，都不在愛倫堡之下。即范長江的的旅行通訊，也很多可傳之作，不一定比愛倫堡遜色的。

《大公報》的記者群中，後來又有了徐盈、孟秋江和彭子岡，也都寫過旅行通訊。文字流利也不在范長江之下，只是見解不及長江的深刻就是了。（要以見解為準的話，胡政之還在范長江之上的，只是文章風格不相同了。）

2　Agnes Smedley。

3　《西行漫記》作者應為艾德嘉‧史諾（Edgar Parks Snow）。

一二　戲劇的新階段

　　從一九三〇年到一九三三年這四年中，中國的戲劇運動，無論「質」與「量」上，都有着顯著的進步。一九三四年這一年，有幾件大事值得提一提：

　　一、中國旅行劇團成立（唐槐秋、戴涯主持，團員唐若青、吳靜、趙曼娜、舒綉文等），這是中國第一個職業性劇團，和以往業餘的愛美劇團不同。

　　二、山東省立民眾教育館設立教育戲劇組，由閻哲吾主持。他們認為：（一）教育戲劇運動是民眾教育上脫卻課本教學與通俗演講以外的一種新興的有效的宣傳活動；（二）教育戲劇運動是戲劇啟蒙運動的一支生力軍，在這種運動裏昭示了戲劇的功用、藝術的價值，打破一切誤認戲劇為小道的傳統思想；（三）教育戲劇運動是初步的民眾戲劇運動，它在樹立民眾戲劇運動的基礎；（四）教育戲劇是民眾教育與民眾戲劇的結合。他們招收學生，授以戲劇上之專門技術，並規定每月公演十日。演出劇本，含有教育意義，在劇本內容及詞句上，都儘可能地走上了大眾之路。

　　三、山東省立劇院成立，王泊生創辦。王氏提出「新歌劇」口號，在《舞台藝術》月刊發表〈中國戲劇之演變與新歌劇之創造〉一文，引起全國文藝界的討論。從中國戲曲的

333

演進說，新歌劇也是實際所需求的。但「大眾化」的要求十分迫切，一般戲劇家都反對他的主張。馬彥祥曾作〈戲劇藝術辨正〉長文來反擊王氏的主張。

四、河北定縣中華平民教育促進會，成立戲劇研究委員會，由熊佛西、陳治策主持，實驗農民戲劇。熊佛西在〈戲劇大眾化之實驗〉中說：「因為戲劇本身是一種獨立的藝術，是一種綜合的藝術，所以影響了當代各種藝術。同時，各種藝術的新思潮也影響了戲劇。文藝戲劇運動給了中國新興戲劇一個大的轉變，對於社會的視聽也給了一個新的改變，但因對於藝術乃是技術的精益求精，便逐漸地走入藝術的尖端，一步一步地進到象牙之塔的最高層。近年，國內思想界發生了一個大轉動，簡言之，即主張一切的設施，都應該是為大多數人的，都應該是屬於大多數人的，甚至都應該是由大多數人所造成的。戲劇大眾化的呼聲，已遍於全國，人人都知道戲劇應該大眾化。（戲劇和大眾必須發生關連，這也是大眾語派所考慮到的。）在我們開始實驗工作之初，發生了一個重要的當頭問題，就是：『誰是今日中國的大眾？』我們可以毫無疑義地答覆：『農民是今日中國的大眾。』中國農民，佔全國人口的百分之八十五以上，有三億五千萬人民住在農村。我們要使新興戲劇農民化，我們必須知道農民、了解農民、研究農民，研究他們的一切。」

他們實驗成功的農民劇本是《過渡》。這一劇本，他們於全盤的演出的設計之下，有目的有對象地寫作。寫出來了，曾在定縣農民之間實驗，這實驗是成功的。它的成功，不僅是劇本寫作，乃至新演出法的成功，而是大眾化戲劇之

實驗的成功。楊村彬就在《過渡》的序文中說：「在實驗之中認識的農民劇本，不僅是以農民為劇中的主人而已（其實農民戲劇中的人物，不一定是農民，全看處理那人物是不是以農民的意識為意識），緊要的條件全看這劇本：（一）是不是為農民而寫，那就是這劇本是否與農民有利；（二）這劇本農民能不能接受，就是農民能不能懂；（三）農民能不能收過去據為己有，就是農民能不能自己演。滿足了這三個條件，才夠資格稱為農民劇。」他說《過渡》集大眾化實驗之大成，代表一派學術的新看法，《過渡》滿擁着潑辣辣的生氣出現，它是為農民而寫的劇本，其出現的姿態是在農村裏，由農民參加表演，演給農民看的。他們訓練了不少專門人才，也演了很多戲，他們組織許多農民劇團，演出的成績也不錯。這是話劇史上最大膽的實驗。

曹禺（萬家寶）的《雷雨》，一九三四年在《文學季刊》刊載，無論情節或技巧上，都是非常成功。這也是中國戲劇史上的新頁，它之成為小市民愛好的劇本，正如《過渡》之於農民。一九三五年，上海復旦劇社，由於洪深的推薦，決定試演《雷雨》，由歐陽予倩導演，鳳子、李麗蓮、吳鐵翼等主演，效果非常之好。這一劇本，一直成為上演最多的劇本。一九三五年雖說是娜拉年，從戲劇史上看，應該說是進入《雷雨》的時代。（中國旅行劇團在上海卡爾登戲院上演《雷雨》，這才和各階層的小市民發生關連，從老嫗到少女，都在替這群不幸的孩子們流淚。而且，每一種戲曲，無論申曲、越劇、文明戲，都有了他們所扮演的《雷雨》。）

《雷雨》，寫的是一個紳商家庭的大悲劇（性格與命運

交叉着的悲劇）。但正代表着一個正趨於毀滅的世紀末的世代，用羅曼羅蘭的話來說，這是「愛與死的搏鬥」。這一劇本前，作者有一篇長序，他自己說：

> 屢次有人問我：《雷雨》是怎樣寫的，或者是《雷雨》為什麼寫的，這一類的問題。老實說，關於第一個，連我自己也莫名其妙；第二個呢，有些人已經替我下了註釋。這些註釋——有的我可以追認。譬如「暴露大家庭的罪惡」，但是很奇怪，現在回憶起三年前提筆的光景，我以為我不應該用欺騙來炫耀自己的見地，我並沒有顯明地意識着我是要匡正、諷刺或攻擊些什麼。也許寫到末了，隱隱彷彿有一種情感的汹湧流來推動找，我在發洩着被抑壓的憤懣，謿謗着中國的家庭和社會。然而在起首，我初次有了《雷雨》一個模糊的影像的時候，捉起我的興趣的，只是一兩段情節，幾個人物，一種複雜而又原始的情緒。

他已經說得很明白，他希望讀者不要太強調社會的意義。他是啟示另外更重要的一面，即是對於希臘悲劇中所謂命運的領會，所以他說：「在《雷雨》裏，宇宙正像一口殘酷的井，落在裏面，怎樣呼號也難逃脫這黑暗的坑。自一面看《雷雨》是一種情感的憧憬，一種無名的恐懼的表徵」。他有一段更重要的話，那是談社會革命的人所忽略過的，他說：

《雷雨》對我是一個誘惑。與《雷雨》俱來的情緒，成為我對宇宙間許多神秘的事物一種不可言喻的憧憬。《雷雨》又可以說是我的「蠻性的遺留」，我和原始的祖先們，對那些不可理解的現象睜大了驚奇的眼。我不能斷定《雷雨》的推動是由於神鬼，起於命運，或源於那種顯明的力量。情感上，《雷雨》所象徵的對我是一種神秘的吸引，一種抓牢我心靈的魔力。《雷雨》所顯示的，並不是因果，並不是報應，而是我所覺得的天地間的「殘忍」。（這種自然的冷酷，四鳳與周沖的遭際，最足以代表他們的死亡，自己並無過咎。）如若讀者肯細心體會這番心意，這篇戲雖然有時為幾段較緊張的場面或一個性格吸引了注意，但連綿不斷地若有若無地閃示這一點隱秘，這種種宇宙裏鬥爭的「殘忍」和「冷酷」。在這鬥爭的背後，或有一個主宰來使用它的管轄。這主宰，希伯來的先知們讚它為「上帝」，希臘的戲劇家們稱它為「命運」，近代人撇棄了這些迷離恍惚的觀念，直截了當地叫它為「自然的法則」。而我始終不能給它以適當的命名，也沒有能力來形容它的真實相。因為它太大、太複雜。我的情感強要我表現的，只是對宇宙這一方面的憧憬。

　　寫《雷雨》是一種情感的迫切的需要。我念起人類是怎樣可憐的動物，帶着躊躇滿志的心情，彷彿是自己來主宰自己的命運，而時常不是自己來主

宰着。受着自己情感的或者理解的捉弄，一種不可
知的力量的、機遇的或者環境的捉弄，生活在狹的
籠裏而洋洋地驕傲着，以為是徜徉在自由天地裏。
稱為萬物之靈的人物，不是做着最愚蠢的事麼？我
用一種悲憫的心情來寫劇中人物的爭執。

可惜一般人，對於作者這一重大的啟示忽略了，因此，他們
的表演很多是失敗的。

曹禺在《雷雨》中的人類，都是有血有肉的活生生的
人，「在演出上，觀眾卻不感覺《雷雨》的神秘，而是把它
當作社會劇來歡迎了的。周樸園的專橫，繁漪的苦痛，周萍
的軟弱，周沖的天真，魯貴的卑鄙，魯大海的剛強，魯媽的
悲慘經歷，作者都通過了精鍊的帶動作性的對話，有很細膩
真實的描寫。觀眾由愛與死的糾葛中，自然也可以體會到他
們的社會性質。」我們且看作者自己的解釋：

與這樣原始或者野蠻的情緒俱來，還有其他的
方面，那便是我性情中鬱熱的氛圍。夏天是個煩躁
多事的季節，苦熱會迫走人的理智。在夏天，炎熱
高高升起，天空鬱結成一塊燒紅了的鐵，人們會時
常不由己地，更歸回原始的野蠻的路；流着血，不
是恨便是愛，不是愛便是恨，一切都走向極端，要
如電如雷地轟轟地燒一場，中間不容易有一條折衷
的路。代表這樣的性格是周繁漪，是魯大海，甚至
於是周萍；而流於相反的性格，遇事希望着妥協、

緩衝、敷衍，便是周樸園，以至於魯貴。但後者是
前者的陰影，有了他們，前者才顯得明亮。魯媽、
四鳳、周沖是這明暗的間色，他們做成兩個極端的
階梯。所以在《雷雨》的氛圍裏，周繁漪最顯得調
和。她的生命燒到電火一樣地白熱，也有它一樣的
短促。情感鬱熱境遇，激成一朵艷麗的火花，當着
火花也消滅，她的生機亦頓時化為烏有。她是一個
最「雷雨的」性格，她的生命交織着最殘酷的愛和
最不忍的恨，她擁有行為上許多的矛盾，但沒有一
個矛盾不是極端的。極端和矛盾，是《雷雨》的蒸
熱的氛圍裏兩種自然的基調，劇情的調整，多半以
它們為轉移。

我們從他的解釋，可以理解我們這一世代的四圍人物；也從
我們的四圍人物形相，更可以理解《雷雨》的氣氛。

接在《雷雨》之後，曹禺寫了《日出》和《原野》，這
是他的戲劇三部曲，其後又寫了《北京人》、《家》和《蛻
變》，都是時代氣息最濃重的，也可以說是最能勾劃出時代
的動態的。《日出》那劇本，有着一篇很長的跋文，說了他
自己的創作觀點。他說：

　　這些年在這光怪陸離的社會裏流蕩着，我看見
多少夢魘一般的可怖的人事，這些印象我至死也不
會忘卻，它們化成多少嚴重的問題，死命地突擊着
我，這些問題灼熱我的情緒，增強我的不平之感，

有如一個熱病患者，我整日覺得身旁有一個催命的鬼，低低地在耳邊催促我、折磨我，使我得不到片刻的寧帖。人畢竟是要活着的，並且應該幸福地活着。腐肉挖去，新的細胞會生起來。我們要有新的血，新的生命。剛剛冬天過去了，金光射着田野裏每一棵臨風抖擻的小草，死了的人們為什麼不再生起來，我們要的是太陽，是春日，是充滿了歡笑的好生活，雖然目前是一片混亂，於是我決定寫《日出》。《日出》寫成了，然而太陽並沒有能夠露出全面。我描摹的只是日出以前的事情，有了陽光的人們始終藏在背景後，沒有顯明地走到面前。我寫出了希望，一種令人興奮的希望；我暗示出一個偉大的未來，但也只是暗示着。

他的劇本都是富有暗示的意味，每一觀眾看了，都覺得這是我們世代的說明。

對於《日出》中的人物，作者也曾作如次的解釋：在這個戲劇裏，方達生不能代表《日出》中的理想人物，正如陳白露不是《日出》中健全的女性。這一男一女，一個傻氣，一個聰明，都是所謂的「有心人」。他們痛心疾首地厭惡那腐惡的環境，都想有所反抗。然而白露氣餒了，她一個久經風塵的女人，斷然地跟着黑夜走了。她知道太陽會昇起來，黑暗也會留在後面，然而她清楚：「太陽不是我們的」，長嘆一聲便睡了。這個「我們」，有白露，算上方達生，包含了《日出》裏所有的在場人物。這是一個腐爛的階層的崩潰，

他們，不幸的黃省三、小東西、翠喜一類的人，也做了無辜的犧牲，將沉沉地睡下去，隨着黑夜消逝，這是不可避免的必然的推演。

戲劇是要透過舞台上的「擬真」場面來再現的，筆者也和許多讀者一般，在各種不同的場合看到了《雷雨》、《日出》、《原野》、《北京人》和《蛻變》的演出。我們也看過曹禺扮周樸園、馬彥祥扮魯貴的《雷雨》，也看過威莉扮陳白露、思齊演潘月亭、戴涯演李石清、馬彥祥演胡四的《日出》。然而，我們且聽聽作者自己的說法：「寫《雷雨》的時候，我沒有想到我的戲會有人排演，但是為着讀者的方便，我用了很多的篇幅釋述每個人物的性格。如今呢，《雷雨》的演員們可以借此看出些輪廓。不過一個雕刻師總先摸清他的材料有那些弱點，才知用起斧子時那些地方該加謹慎，所以演員們也應該明瞭，這幾個角色的脆弱易碎的地方。這幾個角色沒有一個是一頁不漏的網，可以不用氣力網起觀眾的稱讚。譬如演魯貴的，他應該小心翼翼地做到『均勻』、『恰好』，不要小丑似地叫《雷雨》頭上凸起隆包，屁股上長了尾巴，使它成了只是可笑的怪物。演魯媽與四鳳的，應該懂得『節制』（但並不是說不用感情），不要叫自己嘆起來成風車，哭起來如倒海，要知道過度的悲痛的刺激，會使觀眾的神經痛苦疲倦，再缺乏氣力來憐憫，而反之，沒有感情做柱石，一味在表面上下工夫，更令人發生厭惡，所以應該有真情感。請記住：『無音的音樂是更甜美』！」（去年香港有一回由電影界角色排演《雷雨》，可說完全失敗，而洪某扮魯貴，尤其糟得破壞了全場空氣，正如作者所指出的錯誤呢！）

曹禺有一段解釋周沖性格的極好文字。他說：「提起周沖，繁漪的兒子。他是我喜歡的人。我看過一次《雷雨》的公演，我很失望，那位演周沖的人有些輕視他的角色，他沒有了解周沖，他只演到癡憨，那只是周沖粗獷的肉體，而忽略他的精神。周沖原是可喜的性格，他最無辜而他與四鳳同樣遭受了慘酷的結果。他藏在理想的堡壘裏，他有許多憬憧，對社會、對家庭，以至於對愛情。他不能了解他自己，他更不了解他的周圍。一重一重的幻念繭似地縛住了他。他看不清社會，也看不清他所愛的人們。他犯着年青人 Quixotic 病，有着一切青春發動期的青年對現實的那樣的隔離。他需要現實的鐵鎚來一次一次地敲醒他的夢，在喝藥那一景，他才認識了父親的權威籠罩下的家庭；在魯貴家裏，忍受着魯大海的侮慢，他才發現他和大海中間隔着一道不可填補的鴻溝；在末尾，繁漪喚他出來阻止四鳳與周萍逃奔的時候，他才看出他的母親全不是他所理想的那樣，而四鳳也不是能與他在冬天的早晨，明亮的海空，乘着白帆船向着無邊的理想航駛去的伴侶。連續不斷的失望絆住他的腳，每次的失望都是一隻尖利的錐，那是他應受的刑罰。他痛苦地感覺到現實的醜惡，一種幻滅的悲哀襲擊他的心。這樣的人，即使不為『殘忍』的天所毀滅，他早晚會被那綿綿不盡的渺茫的夢所掩埋，到了與世隔絕的地步。甚至在情愛裏，他依然認不清真實。抓住他的心，並不是四鳳或者任何美麗的女人。他愛的只是『愛』，一個抽象的觀念，還是個渺茫的夢。所以當着四鳳不得已地說破了她同周萍的事，使他傷心的，卻不是因為四鳳離棄了他，而是哀悼一個美麗的夢的死

亡。待到連母親，那是十七歲的孩子的夢裏幻化得最聰慧而慈祥的母親，也這樣醜惡地為着情愛痙攣地喊叫，他才徹頭徹尾地感到現實的粗惡。他不能再活下去，他被人攻下了最後的堡壘 —— 青春期的兒子對母親的那一點憧憬。他於是整個死了。他生活最寶貴的部分，那情感的激蕩。以後，那偶然的或者殘酷的肉體的死亡，對他算不得痛苦，也許反是最適當的了結。」這段話，我們應該去體會一下，這樣，才可以明白巴金的《家》何以那麼淺薄，一到了曹禺的《家》就值得吟味的原因了。曹禺，他是了解我們這一世代的暗影的作家。

戲劇運動之中，田漢始終是戲劇性的劇作家。有許多熱情少女獻身給他，他也就「板着臉孔撒爛屙」，在熱情漩渦中鬧難解難分的悲喜劇，他始終把「人生」當作戲劇在扮演，而他自己就是一個主角。他自己曾經這麼批判自己：

> 當時結合社員之最大手段，也還是熱烈的感情，和朦朧的傾向，我們都是想要盡力作民眾戲劇運動的，但我們不大知道民眾是什麼，也不大知道怎樣去接近民眾。我們也知道一些抽象的理論，但未盡成活潑的體驗。何況我們中間本有不少自稱「波希米亞人」的一種無政府主義的頹廢的傾向，他們也喜歡我的味道。我也為着使戲劇容易實現得真切，每每好寫他們的理性，所以我們中間自自然然就釀成一種特殊的風格。好處就是我們的生活馬上便是我們的戲劇，我們的戲劇也無處不反映着我

們的生活，雖說這種生活的基調立在沒落的小資產階級上。

他所說的「我們」，其實還是說他自己一個人的好。（當時，南國社的一部分社員如左明、陳白塵等都已離開了田漢，走民眾戲劇的路子，而上海的戲劇運動，也由左翼劇聯來領導了。）到了一九二九年以後，田漢的戲劇題材和作風，也隨着社會文化的演變有很大的變動了。洪深曾在田氏的戲曲集序文中說：「近幾年來，中國也有不少寫作戲劇的人，也刊行過不少戲劇集子，但是，要尋覓一部作品，能夠概括地反映最近四五年來中國政治經濟社會的情形，並且始終不會失去反封建和反抗外侮是中華民族的唯一出路那個自信的，除了田先生這集子外，竟不容易再找到第二部了。」田氏那一時期，劇本的產量，可說是十分豐富的。獨幕劇有《第五號病室》、《亂鐘》、《掃射》、《水銀燈下》、《旱災》、《暗轉》、《雪中行商》、《洪水》都已上演過。三幕劇有《火之跳舞》、《暴風雨中的七個女性》、《回春之曲》，而以《回春之曲》最著稱。《回春之曲》寫愛國青年高維漢，想從海外回國投奔東北義勇軍，參加抗戰，結果因為神經受傷，變為瘋狂。在他的愛人謹慎看護中，慢慢安定下去，直到上海人民熱烈慶祝「一二八」的抗日紀念的情況中，他追憶前情，神經恢復了常態。這是表演愛國情緒最好的劇本，上演的次數很多，演出的成績，也都還不錯。（表露這種情緒的，田氏又曾寫了《義勇軍進行曲》、《楊子江暴風雨》這些激昂慷慨歌的詞。）

一九三五年，國立戲劇學校在南京成立，余上沅任校長，應雲衛任教務長，陳治策、馬彥祥、田漢、謝壽康、毛秋白、王家齊任教授。這是中國戲劇史上又一件大事。那年年底，中國舞台協會在南京成立。劇校從上海拉了大批人馬，洪深、歐陽予倩、唐槐秋、魏鶴齡、尚冠武、英茵、白楊、洪逗、查瑞龍、顧夢鶴、宋小江都到了南京，在京的還有潘子農、陽翰笙、張慧靈。他們在福利戲院演出三天，上演田漢的《回春之曲》、馬彥祥的《械鬥》（曲洪深導演），成績非常之好。本來，中國的戲劇中心，一向在上海，到了一九三六年，就由於國立戲劇學校的努力發展到南京去了。劇校員生，那年二三月間，開始公演《視察專員》，並首創付劇作者以上演稅的新例。以後每月都有公演；四月間，中國舞台協會舉行第三次公演，上演田漢改編的《復活》（托爾斯泰小說改編），成績也非常之好。其他，除了上海業餘劇人協會在上海的公演，一直有很好的成績，中國旅行劇團從天津、北平到了上海，也奠定了職業劇團打開了話劇的生存路子了。

中國戲劇界，洪深、歐陽予倩、夏衍（沈端先）所做的工作，比田漢踏實，也少一些浪漫氣氛。我已說過，上海戲劇協社，由於洪氏的加入，才向前推進了一步；而他指導復旦劇社，把曹禺的《雷雨》上演，也是戲劇史上最重要的一頁。他寫了農村三部曲（《五奎橋》、《香稻米》、《青龍潭》），他自己說：「《五奎橋》所寫的，是鄉村中殘留的封建勢力；《香稻米》所寫的，是農村經濟破產；第三部，本想寫《紅綾被》，那是前兩部曲的必然發展。但因兩次寫了第一幕，都不能使我自己滿意，所以擱下不用，另寫了一齣

《青龍潭》。《青龍潭》所寫的，是口惠而實不至的結果。講解、演說、宣傳、教育，平時似乎很收效果，然而都是靠不住的——如果負責的人，不能為農民解決生活上的困難，不能使他們獲得實際的利益。」（《五奎橋》寫農民為了天旱，水低，眼看稻要乾死；那機器打水的洋龍船又撐不過五奎橋邊，因此想把那橋拆掉。但是，周鄉紳說五奎橋是關係他們周家祠堂的風水，他寧可看着農田乾死，也不許拆掉這條橋，因此雙方展開了劇烈的鬥爭。主題是反封建、反迷信的。《香稻米》是寫豐收成災的農村悲劇。農民黃二官滿望田禾豐收可以還債，但債主和米店老闆、外路米商，一致地壓擠剝削他，穀價下落，黃二官一家又陷入了破產的命運。黃二官本來是相信宿命論，這時也給殘酷真實刺激得站起來了。《青龍潭》以五奎橋的鄰村莊家村為背景，寫農民為了天旱無法生活，終於到青龍潭求雨的故事。他是有意諷刺改良主義的手段的。）我們從他的戲劇，體會得洪氏和北邊在定縣從事戲劇工作的文化人一般，他們都注意當前最嚴重的農民問題的，他們的題材和看法，大體是相同的。

那一時期，在上海的戲劇工作者，都和電影界發生關係。南國劇社和中國旅行劇團的男女演員，後來也都參加了電影的工作。那時，洪深曾寫過《劫後桃花》的電影劇本，在《東方雜誌》連載過。這一劇本是以洪氏自己的家世做底子的，他曾說：「久住青島的人，誰不知道南九水是嶗山的一個勝境，誰不知道我父親觀川居士在那裏築有一所別墅，名為觀川台，誰又不知道在日本人戰勝了德國人的那年，日本人硬把這所別墅佔據了，開上一家料理店，至今還開着。

我每次到青島，總得設法到南九水去探視一次，去時總是獨自一人的時候多，我輕易不敢對人家說，我才是這屋子的真正主人。」這一點情緒作酵母，寫出來的，乃是愛國劇本。寫出了日本的跋扈，和漢奸翻譯員的無恥。作者以劉花匠自比，劉花匠對於現實，只知道躲避，所以戀愛上也失敗了。此外，他還寫了許多獨幕劇，那是在「國防戲劇」的總目標下寫成的，他說：「我們不能否認藝術是現實生活的反映。因此，藝術所要表現的，自然就是其時代某社會內一般大眾的情緒了。現階段的中國，顯然是陷在那貪得無厭的日本底侵略的魔手裏。所以這幾年來國防戲劇，一天一天地在舞台上佔到勢力了。」這也代表那一時期戲劇工作者的共同傾向。

夏衍（沈端先）在劇本寫作上，也是很努力的，那一時期，他曾寫了《賽金花》和《自由魂》（《秋瑾傳》），他自謂：「去年（一九三五年）深秋，我在一個北國的危城裏面困處了兩個月之久，於是我就想以摘露漢奸醜惡，喚起大家注意國境以內的國防為主題，將那些在這危城裏面活躍的人們的面目，假託在庚子事變前後的人物裏面，而寫作一個諷喻性質的劇本。為着要使讀者能夠在歷史的人物裏面發見現今活躍着的人們的姿態，也可以說是為着要完成諷喻的自由，我於是避開煩瑣的自然主義的複寫，而強調了可以喚起聯想的，與今日的時事最有共同感的事象。」這劇本在上海上演，效果非常之好，劇作者協會曾舉行座談會加以批評，各人的評語也都是推崇的。

一三　戰爭來了

　　一位英國記者勃脫蘭，他在《華北前線》中說：「中日戰爭的第一槍，是在華清池邊放射出來的」。他是說，西安事變，乃是中國抗戰的開頭。另一英國女記者尤脫萊[1]也說：「政治統一可以說是在一九三六年之末，西安事變之後，已經完成。一九三六年為西南附歸中央政府的一年，一九三六年為對其內戰結束的一年。這一部分是因為紅軍在那時已被逐到西北的不毛之地，一部分因為他們宣佈準備放棄「階級鬥爭」以促進統一抗日，還有一部分是因為全國一致要求停止內戰，集中全力反抗日本侵略和收復失地。一九三六年十二月，蔣介石在西安的遇難為一富有戲劇意味的事件，它不僅顯示着中央政府有採取基於民眾運動的政策之決心，以抵抗日本無理的和武裝的侵略。那樣的決心，一經採取，中日戰爭就遲早會因華北五省的問題而爆發。」在這樣重大的課題之下，中國文學的每一輪子，都適應着這一課題而轉動着了。

　　「中共」號召「一切不甘做亡國奴的中國人，不分政治

1　Freda Utley。

傾向，不分職業與性別，都聯合起來，在統一戰線之下，一致與日本作戰」的運動，那是一九三四年間的事。到了一九三五年六月間，又發表了號召抗日民族統一戰線的〈八一宣言〉。要求國民黨停止內戰，一致抗日，並號召全國人民，不分階級，不分黨派，共同團結，組織國防政府、抗日聯軍，挽救民族危亡。那年冬天，上海文化界救國會成立，文藝界也提出了「國防文學」的口號，並組織了中國文藝家協會。照郭沫若的說法：

> 我覺得國防文藝應該是作家關係間的標幟，而不是作品原則上的標幟。並不是一定要寫滿蒙，一定要寫長城，一定要聲聲愛國，一定要句句救亡，然後才是「國防文藝」，我們只是在「國防」的意識之下，把可以容忍的「文藝」範圍擴大了。

當時，魯迅和茅盾也贊成這一說法，目標在團結文藝界的意向。而當時在上海替「中共」做文化工作的周揚、徐懋庸的看法稍有不同。他們以為「國防文學的口號應當是創作活動的指標，它要號召一切作家，都來寫國防的作品。一個文學的口號如果和藝術的創作活動不生關係，那它就要成為毫無意義的東西。文藝上的國防陣線，不運用它自己特殊的藝術的武器，就決不能發揮它應有的力量，這是明明白白的事情」。由於這一點紛歧，也曾引起了激烈的討論。一九三六年八月間，魯迅所發表的〈答徐懋庸並關於抗日統一戰線問題〉的長文，便是這麼來的。（那信中，批評

了周揚、徐懋庸的宗派主義和行幫情形。）因此，中國文藝家協會這一面由王任叔等百二十餘人發表宣言，魯迅和其他六十七人，也簽名發表了〈中國文藝工作者宣言〉。（筆者頃查宣言原文，我是參加前一方面的。）

到了一九三六年十月間，巴金、王統照、包天笑、沈起予、林語堂、洪深、周瘦鵑、茅盾、陳望道、郭沫若，夏丏尊、魯迅、葉紹鈞、黎烈文等發表了〈文藝界同人團結禦侮與言論自由宣言〉，這才完成了文藝界的統一戰線。宣言中說：「我們是文學者，因此亦主張全國文學界同人應不分新舊派別，為抗日救國而聯合。文學是生活的反映，而生活是複雜多方面的，各階層的，其在作家個人或集團，平時對文學之見解，趣味與作風，新派與舊派不同，左派與右派亦各異，然而無論新舊左右，其為中國人則一，其不願為亡國奴則一；各人抗日之動機，或有不同，抗日的立場，亦許各異，然而同為抗日則一，同為抗日的力量則一。在文學上，我們不強求其相同，但在抗日救國上，我們應團結一致以求行動之更有力。我們不必強求抗日立場之劃一，但主張抗日的力量即刻統一起來。」

到了一九三七年春天，以中國政治氣象來說，那是最好的春天。我們中國，不但從四川至沿海各省，從廣州至黃河，成了一個行政統一的國家，就是各政治黨派所表現的團結合作氣象，也為一九二六年以後任何時期所未有。西安事變結束後，國共內戰的停止，把政府與人民重新結合起來。這時候，抗日的民主力量，在學生及知識分子群中最為活躍，其先由於呼籲救亡被捕的七君子，已經恢復自由，救國

會一類組織，也在相互諒解的基礎上存在着。這一氣象，對於日本軍閥是最重大的打擊。尤脫萊說：「從日本人看來，最理想的是中國政府，一個或數個，其歲入剛剛足以維持其對於領土的有效控制權，但是這政府並無充足的資源，可使其完成近代化的過程和推動中國工業的發展。這樣的政府，對外很弱，決無力量抵抗日本的『勢力』；對內卻很強，是為日本商人的利益而維持法律與秩序。日本對於西安事變的最初的反應是比較溫和的政策，表示決無奪取中國領土的野心。他們希望蔣介石回到『必先安內』的主張，換言之，即與共產黨重啟戰禍。日本如能使中國內戰重新爆發，同時使英國相信它已放棄了侵略政策，那末，日本既能向中國要求獲得華北的鐵路特權，又可以向英國借款，開始建設。如此一來，華北就不必用武力可以到手了。而中國其餘部分，則不妨稍緩幾年再說。」她對於當時日本當局對西安事變的心理反應，分析得非常正確。然而西安事變的結局和日本人所預想的正相反，國共的合作，不僅是可能而且實現了，於是武力進攻的行動，在日本軍人心目中，認為是必不可避免的了。那位住在北京的中國問題專家拉脫摩爾（Lattimore），他就對那個春天的太平靜的氣象擔憂，他對英國記者勃脫蘭就預料暴風雨時期的到來。

　　中日戰爭，就從那年七月七日盧溝橋事件開始了。（關於這事件的經過，筆者曾於《中國抗戰畫史》及《現代中國史話》中詳及，不再贅述。）這一事件，在日本軍閥在華北所造成的大小事故中，並不是有着特殊的重大意義，而因為它將成為更大的軍事行動的序幕；盧溝橋邊的槍聲，已成

為中日間延期已久的實力試驗的序幕，所以是一塊紀程碑。那時，政府當局剛在江西召集教育文化界人士舉行廬山談話會，蔣氏便在那兒發表了一篇著名的〈廬山談話〉，表示我方的明決態度：「中國堅持：（一）任何解決，不得侵害主權與領土之完整；（二）冀察行政組織不容任何不合法之改變；（三）中央政府所派地方官吏，不能任人要求撤換；（四）第二十九軍現在所駐地區不能受任何約束」；「我們希望和平，而不求苟安；準備應戰，而決不求戰」。這一來，平津及華北戰事，便全面展開，到了「八一三」淞滬戰事發生，中日戰爭便一發而不可復止了。

本來，東北淪陷，若干青年作家都流亡到關內來，奔走呼號，發出幾乎近於絕望的「救亡」之聲。到了華北淪陷，東南沿海戰事發生，隨着首都南京的陷落、全面抗戰的展開，全國教育文化界都大規模向大西北地區移動，這也可說是中國有史以來最大規模的文化轉進。我們就拿天津《大公報》來說，他們看着華北局勢的危迫，便把《大公報》中心移到上海來。後來，上海我軍退卻了，《大公報》又把中心移到香港和漢口去。後來，漢口和香港又先後淪陷了，便把中心移到桂林和重慶去，直到長期抗戰勝利為止。他們就在上海撤退的告別辭上，用了「人生自古誰無死，留取丹心照汗青」的話，來表朋他們的不屈不撓的態度。

一九三八年三月二十七日，中國全國文藝界抗敵協會，在漢口成立，這是中國文壇配合抗戰的實際需要而產生的組織，對文藝工作者發動了廣泛的動員，發揮了更大的力量。

文藝協會在漢口成立之初，我們曾在〈發起旨趣〉中說

到當時的情勢：

半年來抗戰的經驗，給我們寶貴的教訓，一個
弱國抵抗強國的侵略，想要徹底打擊武器兵力優勢
的敵人，唯有廣大的激勵人民的敵愾，發動大眾的
潛力。文藝者是人類心靈的技師，文藝正是激勵人
民發動大眾最有力的武器。數年來為了呼號抵抗，
中國文藝界無疑地盡了廣大的責任。但自抗戰開展
以來，新的形勢要求我們更千百倍的努力。而因中
心都市的淪陷，出版條件的困難，文藝人的流亡四
散，雖一方產生了大量新型的報告、通訊等文藝作
品，且因抗戰的內容，使新文藝消失了過去與大眾
間的隔閡，但在一切文化部門的對比上，文藝的基
本陣營，不可諱言是顯出了寂寞一點。……現在情
勢已完全不同了。全國上下，已集中目的於抗敵救
亡……抗戰形勢，日益堅強，政治上的統一戰線
日益鞏固。……像前線將士用他們的槍一樣，用我
們的筆來發動民眾，捍衛祖國，……民族的命運，
也將是文藝的命運，使我們的文藝戰士能發揮最大
的力量！

抗戰初期，軍事情勢，華北最壞，整個山西的陷落，只
不過是那個冬天的事。敵人長驅直入，攻陷了山西太原，便
南迫風陵渡，到了黃河邊上了。河北這一邊也不好，國軍在
保定穩不住腳，一退便到了鄭州，也在黃河南岸了。山東那

一邊，德州和濟南也先後失守了。那樣的情勢之中，要產生什麼文藝作品是不可能的。東南沿海情勢，要算是最好的；淞滬戰線，從「八一三」的第一槍到十一月六日的全線退卻，先後經過了兩個半月的抵抗。因此，文藝工作者在上海戰線上最為興奮緊張，有所表現。那時，上海就產生了許多戰地服務團，到軍隊中去工作。張發奎將軍，那時擔任右翼總司令的任務，指揮浦東防務。他們那一線的戰地服務團，規模就很大，許多左翼文人，就參加這一服務團的工作。至於參加各報去做戰地採訪工作的，如范長江、陸詒、楊紀、劉尊棋、胡定芬、范式之，都在各自崗位上有所表現。（筆者那時也參加前線採訪工作，開頭替《立報》、《大晚報》工作，後來轉入中央社參加戰地工作組中去。）淞滬戰線的退卻，到南京陷落這一段時期，一般情勢，又十分混亂。到了一九三八年春天，國民政府軍政中心移至漢口，經過了魯南會戰，其間在台兒莊戰役獲得了勝利，情勢又穩定下來。國防最高委員會設立了政治部，由陳誠任部長，周恩來任副部長，郭沫若任第三廳廳長。全國文人，除了一部分留在上海、香港各地，一部分在戰地前線工作；第三廳就吸收了大量文藝作家，組織了政治工作大隊，分赴各戰區去做宣傳工作。文藝協會還組織了作家戰地訪問團，由王禮錫任團長，訪問過華中各戰線，還出過一套作家戰地訪問團叢書。田漢率領的政治工作大隊，在長沙工作得很起勁，改編了許多平劇。每家長沙的戲院，都掛着田漢手筆的大桌圍，上書「演員四億人，戰線一萬里；全球作觀眾，看我大史戲」四句豪放的詩。那批跟着張發奎將軍的文藝作家，後來也隨着他的

任務的轉移，移到粵北韶關和桂西柳州去。（第一、第二、第五戰區，也有大量的文藝工作者。）

「文章下鄉，文章入伍」的口號，就在文協成立大會中喊了出來。茅盾在文代大會中報告：「當抗日戰事初起，全國文藝工作者都非常興奮，立即組織了許多演劇隊、抗宣隊，到農村和部隊中去，寫出了許多短篇和小型作品，如短篇小說、報告、畫報、街頭劇、報告劇、牆頭詩、街頭詩等。儘管這些作品，還存在着嚴重的缺點，但沒有人能夠抹煞他們在抗戰初期所起的宣傳作用。特別是抗戰歌曲，響遍窮鄉僻壤，起了很大的宣傳作用。而且許多文藝工作者到戰地和鄉村去實際工作，和人民接觸的結果，不特使他們擴大了視野，豐富了題材，同時還使他們感覺到自己的作品並不適合大眾的需求，因而企求追尋新的東西！」當時的文藝工作的展開，大體就如他所說的。

軍委會政治部所編組的共十個抗敵演劇隊、五個抗敵宣傳隊。（抗劇隊每隊三十人，工作以演劇為主，歌詠及筆墨口頭宣傳輔之；抗宣隊每隊十六人，工作以筆墨口頭宣傳為主，也不時作演劇歌詠的工作。）當局於各隊出發時，發佈了如次的五項信條：

（一）吾輩藝術工作者，以抗戰建國之目的結成此鐵的文化隊伍，便當隨時隨地提高政治軍事的認識與訓練，為此偉大目的之實現而奮鬥，一刻不容稍懈。

（二）吾輩當知技術之良窳，直接影響宣傳之

效果。故當從工作中竭力磨練本身技術，使藝術水平因抗戰之持久而愈益提高。

（三）吾輩藝術工作者不僅以言語文字或其他形象接近大眾，尤當直接以身為教。蓋藝術風格與藝術家之人格為不可分。抗戰藝術運動尤然，要求每一工作者皆為刻苦耐勞沉毅果敢之民族鬥士，沉毅故能持久，果敢故能成功。

（四）吾輩藝術工作者的全部努力，以廣大抗戰軍民為對象，因而藝術大家化，成為迫切之課題。必須充分忠實於大眾的理解、趣味，特別其痛苦和要求，藝術才能真正成為喚起大眾、組織大眾的武器。

（五）吾輩藝術工作者應知協同一致，為達成戰鬥目的之要素，藝術工作亦然。不僅一藝術集團內應協同一致，同時應集中藝術戰線之各兵種於重要之一點，使能發揮無限之力量，收到偉大之戰果。

在抗戰初期，文藝工作者的愛國情緒的確很高漲，那三年間的文化戰鬥，在各戰區都很不錯。到一九四〇年以後，由於國共裂痕再加深，政治部人事上的大變動，「劇」、「宣」各隊也就十分渙散了。不過各戰區的情形並不相同，即如隨着張將軍到柳州去的那一隊，就維持到桂柳戰事發生為止，先後就有六年之久。

以「中共」的八路軍為中心的敵後文藝工作，情形和國

軍大不相同。我們且看沙可夫的報告：就在一九三七年八路軍開赴華北前線作戰，隨戰宣傳劇到了那裏，那裏便掀起人民文藝的活動。歌舞、短劇、活報，短小精悍，富有戰鬥作風，對當地的文藝活動起了刺激和推動作用。一九三八年，農村劇運就開始了萌芽。由於太行山劇團、抗敵劇社等職業文藝團體的幫助，晉東南創辦民族革命藝術學校，繼辦魯迅藝術學校、晉察冀聯大文藝學院，前後訓練了一批文藝工作幹部，散佈華北各地，華北敵後出現了許多農村劇團，農民集體的秧歌舞及各種新內容舊形式的藝術活動。一九三九年，太行山劇團便以「開展農村劇運動，使農民自己來演自己的戲，服務於革命戰爭」為任務。同時，西北戰地服務團、太行山劇團開辦農民戲劇訓練班，並下鄉幫助村劇團工作的開展，遼縣一個月中便組起三十多個有組織有領導的農村劇團；晉察冀的北岳、冀中則組織得更多。冀中不少村劇團，並有汽燈幕布演大戲。到年節，不少區、縣、村劇團集中檢閱、比賽，有不少作品，受群眾歡迎。一九四〇年以後，農村劇運開始具有群眾性的規模，太行成立了農村戲劇協會，晉察冀成立了專門領導農村文化工作的「文救會」（冀中叫文建會）和戲協。一九四〇年太行發展到一百個有組織有領導的鞏固的農村劇團。（其他不太鞏固的更多，約三百多個。）冀中則在一九四二年「五一」大「掃蕩」前，約有一千七百個劇團，北岳區也有一千四百多個劇團、秧歌隊、宣傳隊等。華北敵後農村文藝運動之活躍，那是江南人所夢想不到的。因此，抗戰時期的文藝，以重慶為中心，與以延安為中心的方式與活動範圍，已有顯著的不同了。

一四　戰場上的文學

　　中日戰爭全面化了，全世界視線都集中到遠東來，各國戰地記者也紛紛到中國的戰場上來。開頭，他們集中在北平，後來隨着戰事演變，轉到上海、南京，再後來，他們也都集中到重慶去。他們的筆下，就產生了許多優秀的通訊（報告文學）。筆者上面提到過那位英國記者勃脫蘭，他所寫的《華北前線》，就是很好的報告文學。我們中國各城市的報社，也派遣戰地記者到戰場上去。比較有組織的戰地探訪網，自以中央社的隨軍組為最。（這種隨軍組，配有短波發報機，對於拍發戰訊最為利便。如劉竹舟從南寧城中拍發戰地電訊，其時距南寧收復，還不到二十四小時呢。隨軍組配合各戰區司令長官部在做採訪工作，頗和日軍的報導班相近，只是人手較少、規模較小就是了。）至若文協所組織的作家戰地訪問團，雖屬短期間的戰地遊歷，也有過他們的作品。

　　何其芳（何氏，本來是一位詩人。）曾經在〈報告文學縱橫談〉中說：「一九三九年，我和幾個夥伴在河北前線。當一個做政治工作的同志向我們要求：『希望你們三天能夠寫一篇通訊。』我們卻大大地嘲笑他不懂得藝術。於是我們說：藝術需要沉澱，藝術需要時間的隔離。於是我在前方九個月就只寫成了一篇報告。未上前方的時候，我還不是

充滿了熱忱的。訪問呵，說話呵，晚上在燭光下整理材料呵等等。然而只是用耳朵聽是不行的，需要全心全身到戰爭中去，到兵士中去，到老百姓中去，而我們卻是在作客。並且原來對於戰爭的幻想被戰爭的實際打破了，我原來希望碰到的是這樣的場面：我們的軍隊收復了一個城，於是我們就首先進去，看見了敵人的殘暴的痕跡，看見了被解救的人民的歡欣。總之，是這一類比較不平凡的事物。然而我們到了河北中部的平原上，卻碰上了敵人的大『掃蕩』。原來僅有的縣城卻失了。一連二十多個晚上的夜行軍，一倒在地上就可以睡着。有時候一邊走一邊打瞌睡，眼睛睜開時，早晨的陽光已經代替了黑夜，砲聲和機關槍聲總是在兩翼的掩護部隊那裏響着。我們只是聽着戰鬥而沒有看見戰鬥，更不用說參加戰鬥了。於是寫報告的熱忱就漸漸地消失了，為抗戰服務的熱忱也漸漸地泯落了。於是想：還是回去吧，在這裏簡直沒有什麼用處。這證明了什麼呢？這證明就是寫報告文學也是需要深入生活的。這又證明要深入一種新的生活，工農兵的生活、戰鬥的集體的生活，是並不容易的。」他的話，我們有過戰場採訪經驗的人聽來，那是可以懂得的，而且可以相對地首肯的。但是就因為他是詩人，是文藝作家，對於新聞採訪與報導，並不十分了解，所以他的話，只說對了一半，還有一半是不對的。（這便是在解放區不曾產生愛倫堡的主因，也正是中國記者所以比不上勃脫蘭的主因了。以中國的報告文學作家來說，解放區的記者，畢竟比之國軍戰區上的記者差得很遠呢。）

筆者當年曾在某報發刊一篇〈新聞文藝論〉，說：「什

麼叫做新聞文藝呢（或稱報告文學）？它，並不是純文藝，乃是史筆。它的成分，要讓『新聞』佔得多；那藝術性的描寫，只有加強對讀者誘導的作用，並不能代替新聞的重要地位。換言之，不管用文藝手法描寫得怎樣高明，只要那新聞本身缺乏真實性，那篇通訊即失去了意義。有人以為『特寫』便是『新聞文藝』，那也是錯誤的。『特寫』乃是一切藝術作者處理事件的一種技術，一種誇張的手法。新聞文藝中，也有用得着『特寫』的地方，並不是『特寫』便是『新聞文藝』。我們要了解新聞文藝的含義，必須掃去主觀上的看法。新聞記者並不是文藝作家的兼差，並不是能寫文藝作品的，便可寫出優秀的新聞文藝來。歷史上，許多文學家編史書，編得非常拙劣，文人寫新聞，每每寫得很壞，這個理由是相同的。」何其芳自己便不曾寫過好的新聞文藝作品，而且，他在前方九個月，只寫成了一篇報告呢！

戰場上的通訊文字，自以把握時地意義的電訊為最有價值。筆者一九三七年十月八日下午二時發給上海《大晚報》的右翼戰訊，報紙上街，和戰事發動相去不過十五分鐘，這是千載難得的機會，可遇而不可求的。在新聞價值上當然可說是最高的，但就軍事的實際情況來說，那天的右翼攻擊，我軍只是佯攻，就全局來說，並不真實。一九三八年四月七日，筆者進入台兒莊的戰場報導專電，距敵軍退卻也不過十二小時，也是恰好碰上了那天訪問孫連仲總司令部的機會，無意中得來的。那一電訊，比較有文藝的趣味。但參照後來所得的敵方文件來看，我們的報導，正確性並不很高。所以，從新聞真實與文藝描寫兼重來說，戰場文學，還

當於長篇通訊中求之。初期上戰場採訪新聞，寫成有連貫性通訊，《大公報》的范長江、楊紀，還是繼續他們的工作。上海《新聞報》的陸詒，那時替《新華日報》（漢口）到戰地去，也寫了許多通訊。（到了一九三八年秋天，范長江脫離了《大公報》，從事國際新聞社工作，就很少寫戰地通訊了。）那時，《戰時國文補充讀本》（商務本），選了筆者的〈論魯南戰局〉；儲玉坤的《現代新聞學概論》（世界本），選了筆者的〈贛北會戰〉、〈訪問白崇禧將軍〉，《大公報》的〈閘北大火記〉，范式之的〈張姑山的殲滅戰〉，小珠的〈淪陷後的濟南〉。（筆者的戰地通訊，曾刊行《大江南線》一書。筆者編寫《中國抗戰畫史》，曾取前後各期通訊，刪改貫串，泐成一書。其間，也選了范長江的《徐州突圍記》和《倫敦時報》記者的〈華北巡行記〉。）到了抗戰中期。由於運輸交通的困難、電訊傳遞的遲緩，戰地採訪工作，幾乎都落在中央社隨軍組的肩上。因此，胡定芬、范式之、劉竹舟的戰地通訊，成為專欄的最好文字。到了抗戰結束，《大公報》刊載了蕭乾的〈西歐戰場通訊〉，文辭、內容、見解，都出人頭地，自是戰場文學的上選。筆者追尋往跡，披覽圖文，覺得這一類文字，畢竟是史體的文字，所以拿我們所寫的戰訊，來和羅常培（一位在斗室中整理太平天國史料的史家）的〈捻軍游擊戰〉相比較，不獨文辭整飭、組織周密相去遠甚，即對戰場上的動態，也是後勝於前。戰場上的文學，或許於史集中求之呢！

筆者在戰場工作多年，暗中摸索，略有所得。覺得史家紀傳、編年、紀事本末三體，可以自由運用，智珠在握，螺

蜊殼中未始不可以打道場的。儲氏所選的筆者兩篇通訊，也正是最好的例證。筆者的戰事通訊，常分三段來寫：第一段仿編年體，寫這一段時期的動態；第二段仿紀事本末體，把幾個重要課題作簡括紀述；第三段仿紀傳體，對戰場人物作側面描述，插入一些有趣味的故事。分之為三，合則為一；這一體例，倒是曲折變化，隨處可以用得的。又如〈訪問白崇禧將軍〉那一篇通訊，第一段寫福州文藝劇場之一幕，把白氏三次演講的要點寫了出來；第二段寫白將軍之戰局觀，串入筆者和白氏談話；第三段，說到白氏的戰術觀，他要把福建變成山西式的戰場，想到敵後戰鬥的方式。這是史筆的運用，筆者不敢說是「開山」，也可說是立了一種風格了。

筆者曾經說過：「一事件的發展，有似一棵大樹的成長，我們怎樣來處理它呢？固然可以順着萌芽、抽枝、開花、結果的時序看去，也可以截斷樹幹，看它的年齡。原不妨到樹下去看那枝葉花果的分佈狀態，也可登高崗遠望，看那棵樹在原野村落的位置。司馬遷作《史記》，撇開來是一段一節的紀錄，合攏來便是一件完整的製作。明白了這個道理，就可以知道處理新聞材料，用之作縱的橫的，或綜合的敘述，其方法原各不同，而有相得益彰之妙。」這是筆者對於戰爭文學的微見。

何其芳批評抗戰初期的報告文學還有着顯著的弱點，原因也首先在於生活不足。「就我所閱讀的範圍來說，有兩類弱點：一類是以幻想代替真實。寫游擊隊生活卻着重描寫草野月色；寫日本女俘虜，卻像在寫《紅樓夢》中人物。一類是形式主義傾向，以外國某些作品的花樣來填補其內容之

不足。總以為像基希或者愛倫堡那樣寫才是報告。」他的話對於一般戰地記者所寫的軍事通訊，幾乎可以說是抓不着癢處，但若用以批評一部分作家，用文藝筆觸寫成的「特寫」之類的作品，倒是很恰當的。當時，以群編過一部題名為《戰鬥的素繪》的報告文學選，其中作品雖說「使我們可以從各個角度看到在前方後方以及淪陷區的各種不同的生活與掙扎，那裏有千萬人同死的悲壯場面，有在血爪下搏鬥的慘酷經歷，軍民的友愛，後方的沉着，以及邊地的風貌等等」，就因為他們愛用誇張的手法，夾入了過多的口號，倒把抗戰的激昂情緒沖淡了！

王瑤的《中國新文學史稿》，關於這一部門的作品，他推薦了丘東平《第七連》。這小冊子共三篇，都是用第一人稱寫的，「寫的是民族英雄的真實戰鬥的詩篇，而且不只報告了一個事實，其中主人公的性格也都是躍然紙上的。他又推薦了亦門的《第一擊》，作者在上海戰役中任部隊中的排長，因此，他所寫的這些報告，雖是局部的，卻是非常真切的。劉白羽的《游擊中間》和曹白的《呼吸》，那是他們所最推重的。胡風曾經有過這樣的評語：「在他的筆下出現的那些人物，受難的人物、戰鬥的人物，或者在受難裏面戰鬥，在戰鬥裏面受難的人物、卻都那麼生動，那麼親切，——被作者的情緒活了起來，如像呼吸在我們的眼前一樣」；「試通讀這一集，作者由難民收容所到游擊隊這條路上所接觸的生命現象，就活生生地出現在我們底眼前。在這裏，我們看到了中國的小民們在怎樣地身受着歷史底黑暗和敵人底殘暴，在怎樣地覺醒和奮起，我們也看到了作者以及

363

和他同行的戰鬥者們底真誠的悲喜和獻身的意志」。曹白自己也說：「真的戰士，我想，他不但自己在戰鬥中呼吸，而且使人們都來呼吸戰鬥。我所知道我自己的，是如何擺脫幻夢，壓低自己，忠實於戰鬥。拿槍不拿槍，前方或後方，在我都是一樣的。」不過，這些作品也就和火花似的一下子便過去了，不待事過境遷，我們已經覺得索然無味了。我們且把蕭乾的《人生採訪》來對比一下，不僅有上下床之別呢！他們也一直不懂得愛倫堡的成功之處，愛氏不僅長於分析，而且善於綜合，並不以一鱗一爪的刻劃為能事呢！

關於延安那一角的報告文學，他們推薦了立波的《晉冀察邊區印象記》。這是以遊記方式寫成的，敘述八路軍和其他游擊隊，怎樣領導華北人民在敵後堅持抗戰，這裏接觸到政治、經濟、文化、民運等問題，文筆活潑明快，寫出了華北人民悲傷和歡喜。丁玲有一本題名《一顆未出膛的槍彈》的報告文學集，也是寫戰地的生活。其中〈到前線去〉和〈南下軍中之一頁日記〉是通訊，〈彭德懷速寫〉是印象記，〈警衛團生活一斑〉、〈一顆未出膛的槍彈〉是生活側寫。她的視線雖不廣大，了解倒比較深刻。沙汀也有兩種報告文學集：《敵後瑣記》和《隨軍散記》，前者記述晉察冀及冀中敵後抗日根據地的見聞，後者記他隨着賀龍將軍在晉西北及冀中平原抗日前線半年間的經歷見聞錄。他的作品，比較成熟，也比較有新聞性，但比之他們所蔑視的國軍地區的新聞記者的作品，又差得很遠。在延安那一角上，的確不曾產生一位比較有成就的新聞記者。還待范長江、惲逸群穿過封鎖線去做新聞事業的領導呢！

一五　抗戰與詩歌

　　筆者在戰時有機會巡遊前線與大後方各城市，也有機會和各地的文藝作家相往還，欣賞他們的作品，領略他們的議論。那一時期，物質條件一年壞似一年，因此，文藝作品也由於報紙刊物篇幅減縮，愈來愈減少了。倒是詩歌作品，不僅是熱烈情緒所寄託，而且篇幅也比較地簡短，產量倒不算很少。關於這一部門，朱自清氏有過一段評介的話。他說：「抗戰以來的新詩的一個趨勢，似乎是散文化。抗戰以前新詩的發展，可以說是從散文化逐漸是向純詩化的路。」用朱氏在《中國新文學大系‧詩集》導言裏的名稱來說明：自由詩派注重寫景和說理，而一般的寫景又只是鋪敘而止，加上自由的形式，詩裏的散文成分實在很多。格律詩派才注重抒情，而且是理想的抒情，不是寫實的抒情。他們又努力創造「新格式」，他們的詩，要有「音樂的美」、「繪畫的美」和「建築的美」——詩行是整齊的。象徵詩派倒不在乎格式，只要表現一切，他們雖用文字，卻朦朧了文字的意義，用暗示來表現情調。後來卞之琳、何其芳雖然以敏銳的感覺為體材，又不相同，但是借暗示表現情調，卻可以說是一致的。從格律詩以後，詩以抒情為主，回到了它的老家。從象徵詩以後，詩只是抒情，純粹的抒情，可以說鑽進了它的老家。

可是這個時代是個散文的時代，中國如此，世界也如此。詩鑽進了老家，訪問就少了。抗戰以來的詩，又走到散文化的路上去，也是自然的。

　　朱氏對於抗戰以來的新詩，注重明白曉暢，暫時偏向自由的形式，作如次的批判。他說：這是為了訴諸大眾，為了詩的普及。抗戰以來，一切文藝形式為了配合抗戰的需要，都朝普及的方向走，詩作者也就從象牙塔裏走上十字街頭。他們也可用格律；就是用自由的形式，一般詩行，也比自由派來得整齊些。他們的新的努力，是在組織和詞句方面容納了許多散文成分。艾青和臧克家的長詩，最容易見出。就連卞之琳的《慰勞信集》、何其芳的近詩，也都表示這種傾向。這時期詩裏的散文成分是有意為之，不像初期自由詩派只是自然的趨勢。而這時代的詩，採用散文成分，比自由詩派的似乎規模還要大些，這也可以說是民間化的趨勢。抗戰以來，文壇上對於利用民間舊形式有過熱烈的討論。整個兒利用似乎已經證明不成，但是民間化這個意念，卻發生了很廣大的影響。民間化自然得注重明白和流暢，散文化是必然的，而朗誦詩的提倡，更是詩的散文化的一個顯著的節目。不過話說回來，民間形式暗示格律的需要，朗誦詩雖在散文化，但為了便於朗誦，也多少需要格律。所以散文化、民間化，同時還促進了格律的發展。這正是所謂矛盾的發展。

　　朱氏又提到詩的民間化，還有兩個現象：一是複沓多，二是鋪敘多。複沓是歌謠的生命，歌謠的組織，整個兒靠複沓，韻倒不是必然的。歌謠的單純就建築在複沓上，現在的詩多用複沓，卻只取其接近歌謠，取其是民間熟悉的表現

法，因而可以教詩和大眾接近些。還有散文化的詩裏用了重疊，便散中有整，也是一種調劑的技巧。詳盡的鋪敘是民間文藝裏常見的，為的是明白易解而能引起大眾的注意。簡短地含蓄地寫出，是難於訴諸大眾的。現在的詩着意鋪敘的，可以舉柯仲平的〈平漢鐵路工人破壞大隊的產生〉和老舍的〈劍北篇〉做例子。柯氏鋪敘故事的節目，老舍鋪敘景物的節目，可是他們有意在使詩民間化是一樣的。〈劍北篇〉試用大鼓調，更為顯然。因為民間化，這兩篇長詩都有着整齊的形式。馮乃超曾經唱過這樣的詩句：

> 讓詩歌的觸手伸到街頭、伸到窮鄉，
> 讓它吸收埋藏土裏未經發掘的營養，
> 讓它啞了的嗓音潤澤，斷了的聲音更張，
> 讓我們用活的語言作民族解放的歌唱！

這是時代歌手的口號！

朱自清氏又說：抗戰以來的新詩的另一趨勢，是勝利的展望，這是全民族的情緒。詩以這個情緒為表現的中心，也是當然的。但是，詩作者直接描寫前線、描寫戰爭的卻似乎很少。一般詩作者描寫抗戰，大都從側面着筆，如我軍的英勇，敵偽的懦怯或殘暴，都從士兵或民眾口中敘出。這大概是經驗使然。一般詩作者所熟悉的、努力的，是在大眾的發現和內地的發現。他們發現大眾的力量的強大，是我們抗戰建國的基礎；他們發現內地的廣博和美麗，增強我們的愛國心和自信心。像艾青的〈火把〉和〈向太陽〉，可以代表前

者；臧克家的〈東線歸來〉以及〈淮上吟〉，可以代表後者，老舍的〈劍北篇〉也屬於後者。

朱氏指出〈火把〉跟〈向太陽〉的寫法不同。如一位批評家所說，艾青有時還用象徵的表現，〈向太陽〉就是的；〈火把〉卻近乎鋪敘了，這篇詩描寫火把遊行，正是大眾的力量的表現，而以戀愛的故事結尾，在結構上也許欠勻稱些，可是指示私生活的公眾化一個傾向，而又不至於公式化，卻是值得特別注意的。臧克家在創造新鮮的隱喻上見出他的本領，但是紀行體的詩，有時不免散漫，〈淮上吟〉似乎就如此。老舍的〈劍北篇〉的鋪敘，也許有人會覺得太零碎些；逐行用韻，也許有人會覺得太鏗鏘些，但朱氏曾請老舍自己朗誦給他聽，他只按語氣的自然節奏讀下去，並不重讀韻腳。這也就覺得能夠聯貫一氣，不讓韻隔成一小片兒一小段兒的了，可見詩的朗讀確是很重要的。（筆者對於新詩的批判，大體節用朱自清氏的話，不獨因為他是我們的導師，而是因為他是新詩的第一流作者，又是最公平的批評者。筆者以為抗戰中流行鋪敘的敘事詩，不獨新詩如此，舊詩人如于右任、盧冀野、易君左，也都在那兒寫史詩。這一傾向，也多少受點杜甫的影響。杜甫生在亂離時代，而四川又是他的故鄉，他的敘事詩風格，給現代詩人以最深切的啟示。此意，我也曾說給朱先生聽過，他認為頗有道理。）

朱氏又在〈愛國詩〉和〈詩與建國〉兩文中，提到抗戰詩篇中的愛國情緒。他說：抗戰以來，我們的國家意念迅速的發展而普及，對於國家的情緒達到最高潮。愛國詩大量出現，但都以具體的事件為歌詠的對象，理想的中國，在詩

裏似乎還沒有看見。當然，抗戰是具體的、現實的。具體的節目太多了，現實的關係太大了，詩人們一方面俯拾即是，一方面利害切身，沒工夫去孕育理想，也是真的。我們的抗戰，是堅貞的現實，也是美麗的理想。我們在抗戰，同時我們在建國，這便是理想。理想是事實之母，抗戰的種子便孕育在這個理想的胞胎中。我們希望這個理想，不久會表現在新詩裏。詩人是時代的前驅，他有義務先創造一個新中國在他的詩裏，再說也是時候了。

聞一多氏曾寫了一首〈一句話〉的詩（見《死水》）：

> 有一句話說出就是禍，
> 有一句話能點得着火。
> 別看五千年沒有說破，
> 你猜得透火山的緘默？
> 說不定是突然着了魔，
> 突然青天裏一個霹靂，
> 　　爆一聲
> 「咱們的中國！」

由今看來，聞一多這位詩人所唱的這首詩，倒是時代的預言了！

抗戰期中，產生了朗誦詩，這也是重要的發展。（戰前已經有詩歌朗誦，目的在乎試驗新詩或白話詩的音節，看看新詩是否有它自己的音節，不因襲舊詩而確又和白話散文不同的音節，並且看看新詩的音節怎樣才算是好。這個朗誦運

動雖然提倡了多年，可是並沒有展開，新詩的音節是在一般寫作和誦讀裏試驗着。）朱自清氏也曾寫過〈論朗誦詩〉、〈美國的朗誦詩〉、〈詩與話〉和〈朗誦與詩〉幾篇重要批評文字。洪深也曾寫了《戲的唸詞與詩的朗誦》的小冊子。這兒就簡引他們的說法。洪氏說：「朗誦時，其實是詩人用自己的人格向群眾說話，所誦如果為自己的詩，毫無問題的是以本人的人格和聽者相對；如果為別人的詩，便得以原作者的人格和聽者相對。這是朗誦的特點，也是朗誦與演戲不同之點。即使所誦為故事詩或戲劇詩，亦無例外。」（早在二十年前的徐彬彬，也曾說過這樣的話：「劇詞之分類，有唱詞與念白之兩大類，而念白又有技術白與自然白之分。技術白即是一種音樂的發音術，介乎歌與話之間者也，其所以成功，乃本於人類氣逗之自然及中國之方體單音需要而成。」所謂技術白，也就是朗誦詩。）

　　朱氏說抗戰以來的朗誦運動，起於迫切的實際的需要，需要宣傳、需要教育廣大的群眾。這朗誦運動雖然以詩歌為主，卻不限於詩歌，也朗誦散文和戲劇的對話，只要能夠獲得朗誦的效果，甚麼都成。假如戰前的詩歌朗誦運動可以說是藝術教育，這卻是政治教育。朗誦的對象不用說比藝術教育的廣大得多，所以教材也得雜樣兒的。這時期的朗誦，有時還會帶着歌唱。朗誦的詩歌，大概一部分用民間形式寫成，在舊瓶裏裝上新酒；一部分是抗戰的新作，一方面更有人用簡單的文字試作專供朗誦的詩，當然也是抗戰的詩、政治性的詩，於是乎有了「朗誦詩」這個名目。朱氏也曾懷疑過朗誦詩，覺得看來不是詩，至少不像詩，不像我們讀過的

那些詩，甚至於可以說不像我們有過的那些詩。對的，朗誦詩的確不是那些詩。它看來往往只是一些抽象的道理，就是有些形象，也不夠說是形象化。這只是宣傳的工具，而不是本身完整的藝術品。照傳統的看法，這的確不能算是詩。可是參加了幾回朗誦會，聽了許多朗誦詩，開始覺得聽的詩歌，跟看的詩歌確有不同之處。有時候，同一首詩，看起來並不覺得好，聽起來卻覺得很好。

　　朱氏乃說到他的幾次經歷。他首先想到的是艾青的〈大堰河〉，他自己看過這首詩，並沒有注意它，可是在昆明聯大的「五四」朗誦晚會上，聽到聞一多朗誦這首詩，從他的抑揚頓挫裏，體會了那深刻的情調，一種對於母性的不幸的人的愛。會場裏上千的聽眾，也都體會到這種情調，從當場熱烈的掌聲可以證明。還有一個節目，是新中國劇社李君朗誦莊湧的〈我的實業計劃〉那首諷刺詩。朱氏說他也曾看過，看的時候也覺得它寫得好，抓得住一些大關目，又嚴肅而不輕浮。在場上聽了那洪鐘般的朗誦，更有沉着痛快之感。朱氏說他後來漸漸覺得，似乎適於朗誦的詩，或專供朗誦的詩，大多數是在朗誦裏才能見出完整的。這種朗誦詩，大多數只活在聽覺裏，群眾的聽覺裏，獨自看起來，或在沙龍裏唸起來，就覺得不是過火，就是散漫、平淡、沒味兒的。看起來不是詩，至少不像詩，可是在集會的群眾裏朗誦出來，就確乎是詩。這是一種聽的詩，是新詩中的新詩。

　　朱氏說：朗誦詩是群眾的詩，是集體的詩。寫作者雖然是個人，可是他的出發點是群眾，是群眾的代言人。他的作品得在群眾當中朗誦出來，得在群眾的緊張的集中氛圍裏

成長。那詩稿以及朗誦者的聲調和表情，固然都是重要的契機，但是更重要的是那氛圍，脫離了那氛圍，朗誦詩就不能成其為詩。朗誦詩要能夠表達出來大眾的憎恨、喜愛、需要和願望，它表達這些情感，不是在平靜的回憶中，而是在緊張的集中的現場。它給群眾打氣，強調那現場。它活在行動裏，在行動裏完整，在行動裏完成。

一六　幾個詩人與作品

　　筆者在抗戰那八年中，讀了許多以戰爭為題材的詩篇，那些詩篇，卻也和空中的雲霞一般，飄然以逝，並不曾留下什麼深刻的印象。（或許由於筆者對於詩歌理解力的不夠。）我在鄭州前線，一處集會中聽到過臧克家關於詩的演講，覺得他對於詩學的理解，也並不很深。不過，抗戰時期，他的新詩寫得很多。他自言：「五年的前線生活，從心境上分，可以截成兩段：第一階段，心裏充滿了熱情、幻想和光明。這心境反映到詩上，顯得粗糙、躁厲、虛浮和廉價的樂觀，熱情不應許你深沉、洗鍊。《從軍行》、《泥淖集》、《嗚咽的雲烟》中的詩，大概可以這麼說。〈淮上吟〉（包括〈走向火線〉），就比較精鍊些了。後一階段，熱情凝固了，幻想破滅了，光明晃遠了，代替了這些的，是新的苦悶和抑鬱。心從波動中沉睡了下來。這個時期，回味體會了五年的戰地經驗，面對着眼前的世界，有時間給它們以較深沉的刻劃。光明的，歌頌它；黑暗的，諷刺它；愛與憎，是與非，真理與罪惡，界線是分明的。在這一個時期，我寫了幾本詩集：《黎明鳥》、《泥土的歌》、《第一朵悲慘的花》，《向祖國》和《古樹的花朵》。」他曾經編選一部《十年詩選》。（〈淮上吟〉、〈向祖國〉、〈古樹的花朵〉及〈感情的野馬〉）。

那幾首長詩都未收入，這是他的詩代表作。）他自己最歡喜〈泥土的歌〉，說：「〈泥土的歌〉，是從我深心裏發出來的一種最真摯的聲音，我溺愛、偏愛着中國的鄉村，愛得心痴、心痛，愛得要死，就像拜倫愛他的祖國的大地一樣。我知道，我最合適於唱這樣一支歌，竟或許也只能唱這樣一支歌。」詩人的說法是這樣的，至於他們對於農村與農民生活理解到什麼程度，那是另外一件事。我們只能說：「在解放區的詩人與接近解放區的詩人，有着做農村的唱手的傾向，那是很顯然的。」臧氏也說：「三十一年，那時候，解放的區域雖然還沒有現在這麼大，然而新的土地上卻有了新型的農民生長起來了。而且，田間、艾青以及別的許多詩人，已經用新的詩篇來歌頌新的農村，為新的生活而戰鬥了。一個詩人的眼睛，不是為了向後看而生長的。」

上面，我們提到過的〈劍北篇〉，那是老舍試用了大鼓調的風格來寫的長詩。舒氏自己說：「沒有詩才，我卻有些作詩的準備。我作過舊詩、鼓詞。以我自己的辦法及語言，和這兩種東西化合起來，就是我的詩的形式。形式，在這裏，包括着句法、音節、用語、韻律等項。大體上，我是用我所慣用的白話，但在必不得已時，也借用舊體詩或通俗文藝中的詞彙，句法長短不定，但句句要有韻，句句要好聽，希望通體能夠朗誦。因為要押韻，有時候就破壞了言語的一致、通俗，而勉強借用陳腐的詞藻。因為句句押韻，不但寫看費事，讀起來也過於吃力，使人透不過氣來。接受舊文藝的傳統，接受民間文藝的優點，我都在此詩中略加試驗。材料是我自己的，情緒是抗戰的，都絕非抄襲古人。就是音節

韻律，我也只取了舊詩中運用聲調的法則，來美化我自己的白話。在用韻方面，我用的是活的十齊套轍，並非詩韻。這樣，取於舊者並不算多，按說就不應該顯出那麼濃厚的舊詩味道來，可是我自己覺得出來，它也許比「五四」時代那些小詩的氣魄大一些，而舊詩的氣息，恐怕還比它們還強得多。」在運用民間形式上，老舍自比其他詩人高了一着的。

　　那些詩人的作品，臧克家的，我讀得最早，也最多（有時他還未寄出刊出，我已讀到了），我的感受卻最淺。倒是馬君玠的《北望集》，我讀得最遲，卻印象最深。朱自清氏替《北望集》作序，說：「今天下午，讀了馬君玠先生這本詩集，不由得悠然想起北平來了。這一下午，自己幾乎忘了是在甚麼地方，跟着馬先生的詩，朦朦朧朧地好像已經在北平的這兒那兒，過着前些年的日子。那些紅牆黃瓦的宮苑，帶着人到畫裏去、夢裏去。影兒黯淡、幽寂，可是自己融化在那黯淡和幽寂裏，彷彿無邊無際的大。北平也真大：

> 長城是衣領，圍護在蒼白的頰邊，
> 永定河是一條繡花帶子，在它腰際蜿蜒。

　　朱氏批評馬氏的詩：「他能夠在日常的小事物上分出層層的光影。頭髮一般細的心思和暗泉一般澀的節奏，帶着人穿透事物的外層到深處去，那兒所見所聞，都是新鮮而不平常的。他有興趣向平常的事物裏發見那不平常的。這不是頹廢，也不是厭倦，說是寂寞倒有點兒，可是這是一個現代人對於寂寞的吟味。」這是詩人的詩。

大陸文藝批評家，似乎特別看重艾青的詩和詩論。說「他的詩的特點是散文化，他以為樸素是美的源泉，而散文化是達到樸素的有力手段。詩中十分注意章法和結構的完整，用散文式的開展的層次來抒寫，而把重點擺在結尾的一節。這種新的形式和他所寫的內容配合起來，的確給人一種新鮮的感覺。他常常用重疊或複沓的詩行來加重抒寫他所要歌頌的感情形象，如光、火把、太陽等，使詩的表現特別有力量。早期作品中的知識分子的憂鬱，後來也洗刷掉了，正如他自己所說：『我實在不喜歡憂鬱啊，願憂鬱早些終結罷！』他的憂鬱，本來是植根於中國人民的苦難的，與一些作家的頹廢性的憂鬱不同，到他與民眾意向的主流匯合以後，就變為爽朗的笑聲了。這些詩篇，對於憧憬於光明世界的青年知識分子，曾發生過很大的鼓舞作用，促使他們勇敢地走上了奮鬥的道路。」（節引王瑤《中國新文學史稿》中語。）艾氏，原名蔣海澄，浙江義烏人，他是農村的青年。他曾在《詩論》中說：「哲學抽象地思考着世界，詩則是具體地說明着世界，目的都是為了改造世界。」他的詩是在抗戰中成熟的，他說：「戰爭真的來了。這是說，原是在人民的忍耐中的，原是在詩人的祈禱中的打碎鎖鏈的日子，真的來了。這時候，隨着而起的是創作上痛苦的沉思：如何才能把我們的呼聲，成為真的代表中國人民的呼聲。在三四個月長期間沉默之後，我才寫了一首〈我們要戰爭呵！──直到我們自由了〉，這是一個誓言。這是我為自己給這戰爭立下的一塊最終極的界碑。」

　　艾青的詩篇很多，孫望、常任俠的《現代中國詩選》

中，選了他的〈城市〉一詩，可作代表：

> 城市在前面等着你。
> 它有酒館的氣味，
> 它有汽車的氣味，
> 它有車輪捲起的塵埃，
> 它有泛溢的商業和標語。
>
> 它將招待你，用吵鬧的市街，
> 用人與人之間的隔膜和欺騙，
> 用麻痺了的心腸。
> 像一群野獸蹲着，
> 城市在前面等着你。

抗戰時代的詩，要說有點詩的味兒，依舊要算到那幾位舊詩人：馮至、卞之琳、何其芳、聞一多等。朱自清氏推薦馮至的《十四行集》，他是從敏銳的感覺出發，在日常的境界裏體味出精微的哲理的詩人。在日常的境界裏體味哲理，比從大自然體味哲理更進一步。因為日常的境界太為人們所熟悉了，也太瑣屑了，它們的意義容易被忽略過去，只有具着敏銳的手眼的詩人，才能把捉得住這些。他那詩裏耐人沉思的理、和情景融成一片的理，最引起我們的注意。我們且看他的〈旅店〉詩：

> 我們常常度過一個親密的夜

在一間生疏的房裏，它白晝時
是什麼模樣，我們都無從認識，
更不必說它的過去未來。原野

一望無邊地在我們窗外展開，
我們只依稀地記得在黃昏時
來的道路，便算是對它的認識，
明天走後，我們也不再回來。

閉上眼罷！讓那些親密的夜
和生疏的地方織在我們心裏，
我們的生命像那窗外的原野，

我們在朦朧的原野上認出來
一棵樹，一閃湖光；它一望無際
藏着忘卻的過去，隱約的將來。

這是有境界的詩。朱氏曾作如次的註釋：旅店的一夜是平常
的境界，可是親密的、生疏的，「織在我們心裏」。房間有它
的過去未來，我們不知道。我們的生命像那一望無際的朦朧
的原野，忘卻的過去，隱約的將來，誰能認識得清楚呢？但
人生的值得玩味，也就在這裏。這便是這首詩的啟示。

　　照若干文藝批評家的看法，抗戰時期的詩歌，時代的
歌手，為祖國而歌：「為民族革命高揚起你的歌喉罷，在詩
歌中激發起民族的偉大的感情吧！」假使政治尺度不一定那

麼嚴格，政治成見不一定連詩歌形式也統制了去，那我們應該說，那份激昂慷慨的愛國熱情，見之於舊詩人的作品，比新詩人的作品還更豐富，還更凝鍊些。舊詩人之中，如于右任、盧冀野、梁寒操、章士釗、潘伯鷹、易君左、黃炎培、施叔範，都寫了有血有肉的詩篇。若干新詩人，如郁達夫、田漢、郭沫若，也都寫了新情緒的舊詩歌。筆者往來南北，碰到了戰場上作戰的將領，他們也寫了實感的舊詩。這都是不應該一筆抹煞的。（筆者曾在贛南，碰到那位反對白話文學的胡先驌，那時他任中正大學校長，就寫了好多篇歌詠戰爭的古風新律，有着年青人的奮進的情緒呢！）

　　經過幾十年的試驗，新詩的道路，又兜到用韻和音節上去了。朱自清氏就從介紹陸志韋的詩論（陸是燕京大學校長），再說到新詩的趨向。他說：胡適之先生說過宋詩的好處在「做詩如說話」，他開創白話詩，就是要進一步地做到「做詩如說話」。這「做詩如說話」，大概就是說，詩要明白如話。這一步，胡先生自己是做到了，初期的白話詩人也多多少少的做到了。可是後來的白話詩愈來愈不像說話，到了受英美近代詩的影響的作品而達到極度。於是有朗誦詩運動，重新強調詩要明白如話，朗誦出來大家懂。不過胡先生說的「如說話」，只是看起來如此，朗誦詩也只是又進了一步做到朗誦起來像說話，都還不像日常嘴說的話。陸志韋先生卻要詩說出來像日常嘴裏說的話。他說：「我最希望的，寫白話詩的人先說白話，寫白話研究白話。寫的是不是詩，倒還在其次。」（陸先生選的是北平話。）真正的白話詩是要念或說的。他是最早的系統地試驗白話詩的音節的詩人，

又是音樂鑒賞家，又是音韻學家，他特別強調那念的真正的白話詩，是可以了解的。就因為這些條件，他的二十三首五拍詩，的確創造了一種真正的白話詩。

朱氏說：用老百姓說話的腔調來寫作，要輕鬆不難，要活潑自然，也不太難，要沉着卻難；加上老百姓的詞彙，要沉着更難。陸先生的五拍能夠達到沉着的地步，的確算是奇作。朱氏自謂多多少少有陸先生的經驗，雖然不敢說完全懂得這些詩，卻能夠從那自然而沉着的腔調裏感到親切。我們且看那第十九首：

> 在鄉下，我們把肚子貼在地上！
> 糊塗的天，就壓在我們的背上！
> 老呱說：「天，你怎麼那麼高呀？」
> 抬頭一看，他果然比樹還高，
> 村上有山頭，山頭上還有樹，
> 老天爺，多給點兒好吃吃的吧！

新樣的五拍詩正是創造，創造了一種真正的白話詩。我們看了他們的話，才可以懂得這一傾向的指標是什麼？（艾青《詩論》，就是不曾解答問題。）

（朱自清氏在另外一篇〈論真詩〉的雜文中說：所謂自然流利的真詩，是以童謠為根據的。童謠是歷史上傳下來的名字，似乎比兒歌能夠表現這種歌謠的社會性的。我並不看重童謠的占驗作用，而看重它的諷世作用。童謠是「誦」的，也可以算是「讀」的。它全用口語，所謂「自然流利」；

有時候押韻，也極自然，念下去還是流利的。但是童謠跟別種民間文藝一樣，俳諧氣太重而缺乏認真的嚴肅的態度，誇張和不切實更是它的本色，這是童謠的「自然」。照詩的發展的舊路，新詩該出於歌謠。新詩雖然不必取法於歌謠，卻也不妨取法於歌謠。山歌長於比喻，並且巧於複查，都可學。童謠雖然不必尊為真詩，但那自然流利，有些詩也可斟酌地學。新詩雖說認真，卻也不妨有不認真的時候。我們現在不妨來點兒輕快的幽默的詩。）

一七　離亂中的小說

　　抗戰勝利的第二年，有一部描寫時代動態的影片，題名《一江春水向東流》，前集是《八年離亂》，後集是《勝利前後》，這影片賺了多少從苦難中長成的人的眼淚。抗戰這一幕悲壯的史詩，自有其光明面，也有其黑暗面的。這一時期，最流行的一部小說，並不是國內任何作家的長篇小說，而是傅東華翻譯的一部美國宓西爾女士（M. Mitchell）所寫的《飄》（Gone With the Wind）。這部小說，在上海翻譯，在上海印行，可是很快在後方銷行。我們都沒看見過比以這部小說為藍本的《亂世佳人》那部有名的影片，但我們就從這小說中，體味到我們這個大動亂時代的意義。

　　那小說中的主人翁之一 —— 衛希禮，他寫信給他的妻子韓媚蘭，說：「……我所以拿生命來拚的那件東西，是舊的時代、舊的生活方式，然而這種生活方式，我怕現在已經就完了，無論這骰子擲出什麼來，怕都已無可挽回了。將來我們勝也罷，敗也罷，這是同樣都要喪失了。我倒不是怕危險、怕俘虜、怕受傷，或甚至死 —— 如果死是一定要來的話；我怕的是這場戰爭一經完結之後，我們就永遠不能回轉舊時代去了。我呢，卻是屬於舊時代的人，我並不屬於這個瘋狂的殺人的現代，恐怕也不能適合於將來，無論我怎樣嘗

試去適合。同樣，你，親愛地，也一定不能適合，因為你和我是同一個血統的。我雖然不曉得將來會帶什麼來，總之，它決不能同過去一樣的美麗、一樣的使人滿意。」我們所體會到的，由於抗戰所帶來的時代轉變，也就是這麼一個意義。

在另一場合，衛希禮又對郝思嘉說：「我也常在這裏想，不但這裏陶樂的人，將來不知怎麼好，就是整個南方的人，將來都不知怎麼好呢？你要知道將來到底怎麼樣，只消看歷史上凡是一個文明的崩潰之後的事蹟就可以知道了，只有那種有腦筋有勇氣的人，才能夠存活過來，沒有腦筋沒有勇氣的人，都要被簸箕簸掉。我們能夠親眼見到一次『神道的黃昏』，雖然並不怎麼適意，至少是很有趣的。我的家是完了，我所有的錢也完了，而且我在這個世界上是什麼都不配做的，因為我所屬的那個世界已經沒有了。我這不願意正視現實的脾氣，實在是個大不幸。在這次戰爭沒有開始以前，生活對於我向來都不比映在幕上的一個影子更加真實的。我卻是也不得不如此。我向來都不喜歡事物的輪廓畫得過分清楚，我喜歡凡事的輪廓略帶點模糊，像是蒙着一層薄薄的迷霧。換句話說，我實在是個懦夫。哦，我怕的是一種無名的東西。這種東西，如果拿言語發表出來，別人聽見了，一定要覺得好笑的。其中的大部分，就在於生活突然的變得太現實了、太切己了，切己到不能不跟生活裏的許多簡單事實去接觸了。譬如我現在在這裏劈木頭，我心裏並不覺得難過。我所覺得難過的，是這些事情所代表的一般意義；我所覺得難過的，是我所愛的舊生活喪失了它的美麗了。在戰爭以前，生活是美麗的。我覺得那時的生活，猶如一件希

臢的美術品，它具有光輝、具有完善、具有齊全、具有對稱，也許不是人人都有這樣的感覺。這，我現在明白了，我是屬於那種生活的，現在這種生活是完了。在這種新生活裏並沒有我的地位，所以我害怕了。」把聖道的黃昏啟示給我們的，有如聖保羅的福音，我們每一個人，都覺得在這《飄》的旋風福音中有所體會了。

「戰爭」的進程，由於中日戰爭全面化，以及世界大戰的爆發，接上了太平洋戰爭，成為世界性的全面戰爭，戰火的範圍，有着顯著的變動。當時的文人，也因為抗戰前期，留居上海、香港這幾個綠洲，以及隨着戰局的變動，逐漸向西南大後方播遷的動亂局面，有着顯著的心理變化。到了抗戰後期，由於大部分文人，再度播遷，在重慶、桂林、昆明這幾個後方城市過着浮萍生活；而由延安，越過黃河，向山西、河北、山東的敵後，展開了戰鬥生活，也有情緒上的顯著差別，其反映在作品中的，也有着不同的情調。這便是我們在領會離亂小說的時代背景呢！

抗戰初期，我們還看不到小說創作方面的好成績，這是事實。小說比不上詩歌，因為那份熱烈的昂進的情緒，寫成詩歌，可以口頭來唱，牆頭來題寫；也比不上戲劇，因為街頭宣傳，可以現蒸現賣。長篇、中篇小說，都需要一個安定的社會環境，還需要相當的篇幅來刊載；連短篇小說也很少看見，我們可以了解當時物質條件與生活環境的困難了。筆者當時親自參與這場大動亂的場面，知道戰事一發生，日本海軍封鎖了沿海口岸。我們這個不曾生產現代白報紙的國家，根本說不上宣傳的。一直到抗戰第二年，改良土報紙，

才有點兒像樣，那只能說東南沿海各省，贛東、閩北、閩西、浙東、贛南那一帶，才可以做到自足自給的地步，質料也相當細緻白淨。贛西、湘東、湘南和廣西一帶的產量，也還不少，質地卻很差了，這是第二等的報紙。到了四川，那更差了，又粗又黃，和草紙差不多。一到陝西甘肅，那真比草紙還不如，產量又少，若干刊物，簡直和天書差不多，只看見一些黑點子就是了。可是，土報紙的價格，比白報紙高至五十倍以上（二次大戰時期，各國紙漿都用作火藥原料，紙價也貴了十多倍），大西北和大西南的紙價，比東南一帶更貴得多。因此，全國各地報紙，大都以對開一張為原則，讀者也正關心時事及戰局變化，文藝性副刊，已不為大家所看重。因此，重慶的報紙，就很少有副刊的。說到印刷的條件，往常在上海、香港辦報，轉輪機印報，每小時印十萬至十五萬張，自是常事。到了內城，改用對開平版機印刷，每小時不過一千二百份至一千八百份。因此，日銷二萬份的報紙，幾乎要整天整晚在印刷，還趕不上寄遞的時間。因此每一大城市的報紙，銷行範圍不出那三百公里左右的城市鄉村。各地報紙平均發展，彼此很少互相影響了。這都是限制小說的寫作與刊載的外在條件。即以筆者足跡遍及全國各地，也難得買到各地的報刊了。

大體說來，從武漢陷落到太平洋戰爭發生這一時期，中長篇小說，香港各報刊及出版社所刊載的最多也最重要。太平洋戰爭發生以後，則以重慶、桂林、貴陽、昆明、成都為中心，東南沿省城市副之。（抗戰前期，福建臨時以永安為省城，黎烈文所主持的改進出版社及《改進》半月刊，不獨

紙張印刷都夠水準，內容也在水準以上，但讀者所關心的，在彼不在此，文藝創作也就很少的了。）

至於小說創作的題材，一開頭當然是寫戰場上的英勇故事，以及流離顛沛的難民生活，那時候，大家有那麼一股熱情，於悲慘場面中，寄以無限的希望。筆者曾引用了一句時人詩句：「明年焦土又新枝」。可以代表社會人士的一般心理。武漢會戰以後，戰爭長期化的局面，大家已經看得相當清楚。若干艱苦的階段，如歐戰發生到太平洋戰爭爆發那一時期，情勢相當惡劣。又如國共之間的裂痕，和滇緬路的被封鎖，使一般文化人覺得有些絕望。而政治黑暗，奸商橫行，物價騰貴，生活艱苦，更使一般知識分子走投無路，因此，他們的作品中，又瀰漫着悲憤之情。即如茅盾（沈雁冰），上海淪陷以後，便到了香港，主編香港《立報》副刊《言林》，已近於顯克微支的流亡海外，後來隨着香港的淪陷，到了桂林。桂林雖是比較有點自由空氣，但政治低氣壓，也迫着他無以為計。那時，他寫了幾個長篇小說：（一）《第一階段的故事》，是以上海為背景，寫淞滬戰役前後四個月的社會動態，其重心乃在寫一個民族資本家何耀先的轉變。其中雖有光明面，卻也黑影幢幢，呼之欲出；（二）《霜葉紅似二月花》，曾在香港《立報》連載，只寫了第一部，並未成書。他本意要寫近三十年中國社會的蛻變，也是暴露性的多；（三）《腐蝕》，那就牽及國共的新裂痕，塵海茫茫，狐鬼滿路，一般青年知識分子，陷於新的夾縫中，又是十分苦悶了。這幾種小說，依文藝水準說，只能說是平平無奇，只是反映社會動態而已。

抗戰把我們從城市帶到了鄉村，從東南財富之區，帶到

大西南、大西北的後方，從後方也帶到了前線，視野的確擴大得多了，對於社會人生的體會也深切得多了。筆者就曾以《燈》為題，寫過一部記錄體的長篇小說（先後在《前線日報》連載）。我們都是在照耀如白晝的燈光下成長的，可是第一天進入戰場，就在燈火管制下過活，處在黑洞洞房子的窗隙中，對着蘇州河南岸的霓虹燈彩網，恍然有所悟，這是兩個不同的世界。其後，我們遠離了上海，也遠離了大城市，就在洋油燈下過活，把我們的生活推回了一個世紀以前去了。其後不久，連火油也幾乎絕跡了，我們就在菜油燈下過活。那時期，才體會古詩人們寫的「燈如紅豆最相思」的味兒，我們已經回復到唐宋時代的生活去了。有時，打石取火，用松枝照明，那更是黃唐之世的風趣。筆者拿自己寫小說的情懷，來體會朋友們當時寫小說的心理，蓋亦相去不甚遠吧！

那時的巴金（李芾甘），他已經寫完了激流三部曲（《家》、《春》、《秋》），續寫抗戰三部曲——《火》。這是一個群眾抗日團體的工作紀錄。第一部寫淞滬戰爭發生後，上海青年發動抗日工作的情形；第二部寫那些青年戰地工作隊離開了上海到各戰線去工作的情形；第三部寫戰地工作隊的一個青年隊員和一個愛國宗教家田惠世的交誼。他說：「在這本小書中，我想寫一個宗教者的生與死，我還想寫一個宗教者和一個非宗教者間的思想和情感的交流。讓我再說一句，這企圖是不壞的。可是，我並不曾辦到，關於後者，我一點也沒有寫，文淑仍還是一個孩子，她的思想沒有成熟；關於前者，我寫得也不夠。讀了這書，說不定會有人疑心我是一個基督徒，那真是滑天下之大稽了！」他的小說，

渲染那一股熱清是夠的，要說他有怎麼深刻的觀察，那是不夠的，倒是他到重慶以後所寫的《憩園》，無論結構與性格描寫，都圓熟得多了。

真正能夠反映抗戰時期的實際生活的小說，以我所見到還要推近年在香港出版，李輝英所著的《人間》。當抗戰局面已經過去了，火辣辣之情緒已經冷卻了，我們再以反省的心懷，把那個時代的動態檢討一下，這才形之於筆墨，就不像抗戰時期那些作家的小說，那麼膚淺了。作者原是東北人，年輕時期，就在關內過流亡生活；抗戰時期，在西北一帶住得很久。他所描寫的光明面與黑暗面，都是很凸出的。這部小說，以王太（紅霞）、姜太（紅月）、馬太、焦太幾位女人為主角，而以王經理、姜處長、馬老板、焦院長為配角，勾劃出抗戰後期的荒淫、貪污的腐敗畫面，語云：「履霜堅冰至，其由來也漸矣」！我們看了這一小說，可以了解蔣介石王朝沒落的因由了，這是一部寫實的小說。（李氏的其他小說，都不足以和這部小說相比並的。）

大陸的文藝批評家，曾經推薦夏衍的《春寒》，這是借一個從事劇運的女性青年的經歷，來寫一九四〇年春天廣州淪陷前後，政治暗流來臨的情形的小說。假使不一定太着重政治意義的話，這部小說並無多大可取之處。我覺得夏氏在抗戰時期的作品，最有成就的還是他的劇本，並不是他的小說。（作者在尾聲中自敘：「這是一九四〇年春天的事情。我們這位女主人公，如楔子那一章所說，當她在這激流般生活中認識了真的愛和真的恨之後，倔強的性格，使她掙脫了Eros 的羈絆，投身到群眾事業的海洋中去了。毫無疑問，擺

在她前面的還有無數的坎軻試練、苦惱和苦難。」這原是一種宣傳性的小說。）

（抗戰初期，軍事方面，日軍可說是無往不利的，但反映在日本的文藝作品，卻是「厭戰」的情緒。那部有名的石川達三所著的《未死的兵》，就是生命無常論的註解。我軍幾乎屢戰屢敗，日蹙百里的局面是有的，但我們的文藝作品，卻激昂慷慨，沒有半點消極的情調。這或許是從文藝中所流露出來的心聲。）

不過，抗戰的黑暗面是有的，因此，在若干長短篇小說中，用諷嘲的筆法來諷刺現實生活是有的。其中很有名的一篇，便是張天翼的〈華威先生〉（張天翼在抗戰初期，曾寫許多短篇小說，這一篇收在《速寫三篇》中）。華威先生，也就和阿Q一樣，成為類型的人物，凡是裝抗戰幌子、弄抗戰八股的，就是這一型的人。華威先生是一個在抗戰後方專出風頭的「救亡專家」，他的口吻總是這樣：「『我們改日再談好不好？我總想暢暢快快跟你談一次 —— 唉，可總是沒有時間。今天劉主任起草了一個縣長公餘工作方案，硬叫我參加意見，叫我替他修改。三點鐘又還有一個集會。』這裏他搖搖頭，沒奈何地苦笑了一下。他聲明他並不怕吃苦：『在抗戰時期大家都應當苦一點。不過 —— 時間總要夠支配呀。』『王委員又打了三個電報來，硬要請我到漢口去一趟。這裏全省文化界抗敵總會又成立了，一切救亡工作都要領導起來才行。我怎麼跑得開呢，我的天！』於是匆匆忙忙跟我握了握手，踏上他的包車。」這樣的人物，活在我們眼前，隨處可見，因此華威光生，變成新的口頭語了。

姚雪垠的小說，在抗戰初期，也是引人注意的寫實作品。其中最有名的是那篇〈差半車麥稭〉，寫的是農民的落後意識，如何在抗戰環境中的變化。那老農民的心境，是樸素的、單純的，他給軍閥內戰磨難得太久了，有點近於麻木，反正是替過往的部隊供應馬秣（他也弄不清楚那打來打去的部隊是誰的），畢竟是抗戰了，於是他的民族意識覺醒了。（他那以《差半車麥稭》為題的短篇小說集，其他五篇，也是以農村為題材。）其他，他又寫了以北方農民為題材的長篇小說——《牛全德與紅蘿蔔》。這兩個主人公，一個是農村流氓無產者，一個是相當富裕的自耕農，他們本來是有私仇的，可是在民族大義下化敵為友了。姚氏另一長篇是《春暖花開的時候》，寫的是抗戰初期台兒莊戰役前後，大別山下一個講習班中的一些救亡青年的故事。其中寫了三種女性：一種是黃梅，他比之為太陽、瀑布、散文；一種是林夢雲，他比之為月亮、溪流、韻文；又一種是羅蘭，他比之為星星、寒泉、情詩。黃梅是佃農的女兒，林夢雲出身於小康之家，羅蘭則是豪紳大地主的叛逆女兒。茅盾批評此作：「雖有不少地方寫得相當細膩而深入，有不少寫景抒情的片段，看得出作者頗費了匠心，而從整個看來，不能不說這部小說是寫得潦草的。」

在那些小說中，吳組緗的《山洪》，要算很好的一種。他以江南農村為背景，寫農民對於抗戰的逐漸認識，民族意識逐漸醒覺。小說中的主人公是青年農民章三官，他是一個粗野、樸質、自私而又好強的農民，他起先也害怕抽壯丁，想逃走往他鄉，後來他終於決定參加游擊隊了。抗戰對於中

國農村，是一股興奮劑。

抗戰時期的小說，依舊和以往的新小說一般，那是知識分子所寫的，寫的是知識分子這圈子中的故事，也只是寫給一般知識分子看的。因此，我們所看見的長短篇小說，都已公式化了。而今，在幾個固定的文藝批評者（如馮雪峰、巴人、周楊）筆底所提及的作品，也就是一些公式化的作品。他們所提及的如程造之、田濤、嚴文井的作品，我看得最遲，有的還是這幾年才看到的。又如王西彥、丘東平的作品，就看得很早。那也是限於地域，即以筆者這麼過東西南北奔波生活的人，也還是很少有機會普遍讀到的。

茅盾曾替嚴文井的長篇小說《一個人的煩惱》作序，說：「這小說是想從一個青年知識分子參加抗戰工作的經過，來說明凡是不能認清現實，只憑一時的衝動，而且愛以幻想餵養他心靈的人們，將落到怎麼萎靡消沉的地步。劉明當然不是一個壞人，本質上他還不失為一個好人，然而由於他的好像是狷介卻實在是孤僻，尚知自愛卻又不免過於自負的毛病，再加以貌似沉實而實則神經過敏，一方面恥於寄食，看不慣泄泄沓沓的生活、繩營苟且的把戲，另一方面又不能真正的吃苦，真正對民眾虛心，於是他這本質上還好的人，就不能進一步把自己鍛鍊成為堅強的戰士。當抗戰初期，一般人心激昂，情緒高漲的時候，劉明投身於當時一般熱血青年知識分子所趨向的抗戰工作，他不肯在後方吃一口安逸飯，他到前線參加了部隊的宣傳工作，但他這一行動，雖然他自以為是深謀熟慮的結果，其實還是一時的衝動，帶一點幻想，也為了負氣。在決定這行動之前，他也的確有所

考慮，但不幸他考慮的範圍，只限於他個人的瑣屑、他生活的小圈子裏所接觸的人與事對他的反應，而未嘗放大眼光對抗戰現實、對他未來生活中所可能遇到的困難與不盡如意，加以深湛的研究，是盲目的。在這裏，就有了他後來廢然而返，牢騷消沉的原因。」他這段話，倒可以說一切寫那時期知識分子轉變的總結，也正是宓西爾所寫的「衛希禮型」人物。他們都沒有宓西爾寫得深切，因此，那麼一些小說，也都火花似地過去了，不復存在一般人的記憶中了。也沒有一個小說作家，值得我們去記憶的了。（假使他們不是由於政治的偏見，由公式化的文藝批評去記敘一下，誰也不會知道他們的姓氏和作品了。）

比較值得提一提，而為那些文藝批評家所忽略的小說家和作品，倒還是張恨水的幾個連載小說，如《大江東去》、《八十一夢》，錢鍾書的《圍城》和徐訐在《掃蕩報》的連載小說《風蕭蕭》。他們的小說，比較脫開了公式化的抗戰八股。他們對於戰爭，未必懂得更多，但他們對於這變動着的社會與人生，有着冷靜的觀察。有時，帶着傳奇意味，增加故事的戲劇性，而文字技術，又足以表達出來。因此，一般人一提到抗戰時期的小說，倒很多拿他們的作品來作代表的。

真的值得舉例的，還是袁靜、孔厥合著的《新兒女英雄傳》。如郭沫若所說的：這裏面進步的人物，都是平凡的兒女，但也都是集體的英雄。是他們的平凡品質，使我們感覺親熱；是他們的英雄氣慨，使我們感覺崇敬。人物的刻劃，事件的敘述，都寫得踏實自然，而運用民間大眾的語言也非常純熟，這是一部寫給一般群眾看的小說，這是新的小說。

一八　抗戰戲劇與新歌劇（上）

　　說到抗戰時期的文藝作品，自當首推話劇與新歌劇為最多彩多姿，產量也最豐富。以抗戰為題材的第一個劇本，那是中國劇作者協會集體創作的三幕劇——《保衛蘆溝橋》。當時所推舉出來執筆的十六個人，如章泯、尤兢、馬彥祥、凌鶴、宋之的、陳白塵、阿英、夏衍，都是戲劇界老手，這劇本並不能說是怎樣成功，氣氛卻是很好的。抗戰帶來普遍的興奮情緒，當時最流行的，倒是幾個獨幕劇：《三江好》、《最後一計》、《放下你的鞭子》（劇人們稱之為《好一計鞭子》）。這一類劇本，內容多半是表現我軍英勇作戰的悲壯之情，暴露敵人的兇殘橫暴和漢奸的卑污無恥。因為演劇工作，從城市轉向鄉村，從後方走向前方，觀眾不同了，物質條件也變了，演劇的技巧也適應這樣的環境，變得簡勁有力，卻又十分樸質的了。等到興奮情緒逐漸冷卻，抗戰軍事情勢，有所變動，劇作者所注意的題材，比較廣闊而深入，觸及一般社會問題。「在創作方法和編劇技術上，已經糾正了抗戰初期那種徒自熱情，不夠深入、不夠生活，因而形成了概念的傾向。」劉念渠氏曾經這麼總結戰時戲劇運動的成就，說：「創作在這六年間，是進步的。劇作家在追求並把握現實主義的創作方法上，差不多是一致的，雖然他

393

們所達的程度並不相等。這是一。題材與主題，是被從種種不同角度去發掘的，並且達到了相當的深度。這是二。編劇技術的漸趨圓熟，就個別的劇作者說，就全般的發展說，都是如此。這是三。典型人物的創造，有着頗大的成就，他們給與了現實的和歷史的生動現象。這是四。在千百劇本裏，實不乏生活的、有性格的、精鍊的語言創造，這是五。」一九四三年，桂林的戲劇工作者曾經由夏衍、宋之的、于伶三人合寫那部五幕劇 ——《戲劇春秋》（他們替應雲衛祝壽）。這劇本表現了「五四」以來二十年間中國戲劇運動的艱苦、奮鬥過程，也可以說是戲劇界的自我批判。他們是一群堅守着崗位的戰鬥者，他們要打開這條荊棘之路。

曹禺的《蛻變》，這劇本的標題和內容，最足以代表那時的「時代氣息」。（這劇本，上演得很多。）他自己說：「在抗戰的大變動中，我們眼見多少動搖分子、腐朽人物，日漸走向沒落的階段。我們更歡喜地望出新的力量，新的生命已由艱苦的奮鬥裏醞釀着、育化着，欣欣然發出來美麗的嫩芽。這一段用血汗寫成的歷史裏，有無數悲壯慘痛的事實，深刻道出我們民族戰士在各方面奮鬥的艱苦，同那被淘汰的腐爛階層日暮途窮的哀鳴。這是一段需要忍耐，但更需要忍心的艱苦而光榮的抗戰。我們對新的生命應無限量地拿出勇敢來護持培植，對那舊的惡的，應毫不吝情，絕無顧忌地加以指責、怒罵、撞擊，以至於不惜運用各種勢力來壓禁，直到這幫人、這種有毒的意識死淨了為止。」這也正是抗戰初期文化界的傾向。這劇本是以一個傷兵醫院由「腐敗」蛻變為「良好」的過程，其中有兩個人格完美代表新生的人物，

便是那個熱誠負責的丁大夫，和那個有決心、有魄力處事的梁專員，那個醫院便頓改舊觀，進步得合乎理想了。這當然是代表當時一般人對於中國新生的期望，一個美麗的新景。胡風說：「在別的作品裏面，作者在現實人生裏面瞻望理想，但在這裏，他卻由現實人生向理想躍進。據我看，他過於興奮，終於滑倒了。」

這個古老的國家、民族，經過了抗戰這一刺激，已經新生了。可是，現實並不能使曹禺過分的樂觀，他的觀點又回上去，接在《雷雨》、《日出》、《原野》之後，寫他的《北京人》和《家》了。《北京人》寫一個沒落途中的北京舊家庭，一個士大夫的家庭。那位曾家老頭子，他就是最愛惜那具油漆了幾百道的棺材，棺材就是他的生命。杜府要來抬棺材的時候，曾老頭子就抱着棺材哭呀喊呀不肯放手。在變動的大時代中，我們就看見多多少少抱着棺材不肯放的人。作者借考古學家袁任敢的沉重聲音啟示：「北京人，人類的祖先，這也是人類的希望。那時候的人要愛就愛，要恨就恨，要哭就哭，要喊就喊，不怕死，也不怕生。他們整年，儘着自己的性情，自由地活着，沒有禮教來拘束，沒有文明來綑綁，沒有虛偽，沒有陰險，沒有陷害，沒有矛盾，也沒有苦惱；吃生肉，喝鮮血，太陽曬着，風吹着，雨淋着，沒有現在這麼多人吃人的文明，而他們是非常快活的！」那位給環境壓扁了頭的江泰，受了北京人的啟示，興奮地說：「袁先生，你的話真對，簡直不能再對。你看看我們過的什麼日子？成天垂頭喪氣，要不就成天發牢騷，整天是愁死愁生，愁自己的事業沒有發展，愁精神上沒有出路，愁活着沒有飯

吃，愁死了沒有棺材睡，成天的希望、希望，而永遠沒有希望了。我們成天在天上計劃，而成天在地下妥協，我們只會嘆氣、做夢、苦悶，活着只是給有用的人糟塌糧食，我們是活死人，死活人，活人死，一句話，你說的，像我們這樣的，才真是他（北京人）的不肖的子孫。」這一劇本所啟示的意義，也正是上文我們所說的那部小說《飄》中的衛希禮的覺悟到的社會觀。

他所編的《家》，係就巴金的小說《家》編成的，巴金的小說雖是流行一時，卻是很幼稚的，經過他這麼一改編，便緊湊凝練，可算是第一流的文藝作品。誠如一些批評家所說的，巴金的原作，着重在「五四」以後，這個大家庭中新與舊的衝突，以及青年人自己的活動和出走。而曹禺的劇本，則着重在大家庭的腐化和青年人的婚姻不自由上面，他用力地把馮樂山那一型的偽善者刻劃出來，構成了愛情的悲劇。這劇本的結局是很悲慘的。這劇本在重慶上演時也曾引起熱烈的討論。何其芳說：「巴金的小說，戲劇性沒有曹禺的改編這樣強，某些情節，也沒有曹禺的改編這樣開展、這樣細膩，然而一個統一的主要的效果，還是構成了的，即是一群生長在不合理的舊事物中的青年人是怎樣在奮鬥着、反抗着，終於背叛了舊家庭。曹禺的改編，許多場面是寫得抓得住人的，使人忍不住要掉淚的，然而似乎和巴金的小說有些不同了，重心不在新生的一代的奮鬥、反抗，而偏到戀愛婚姻的不幸上去了」；「曹禺創造了一個馮樂山，讓他正面出場，並且給他以正面的打擊，這是一個很成功的場面，但這種激動和高潮，卻又被第四幕陰雨似的瑞珏之死的場面

所減弱了。自然，曹禺之所以着力寫這些戀愛婚姻的不幸，正是為了否定這個家。這企圖也可能是完成了的，但是，青年人們的奮鬥方面寫得太少了，時代的影響也幾乎看不見，又怎麼能鼓舞起一種對於新的光明的渴求和一種必勝的信心呵」！那是就他那一角度來批判了。依筆者的看法，當作宣傳的藝術來說，或許不合要求的，若就廣大的社會意義說，這劇本是成功了的。

抗戰期中，指導文藝動向，而又努力戲劇創作的，夏衍（沈端先）該說是最有成就的一人。那份《救亡日報》，從上海移到廣州，已經由他在指導；後來從廣州移到了桂林，他就以全力耐着性子在策動那一時期的文藝運動。那一時期，他寫了三個劇本：《一年間》、《心防》和《愁城記》。他自己說：「顛沛三年，我只寫了三個劇本：在廣州寫了《一年間》，在桂林寫了《心防》和《愁城記》。這三個戲的主題各有不同，而題材全取於上海 —— 一般人口中的孤島，和友人們筆下的「愁城」。為什麼我執拗地表現着上海？一是為了我比較熟悉；二是為了三年以來對於在上海這特殊環境之下堅毅苦鬥的戰友，無法禁抑我對他們成績與運命表示衷心的感嘆與憂煎。」他的劇本，比一段公式化的宣傳劇，自是高了一等。《一年間》寫一個飛行員的故事。這位飛行員，結婚之明日，便奉命歸隊，參加空中戰鬥。他的家室，便在戰亂中逃往上海。第二年的「九一八」，他倆的孩子誕生了，中國飛機飛往上海偵察散發傳單，劇本便告終結。這一劇本，筆者看見過多次公演，效果都還不錯。《心防》是寫淪陷以後在上海的新聞工作者，艱苦和敵偽黑勢力搏鬥的

經歷，他要文化人建築起精神的防線。《愁城記》則寫一對知識青年，怎樣從小圈子跳到大圈子中去的覺悟經過。他說：「相煦相濡，在個人是美德，這是無疑問的，可是，在涸轍中，於人於己，究有些什麼好處？我相信，有的人可以用力量來使涸轍變成江湖，而這些方才感覺到自己是處身於涸轍的懦弱者，煦濡之後的運命，不是可以想像的嗎？於是不若和不得不相忘於激蕩的江湖，也許是這些善良的小兒女們的必然的歸結了。」這是他對一般觀眾的新啟示。

夏衍的另一劇本：《水鄉吟》，寫浙西半淪陷區（陰陽界）的故事，在當時非常引人注意。劇本強調敵我雙方的政治戰、經濟戰，寫出個人利益與民族利益之間的矛盾，穿插了青年人革命與戀愛的矛盾。他說：「這一年（一九四一）夏天敵人攻陷了金華，苟安的幻想在兇殘的三光政策下面粉碎，金和鉛在戰火中判別了他們的堅實與脆弱了。眼看得見的是幾乎無可挽救的土堤般的潰決；眼看不見的，卻像是遇到阻力而更顯出它威力的春潮。要不是浙西人民武裝和游擊隊伍一再出擊與阻擾，這一年夏季的法西斯洪水也許會衝得更遠一點吧！」就當時的軍事情勢說，他所了解的並不十分正確，但他所把握的「陰陽界」人心與社會生活，卻十分真實。這是文藝作家比史家更深入之點。

作者還有一劇本：《芳草天涯》，在處理青年男女的戀愛與革命的矛盾，這一點，和他的其他劇本是相同的。這劇本的本事，是一個進步的知識青年，和他的較落後的太太，相處得不十分和睦，他又愛上了另外一個年輕的女孩子。他的太太為此而十分痛苦，他乃決下心來，便和女孩子中止了

這種戀愛關係的發展。故事是極平凡的，卻是很普遍存在的。他在前記中引用了托爾斯泰的話：「人類也曾經歷過地震、瘟疫、疾病的恐怖，也曾經歷過各種靈魂上的苦悶，可是在過去、現在、未來，無論什麼時候，他最苦痛的悲劇，恐怕要算是牀第間的悲劇了。」他曾經這麼想：「要是普天下的每一對男女能夠把消費乃至浪費在這一件事情上的精神，節約到最小限度，戀愛和家庭，變成工作的正號而不再是負號，那世界也許不會停留在今日這個階段吧！」當時，有的批評家覺得他的劇本太重視了這一問題，筆者卻認為在非公式化的劇本中，這劇本要算是很成功的。

戲劇運動在重慶的活躍情況，筆者閉目回想，儼然如在眼前。那時的劇作家，有着那份蓬勃的情緒要發抒，而觀眾也夾雜着帶苦味的興奮之情在欣賞，因之，善善與惡惡的線條都很鮮明。在重慶的劇作家，如陳白塵、袁俊、沈浮、丁西林都寫了很多劇本。陳白塵所寫的有《魔窟》、《亂世男女》、《秋收》、《大地回春》、《結婚進行曲》，上演的效果都很不錯，尤以《亂世男女》為最引人注目。陳氏自己在重慶也串了一幕桃色悲喜劇，成為報紙上的頭條新聞，好似他自己正是《亂世男女》的主角。（香港某報就曾刊載了陳白塵串演《亂世男女》的重慶通訊，也轟動一時。）戰爭把男女關係攪糟了，正如法國一位哲學家所說的，到了戰時，道德放了假了。劇中寫一串從南京逃難到後方城市去的紳士、小市民 —— 生活方式變了，男女間發生了許多小糾葛，那當然是喜劇的好題材。劇中也有像秦凡那樣的正面性格的人，只是陪襯着而已。《秋收》和《大地回春》，都是以抗戰

為題材的劇本，後者比較好一點。《結婚進行曲》，是一本社會問題劇，寫一個天真的青年女孩子，她到社會去工作，到處碰壁，結果還是回到廚房去，成為一個窮困的「賢妻良母」。這題材是真實的，作者用「定命」的悲觀主義來處理這問題，若干批評家，認為不夠積極。陳氏還編了許多獨幕劇，題名為《後方小喜劇》，用現實的題材，在當時頗引人注意。（一九四九年，一本題名《等因奉此》的獨幕劇，還在北京文化大會上演了一次。）

筆者在重慶時，剛看到袁俊的《萬世師表》和沈浮的《金玉滿堂》。沈浮編了《重慶二十四小時》、《金玉滿堂》及《小人物狂想曲》這些劇本，場面都很緊張刺激，能抓着觀眾的心理，而《金玉滿堂》所透露的沒落階層的黯淡氣氛，的確使觀眾喘不過氣來。吳茵、白楊這兩位演員，所表達出婆媳兩代的氣氛，使我們看到封建社會的日暮之情。《小人物狂想曲》，諷刺重慶官僚們的生活更是生動有趣，這一類的諷刺，也可以代表當時的風尚；抗戰後期，大家都已體味到國民黨政權的死亡氣息了。

《萬世師表》是一個社會問題劇，因為抗劇時期的「教師」實在太窮苦了。許多教育家，守着崗位，還是鍥而不舍，這是作者袁俊寫這劇本的主題。（作者還有其他劇本，如《小城故事》、《邊城故事》、《山城故事》及《美國總統號》，都不如這一劇本的好。）劇中主角是林桐教授，家在長沙被轟炸，兒子在赴滇途中死去，太太又病了。他自己一直過的是寄人籬下的生活。而他在這樣的困頓的生活中，依然能清貧自守，有所不為，那天紀念會上，他的太太方爾姝

別無禮物可以送給她的丈夫，只有顫巍巍地拿出一件二十五年前的破褲子來。因為林教授已經五年沒有穿過新褲子了，他身上穿着的，已經補得無可再補了。這都是很感動人的鏡頭。

那一時期，上海那一孤島上，戲劇運動卻也很活躍。李健吾曾經翻譯羅曼羅蘭的《愛與死之搏鬥》，雖說是法國大革命時期的故事，卻也能振奮人心，賣座一直不衰。其他還寫了《黃花》、《雲彩霞》、《秋》、《草莽》等劇本。和他同時做上海的戲劇運動的還有于伶，他也寫了《女子公寓》、《花濺淚》、《夜上海》、《杏花春雨江南》、《長夜行》等劇本。《夜上海》和《杏花春雨江南》，寫梅嶺春這一家在亂離中的遭遇，故事是相連接的。劇本主旨在喚醒一般人的民族意識。當時，淪陷區人心苦悶，很多認賊作父、為虎作倀的，他在《長夜行》中，借主人公俞味辛的口在說：「人生有如黑夜行路，失不得足」！也正是他所要啟示的本旨。

一九　抗戰戲劇與新歌劇（下）

　　抗戰期中，歷史劇的流行，也是適應現實社會的新傾向。在上海，既不便涉及抗戰的實際問題；在重慶，也有妨於嚴密的政網，作者乃有所託而逃之，回到寫歷史故事的路上去。即如在上海支持劇運的阿英（錢杏邨），他寫了三種南明史劇：《明末遺恨》（《葛嫩娘》）、《海國英雄》和《楊娥傳》。三劇女主角，都是抗敵的戰士。（葛嫩娘原是秦淮歌女，國破家亡，參加義勇軍，苦戰被捕，罵敵不屈而死。楊娥為永曆帝報仇，偽設酒肆，謀刺吳三桂，行事不成，以身殉國。這都是適合當時的社會環境。而《明末遺恨》，尤為轟動。）阿英自言：「歷史劇作者，必須熟悉他所要演述的那一階段歷史，與主題有關的各方面歷史。這樣他所描寫的人物和事件，才會被籠罩在現實的歷史境環與氛圍之中，不至脫離歷史的現實。也只有這樣，歷史劇作者才能適當地、正確地分析所要描寫的人物與事件，不至使那些人物與事件與歷史的環境脫離、吊空，變成現代人、現代事。當然也應該把握那時代的語言和其他。」作者原是對於研究歷史有工夫的人，他的創作態度，不僅認真而且十分精到的。另外，那位從事劇運很努力，寫了許多劇本的于伶（上文已提及），他也寫了一部題名《大明英烈傳》的歷史劇，乃是以

元末群雄朱元璋、劉伯溫、常遇春等驅逐韃靼，光復漢族山河為題材的，當然也是暗合時事的劇本。

歷史劇之在重慶、桂林，其多姿多彩，自在上海之上，他們從事於同一趨向的劇作，並非經過協議，而是暗合的。其間最努力的首推郭沫若，他走出了政治部第三廳以後，便努力寫作，開頭寫了以戰國史事為題的四劇本，此外還寫了《南冠草》和《孔雀膽》兩史劇。關於這一段過程，郭氏自言：「關於戰國時代的史事，我一連寫了《棠棣之花》、《屈原》、《虎符》、《高漸離》四個劇本（《棠棣之花》是他以前所作的《聶嫈》的改寫），也太湊巧，從他們各個的情調和所處理的時季來說，恰巧是相當於春夏秋冬。《棠棣之花》裏面，桃花正在開花，這兒我刻意孕育了一片和煦的春光，好些友人都說它是詩，說它是畫。大概就是由於這樣的原故。《屈原》裏面橘柚已殘，雷霆咆哮，雖云暮春，實近初夏，我也刻意迸發了一片熱烈的火花。有好些友人客氣說為有力，不客氣的認為粗。大概也就是由於這樣的原故。接着所要演出的《虎符》，桂花正盛開，魏國的宮庭在慶賀中秋節。我希望所有一片颯爽倜儻的情懷，隨着清瑩嘹亮的音樂蕩漾。《高漸離》，在那裏面有賞初雪的機會了。它是戰國時代的結束，也是我的四部史劇的結束。」

郭氏說：戰國時代整個是一個悲劇時代。戰國時代是以仁義的思想來打破舊束縛的時代，仁義是當時的新思想，也是當時的新名詞。把人當成人，這是句很平常的話，然而也就是所謂仁道。我們的先人達到了這樣的一個思想，是費了很長遠的苦鬥的。戰國時代是人的牛馬時代的結束。大家要

求着生存權，故爾有這仁義的新思想出現。他在《虎符》裏面是比較的把這一段時代精神把握着了。但這根本也就是一種悲劇精神。要得真正把人當成人，歷史還須得再向前進展，還須得有更多的志士仁人的血流灑出來，灌溉這株現實的蟠桃。因此聶政聶嫈姊弟的血向這兒灑了，屈原必須也是這樣，信陵君與如姬，高漸離與家大人，無不是這樣。「殺身成仁，舍生取義」，是千古不磨的金言。這是他對時代的獨白。

筆者在重慶時，剛看到《屈原》的上演。那正是知識分子由於黨爭陷入再度苦悶時期，他把屈原當作正氣的化身，嬋娟是光明的象徵，在觀眾心頭的反應是很深切的。作者自言：「好些朋友都說《屈原》有些沙士比亞[1]的風味，更有的說像《哈姆萊特》[2]。我自己多少有這樣的感覺，但我說不出究竟是那些地方係。拿性格悲劇的一點來說，要說像《哈姆萊特》，也好像有點像，然而主題的性質和主人公的性格是完全不同的。哈姆萊特是佯狂而向惡勢力鬥爭，而與惡同歸於盡；屈原是被惡勢力迫到真狂的界線上而努力掙持着建設自己。在主題上，前者較後者要積極，而在性格上後者卻較前者更堅毅。」這一劇本的效果是很好的。

抗戰後期，大後方知識分子的苦悶，可說是普遍存在的，不獨由於生活的困難，最主要的，還由於國共裂痕加深。前線作戰的士兵，既是那麼消沉不振作，而內戰的烽

1　William Shakespeare。

2　今譯《哈姆雷特》。

火，隨時有爆發的可能。（蔣介石這一陣線中人，雖由於汪精衛的出走，妥協空氣一時澄清了，但蔣氏本人的妥協性是很濃的，皖南新四軍事件發生以後，他就有回到「先安內而後攘外」的舊路線去的可能。）因此，處在夾縫中的知識分子，都有燕巢危幕之感。這一份情緒，反應在戲劇作品中，乃有以太平天國命運為題材的若干劇本，陽翰笙寫了《李秀成之死》、《天國春秋》（此外他還寫了《塞上風雲》、《兩面人》和《草莽英雄》等劇本），歐陽予倩也寫了《忠王李秀成》。歐陽這一劇本，就從曾國藩圍困天京，李秀成血戰蘇杭開始，以迄天京陷落，李秀成被俘、就義為止。這一歷史的悲劇，寫出太平天國的敗亡，並不由於外在的壓力，而是敗於內部分裂，敗於政治黑暗，奸佞當權，背叛了革命。他說：「革命者要有殉教的精神，支持民族國家，全靠堅強的國民，凡屬兩面三刀，可左可右，投機取巧的分子，非遭唾棄不可。忠王李秀成儘管他算無遺策，從後面有許多皇親國戚用種種卑劣的手段，加以阻礙，使他的雄才大略一籌莫展。及至大勢已去，瓦解土崩，雖有善者，亦末如之何。秀成處在那樣地位，遭遇着那樣的環境，身上的創傷和心上的創傷，痛苦相煎，而他始終忠貞堅定，絕無動搖。他流着最後一滴血，為民族史上留着光榮的一頁。」這都是對當時執政者的一種鞭策。

　　陽翰笙的《天國春秋》，以太平天國中期楊秀清、韋昌輝的互相殘殺為主題，也寫出太平天國革命的失敗，並不由於敵人的強大而由內部自相殘殺，立旨與歐陽予倩的可說相同。他以韋昌輝代表「負」的一面，這個奸險毒辣的投機分

子，背叛了革命，策動了屠殺兩萬同志的大陰謀，開始了太平天國的沒落。東王楊秀清代表了「正」的一面，他勇於負責，樹敵過多，以至於被殘殺。中間串入了洪宣嬌與傅善祥對楊秀清的愛情糾葛，洪宣嬌因妒生恨，助成了韋昌輝的陰謀，直到慘局已成，她才懺悔，已經來不及了。作者意在諷喻當局處理皖南事件的操切，那是顯然的。這些劇本，上演次數很多，觀眾的反應，也是很熱烈的。

陳白塵的《大渡河》，也是太平天國的史事，他寫的是石達開大渡河邊的失敗，這是一幕大悲劇。他寫石達開的一生，也正反映太平天國的的革命歷程。石達開這一失敗英雄，他的個人人格是完整的，但他那英雄主義的氣氛卻帶來了他的失敗，這是作者對他的批判。（正相映襯的，蔣介石預料中共紅軍會同樣地陷入失敗覆轍，但紅軍卻渡過了大渡河，還克服了更大的困難，他們是成功了。）

另外，有幾位劇作家所寫的歷史劇，如吳祖光的《正氣歌》（寫文天祥故事），楊村彬的《清宮外史》（前集為《光緒親政記》，後集為《光緒變政記》），也都是上演得很多，流傳得很廣的劇本。中國的戲劇，所用的史事，自來都是失敗英雄的傳奇，所以同情光緒這個悲劇人物，而將「慈禧」這個「負」型人物，成為眾矢之的，也是走的舊劇的老路。（當時，姚莘農所寫的《清宮怨》，也就是同一題材。對於人物的批評，態度也大致相同。若干方面，還是接上民初文明戲的風格的。）不過就一般大眾的理解與接受程度來說，這一型的歷史劇，倒比若干的公式化的抗戰戲劇好得多了。

我們回看抗戰時期戲劇界的動態，除了話劇以外，還

有一條很顯著的伏流，便是新歌劇的興起。我們知道從事戲劇運動的都是很努力的，但是無論在軍隊或是在農村，京劇之受歡迎，比話劇熱烈得多。（話劇畢竟還是城市的藝術。）而且東南大小城市鄉鎮，忽然流行一種最簡單樸素的嵊劇（俗稱紹興戲，一向以三人為單位的民間歌劇，歌詞有同宣卷，以七字四拍為主）；這種歌劇，在上海那一孤島，採用新題材，如《雷雨》、《日出》、《祥林嫂》，都已上演，顯然有代平劇而起之勢。同時，田漢在長沙主持舊劇演員講習班，改編了許多舊劇，也新編了許多新的平劇。歐陽予倩在桂林也做了同樣的工作，他以桂戲做底子，把舊的場面改變了許多，也編了許多新桂劇。他們走的是新歌劇的路，有時沿用舊題材，有的取歷史上的題材來重寫，角色、唱、做、道白，一例是舊的，只有意義是新的，原是「舊瓶裝新酒」的方式。（歐陽予倩在南通更俗劇場、伶工學校，已經從事新歌劇的工作，他也演過許多古裝戲，如《黛玉葬花》、《晴雯補裘》、《鴛鴦剪髮》、《鴛鴦劍》、《王熙鳳大鬧寧國府》、《寶蟾送酒》、《饅頭庵》、《黛玉焚稿》、《摔玉請罪》和《潘金蓮》，都有了新歌劇的傾向。）

　　田漢所編的新歌劇，有《江漢漁歌》、《岳飛》、《新雁門關》、《新天下第一橋》、《新鐵公雞》、《新兒女英雄傳》（他也曾編《新玉堂春》，他的女弟子李雅琴在桂、贛上演，就是這一劇本），其中以《岳飛》最富時代意義，而以《江漢漁歌》的效果為最好。（當時在長沙指揮軍事的最高長官係薛岳，他以薛仁貴、岳飛自居，因此最愛看《岳飛》，而今日若干文藝批評家，似乎有意避開說到這一劇本，也許

這劇本會這麼掩沒掉了。）《江漢漁歌》，係取材於《漢陽志》，寫南宋初，金兵南犯，漢陽空虛，太守曹彥若起用民間豪傑許卨、趙觀、黨仲策等，聯絡江漢漁民，大破金兵的故事。劇中有一插曲，句云：「漁娘含笑勸漁郎，烟波江上練刀槍。練好刀槍什麼用，一朝有事保家鄉，保家鄉！」這是主題。《岳飛》一劇，凡三十六場，首寫胡銓聞王倫與金使同回臨安，簽訂亡國條件，悲憤非常，奏請斬奸臣秦檜、王倫、孫近三人以謝天下。宋高宗雖不殺胡銓，但以誤信金寇誠意，批准和約，大赦天下，又命周三畏赴鄂州勞軍。周與岳飛談及和議已成，飛堅謂「夷狄不可信，和議不可恃」。未幾，金帥達賴以罪誅，兀朮為帥，果破和議，率師南犯。高宗命飛為河南北諸路招討使，領軍北伐。飛乃分派諸將，自率岳雲長驅北進以圖中原。次寫金兀朮發十萬騎侵鄢城，飛命岳雲領背嵬軍禦敵，兀朮以拐子馬猛攻，期以必勝，飛又以麻扎刀步兵法大破之。兀朮大怒，又率十二萬人駐臨潁，將再攻鄢城，飛命揚再興以三百騎兵拒之。於臨潁南之小商橋，斃金兵達二千人。再興陷小商河，被敵縱射而死。又次寫岳雲協助王貴守潁昌城，兀朮又率十萬騎來攻，雲率八百騎挺前決戰，大破金兵，斬兀朮婿夏金吾、副總軍粘罕字董及官兵五千餘人，兀朮又慘敗而歸。最後寫朱仙鎮之役，岳家軍乘勝北追，向朱仙鎮急進，兩河豪傑，聞風興起，飛乃與部下立「直搗黃龍與諸君痛飲」之約。兀朮調駐汴京軍十萬到朱仙鎮以圖最後掙扎，兩軍對壘，又慘敗而退。全劇即在岳家軍的全戰線上終場，使人人相信最後勝利確已在望，那也合乎當時的現實環境。《新兒女英雄傳》寫

明嘉靖年間，倭寇進犯我國東南，軍帥兵部尚書張經為奸賊嚴嵩讒言害死，他的子女逃奔戚繼光軍下，英勇堅決地為保衛國土而戰爭的故事。這些歌劇，也許並不能算是成功的作品，但替戲劇開了新路，是無疑的。

真正的新歌劇，倒是從延安那一核心地區播種開花結果的。一九四三年延安春間秧歌劇運動所產生的《兄妹開荒》小型歌劇（一種配音樂舞蹈在內的新的戲劇形式），便帶來新的風格，「它吸收了舊秧歌和秦腔、郿鄠等民間藝術的特長，又適當地採用了話劇的一些特點，例如它也要求情節的密切連貫和戲劇發展氣氛的一致，但表演時仍滲用象徵手法，而且充分利用了歌與舞的效能，用舞蹈動作和歌唱道白來結合表情，這一切的如何配置，則完全視內容的需要來決定」。它簡潔地歌唱出人民的勞動熱情，和生產中的歡樂愉快的情緒。它運用了兄妹之間在勞動時所發生的一些諧趣，加強了戲劇的新鮮活潑的氣氛，因此，儘管結構和技術還很簡單，但它所反映的當時當地的人民生活是很真實動人的。

近十年間，解放區所創作的新歌劇，不下百數十種。其中，最流行最成功的，要算賀敬之、丁毅所作的《白毛女》，這是新歌劇的紀程碑。（筆者早已讀到這一劇本，上海解放後，才看到這劇的上演，的確是動人的。）這劇本可說是突破了秧歌的形式限制，大量吸收了京劇、話劇和其他民間戲曲的優良成分，成為完全新型的歌劇。賀敬之曾經說：「這個故事是老百姓的口頭創作，是經過了不知多少人的口，不斷地在修正、充實、加工，才成為這樣一個完整的東西。這故事從開始形成的一天，便很快地流傳開來，得到

無數群眾幹部的喜愛。在晉、察、冀的文藝工作者，曾有不少人把它作成小說、話本、報告等。一九四四年，這故事流傳到陝甘寧邊區的延安。當我們聽到了這個故事之後，我們被它深深感動，這是一個優秀的民間新傳奇：它借一個佃農的女兒的悲慘身世，一方面集中地表現了封建黑暗的舊中國和它統治下的農民的痛苦生活，另一方面又表現了新中國的光明，在這裏的農民得到翻身。」「《白毛女》這個劇本，深刻地反映出中國革命的歷史的主題，集中地暴露出地主階級殺人喝血的罪惡和他們所統治的社會的黑暗與落後，在揭發舊社會精神世界的蒙昧與欺騙，戳穿它的神話與鬼話這一方面，又盡了破除迷信的教育作用。《白毛女》寫出一個荏弱的農女。由於報仇和求生的慾望，逃出了舊社會的天羅地網，過着一種野生的非人的生活，同時又以鬼怪神仙的非現實的存在而再現於舊社會裏面。用這個逃避荒山過野獸一般的生活，因而毛髮變色而失去了人形的白毛女，來描寫着舊制度下的農女以及一般窮苦農民所過的非人生活的故事。在表面上看來，也許使人覺得太離奇而非現實的，但還有比這樣離奇的故事，更雄辯地暴露地主階級的罪惡和被壓迫人民的慘痛的麼？這個劇本寫出了一個陰森森慘酷的地主世界，和這個慘淡的世界，在現代的農民自主運動的曙光之前而烟消雲散。白毛女所象徵的農民大眾的非人生活，地主階級的剝削，是以不斷地破壞農民的生產力，而迫使他們窮困到不得不過野生的生活，在這裏得到實質的反映。這就是《白毛女》這個歌劇在政治上和藝術上獲得偉大成就的地方。」（馮乃超語。）

其他由平劇研究院改編舊劇而產生了新觀點的歷史故事的新歌劇：如《逼上梁山》（林沖）、《三打祝家莊》（水滸故事之一）、《中山狼》（舊傳說）、《進長安》和《紅娘子》，也都流傳得很廣。筆者曾經看過《三打祝家莊》的上演，那場面感動人之深，也是我們所不曾想到的！

從文藝運動的主潮來看，大陸中國的政權轉移，只能算是極輕微的不定向風，不曾有什麼重大的影響。大陸解放前的劇作家，也就是解放後主持戲劇工作的人，劇運的一致行動，早在抗戰時期已經達成了。所不同者，在國民政府的政治空氣中，戲劇運動雖曾下鄉去，到部隊中去，後來，依舊集中到城市來。倒是解放區的劇運，卻以部隊和農村為中心，實踐了下鄉的口號。這其間，氣氛上自有些不同。

一九四二年，那時已經臨到抗戰後期，但後方的抗戰氣氛，已經十分低落，在桂林、重慶的文化人，也相當苦悶。那位從長沙卸下了軍裝，回到桂林去的劇作家田漢，他就成為時代的候鳥，寫出他的《秋聲賦》來。這部五幕劇，寫的便是桂林文化人的生活，大家就在窮愁苦悶中過活。劇中主人公是一位劇作家，滿懷悲傷悒鬱的情緒，惹上了不可解脫的戀愛糾紛，乃以那兩位女主角都積極參加湘北戰役的救護工作作結。這其間，當然有着他自己的影子，而女主角之一，便是李雅琴。那時，李女士也已脫離了長沙的戲劇隊，到桂林去演戲了。這一劇本，上演的成績也頗不錯，尤其像我們同一圈子的朋友看了十分感動的。

作家之又一，洪深，他的情緒，也從興奮轉入低沉。他在韶關時期，還自殺過一次，也可見時代氣壓之低。他最

早寫了《飛將軍》和《米》兩劇本，反映抗戰初期的現實生活；接着寫了《黃白丹青》和《五十年代》，前者以淪陷後的上海金融界的抗敵鬥爭為主題，後者則寫了家庭中新舊兩代的衝突。他還用了四川的方言寫了《包得行》，寫的是兵役問題，上演的成績非常之好。勝利之初，他寫了《雞鳴早看天》，是一本諷刺劇。我們從他的劇本，可以深深體味到時代的動態。

宋之的，這一位劇作家，他也寫了許多劇本，如：《自衛隊》、《刑》、《鞭》（即《霧重慶》）、《祖國在呼喚》、《春寒》等等。他還和老舍合寫了四幕劇《國家至上》，強調抗戰中回漢兩民族的團結合作，效果非常之好。他的劇本，以《霧重慶》為最著稱，這是一部諷刺劇，暴露後方都市中的靡爛生活。其中有專走捷徑的知識分子，有坐飛機來往港渝之間的發國難財的人物，另一面也有為國家辛苦戰鬥的女性，兩相對照，這是一幅突出的圖畫。太平洋戰爭發生，香港淪陷，宋氏回到了重慶，就寫了《祖國在呼喚》，以一個女性夏宛輝生活上和愛情上的矛盾為線索，組成一個錯綜的故事，反映一般文化人的心頭苦悶；他所啟示的光明出路，便是「回國去」。

老舍，依然是文藝作家中最有多方面貢獻的一人。他寫了《殘霧》、《面子問題》、《張自忠》、《大地龍蛇》、《歸去來兮》等劇本。《面子問題》也是諷刺劇，各地都在上演。《大地龍蛇》乃是歌舞混合劇，分三幕，第一幕談抗戰現勢；第二幕談日本南進及東亞各民族的聯合；第三幕談中國勝利對東亞和平的建樹。《歸去來兮》，乃是《秋聲賦》一型

的劇本，可說是文人的自白。舒氏自言：「原來既想寫《罕默列特》，顯然地應寫出一個有頭腦，多考慮、多懷疑，略帶悲觀而無行動的人。但是神聖的抗戰是不容許考慮與懷疑的。假若在今天而有人自居理想主義者，因愛和平而反對抗戰，或懷疑抗戰，從而發出悲觀的論調，便是漢奸。我不能使劇中的青年主角成為這樣的人物，儘管他的結局是死亡，也不大得體。」在這一基礎上，他寫了《歸去來兮》，因此，和《秋聲賦》的情調更相近了。抗戰也可說是一種秋聲。

二〇　小品散文的新氣息

　　我們回看文藝界的進路，五四運動以後，把「散文」的正統地位改變掉了，這在舊文人心目中，可說是最大的轉變。我們所說的文藝作品，雖說也包括散文和詩歌，但主要的領域，卻讓給了小說和戲曲了。抗戰時期，散文、小品這一支流，好似比其他文藝作品差得很遠，我們已找不到一個散文的傑出作家，如周氏兄弟那樣自成一種風格的。那一時期，上海孤島上，有幾位散文作家，如唐弢、周木齋、柯靈，他們曾辦了一種題名《魯迅風》的半月刊，他們繼承着雜文的遺緒，而在桂林出版的《野草》半月刊，也是繼承着同一雜文的風格。至於《人間世》、《宇宙風》的閒適風格（雖說《人間世》曾在桂林復刊），還是由《今古》、《雜誌》那幾種刊物繼承着。周作人依然寫他那種沖澹的小品文，以迄於敵偽政權的崩潰。

　　魯迅的文壇地位，似乎在戰時有着特殊的發展。延安方面，設立了魯迅藝術學院，而大後方各大城中的文人，也繼續在紀念魯迅逝世，成為文統的不祧之祖。不過，魯迅風格究竟怎麼一回事呢？我們讀了《魯迅風》和《野草》，又覺得索然無味，不像是魯迅的作品，尤其如聶紺弩、秦似的雜文，一味叫囂，一種粗獷的氣息，內容實在貧乏得很，簡

直沒有一點魯迅的風韻。（魯迅師事章太炎。太炎弟子，雖以黃侃為最高，可是得太炎文體的神理，莫如魯迅。）有一回，魯迅逝世紀念會上，筆者被指定講魯迅的文體，筆者便引用了孫伏園的話。孫氏自言曾經問過魯迅，在他所作的短篇小說裏，他最喜歡哪一篇？魯迅答覆他說是〈孔乙己〉。何以魯迅自己喜歡〈孔乙己〉呢？他就引了魯迅當年告訴他的意見：「〈孔乙己〉，作者的主要用意，是在描寫一般社會對於苦人的涼薄。對於苦人是同情，對於社會是不滿，作者本蘊蓄着極豐富的情感。不滿，往往刻劃得易近於譴責；同情，又往往描寫得易流於推崇。《吶喊》中有一篇〈藥〉，也是一面描寫社會，一面描寫個人。我們讀完以後，覺得社會所犯的是瀰天大罪，個人所得，卻是無限的同情。自然，有的題材，非如此不能達到文藝的使命，但是魯迅自己，並不喜歡如此。他常用四個紹興字來形容〈藥〉一類的作品，這四個紹興字，我不知道應該怎樣寫法，姑且寫作『氣急咄隉』，意思是『從容不迫』的反面，音讀近於『氣急悔頽』。」魯迅所以最喜歡〈孔乙己〉，就是這一篇是「從容不迫」的，並不像寫〈藥〉當時的「氣急咄隉」，也還是達到了作者描寫一般社會對於苦人的涼薄的目的。魯迅的雜文，精品很多，都是從容不迫的，揮灑自如，而文情恰如所欲達，這是他老人家火候到了的結晶品。那些提倡魯迅風的，就沒有一個懂得從容不迫的氣度，尤其是《野草》半月刊那一群人，幾乎可以說是非魯迅風的。（章太炎論古今文體，獨推魏晉，謂：「魏晉之文，大體皆卑於漢，獨持論彷彿晚周。氣體雖異，要其守己有度，伐人有序，和理在中，孚尹旁達，

可以為百世師矣。」魯迅散文，可說是合上這一標準的。）依草附木，借魯迅以自重的那一群人之中，黃蘆白葦，一望無餘；比較有成就，倒還是孫伏園和許壽裳。他們本來是魯迅的老朋友，許廣平雖是魯迅的妻子，見之於文字，也是氣急咄咄的多，未得魯迅的真傳的。（陳向平氏論當今散文，齒及筆者；筆者自以為散文風格得之於桐城文，並非從魯迅文體中得來，不欲借魯迅以自高的。）徐懋庸的雜文，本來也頗不錯，但徐氏學養不足，也未足以語於魯迅風的。

筆者姑且撇開了所謂「四不像」的魯迅風，把聶紺弩型的小品文字擱在一邊，看看在這一方面真真有點成就的散文、小品，那就該說到《星期評論》、《生活導報》、《自由論壇》、《戰國策》、《改進》這幾種刊物上所刊載的小品文字，也該說到王了一的《龍蟲並雕齋瑣語》、梁實秋的《雅舍小品》、謝冰心的《關於女人》、儲安平的《英人、法人、中國人》這幾種散文小品集子。

抗戰期中，文藝作家為了「抗戰有關無關問題」，引起了激烈的辯論。不過強調文藝必須與抗戰有關的，走入抗戰八股的老調子之中，也是顯然的。若干好散文作品，不一定與抗戰有關，也是我們所該默許的。（與抗戰無關，並不等於提倡漢奸文學，而漢奸文學，也不一定與抗戰無關，也是顯而易見的。）我們且看王了一在《龍蟲並雕齋瑣語》的自白：「老實說，我始終不曾以什麼文學家自居，也永遠不懂得什麼是幽默。我不會說扭扭捏捏的話，也不會把一句話分做兩句話。我之所以寫瑣語，只是因為我實在不會寫大文章」；「不管雕得好不好，在這大時代，男兒不能上馬殺賊，

下馬作露布，而偏有閒工夫去雕蟲，恐怕總不免一種罪名。所謂『輕鬆』，所謂『軟性』，和標語口號的性質太相反了。不過，關於這點，不管是不是強詞奪理，我們總得為自己辯護幾句。世間儘有描紅式的標語和雙簧式的口號，也儘有血淚寫成的軟性文章。瀟湘館的鸚鵡，雖會唱兩句葬花詩，畢竟它的傷心是假的，倒反是『滿紙荒唐言』的文章，如果遇着了明眼人，還可以看出『一把辛酸淚』來。我們也承認，現在有些只談風月的文章，實在是無聊。但是，我們似乎也應該想一想，有時候是怎樣的一個環境迫着他們談風月。他們好像一個頑皮的小學生不喜歡描紅，而老師又不許他塗牆壁，他只好在課本上畫一隻老鴉來玩玩。不過，聰明的老師也許能從那隻老鴉身上看得出多少意思來。直言和隱諷，往往是殊途而同歸。有時候，甚至於隱諷比直言更有效力，風月的文章也有些是不失風月之旨的，似乎不必一律加以罪名。老實說，我之所以寫『小品文』，完全為的自己，並非為了讀者們的利益。如果讀者們，要探討其中深意，那就不免失望了」。這是有意從「抗戰八股」死水中跳出來有血性的文字，而且他也大膽在宣告，風月的文章也有些是不失風月之旨的，隱諷比直言更有效力。這一作風，不僅上述幾位作者，各自發出光芒，其他如潘光旦之談優生學，何永佶之談現實政治，馮友蘭之談人生哲學，費孝通之談社會問題，也都走的是閒話的路，和當時「標語口號式」大文章異趣的。

　　王了一的小品散文，自創一格。他自言：「想到就寫，寫了就算了。有時候，好像是洋裝書給我一點兒『烟士披里

純』¹，我也就歐化幾句；有時候，又好像是線裝書喚起我少年時代的《幼學瓊林》和《龍文鞭影》的回憶，我也就來幾句四六，掉一掉書袋。結果不尷不尬，連我自己也不知道是什麼文體。」這是他所創造的新文體。他所寫的比吳稚暉的更凝練，比魯迅的更活潑，比周作人的更明朗，可以說是自成一家。他有這麼一段話：「其中原委，聽我道來，實情當諱，休嘲曼倩言虛；人事雜言，莫怪留仙談鬼。當年蘇東坡是一肚子不合時宜，做詩噉黃州豬肉，現在我卻是兩錢兒能供日用，投稿誇赤縣辣椒。芭蕉不卷丁香結，強將笑臉向人間；東風無力百花淺，勉駐春光於筆下。竹技空唱，蓮葩誰憐！這只是『吊月秋蟲，偎欄自熱』的心情。」這一段話，可作他的文體的例子，也可作他的意境的說明的。（筆者看來，除了錢玄同，就很少人能夠像他這麼指揮自如了。）

除了王了一的瑣語以外，小品散文寫得好的，自必推梁實秋的《雅舍小品》。（梁氏的散文，因為觸及魯迅的筆鋒，所以提倡魯迅風的人，都在故意壓低梁氏的地位，好似他的小品文字，不值一看。）梁氏的文字，在陶鎔東西文化的知識上，比胡適還高一着，他和陳西瀅，都是真正了解西方文化的。他的《雅舍小品》，寫大西南都市的社會相，風趣環生。他之所以自稱為「雅舍」，其實只是一間陋室。「我有一几一椅一榻，酣睡寫讀，均已有着，我亦不復他求。雅舍所有，毫無新奇，但一物一事，安排佈置，俱不從俗，人入我

---

1 Inspiration 的音譯，今譯「靈感」。

室，即知此是我室。室雅何須大，縱然不能蔽風雨，雅舍還是自有它的個性。有個性就可愛」這話，和王了一所說「完全為的自己」相呼應的。

那時，舊的小品散文作家，如朱自清、茅盾、郭沫若、葉聖陶、謝冰心，雖不一定以寫小品文字為專業，卻也繼續寫他們的小品文字。有一時期，謝冰心以「男士」筆名寫了《關於女人》的隨筆。她成名很早，小品文字也寫得很多，她的文字是靈巧的，有如一滴露水，可是沒有內容，只是一滴露水而已。到了《關於女人》，已經進了一步，有了人生體驗和進一步的社會觀了，即如那篇〈我的學生〉，就是有分量的文字。馮至寫山水，依我的看法，比他的十四行詩還好一點，不過，一般人只把他當作詩人，忽略了他的散文。他的記行文，不像郭沫若那麼矯揉做作，不一定說什麼大道理，頗有朱自清那樣淡遠的風味。

其他，文藝作家所寫的小品文字，雖不一定與抗戰有關，而骨子裏是與抗戰有關的，自以茅盾的散文為最有成就。他把抗戰初期的隨筆，收在《炮火的洗禮》中。後來，他到新疆去了一次，寫了《見聞雜記》，其中有許多精瑩的作品。如寫狗那一篇，最富人生的意味。一九四一年，他從香港回到了桂林，曾寫了《生活之一頁》，記述香港淪陷時期的清況。他的文字，本來很細密的；這一時期，更是爐火純青，不像其他作家那麼刻板呆滯的。和他相反的，則有郭沫若的散文，郭氏一直和抗戰有關，那是不待說的。他那三種散文集：《羽書集》、《蒲劍集》和《今昔集》，都是宣傳性文字為多，也多辯論類的文字，有時或許熱情太多，

理不勝辭的。從平淡這一路上着筆的，我們應該提到葉聖陶的《西川集》。（其中有幾篇小記，寫大後方的小人物，頗為生動有致。）巴金的《海行雜記》和李廣田的《灌木集》，都是時、地、人互相貫串的畫面，要算是值得一看的散文。（當時，有時代意義的散文，當然要算報告文學，前已另節推介過了。）

若以內容為主，而採取散文小品形式來寫成的，則有王昆侖（太愚）的《紅樓夢人物論》、馮友蘭的《新世訓》，和費孝通的《民主、憲法、人權》。從內容說，這都是傳世之作；從形式說，也可說是有了蒙旦散文的風格。其間，我們可以說：馮氏的散文謹嚴，王氏的散文暢達，費氏的散文「深入淺出，意遠言簡，匠心別見，趣味盎然」，都為其他文藝作家所不能及的，雖說他們都不以文藝作家見稱。（又如何永佶的論政文字、潘光旦的論學文字、託名塔塔木林所寫的《紅毛長談》諷刺文字，也是一代名作，可以傳世的。）

筆者於勝利後重歸上海，曾到處搜集淪陷時期周作人所作的散文。他的文字，還是那麼的風格，不過更晦澀些，坊間所見的《藥堂雜文》，便是那時期的作品，其中有一篇〈懷廢名〉，可算此中最好的一篇。周作人的文學界地位，由於他的落水，便殞落了，不過，他的散文小品，還是可以傳世的。

最後，筆者要提到錢鍾書的《談藝錄》，也可說是隨筆中的第一流作品，不獨見解高人一等，他的文字，也是十分簡潔的。錢氏自視甚高，獨到處自非流俗所能解，其融化東西，出以新象，還未必在王了一之上呢！

二一　文藝批評之新光

　　筆者縱論當代文壇動態，憮然有間，誠如史家房龍所說的：「寫一部希臘羅馬史或中世紀史倒都是容易的。在那久已遺忘了的舞台上扮演的角色，皆已死去，所以我們可用冷靜的頭腦批評他們，並且對這些角色的功績喝采的聽眾亦已分散，所以我們的批評不會傷他們的感情。但要對於現今的事實的記載是很難的，我們日常所遇見的人的心裏所有的問題，就是我們切己的問題；這些問題或者使我們太苦痛，或者使我們太高興，所以敘述起來，不能像寫歷史所需要的忠實，而無宣傳鼓吹的色彩。」雖然如此，我還是保持着我的史家的客觀態度，以批判的態度來評論現代中國文藝的進程，連筆者自己也在被批判之列。

　　正當這部書快要終卷之際，大陸中國正在批判胡風的文藝觀，而這位被指名的文藝批判家，雖說若干文藝史中，即如王瑤的《中國新文學史稿》中，時常引用了他的批判論點，其實他的見解，和他的作品一般，都是不十分高明的。（我知道不久以後，大陸出版的現代中國文學史中，又將刪去了他的議論。）我的文學史中，就不曾引用過他的論斷。若干文學史中，是依歸於馬克思派的文藝理論的。馬克思的經濟學說，有他的獨到的遠見的，那是我們所知道的。至於

馬克思愛好文藝，他自己有時也對於詩歌、創作頗有興趣，他的寫作也頗不錯，他也曾做過新聞記者，但他的文藝批評，也不一定很高明的。所以，本史的觀點，並不以馬克思派文藝理論為依歸。至於毛澤東〈在延安文藝座談會上的講話〉，在若干文學史上，差不多等於《聖經》，總要引之以為評論的準繩。不過奉為《聖經》的理論，也不一定等於真理，而且引用《聖經》的人，只是一種公式化的八股，未必合於客觀的事實。筆者既無意於引用他的話，卻也無意於違反他的話。我覺得在文藝批評的見地上，魯迅、瞿秋白、朱自清、茅盾的見地，比毛氏實在高明得多。

在另外一面，三民主義文藝觀本來是一件莫名其妙的東西。孫中山雖善於演講，卻不善於執筆為文，他對於中國文學的了解，更是淺薄得很。國民政府時期，他們的文藝政策，是落在一位並不懂文藝的政客之手，而替他奔走在文藝協會工作的王平陵，也是一位創作低能、見解平庸的人。因此在所謂民族主義文藝之下，既無作家，也無文藝理論。比較有分量的幾位作家，如胡適、梁實秋、黎烈文，都是自由主義文人，和國民黨不相干的。所以本史不曾提到那一翼的作品，乃是作品本身的分量不夠水準，並無任何成見滲雜其間的。

筆者知道愛好舊詩詞古文的作家，自視甚高，在他們心目中，一直把新詩看作無物，連小說、戲曲都不讓它們登大雅之堂的。我們讀到過錢基博的《現代中國文學史》，新文學的一頁，只把胡適提上幾句，其餘一概不提。所以，看了他的文學史覺得滿意的人，一定不會同意我們的文藝觀點的，但我們所謂「現代」，包含着「世界性」的。我們就看

錢鍾書（他是錢基博的兒子）的《談藝錄》，就可以明白不含着世界性的文藝批評，是不足以語於現代的。他評論宋詩，引德詩人希勒（Schiller）之語，謂「詩不外兩宗，古之詩真樸出於自然，今之詩刻露見心思，一稱其德，一稱其巧」。他又自加註釋：「所謂古今之別，非謂時代，乃言體製，故有古人而為今之詩者，有今人而為古之詩者，且有一人之身攙合古今者，是亦非容刻舟求劍矣。」我們的批評，要從種種刻舟求劍的牛角尖中跳出來，也就差不多了！

我們談現代文學運動的，如本書首卷所稱的，稱之為啟蒙運動，正如談歐洲文藝思潮的，稱之為文藝復興運動。文藝復興云者，乃是借光於希臘的人文主義的光輝，喚醒自我的意識。我們的啟蒙運動，借光於外來的歐西文化，也遠汲文藝復興之流，有着自我覺醒的意味，上文已經說及。但是，每一種文化動態，不僅有着外來的刺激，也有着內在的因素，我們談現代中國文藝動向的，也不應忘記內在的因素。即如前文所提到的王國維，他吸收了叔本華、尼采的悲觀哲學，建立他的人生觀與世界觀，反映在他的文藝作品，至為明顯。他一面卻潛心於甲骨文學研究，嚮往於殷周文化；同時，又認識宋元戲曲在文學上的價值，使之登大雅之堂。他的一生，正是現代中國文壇動向的最好例證。他們都是維新的，他們又都是篤舊的，他們孕育了現代的中國文學。我們的文學史，就是要兼顧到這兩方面的。

近代中國學術界的新光，其從古代文物照耀過來的，如殷墟甲骨的出土，敦煌塞上及西域舊境的古簡牘的流傳，敦煌千佛洞所藏唐、五代、宋初人所寫卷子的大量出現，以及

內閣大庫的檔案的整理，都擴展了我們的視野，充實我們的知識。尤其關於敦煌千佛洞的佛曲卷子，乃是唐五代的俗文學，對於中國文學史的進程，有了進一步的認識，也恰好替白話文學作有力的佐證。

（一八九八年頃，甘肅敦煌千佛洞發見了古代藏經的窟室，其中所藏，大都是唐、五代人的寫本。當地居民視為廢紙，也有當作神符，燒灰來治病的。其地偏處西北，國人並不注意。直到一九○七年，英國斯坦因爵士（Sir Aurel Stein）到中亞細亞探險，路過敦煌，看見了千佛洞藏書，胡亂買了六千多卷子回去，藏在倫敦博物館。其明年，法國伯希和（M. P. Pelliot）到了西北，也選買了兩千多卷，藏於巴黎圖書館。其後北京學部，命甘肅當局將賸餘的萬餘卷子，送到北京，大部分給私人佔有；藏在北京圖書館的，約有二千餘卷。這些寫本，大部分是佛教經典，也有一些道教經典、古書寫本、其他佚書史料。這便是研究唐、五代俗文學的好材料。關於這部門史料的整理研究，除上述幾位考古學家以外，日本有狩野直喜、青木正兒、倉石武四郎，中國有羅振玉、蔣斧、劉復（半農）、容肇祖、胡適、鄭振鐸、任二北等。）

最近，鄭振鐸編著的《中國俗文學史》和任二北的《敦煌曲初探》，可說是研究敦煌俗文學最有條理的著述。王文才《敦煌曲初探》序中說：「以民間文藝發展而言，在宋代市民階級日益成長的社會中，說唱文藝非常盛行，雖云社會經濟使然，但其文學形式應有一定的基礎作為根據，才能發展為宋代比較的說唱形式，而唐代舊有的資料，卻不足以見

此形式之淵源。敦煌材料的發現，不但補足了這段缺陷，也說明了宋元以來說唱文學的傳統來源和發生發展的過程。尤其唐代對外交通的頻繁關係，促成中外文化交流後，遺留在中國文學史上的痕跡，正須靠卷子中所見資料，才能得到具體的說明。」從卷子中，我們可以看見民間說唱的「變文」，有了三種形式：即純唱的、唱兼說白的與附歌曲的。這三種不同的形式，正代表着不同階段的發展過程。從這三種由簡而繁的形式，可以看出民間說唱「變文」，正是由低級發展到高級。至於敦煌所見唐、五代的樂曲，也可分作兩類：一類屬於宗教性的讚偈佛曲，一類屬於民間歌唱的新曲。此二者，就其音樂系統而論，皆屬於燕樂，與曲子詞同。（就敦煌所見變文和樂曲來說，講經文與佛曲同一性質，而民間變文，與新曲又同一性質。後兩者絕大部分是人民群眾自己的創作，正是我國文學珍貴遺產的一部分。）

　　我們再就這些俗文學的內容來看，我們知道斯坦因、伯希和所得殘卷中，有唐太宗魂遊地府的故事，這是《西遊記》的初期模型；有秋胡戲妻故事的小說（這一故事首見於漢劉向《列女傳》，劉宋顏延之有〈秋胡詩〉，後來元石君實演為《秋胡戲妻》雜劇），可以看到初期說話人所用的文體；又有描寫春秋列國故事，如伍子胥的身世，可以說有《東周列國志》的雛形。又如敦煌寫本中的俚曲，如〈太子五更轉〉、〈舊五更〉，也和里巷流行的五更調，有着血緣的關係。至如〈孝子董永傳〉、〈明妃傳〉，這類韻文式的通俗故事詩，乃是民間唱本的來源，我們把目前流行的嵊戲、申曲來和那些故事詩比，無論形式內容都十分相近的。（它們

都和佛家宣卷有關，也是顯而易見的。〈董永傳〉，七言一句到底，也等於〈方卿姑娘〉一類的唱本。）其他如〈目連緣起〉、〈大目乾連〉、〈冥間救母變文〉、〈降魔變枰座文〉，乃是俚俗敘事詩式的佛曲，在當時非常流行。唐孟棨《本事詩》，載張祜笑白居易〈長恨歌〉的「上窮碧落下黃泉，兩處茫茫皆不見」為「目連變」，可見當時詩人所受俚曲的影響。

敦煌發見的寫本中，還發見了王梵志詩和韋莊〈秦婦吟〉（王梵志隋文帝時人）。王詩乃是俚俗的說理詩，開後來寒山、拾得那一派的哲理詩。韋莊〈秦婦吟〉，可說是七言詩中第一首長篇敘事詩，其中敘述黃巢亂時，一個逃難的婦人，目擊亂象及其脫險的遭遇，沉痛俳惻，有如〈孔雀東南飛〉，在當時流行於民間，有人製為秦婦吟帳子。這首詩，久已失傳，一旦重獲，可說是文壇的至寶。胡適海外讀書，曾作新記，謂：「我們向來不知道中古時代的俗文學。在敦煌的書洞裏，有許多唐、五代、北宋的文學作品，從那些僧寺的〈五更轉〉、〈十二時〉，我們可以知道填詞的來源；從那些季布、秋胡的故事，我們可以知道小說的來源；從那些維摩詰唱文，我們可以知道彈詞的來源。」

這些古文物的發展，另一方面，也正和五四運動以來提倡民間文學的傾向相呼應。本來旅華若干西洋文士，早已注意到中國的民間歌謠。一八九六年，意大利人衛太爾（B.G.Vitale，他是駐北京意使館的華文參贊），曾搜集北京歌謠，編成《北京歌唱》一書，他在自序中說：「我頭一回公佈北京童謠的集子，自信從這本書可以得到這些益處：

（一）得到別處不易見的字，或短語；（二）明白懂得中國人日常的生活狀況和詳情；（三）覺得真的詩歌可以從中國平民的歌中找出。有些人要反對我所說的真詩的星光可以從這本書找到，在那些與中國人的世界全隔的人們，這種意見自然是容易碰到的有。有些歌謠是樸實而且可感動人，在那些對於中國人的憂樂只有一點知識的人，也可看作為詩的。我也要引讀者注意於這些歌謠所用的詩法。因為它們乃是不懂文言的不學的人所作的，現在一種與歐洲諸國相類的詩法，與意大利的詩幾乎完全相合。根據這種歌謠和民族的感情，新的一種民族的詩，或者可以產生出來。」他的見解，早在五四運動以前，已經開出胡適《白話文學史》的先河了。五四運動發生那年，北京大學設立歌謠徵集處，由周作人、劉復、錢玄同、沈尹默、沈兼士分任其事，其後周作人、常惠所主編的《歌謠週刊》、顧頡剛所輯的《民歌集》、劉徑菴的《河北歌謠》、臺靜農的《淮南民歌》、劉復的《江陰船歌》、常惠的《山歌一千首》，以及顧頡剛的《孟姜女故事研究》，這一方面的收穫，都很不錯。周作人說：「民歌與新詩的關係，或者有人懷疑，其實是很自然的。因為民歌的最強烈、最有價值的特色，是它的真摯與誠信，這是藝術品的共通的精魂，於文藝趣味的養成，極是有益的。」梁實秋也說：「在最重詞藻規律的時候，歌謠愈顯得樸素活潑，又與當時作家一個新鮮的刺激。所以歌謠的採集，其自身的文學價值甚小，其影響及於文藝思潮者則甚大。」

　　王瑤的《中國新文學史稿》，有一章，以「魯迅領導的方向」為標題，強調魯迅在中國文藝界的領導地位，其中多

牽強附會之處，卻也有許多值得我再回想再吟味之處。魯迅在文藝批評上原有他的獨到的見解，當創造社、太陽社高喊「革命文學」的口號時，他卻說：「我以為根本問題是在作者，可是一個革命人，倘是的，則無論寫的是什麼事件，用的是什麼材料，即都是革命文學。從噴泉裏出來的都是水，從血管裏出來的都是血。『賦得革命，五言八韻』，是只能騙騙盲試官的。」他又在〈文藝與革命〉中說：「美國的辛克萊說，一切文藝是宣傳。我們的革命的文學者曾經當作寶貝，用大字印出過，而嚴肅的批評家，又說他是淺薄的社會主義者。但我也相信辛克萊的話，一切文藝是宣傳，只要你一給人看，即使個人主義的作品，一寫出就有宣傳的可能，除非你不作文、不開口。那麼，用於革命，作為工具的一種，自然也可以的。但我以為當先求內容的充實和技巧的上達，不必忙於掛招牌。稻香村、陸稿薦，已經不能打動人心了，皇太后鞋店的顧客，我看見也並不比皇后鞋店裏的多。說技巧，革命文學家是又要討厭的。但我以為一切文藝固是宣傳，而一切宣傳卻並非全是文藝，這正如一切花皆有色（我將白也算作色），而凡顏色未必都是花一樣。革命之所以成口號、標語、佈告、電報、教科書之外，要用文藝者，就因為它是文藝。」不管奉魯迅為正宗的批評家怎麼解釋，在我看來，至少魯迅的見解是可懂的。魯迅並不贊同「賦得革命，五言八韻」的掛招牌的文學。

我們該知道唯物史觀文藝論，在中國文壇也是後起的一種尺度。就在五四運動前後，我們還沒觸到社會主義問題以前，歐洲的文學批評家學說，如安諾特（Matthew Arnold，

英國批評家）的《文學評論之原理》，已經翻譯過來了。翻譯的，正是反對白話文學運動的學衡派諸子。其他如法批評家聖柏甫[1]（Sainte Beuve）、意美學家克羅齊（Cruce）的學說和希臘哲人亞里司多德的《詩學》，也都介紹過來了。我們說到批評，也說到「客觀的」與「主觀的」、「科學的」與「理想的」、「鑒賞的」與「快樂的」各種趨向。對於文藝欣賞能力的培植，我相信廚川白村、小泉八雲和勃蘭特斯（George Brandes）對新文壇的影響，比蒲力哈諾夫[2]、盧那卡爾斯基大得多。周氏兄弟，一開頭便是文藝批評界的權威，而周作人的淵博與透闢的見地，正是現代的劉勰（《文心雕龍》作者）。他引用了法朗士（Anatole France）的話：「所謂文學批評，依我的見解，應如哲學、如歷史，乃是一種小說，是為那種細微而好奇的心設的。而凡小說，苟不把它的觀念弄錯，那末，就無非是一種自傳。所以好的批評家，就是那記述自己的神魂在傑作中遊涉時所經歷的作家。」文藝批評，即說是客觀的，也帶着很濃重的主觀成分，拿着一定的尺度，板着臉孔來審判文藝作品的，都不是批評家。何威爾（Howell）說：「無論那種運動，當其發生的時候，莫不受着批評猛烈攻擊，但都絲毫不被批評所阻止，每個作家都曾因他的好處而受責備，但終不因受責備而改變」；「批評常常責備文學中活躍和新鮮的元素，他常替舊的對新的宣傳，他始終是養成一種馴服的、陳腐的以及消極而殘存的東

1　本書另作聖蒲孚。

2　Georgi Plekhanov。

西」。這雖屬於另一極端的話，但他摸到了真理的另一面。

筆者也極愛法朗士的另一段話：「天下無所謂客觀批評，猶之無所謂客觀的藝術，凡彼自信其著作中除自身而外尚有他物者，皆惑於極謬誤之妄見者也。實則我人決不能越出自身的範圍，這是我人的最大不幸之一。設若我們能夠暫借蒼蠅的複眼來觀察天地或借猿猴的粗陋腦子來契悟自然，那末我們有什麼不肯拿出來做代價呢？然而正唯這種假借是天不容我們的，我們不能如泰里細阿斯身為男子，卻記憶嘗為女人。我們被封鎖在自己的身體裏面，如在一種永遠的監牢裏一般。依我的愚見，我們最好不過是大大方方地承認我們自己所處的這種可怖境地，凡遇有不能緘默的時候，不如直白招出，我們說的是自己。」我們承認文藝批評，也和文藝本身一般，與其說是「社會主義」的，不如說是「個人主義」的。

美批評家烏德柏利（C. E. Woodberry），他揭出了文藝批評的二態相，曾說：「在藝術裏，原有一種普通的元素，泛說起來，可以訴於一切能夠接受他的心的，但因時代更易，這種普通的元素，就要帶着他自己的時代的飾物，而附着地方上和時代上的種種關係，但雖能用種種的語言去解釋他，他總是有一種不同的調子和語氣，並在各種語言的解釋，意義都必不同。正如要了解一篇文章，必須先了解文字一樣。若要接受外國人的思想和感情，而不走失其原義，那末必須先把自己的心浸潤了種種應需的知識；如要利用過去的東西，必須要穿上時間的全套衣服，那是不待說的。現在的目的，既在認識既往時代的人的心態，那末，歷史的批評

的任務，似乎是一種不可缺少的準備，而所謂歷史的批評，就是一切社會學的、心理學的，或比較研究之足以幫助過去時代的陳述，而增富並顯明歷史的知識的。」這麼說來，泰納（Taine，法國批評家）對於文壇的影響，遠在馬克思之上呢！

筆者就在這一卷文學史的結尾上，再回看過去五十年間的文壇動態，我們承認文藝作者的意識形態，多少都受時代思潮的影響，而且蛛絲馬跡中，顯得和社會經濟的變動、政治波瀾的起伏，密切相關。若干時期中，文藝作品就成為革命活動的號筒，有的作家儼然以革命文學家自居。有時，社會革命的成果，也刺激了文學形式的蛻變，尤其當辛亥革命、國民革命及解放運動前後，尤為顯著。但，我們站在文藝創作的立場來說，這種種因素都只能影響到文藝，並不是決定文藝形態的主要力量。文學作家每每是時代先驅，他們比一般從事政治革命活動的人更敏感，更嗅到社會大變動的氣息。他們不獨不受什麼學說、主義、黨見的影響，甚至所謂文學批評的理論，只是替他們的作品作註釋，並不能成為他們的舵向。我們知道中共的文藝理論家，強調毛澤東那回在延安文藝座談會說話的決定力量，我們在文學史上並不同意這一種說法。現代文藝運動的進步，王國維、魯迅和胡適的影響比毛澤東大得多。因此，筆者希望讀者不要囿於宗派的文藝理論，要知道一個從浪漫主義的文學圈子，跳到新寫實主義圈子的創造社作家，他的作品，並沒有多大的改變的。魯迅的作品有一時期被太陽社批判得一錢不值，既而又扶了起來，把他送入寫實主義的神廟中去，那也是有點可笑

的。

　　日本現代文學家廚川白村，他曾寫過《出了象牙之塔》和《苦悶的象徵》這兩部文學短論。他曾引用他自己的《近代文學十講》中的一段話：「在羅曼文學的一面，也有可以說是藝術至上主義的傾向，就是說，一切藝術，都為了藝術自己而獨立地存在，決不與別問題相關，對於世間辛苦的現在的生活，是應該全取超然高蹈的態度的。置這醜穢悲慘的俗世於不顧，獨隱處於清高而悅樂的『藝術之宮』，詩人但尼生所歌詠那樣的 The Palace of Art，或聖蒲孚評維尼時所用的『象牙之塔』裏，即所謂『為藝術的藝術』，便是那主張之一端。但是，現今則時勢急變，成了物質文明旺盛的生存競爭劇烈的世界，在人心中，即使一時一刻，也沒有離開現實人生而優游的餘裕了。人們愈加痛切地感到了現實生活的壓迫。人生當面的問題，行住坐臥，常往來於腦裏，而煩惱其心。於是文藝也就不能獨自始終說着悠然自得的話，勢必至與現在生存的問題，生出密切的關係來，連那迫於眼前焦眉之急，而使人們苦惱的社會上宗教上道德上的問題，也即用於文藝上，現實生活和藝術，竟至於接近到這樣了。」可見，文藝趨向於寫實，和現實生活相接近，乃是近代世界文學的共同趨向，而我們的文學傳統，本有人文主義的傾向，自更趨向於寫實了。廚川白村另外有一段論近代文藝的話：「與其是無瑕而完美的水晶，倒不如尋求滿是瑕疵的金剛石的，是羅曼派，好在光的強烈。一到比羅曼派更進步的近代派的文藝，則就來寶貴這瑕疵，寶貴這缺陷，就要將這作為出售的貨色，所以徹底得很。文藝家者，乃是活的人間

味的大通人。倘不能賞鑒罪惡和缺陷那樣的有着臭味的東西，即不足與之共語人間。」我們對於現代中國文藝運動的理論，也就是如此。廚川白村別一文學短論集，題名為《走向十字街頭》，他在序文中說：「東呢西呢？南呢北呢？進而即於新呢？退而安於古呢？往靈之所到的道路呢？赴肉之所求的地方麼？左顧右盼，彷彿於十字街頭，這正是現代的人心。我身也就是立在十字街頭的罷，暫時出了象牙之塔，姑在騷擾之巷裏，來一說意所欲言的事吧！」這也正是筆者執筆時的情懷。

二二　史料述評

　　一九四九年冬天，陳子展從北京出席文代大會回來，他對筆者說：「北京的朋友們，都要我把近三十年中國文學史重新寫過」！他所說的重新寫過，是要把一九二七年以後中國文學界的動態補充起來。這件工作，我相信陳氏一定能勝任愉快，因為他熟於文壇掌故，而他自己新舊文學修養，也足以使他有高度的欣賞能力。我們看了他那部《最近三十年中國文學史》，就可以知道他的史識、史才，足以副之的。不過，我們等待了幾年，並不見他的新編現代中國文學史出來，連我們所期待的另外幾個人，如阿英（錢杏邨）、趙景深、鄭振鐸，那些比較懂得現代中國文學的人的著作，也未見刊作。坊間所已出版的，只有王瑤的《中國新文學史稿》和蔡儀的《中國新文學史講話》，都是宣傳性的東西。其人不獨沒有史識，也沒有史才，更談不上史德，他們只能轉述幾個主持中共文藝政策的人的獨斷的話，半點自己的意見也不敢下。（在台北出版的《文藝月報》，連載了王平陵的《現代中國文藝史》。其人，文藝修養本來很差，加以替國民黨宣傳部做號筒，所寫更不成。）筆者不能自已，才發奮執筆，把真實史事寫了一點以待來哲。我相信政治鬥爭的空氣，一定會慢慢澄清的，到了將來，也如北宋新舊黨之爭，

化為陳跡，王荊公的道德文章以及他的政治主張，就為後人所認識，那些顛倒黑白評蔑荊公的話，有如過眼烟雲，不復存在了。

筆者以史人的地位，再在這兒批判介紹一些屬於現代中國文壇的史料。即是說，公正平實的現代中國文學史雖不曾產生，但是以備寫史之用的文壇史料，依然存在。我們為着後來史家的採集，應該多所保留的。替現代中國新文學作史，首見於胡適《五十年來之中國文學》（《申報》紀念刊專著），上文已經提及。一九三六年，阿英編《中國新文學大系：史料·索引》，他在序例中曾經說到，一部較好的中國新文學史還不曾產生。他所見的，只有王哲甫的《中國新文學運動史》（此書十分簡陋，見解也淺薄得很），和他自己所編的《中國新文學運動史資料》（此書與《中國新文學大系：史料·索引》很多相同），其他長篇論文，除了胡適那一篇以外，他也說到陳子展的《最近三十年中國文學史》和周作人所演講的〈中國新文學的源流〉，筆者也已在上文提及。其他如郭沫若的〈文學革命之回顧〉、華漢的〈中國新文藝運動〉、高滔的〈五四運動與中國文學〉、鄭振鐸的〈新文壇的昨日今日與明日〉、隋洛文的〈中國的新文學運動〉、成仿吾的〈從文學革命到革命文學〉、胡適的〈逼上梁山〉、魯迅的〈上海文藝之一瞥〉、阿英的〈中國新文學的起來和它的時代的背景〉。（筆者也曾講演過現代中國散文和語文運動史話。）

一九三六年，上海良友圖書公司，編刊《中國新文學大系》，由魯迅、茅盾、周作人、胡適、朱自清、郭沫若、田

漢[1]，這些作家分編詩歌、小說、散文、戲曲等選集，每一選集，都有編選人的導言（或序例），這便是最好的那一部門的評介，假使把這幾篇文字彙刊起來，也可說是現代中國新文學的最好綜合史。大系之中，有阿英的《史料・索引》和鄭振鐸的《文學論爭集》。那時，他們兩人還不曾為黨見所拘牽，所搜集的，還相當平衡公正，也可說是最好的史料綜集。鄭振鐸《文學論爭集》的導言是一篇極好的現代新文學小史（比王瑤的史稿好得多）。他說，在這「偉大的十年間」（五四運動以後的十年間），我們看出不很遲慢的進步的情形來，這很可樂觀。他把偉大的十年間，分作兩個時期：第一期是新文化運動和白話文運動。一方面對於舊的文化、傳統的道德，反抗、破壞、否認、打倒；一方面樹立言文合一的大旗，要求以國語文為文學正宗。就文學上說來，這初期運動者所要求的，只是文學的形式上的改革。第二個時期是新文學的建設時代，也便是文學研究會和創造社的時代，不完全是攻擊舊的，而且也建設新的，於是便有寫實主義和浪漫主義的歧見。那時，毛澤東的尺度，還沒有闖入文藝園地中來，他所說的，都是很真實而且很公正的。

現代中國文人之中，最有識力的批評家，勤於搜集史料，加以審慎考訂，而編次成書的，首推楊世驥，他的《文苑談往》（中華書局本），便是採銅於山，自己提鍊出來的。（文藝創作、文藝批評和文學史家，各專所長，不一定備於

1　郭沫若和田漢未參與《中國新文學大系》的編選工作。

一身的。）楊氏有志探研中國文學史，曾成《近代中國文人志》一稿，未曾刊行；後來續寫《近代中國文學述論》，因為戰時史料不容易輯集，一時無法完成。《文苑談往》，雖是單篇的文人小記，一鱗一爪，已見精審的工夫。潘伯鷹氏為此書作序，說：「（一）近代文人的生平事蹟及著述，大多淹沒失傳。同光以來，國家內憂外患，紛乘迭起，愈促成這種趨勢。坊間所出文學史，或則成書倉卒，或則根本未下搜羅工夫，因此無一部精審詳盡的。一些前輩老成，熟於舊事，或者懶於傳述，或則不願為此，或則他們的文學見解不盡弘通，縱有所傳，未為典要。一些後進之士，又多虛浮輕躁，不多讀書，因此更無載筆之人。（二）他所研究近代中國文學概況，一貫地着重那些各派不著名的先驅者們。這種態度是忠實的。就在《文苑談往》中，我們讀了〈樊錐與蘇輿〉，才知道當時有這樣兩位典型的人物；讀了〈周桂笙〉，才知道這位翻譯界的啟蒙英雄；讀了〈戲曲的更新〉，才知道那時演進的大脈絡，和那些陌生的人名。如此之例，舉不勝舉。有了他，將重新把文學國度裏那許多久已埋沒的陳勝、吳廣們復活起來。這意義異常深刻。（三）小說在外國被看重，也是不久以前的事，在中國素為文學者所不屑道。以我自己說，雖然知道晚清許多新思潮、新運動，都由通俗小說傳播，同時，許多惡劣的社會現象，也只有這些小說反映得最翔實，要想真切地看到那時代，應該看一些這類的書。但我卻怕耐心讀那些不甚精美的文字，並且也得不到那些久已散亡的冊子。錢杏邨（阿英）在世驥之前，首先對晚清小說感到興趣，已經著有專書。世驥在這一面更是用了工夫。就

他現在手邊的材料，幾乎超過錢先生所見過的一切著作，其來源非出自蘇滬一隅，而尤注重內地各省民間小說的發掘。我相信許多讀者，將第一次從他得知那些冷僻的小說名字。」像楊氏這麼重要的開山工作，對於治現代文學史該有多大的幫助，而若干寫文學史的，竟連這樣的專集都不曾見過，難怪他們手中，只能坐井觀天，把那一小圈子的變化寫出來就算了。（本來趙景深、李何林、阮无名也都曾做彙輯文壇軼事的工作，大陸解放，李氏也就丟了舊日的工作，跟在他人之後，弄人云亦云的文學史了。）

最近，張靜廬所編的《中國近現代出版史料》，已經刊行了四冊，該算是新文化新文學運動文獻中最完備的一種。（張氏原是上海泰東書局的夥計，後來和沈枋泉合辦光華書局，又獨創了上海雜誌公司，在出版界多年。）其中所收〈清末小說雜誌錄〉（引用阿英《小說閒談》）、〈晚清小說的繁榮〉（阿英《晚清小說史》）、〈嚴復的翻譯〉（賀麟）、〈民國初期的重要報刊〉（戈公振《中國報學史》）、關於《新青年》的幾封信（原件）、〈新文學初期的禁書〉（阮无名《中國新文壇秘錄》）、〈今日中國之雜誌界〉（羅家倫）、〈理想中的日報附張〉（孫伏園）、〈從《晨報副鑴》到《京報副刊》〉（孫伏園）、以及《每週評論》、《新青年》、《建設》、《星期評論》、《新潮》、《湘江評論》、《嚮導》、《中國青年》、《小說月報》、《創造週報》、《洪水》等刊物發刊詞或宣言，都是第一手重要史料呢！

關於現代中國文藝作家的個人文獻，魯迅的那一部分該算是最完備的一個。《魯迅全集》就在他死後第二年，便

由紀念委員會編印出來，搜羅得相當完備，除了他的日記，差不多都已出版了。後來搜集他的遺著，又刊行了《魯迅全集補遺》。關於魯迅的生平，除了他自己敘述，見之於《朝花夕拾》的；他的一生，如許壽裳的《亡友魯迅印象記》，孫伏園的《魯迅先生二三事》，許廣平的《欣慰的紀念》，喬峰（即周建人）的《略講關於魯迅的事情》，都是第一手的直接史料。（筆者也曾着手編次史料作寫傳的準備，刊行了《魯迅手冊》。）許廣平的寫作能力並不很好，剪裁得也不十分愜當，所以她的回憶，反而顯得十分囉嗦。魯迅有一回寫信給我，說他也有幾十年知契的老朋友，那便是指許壽裳而言。許壽裳所寫的雖是零星的片斷回憶，卻把魯迅的性格很突出地勾劃出來了。孫伏園的回憶，也是最重要的註釋與襯托，他是一個寫魯迅傳的最適當的人，可惜他並沒有寫。寫魯迅傳的，倒是日本人佐藤春夫開了頭，其後小田嶽夫、竹內好都寫了一本，他們都不十分了解魯迅之為人，所以寫得都不十分好。可是，最壞的魯迅傳，反而是王士菁所寫的那一部，簡直不是傳。全傳有三十多萬字，最多也只有四五萬字值得保留的，他簡直不懂得剪裁。其間也有了不得的傳記作家，便是寫《魯迅事蹟考》的林辰，他雖不曾寫了魯迅傳，就他所下的考證工夫來說，正如孫伏園所說的，是一個會寫出有價值的魯迅傳記的人。大陸解放前後，周作人從南京獄中出來，就在上海各報寫魯迅往事的斷片（以周遐壽筆名刊出），綜集在《魯迅的故家》和《魯迅小說裏的人物》二書中，無論從學識、才力，和組織、表現的技巧說，他是寫魯迅傳的最適當的人。（他可以寫出比魯迅更好的文

字來。）可惜，他所寫的是魯迅傳的史料而不是完整的魯迅傳。筆者本來對於寫《回憶魯迅》的馮雪峰寄以希望的，他和魯迅的關係相當深切，也是努力文藝工作的人。一看他的書，就十分失望了，他的筆下，好似給什麼纏住似的，簡直不能說出什麼來。（此間有人出版了《魯迅正傳》，那更不成東西。）以此看來，文史雖是可以合流，卻也各有專長，難以勉強的。

魯迅在現代中國文學史上的地位，可說佔得很重要的，但是，一定要說他的歷史地位，比梁啟超、胡適、王國維更重要，那也不見得；正如高爾基雖和列寧並肩而立，在俄國文學史上，還是比不上托爾斯泰、屠格涅夫、杜思妥益夫斯基，甚至還比不上契訶夫的。魯迅的文藝修養，和他的弟弟周作人，都是很深的，但他們所蔑視所攻擊的文壇敵人，如梁實秋、陳西瀅，也並不見得比他更差些。文人原有相輕的惡劣風氣，黨見可以抹煞文藝作家的真正成就，我卻相信到了一百年以後，決不會讓黨見的雲霧永遠蒙住了真實的。

當代文藝批評家之中，朱自清、王了一、周作人雖是此中權威，卻也後者難誣。後起的錢鍾書（他著有《談藝錄》）、繆鉞（著有《詩詞散論》），他們的見解以及貫通古今中外的融通之處，每每超越了王國維、魯迅和周作人。筆者曾經和一位守舊的文藝批評家吳宓（雨僧）有過一段淵源，我覺得他對於西方文學的了解，比對他們那份篤舊的知識高明得多。他們要成為通人，還得再進一步才是。（他們卻無法再進一步了。）

通人之中，如郭紹虞、許地山、朱光潛、全增嘏，都

有他們的成就的。由於黨的成見，揚棄了郭紹虞和許地山，貶抑了朱光潛和陳西瀅，也是錯誤的。朱光潛的《文藝心理學》和《詩論》，畢竟是現代中國文藝批評界的一家言，和那些莫名其妙的講義與概論迥不相同的，大陸中國新文壇，畢竟不能產生一部「有所見」的文藝論集，其故可長思也！

我們治史學的，總帶點考據癖，而且知道此中甘苦，要考證得十分正確（戴東原所謂十分之見），真是不容易的。本史開頭，曾引用了一種間接的史料，說錯了一段話。我於第一節說：「一九二一年，望平街上發生了一件大事，《時報》主人狄楚青先生死了」。這是說錯的。後來看了陳定山的《春申舊聞》，他說到狄平子的「青卡隱居圖」，「狄平子，溧陽人，字楚青，性好佛學，故閣號平等，自名為平子也。其時，上海報館均在望平街，《申》、《新》、《時》鼎足而立。《時報》主人即平子。平子名士，不甚留心商業，用沈能毅為經理，能毅好大喜功，於書畫美術實無所知，乃以狄氏積資盡投地產。民二十四年，地產攔淺，狄氏以此傾家。《時報》由黃伯惠接辦，而有正猶存」；「敵偽時，平子倖得心疾，居愚園路私宅中。……平子歿，家人以遺畫托葉譽虎經紀其事」。照這麼說，狄平子死於抗戰中年（或者是末期），而《時報》由黃伯惠接辦，乃是民國二十四年（一九三五年）間的事。但，我明明記得黃伯惠接辦《時報》，必在國民革命軍到上海以前，決不會遲到「九一八」以後。我疑心他所說的「民國二十四年」，乃是「民國十四年」之誤。陳氏的追記中，另有「黃惠如與陸根榮」一段，那是《時報》易主後所載的第一件社會新聞，也是《時報》

變更作風之始。這樣一件小事，可是在海外，真不容易找到參考史料，也難於詢問當年主其事的人呢！

某一文學史，記述魯迅批判第三種人的經過，連類攻擊到周木齋，那也是看錯了周氏原文，誤會了本意，才這麼亂說的。魯迅本來有點神經過敏，那是事實，並不是他所說的都是正確的。我還記得木齋那篇〈文人無行〉在《濤聲》週刊刊出時，魯迅的確有點誤會，以為「周木齋」乃是某君的化名，意在諷刺「魯迅」。後來，我告訴魯迅，周木齋另有其人，並非「化名」；那段雜文，只是主張一個作家着重在「作」，並無諷刺之意。過了一些日子，魯迅在我家中吃飯，周木齋也在座，相見傾談，彼此釋然了。這段經過，只要看看魯迅書簡便可明白了。而乃以誤傳誤，見之於新文學史，豈不是誣陷了周木齋？叫他在地下也不瞑目的。諸如這一類的錯誤，王瑤的《中國新文學史稿》中最多，也最可笑。（蘇老泉辨奸之文，早經前人考證，斷為偽作，而世人居然妄信，一直那麼唸下去。世人輕信的心理，也是值得注意的。）

「人」，這種有血有肉的動物，總是有缺點的，一成為文人，便不足觀，也可以說，他們的光明面太閃眼了，他們的黑暗面更是陰森，所以詩人住在歷史上，幾乎等於神仙，要是住在我們的樓上，便是一個瘋人。我們朋友之中，都知道田漢的才氣縱橫，他的戲曲，自有他的成就，但他之為人，那麼糊塗一團糟，也是無人不知的。他可以拆拆種種爛疴，使你哭笑不得的。誰若把文人當作完人看待，那只能怪我們自己的天真了。筆者曾經聽了一位年輕女孩子的說法，

她對徐志摩的詩，那麼愛好，因而對那位多才美貌的陸小曼，心嚮往之。她曾經想到上海去看她，要我替她介紹。我就笑着說：「還是讓她的美妙印象住在你的理想中吧！」陸小曼風華絕代，那是三十年前的事，而今這個久困芙蓉帳的佳人，早已骨瘦如柴，七分像人三分像鬼了。我們談文壇掌故，雖有人如其文的說法，卻也有人不如其文的事實，把魯迅奉為天人，那也是一種政治宣傳的手法，至於真的魯迅，也是不容易親近的。文人中雖有朱自清、葉紹鈞這樣恂恂儒者，但狡猾陰險的也並不少。文人氣量之狹小，那是「自古而然」的。本史之作，聊以存真，因為筆者也在文壇邊緣佔了一角，有所知聞，不甘於和那些作政治宣傳的人們同一鼻孔出氣的！

曹聚仁生平年表

年份	生平事項
1900	6 月 26 日，生於浙江浦江蔣畈村（今金華蘭溪市梅江鎮）。
1904-1911	就讀父親曹夢岐創辦的育才學堂。
1915-1921	就讀浙江省第一師範學校。五四運動期間，擔任學生自治會主席。
1922	到上海創辦滄笙公學。 春季，隨《民國日報》主持邵力子參加章太炎的國學系列演講，期間將內容筆錄整理後刊登，獲章太炎高度讚賞。 **出版**：章太炎《國學概論》（記錄整理）
1923	5 月，與柳亞子等人合辦「新南社」。 正式成為章太炎入室弟子。
1925	受上海暨南大學校長邀請，擔任中學部國文教師，其後於大學部任教。
1927	4 月，「四一二事件」後，受老師單不庵邀請，到浙江省立圖書館西湖分館文瀾閣參與《四庫全書》的編修工作，長達半年。 12 月 21 日，筆錄魯迅於上海暨南大學的演講〈文藝與政治的歧途〉。其後於翌年 1 月 29 日至 30 日，以筆名劉率真將講稿刊登於上海《新聞報》。
1930	**出版**：《中國史學 ABC》
1931	8 月，於上海創辦《濤聲》週刊。
1932	兼任上海群眾圖書公司編輯。
1934	與陳望道等合編《太白》半月刊，並擔任同名月刊編委。7 月，主編《社會月報》時為「大眾語」論戰發

表公開信，徵求關於大眾語的意見並提出問題，隨即獲得魯迅響應支持，且回擊汪懋祖等人復興文言的立場。秋天，到上海市立務本女中（今上海市第二中學）擔任國文教師，結識時為學生的第二任妻子鄧珂雲。

1935	3月，與徐懋庸合辦《芒種》半月刊。12月29日，加入上海文化界救國會。 **出版**：《筆端》
1936	獲魯迅所託，於《海燕》第二期負上發行人的名義。其後因怕責任襲身，2月22日於《申報》發出〈曹聚仁否認海燕發行人啟事〉，導致《海燕》夭折，但事後獲魯迅諒解。 **出版**：《國故零簡》、《文筆散策》
1937	淞滬抗戰爆發，開始戰地記者生活。翌年因戰場報道出色，受中央通訊社聘任為戰地特派記者。 **出版**：《文思》
1938	3月下旬與鄧珂雲到徐州，共同見證台兒莊戰役的勝利，但後來共赴洛陽時，鄧氏染上嚴重傷寒，惟暫時分開。
1939	與鄧珂雲於寧波重聚，同往贛北戰地採訪。
1941	受蔣經國委託，創辦《正氣日報》，並任總編輯。後來轉任《前線日報》總主筆，直至抗戰勝利為止。
1945	9月，從杭州回上海逗留三個月後，便往南京、九江、蕪湖作短期旅行，為往後一系列行記文集作準備。
1946	年初，國共談判瀕臨破裂，受邀到台灣參與十天環島採訪。 夏天蝸居上海虹口區溧陽路1335弄5號，埋頭撰寫《中國抗戰畫史》，舒宗僑配圖，經半年時間完成編撰工作，翌年出版。其後本書被用作虹口開庭審判日本戰犯的佐證資料。
1950	7-8月，隻身移居香港，擔任香港《星島日報》編輯和主筆。
1952	與徐訏、朱省齋與李微塵創辦創墾出版社，在此多次

印行個人著作。

出版：《到新文藝之路》、《中國剪影一集》、《中國剪影二集》

1953 · 9月16日，與李輝英、徐訏創辦《熱風》月刊，屬於創墾出版社旗下。

出版：《火網塵痕錄》（1954年改回原名《文壇三憶》）、《中國近百年史話》

1954 · 轉任新加坡《南洋商報》駐港特派記者。

出版：《酒店》、《魚龍集》、《書林新話》、《文壇五十年》

1955 · **出版**：《文壇五十年續集》

1956 · 該年7月至1959年間，受邀回內地採訪，並多次面見毛澤東、周恩來等多位中國領導，期間於海外發表相關文章。

出版：《山水‧思想‧人物》、《魯迅評傳》

1959 · 與林靄民合辦《循環日報》、《循環午報》、《循環晚報》，後來三報合為《正午報》。

1960 · 向周作人約稿，發表其個人自傳《知堂回想錄》（原名《藥堂談往》）。

出版：《北行二語》、《北行三語》

1964 · **出版**：《小說新語》

1967 · 因慢性肝炎牽及膽囊炎突然惡化，於香港入住九龍廣華醫院治療休養，期間撰寫《浮過了生命海》，以表其所思所感。

出版：《魯迅年譜》、《現代中國通鑑甲編》

1969 · **出版**：《浮過了生命海》

1970 · 病痛交纏下，替周作人《知堂回想錄》校對稿件，同年於香港三育圖書文具公司出版。

1971 · **出版**：《秦淮感舊錄（第一集）》

文壇五十年

1972 ・ 7 月 23 日早上，因脊柱骨癌病故於澳門鏡湖醫院。
　　　　出版：《我與我的世界：未完成的自傳》、《秦淮感舊錄（第二集）》

曹聚仁作品集

策劃編輯　梁偉基

責任編輯　張軒誦

書籍設計　陳朗思

書籍排版　吳丹娜

書　　名　文壇五十年

著　　者　曹聚仁

出　　版　三聯書店（香港）有限公司

　　　　　香港北角英皇道四九九號北角工業大廈二十樓

香港發行　香港聯合書刊物流有限公司

　　　　　香港新界荃灣德士古道二二〇至二四八號十六樓

印　　刷　美雅印刷製本有限公司

　　　　　香港九龍觀塘榮業街六號四樓 A 室

版　　次　二〇二三年六月香港第一版第一次印刷

規　　格　特十六開（145×210 mm）四五六面

國際書號　ISBN 978-962-04-5107-2

© 2023 三聯書店（香港）有限公司

Published & Printed in Hong Kong, China.